퍼시픽 크레스트 트레일

나를
찾는
길

4,300킬로미터를 걷다

퍼시픽 크레스트 트레일, 나를 찾는 길

초판 1쇄 발행 2017년 4월 3일

지은이   김광수
발행인   안유석
편집장   이상모
편 집   전유진
표지디자인 박무선
펴낸곳   처음북스, 처음북스는 (주)처음네트웍스의 임프린트입니다.

출판등록 2011년 1월 12일 제 2011-000009호
전화 070-7018-8812 팩스 02-6280-3032
이메일 cheombooks@cheom.net

홈페이지 cheombooks.net 페이스북 /cheombooks
트위터 @cheombooks
ISBN 979-11-7022-113-5 03810

퍼시픽 크레스트 트레일 | 처음 맞춤 여행 |

나를
찾는
길

김광수 지음

4,300킬로미터를 걷다

인생에 한 번쯤은, 이런 길도 괜찮잖아?

걸음북스

Pacific
Crest
Trail
4300km

Prologue

● "넌 요즘 행복하니?"

어느 날 한 친구가 나에게 물었다. 난 말문이 막혀 답을 하지 못했고, 한참을 생각에 잠겼다. 침묵이 오래 흘렀지만 나는 그 침묵을 깰 수 없었다.

시간이 흘러 회사생활로 정신없는 하루를 보내다 문득 그 친구의 물음이 다시 생각났다.

"그래, 나는 지금 행복한가?"

고된 업무와 늦은 퇴근, 잦은 회식으로 피곤에 찌들어 그나마 활력을 주는 취미생활도 못하고, 주말엔 잠만 자는 게 일상인 시기였다. 회사에서는 중간관리자 역할을 수행하고 있었다. 현장의 소리와 반대되는 본사의 지침 탓에 중간에서 스트레스를 받는 일이 많았다. 현장에서는 힘들고 지친다는 현장직원의 볼멘소리를 매번 들어야 했고, 본사에서는 더 몰아쳐야 한다는 말과 함께 실적 압박을 받았다. 정작 내가 받는 스트레스는 어디에도 하소연하지 못하고, 퇴근 후 동료들과 함께 마시는 소주 한 잔으로 푸는 것이 전부였다.

회사를 다닌 지도 어느덧 7년이란 시간이 흘렀다. 다행히도 대학교 졸업 전에 취업할 수 있어 기쁜 마음으로 상경했지만, 무일푼으로 시작한 사회생활은 그리 쉽지만은 않았다. 비싼 월세를 내고 생활비까지 빠지고 나니, 막상 월급을 받아도 다른 걸 할 수 있는 여유가 없었다. 내가 잘 살고 있는 건지 반문할 겨를도 없이 무작정 달려왔지만, 7년이란 시간이 흐른 지금도 회사생활을 처음 시작할 때와 비교해 크게 달라진 것이 없다.

돌이켜보면, 나는 내 인생을 산 게 아니었다. 집에서는 그저 남들처럼 직장 잘 다니는 아들이 되려고 했고, 회사에서는 일 잘하는 회사원이 되고자 열심히 일만 했다. 내가 부족해서겠지만 무엇을 위해 살아야 하는지, 인생의 방향성을 찾지 못한 채 오로지 앞만 보며 무작정 달려왔다. 그 틀에서 벗어나지 않도록 매 상황 어떤 선택이 필요할 때도, 나를 위한 선택이 아닌 다른 무언가를 위한 선택을 하며 살아온 것이다. 내 인생이 아닌 누군가를 위한 인생을……

그럼 난 행복하지 않은 것일까? 솔직히 뭐가 행복한 것인지조차 모른다. 더 늦기 전에 내 인생을 살아보고 싶었다. 그리고 단순한 하나의 물음, '나는 행복한가?'의 답을 찾고 싶었다. 왠지 지금이 아니면 앞으로도 계속 이런 삶을 살 것 같다는 느낌이 강하게 들었기 때문에, 나는 내 인생 최초로 나를 위한 중요한 선택을 한다.

그해 여름, 정확히는 2014년 8월 중순, 나는 7년을 몸담은, 내 젊은 날의 열정을 쏟은 회사를 그만두었다. 쉽지 않은 선택이었지만, 오히려 나보다 주변 사람들이 더 걱정했다. 하긴, 한창 일할 나이다. 열심히 일해야 하는 시기이자 가정도 꾸려야 하고, 많은 것을 이루려고 많은 것을 포기해야 할 시점에 직장을 그만둔다는 것은 쉽지 않은 선택이다. 그렇지만 사소한 결정 하나도 내 마음대로 하지 못하고 눈치만 봐야 하는 삶에서 벗어나 오롯이 나만을 위한 시간을 가져보고 싶었기에 후회는 하지 않기로 했다.

언제, 누가 만든 틀인지는 몰라도 그 틀 안에서 많은 것을 포기하고 내가 아닌 모습으로 살아야 하는 현실에서 벗어나 내가 주인공이 되는 시간.

어쩌면 "배는 항구에 있을 때 가장 안전하지만, 그것이 배의 존재 이유는 아니다"라는 괴테의 명언처럼, 위험할 수 있지만 존재의 이유를 찾아 드넓은 바다를 항해하는 한 척의 배가 되고 싶을 수도 있고……

막상 회사를 그만두고 나니 걱정보다는 한결 마음이 가벼워지고 이전엔 그냥 지나치던 것들을 느낄 수 있는 여유가 생겼다. 점점 줄어드는 주머니가 아쉽긴 했지만 마음은 더 풍요로워졌다.

그리고 2015년 4월, 나는 내 인생의 주인공이 되고자 한 번도 가본 적 없는 미지의 세상으로 여행을 떠나기로 결심했다. 백패킹이라는 취미를 시작하고부터 늘 마음속에 품어온 동경의 무대, 멕시코 국경에서부터 캐나다 국경까지 4천 킬로미터가 넘는 머나먼 길을 가로지르는 트레일. 나는 이 긴 길을 걸으며 거짓의 나를 내려놓고 오롯이 나만을 위한 시간을 즐기고, '나는 행복한가?'라는 물음의 답을 찾고 싶었다.

이 글은 멕시코 국경부터 캐나다 국경까지 미국 서부를 종단하는 약 4,300킬로미터의 퍼시픽 크레스트 트레일Pacific Crest Trail, PCT, 영화 〈와일드〉의 무대로도 잘 알려진 그 길을 약 5개월에 걸쳐 걸으며 느낀 감정과 소중한 시간을 추억하는 글이다.

이 여정은 3년 전 PCT를 알고부터 꼭 가야겠다고 나 자신과 한 약속을 지킨 여정이자, 한 번도 가본 적 없는 미국 땅을 배낭 하나 둘러메고 무작정 떠난 여정이다. 이 글로써 그 길에서 만난 수많은 하이커와 함께한 즐거웠던 시간과 나를 되돌아보며 인생과 행복에 대해 느낀 감정을 공유하고 싶다.

"Almost There(거의 다 왔어)!"

그 길 위에서 힘들고 지칠 때마다 항상 들려오던 말, 힘들고 지친 친구를 위해 항상 외치던 말. 하지만 여정을 끝내고 한국으로 돌아오니, 정작 이 말이 필요한 사람은 그 길 위에서 만난 친구가 아니라 하루하루를 힘들게 살아가고 있는 주변 사람들이었다.

대학에 들어가자마자 캠퍼스의 낭만을 즐길 시간도 없이 취업준비에 열을 올릴 수밖에 없고, 막상 졸업하고 나니 취업의 벽에 부딪혀 취업 준비생으로서 서러운 시간을 보내는 친구들. 좁은 문을 비집고 들어간 사회에서 가장 혹은 워킹맘이란 이름으로 자신을 버리고 다른 인생을 살 수밖에 없는 친구 혹은 선배들.

　　주제넘고 예의 없을지 모르지만 그들에게 이 말을 전하고 싶다.

　　"Almost There!"

WA SECTION Ⓘ (70.3 miles)

mi 2650.9 - Hwy 3 (Manning Prov. Park)
mi 2650.1 - Monument 78 (Canadian Border)
mi 2619.5 - Harts Pass (Alt to Mazama / Winthrop ✉)
mi 2588.6 - Hwy 20-Rainy Pass (Mazama & Winthr
mi 2569.4 - High Bridge (Bus to Stehekin ✉)

PCT란?

퍼시픽 크레스트 트레일(Pacific Crest Trail, PCT)은 미국 3대 트레일 중 하나로 멕시코 국경(campo)에서 캐나다 국경(manning park)까지 미국 서부를 종단하는 총 거리 4,286킬로미터(2,666마일)의 장거리 트레일이다. 완주까지 약 4개월~5개월이 소요되고, 오직 스스로의 힘으로 숙영장비 및 취사도구를 짊어지고 걸어야 하는 극한의 도보여행이다. 2015년 필자를 포함해 최초로 국내에서 완주자 네 명이 나왔고 한 해 열 명이 넘는 한국인이 도전하고 있다.

시에라네바다, 캐스케이드 산군 등을 거쳐 캘리포니아, 오리건, 워싱턴 3개의 주를 가로지르는 트레일이며, 이 트레일 구간 중 가장 높은 지점은 시에라 구간의 포레스터 패스(Forester Pass, 4,009미터)다. 전 구간을 걷는 동안 25개의 국유림과 7개의 국립공원을 통과하고, 요세미티 구간에서는 많은 구간이 많이 알려진 존 뮤어 트레일(John Muir Trail, JMT, 338.6킬로미터)과 겹친다. 사람이 살지 않는 사막과 산악지역을 지나야 하기 때문에 지형과 날씨를 잘 파악해야 하며 사막에서 식수가 부족할 수도 있다. 또한 곰이나 퓨마, 방울뱀 등 야생동물에게 위협을 받을 수 있어 위험하다. 해마다 트레일에 도전하는 하이커들의 수가 많아지고 있으나 종주 성공률은 약 60% 정도로, 한해 대략 500명 이하의 하이커가 종주에 성공한다.

PCT를 종주하는 데 소요되는 비용은 개인마다 다르지만 국내 하이커라면 항공권을 포함해 전체 비용이 대략 600만 원에서 많게는 1,000만 원까지 소요된다.

미국의 3대 트레일

애팔란치아 트레일(Appalancia Trail, AT) 약 3,500킬로미터
퍼시픽 크레스트 트레일(Pacific Crest Trail, PCT) 약 4,300킬로미터
컨티넨탈 디바이드 트레일(Continental Divide Trail, CDT) 약 5,000킬로미터

Pass - Skykomish ✉)

oqualmie Pass) ✉

ass - Packwood ✉)

ake) ✉

(Bridge of the Gods) ✉
ood) ✉
Pass)

- Sisters & Bend ✉)

nzie Pass - Sisters & B

ette Pass)

de Crest)
e ✉)

ake ✉)

ahan's-Ashland ✉)
ler

na ✉)
ttle Crag-Castella) ✉
/ Falls State Park

✉
1328.8 Hwy 36 (Chester)

ity ✉)
(Interstate 80 to Truck

South Lake Tahoe) ✉

(Sonora Pass) to Brid
(Tuolumne Meadows
(Shuttle to Mammoth ✉
ail (Vermillion Valley Resor
ch ✉)

iss Trail (to Independence

otree Meadows (Mt.W
Pass (to Lone Pine ✉
ly Meadows)

52 - Walker Pass (Ony

ni 566.5 - Tehachapi P
mi 454.5 - Agua Dulce
mi 342 - Interstate 15 (
mi 266 - Hwy 18 (Big Bear
mi 209.5 - Interstate 10
mi 179.4 - Saddle Jct. (Devil

mi 109.5 - Warner Spri
mi 77 - Scissors Crossing (
mi 42.8 - Mt Laguna
mi 20 - Lake Morena (Kick

Agua Dulce
Acton KOA   OWrightwood   CA SECTION Ⓘ (112.5 miles)
Baden Powell   Big Bear
                 Cabazon O   San Jacinto   CA SECTION Ⓘ (132.5 miles)
Los Angeles   Idyllwild O OPalm Springs
                                CA SECTION Ⓘ (100 miles)
                 Warner
                 Springs   CA SECTION Ⓘ (109.5miles)
        San Diego

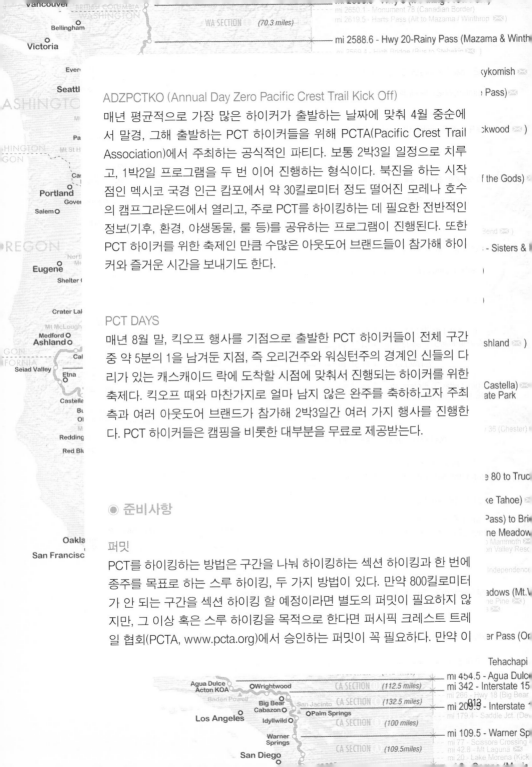

WA SECTION (70.3 miles)

mi 2650.1 - Monument 78 (Canadian Border)
mi 2619.5 - Harts Pass (Alt to Mazama / Winthrop)
mi 2588.6 - Hwy 20-Rainy Pass (Mazama & Winth

ADZPCTKO (Annual Day Zero Pacific Crest Trail Kick Off)

매년 평균적으로 가장 많은 하이커가 출발하는 날짜에 맞춰 4월 중순에서 말경, 그해 출발하는 PCT 하이커들을 위해 PCTA(Pacific Crest Trail Association)에서 주최하는 공식적인 파티다. 보통 2박3일 일정으로 치루고, 1박2일 프로그램을 두 번 이어 진행하는 형식이다. 북진을 하는 시작점인 멕시코 국경 인근 캄포에서 약 30킬로미터 정도 떨어진 모레나 호수의 캠프그라운드에서 열리고, 주로 PCT를 하이킹하는 데 필요한 전반적인 정보(기후, 환경, 야생동물, 룰 등)를 공유하는 프로그램이 진행된다. 또한 PCT 하이커를 위한 축제인 만큼 수많은 아웃도어 브랜드들이 참가해 하이커와 즐거운 시간을 보내기도 한다.

PCT DAYS

매년 8월 말, 킥오프 행사를 기점으로 출발한 PCT 하이커들이 전체 구간 중 약 5분의 1을 남겨둔 지점, 즉 오리건주와 워싱턴주의 경계인 신들의 다리가 있는 캐스케이드 락에 도착할 시점에 맞춰서 진행되는 하이커를 위한 축제다. 킥오프 때와 마찬가지로 얼마 남지 않은 완주를 축하하고자 주최 측과 여러 아웃도어 브랜드가 참가해 2박3일간 여러 가지 행사를 진행한다. PCT 하이커들은 캠핑을 비롯한 대부분을 무료로 제공받는다.

◉ 준비사항

퍼밋

PCT를 하이킹하는 방법은 구간을 나눠 하이킹하는 섹션 하이킹과 한 번에 종주를 목표로 하는 스루 하이킹, 두 가지 방법이 있다. 만약 800킬로미터가 안 되는 구간을 섹션 하이킹 할 예정이라면 별도의 퍼밋이 필요하지 않지만, 그 이상 혹은 스루 하이킹을 목적으로 한다면 퍼시픽 크레스트 트레일 협회(PCTA, www.pcta.org)에서 승인하는 퍼밋이 꼭 필요하다. 만약 이

kykomish
Pass)
ckwood
f the Gods)
Bend
- Sisters &
shland
Castella)
ate Park
35 (Chester)
e 80 to Truc
e Tahoe)
Pass) to Bri
ne Meadow
Mammoth
n Valley Reso
Independence
adows (Mt.\
ne Pine
er Pass (Or

Tehachapi
mi 454.5 - Agua Dulce
mi 342 - Interstate 15
mi 209.5 - Interstate 1
mi 109.5 - Warner Spr
mi 77 - Scissors Crossing
mi 42.8 - Mt Laguna (R
mi 20 - Lake Morena (N

퍼밋을 소지하지 않은 채 하이킹하다가 레인저의 불시검문에 걸린다면 더 이상의 하이킹을 진행할 수 없고 트레일 밖으로 추방당한다.

퍼밋을 신청하는 데는 별도의 수수료가 필요하지 않고 전적으로 신청자의 자유에 따라 기부 할 수 있다. 다만, 시에라 구간의 휘트니 산을 오르려면 PCT 퍼밋을 신청할 때 별도로 휘트니 산 구역 퍼밋(Mount Whitney Zone Permit)을 추가로 신청해야 하는데, 이때 21달러의 비용이 발생한다. 만약 휘트니 산을 오르지 않는다면 선택하지 않으면 된다.

미국 대부분의 국유림 혹은 국립공원에서 하이킹 및 캠핑을 하려면 각 지역의 퍼밋이 있어야 하는데, 만약 PCT 퍼밋을 발급받은 상태라면 트레일 내에 존재하는 국유림 및 국립공원을 패스하며 캠프하는 데에 별도의 퍼밋을 발급받지 않아도 된다. 한마디로 자유이용권과 같은 의미로 해석하면 된다. 단, 해당 트레일에 존재하는 국립공원이라면 말이다.

매년 2월경 해당 사이트에 오픈이 되고, 각 일자별로 50명씩만 신청할 수 있기 때문에 서둘러야 한다. 신청할 때 하이킹 시작일과 종료일을 선택하는데, 꼭 해당 일에 맞춰 시작하거나 끝내야 하는 것이 아니기 때문에 여유 있게 기간을 선택하는 것이 좋다.

*퍼밋 발급 사이트

https://www.pcta.org/discover-the-trail/permits/long-distance-permit-application/

비자

PCT를 준비하는 과정에서 가장 중요한 것이 바로 비자발급이다. 미국은 무비자로 3개월까지만 체류할 수 있기 때문에 완주까지 약 4개월~5개월 정도가 소요되는 PCT를 종주하려면 별도의 비자가 필요할 수밖에 없다. 만약 퍼밋이나 비용, 장비 등을 다 준비해놓은 상태일지라도, 비자(B1, B2 관광비자)를 발급받지 못하면 모든 것이 물거품이 된다.

비자발급에 있어 가장 중요한 키포인트는 불법체류의 가능성을 없애는 것이다. 나도 인터넷이나 주변에서 무조건 대행 서비스를 받아야 발급 확률이 높아진다는 말을 듣고 거금을 들여 대행 서비스를 받을까 고민했지

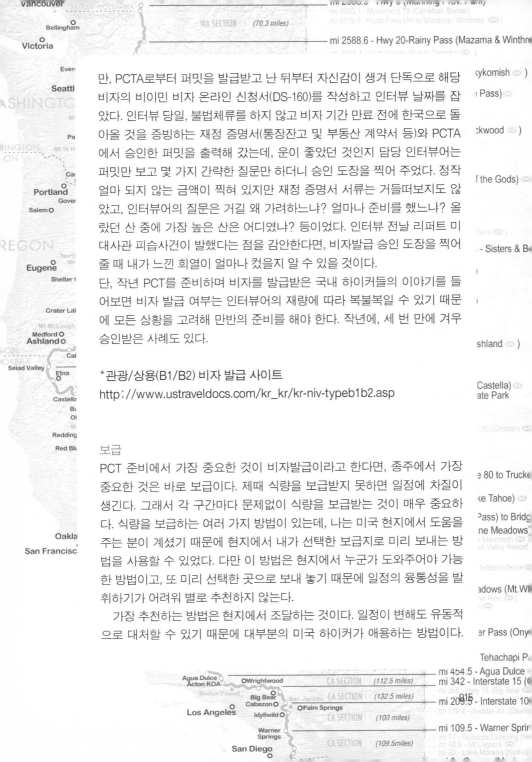

만, PCTA로부터 퍼밋을 발급받고 난 뒤부터 자신감이 생겨 단독으로 해당 비자의 비이민 비자 온라인 신청서(DS-160)를 작성하고 인터뷰 날짜를 잡았다. 인터뷰 당일, 불법체류를 하지 않고 비자 기간 만료 전에 한국으로 돌아올 것을 증빙하는 재정 증명서(통장잔고 및 부동산 계약서 등)와 PCTA에서 승인한 퍼밋을 출력해 갔는데, 운이 좋았던 것인지 담당 인터뷰어는 퍼밋만 보고 몇 가지 간략한 질문만 하더니 승인 도장을 찍어 주었다. 정작 얼마 되지 않는 금액이 찍혀 있지만 재정 증명서 서류는 거들떠보지도 않았고, 인터뷰어의 질문은 거길 왜 가려하느냐? 얼마나 준비를 했느냐? 올랐던 산 중에 가장 높은 산은 어디였냐? 등이었다. 인터뷰 전날 리퍼트 미대사관 피습사건이 발했다는 점을 감안한다면, 비자발급 승인 도장을 찍어줄 때 내가 느낀 희열이 얼마나 컸을지 알 수 있을 것이다.

단, 작년 PCT를 준비하며 비자를 발급받은 국내 하이커들의 이야기를 들어보면 비자 발급 여부는 인터뷰어의 재량에 따라 복불복일 수 있기 때문에 모든 상황을 고려해 만반의 준비를 해야 한다. 작년에, 세 번 만에 겨우 승인받은 사례도 있다.

*관광/상용(B1/B2) 비자 발급 사이트
http://www.ustraveldocs.com/kr_kr/kr-niv-typeb1b2.asp

보급

PCT 준비에서 가장 중요한 것이 비자발급이라고 한다면, 종주에서 가장 중요한 것은 바로 보급이다. 제때 식량을 보급받지 못하면 일정에 차질이 생긴다. 그래서 각 구간마다 문제없이 식량을 보급받는 것이 매우 중요하다. 식량을 보급하는 여러 가지 방법이 있는데, 나는 미국 현지에서 도움을 주는 분이 계셨기 때문에 현지에서 내가 선택한 보급지로 미리 보내는 방법을 사용할 수 있었다. 다만 이 방법은 현지에서 누군가 도와주어야 가능한 방법이고, 또 미리 선택한 곳으로 보내 놓기 때문에 일정의 융통성을 발휘하기가 어려워 별로 추천하지 않는다.

가장 추천하는 방법은 현지에서 조달하는 것이다. 일정이 변해도 유동적으로 대처할 수 있기 때문에 대부분의 미국 하이커가 애용하는 방법이다.

mi 2058.9 - Hwy 3 (Manning Prov. Park)
mi 2650.1 - Monument 78 (Canadian Border)
mi 2619.5 - Harts Pass (Alt to Mazama / Winthrop)

mi 2588.6 - Hwy 20-Rainy Pass (Mazama & Win
mi 2569.4 - High Bridge (Bus to Stehekin)

이 방법으로 보급하려면 미리 자신이 도착하고자 하는 지역에 식량을 조달할 수 있는 식료품점이나 마트가 있는지를 파악해야 한다. 만약 다음 보급지에 식량을 구할 곳이 없다면 미리 그 전 보급지에서 식량을 준비해 해당 보급지로 보내야 한다. 내 경험상 식량을 구할 수 없는 보급지는 손에 꼽힌다. 그리고 현지에서 식량을 조달할 경우, 일반적으로 대형마트에서 구매하는 것에 비해 조금 비싸지만 배송비를 생각하면 비슷하거나 더 저렴하기도 하다.

이 외에도 여러 가지 방법들이 있으니, PCT를 준비하는 하이커들은 사전에 어떻게 보급할지 정보를 찾아 자신에게 맞는 방법으로 시뮬레이션을 해보는 것이 좋다. 내가 준비할 때만 해도 국내에는 정보가 없어 구글링으로 준비했는데, 지금은 나와 같은 해에 트레일을 종주한 PCT 하이커 히맨의 사이트에 많은 정보가 있으니 참고하길 바란다.

*히맨의 PCT 하이커 되기
https://brunch.co.kr/magazine/gopct

장비

백패킹이나 캠핑을 해본 경험이 있는 분들은 장비에 대한 대략적인 정보가 있겠지만, 텐트를 치고 스토브를 작동하면서 먹을 것을 준비하는 여행을 한 번도 해보지 않은 사람이라면 장비에 대한 고민이 많을 것이다. 그런 분들을 위해 대략적인 장비 정보를 전달하려 한다.

무엇보다 장비라는 것은 개인마다 성향 차가 있고, 정답이 없는 것인 만큼 사전에 본인한테 맞는 장비를 경험해보는 것이 바람직하다.

장비의 빅3는 텐트와 침낭 그리고 배낭이다. 이것을 가장 중요한 장비라고 생각하면 되고 그 외에 취사도구, 숙영 도구, 트래킹 장비, 의류 및 기타 장비로 나눌 수 있다.

PCT를 종주하려고 장비를 선택한다면 가장 중요한 것은 무게다. 좋은 장비 혹은 많은 장비를 준비해서 가면 물론 좋겠지만, 장비가 많으면 많을수록 무거워질 수밖에 없다. 어떤 장비를 선택하든 모든 선택에는 책임이 따른다. PCT에서 그 책임은 바로 무게다. 그렇기 때문에 대부분의 하이커

Vancouver   Hope   Manning Park

WA SECTION   (70.3 miles)

mi 2658.9 - Hwy 3 (Manning Prov. Park)
mi 2650.1 - Monument 78 (Canadian Border)
mi 2619.5 - Harts Pass (Alt to Mazama / Winthrop)

mi 2588.6 - Hwy 20-Rainy Pass (Mazama & Winth

들이 장비를 꾸릴 때 소비재(물과 식량)를 제외한 기본 무게를 6킬로그램에서 8킬로그램 정도로 제한한다. 물을 구하기 어려운 사막 구간에서 많게는 8리터까지 물을 짊어져야 하는 일도 생기기 때문에 기본 무게를 최대한 가볍게 준비해야 한다.

나를 비롯해서 대부분의 국내 하이커가 처음 준비할 때는 10킬로그램 가까이 기본 무게를 짊어지고 다녔지만 여정이 끝날 즈음에는 6킬로그램에서 8킬로그램 정도로 줄였다. 경험만큼 좋은 스승은 없다.

- 텐트

자립형과 비자립형으로 나눌 수 있다. 인원수에 따라 1인용, 2인용 등으로 구분된다. 텐트의 구성품 중 폴대의 유무 혹은 폴대의 힘으로 텐트의 형태를 유지할 수 있는지에 따라 자립 혹은 비자립으로 구분한다. 보통 비자립은 폴대가 포함되어 있지 않고, 트래킹 폴을 이용해 텐트를 설치하기 때문에 보통 약 500그램에서 800그램 정도의 무게. 자립형 텐트에 비해 가볍다. 다만, 설치에 더 많은 시간이 소요되고 텐트를 설치하는 환경의 제약을 받는다는 단점이 있다. 대표적인 초경량 비자립형 텐트 브랜드로는 ZPACKS, Sixmoon Design, YAMA Mountain gear, Locus gear 등이 있고, 대부분의 텐트 브랜드에서 경량 비자립형 텐트를 출시하고 있다.

나는 장거리 트레일에서는 비자립형 텐트보다는 자립형 텐트를 선호한다. 그 이유는 설치가 쉽고 빨라야 하고 환경의 제약을 최대한 덜 받아야 하기 때문이다. 우천 혹은 악천후에도 별다른 문제없이 몸을 피할 수 있다. 요즘 1인용 자립형 텐트는 1킬로그램이 채 되지 않는 것도 있어 편의성을 고려한다면 비자립형 텐트보다는 자립형 텐트에 초점을 맞출 필요가 있다. 국내 하이커들은 대부분 국산 브랜드인 제로그램 PCT UL2를 사용한다. 2인용으로 1인이 사용하기에는 큰 편이지만, 텐트 안에 장비를 보관한다고 생각하면 적당한 수준이다.

제품에 따라 가격은 다양 각색이고, 보통 20만 원에서 40만 원, 50만 원을 호가하는 제품도 있다.

- 침낭

침낭의 경우, 북진(멕시코에서 캐나다)을 하는 PCT의 적기가 4월에서 9월

Seattle   ykomish
Pass)
ckwood)
f the Gods)
Bend)
- Sisters & E
shland)
Castella)
ate Park
/ 36 (Chester)
e 80 to Truck
ke Tahoe)
Pass) to Brid
ne Meadows
Mammoth
n Valley Resor
Independence
adows (Mt.W
ne Pine)
er Pass (On
Tehachapi F

Agua Dulce   Acton KOA   OWrightwood   CA SECTION   (112.5 miles)   mi 454.5 - Agua Dulce
Baden Powell   mi 342 - Interstate 15
Big Bear   Cabazon O   San Jacinto   CA SECTION   (132.5 miles)   mi 265 Hwy 18 (Big Bear
Los Angeles   Idyllwild O   OPalm Springs   mi 209.5 - Interstate 1
mi 179.4 - Saddle Jct. (Devi
Warner   Springs   mi 109.5 - Warner Spr
mi 77 - Scissors Crossing
CA SECTION   (109.5miles)   mi 42.8 - Mt Laguna

017

mi 2658.9 - Hwy 3 (Manning Prov. Park)
mi 2650.1 - Monument 78 (Canadian Border)
mi 2619.5 - Harts Pass (Alt to Mazama / Winthrop)

mi 2588.6 - Hwy 20-Rainy Pass (Mazama & Wint
mi 2569.4 - High Bridge (Bus to Stehekin)

임을 감안하면 내한온도가 컴포트(Comfort) 기준 섭씨 -6도(화씨 20도) 정도의 제품을 이용하면 된다. 다소 춥다고 느껴질 경우에는 다운재킷과 여분의 옷을 껴입고 자면 되니까 큰 문제가 되지 않는다. 침낭의 내한온도가 높아질수록 침낭의 충전재 무게가 증가하거나 가격이 올라가기 때문에 대부분의 미국 하이커들도 화씨 20도를 커버하는 제품을 애용한다.

침낭의 충전재는 덕다운과 구스다운을 충전하는 천연 충전재와 프리마로프트로 대표되는 합성섬유 충전재로 나눌 수 있다. 이 둘의 차이는 가격과 무게, 발수성이다. 일반적으로 같은 내한온도를 기준으로 천연 충전재는 합성섬유 충전재에 비해 가격이 비싸지만 무게가 가볍고, 물에는 취약하다. 가격이 비싸고 물에 취약한데도 천연 충전재를 선호하는 이유는 바로 무게 때문이다. 천연 충전재가 특유의 필파워 덕분에 적은 무게로도 높은 보온성을 낼 수 있다. 필파워는 우모(깃털)의 복원력을 말하는 것인데, 이 필파워가 높을수록 깃털 사이에 많은 공기층을 형성하므로 열전도를 차단해 온도를 높여준다. 그만큼 필파워가 높은 제품이 대체로 비싸다. 요즘 천연 충전재도 발수 가공이 되어 이전과 달리 침낭이 어느 정도 젖어도 보온을 유지하는 제품이 출시되고 있다.

가격대도 각 브랜드마다 천차만별이지만, 대략적으로 20만 원대부터 30

Pass - Skykomish

oqualmie Pass)

'ass - Packwood

ake)

(Bridge of the Gods)

ood)

Pass)

- Sisters & Bend

nzie Pass - Sisters &

tte Pass)

de Crest)

ake

ahan's-Ashland

na

tle Crag-Castella)
/ Falls State Park

h
1328.8 Hwy 36 (Chester)

City

(Interstate 80 to Truck

South Lake Tahoe)

(Sonora Pass) to Brid
(Tuolumne Meadows
w (Shuttle to Mammoth
ail (Vermillion Valley Resor

ss Trail (to Independence

otree Meadows (Mt.W
Pass (to Lone Pine
ty Meadows

52 - Walker Pass (Ony

mi 566.5 - Tehachapi P
mi 454.5 - Agua Dulce
mi 342 - Interstate 15 (
mi 266 - Hwy 18 (Big Bear
mi 209.5 - Interstate 10
mi 179.4 - Saddle Jct (Dev

mi 109.5 - Warner Spri

mi 2658.9 - Hwy 3 (Manning Prov. Park)
mi 2650.1 - Monument 78 (Canadian Border)
mi 2619.5 - Harts Pass (Alto to Mazama / Winthrop)
mi 2588.6 - Hwy 20-Rainy Pass (Mazama & Winth
mi 2569.4 - High Bridge (Bus to Stehekin)

만 원대의 제품이 적당하다.

- 배낭

배낭은 빅3 중에서 하이커들 사이에서 갑론을박이 가장 많은 장비다. 그만큼 개인의 체형 및 취향에 따라 호불호가 갈린다. 배낭을 선택할 때는 신중하게 고려하고 필히 착용 후 구매해야만 한다.

배낭은 프레임의 형태에 따라 크게 경량 배낭과 일반 배낭으로 나뉜다. 경량 배낭은 프레임이 패드 혹은 쿠션으로 되어 있기 때문에 금속형 프레임인 일반 배낭보다 무게 측면에서 이점이 있다. 보통 경량 배낭은 자체 무게가 1킬로그램이 채 안 되지만, 일반 배낭은 자체 무게가 2킬로그램에서 많게는 4킬로그램에서 5킬로그램까지 나가는 제품도 있다. 단, 배낭의 자체 무게가 가벼운 만큼 배낭이 견딜 수 있는 한계 하중도 적을 수밖에 없다. 만약 한계 하중이 12킬로그램인 경량 배낭에 12킬로그램이 넘는 장비를 넣는다면, 배낭의 하중이 고스란히 어깨로 전달되어 어깨가 아프거나 체력소모가 심해 몸이 버틸 수 없다.

일반 배낭은 프레임이 금속 형태로 단단히 고정되어 있고 각 브랜드마다 자체 시스템이 적용해 무게는 조금 나가더라도 더 많은 짐을 넣을 수 있게끔 설계되어 있다. 경량 배낭에 비해 허리 벨트도 두꺼워서 배낭의 하중을 골반으로 분산시켜 어깨의 집중되는 피로도를 낮출 수 있다.

필자는 경량 배낭과 일반 배낭을 혼용했는데, 그 이유는 사막 일부 구간과 자체 무게만 1킬로그램인 곰통을 필수로 가지고 다녀야 하는 시에라 구간을 지날 때는 총무게가 무거워 경량 배낭으로는 한계가 있었기 때문이었다. 이후 기본 무게가 6킬로그램에서 8킬로그램 정도로 줄어들었을 때는 다시 경량 배낭으로 바꿔 끝까지 종주했다. 사실 욕심 때문에 배낭의 기본 무게를 맞추지 못한 것을 자책했지만, 동행한 미국 하이커들은 오히려 스마트하다고 칭찬하기도 했다.

PCT를 종주하며 가장 많이 봤던 경량 배낭 브랜드는 Gossamer gear와 ULA, 일반 배낭 브랜드는 Osprey였다. 가격은 보통 20만 원대부터 30만 원대다. 배낭만큼은 본인이 많이 메보고 고민해서 선택하기를 바란다.

Tehachapi
mi 454.5 - Agua Dulce
mi 342 - Interstate 15
mi 209.5 - Interstate 1
mi 179.4 - Saddle Jct. (Do
mi 109.5 - Warner Sp
mi 77 - Scissors Crossing
mi 42.8 - Mt Laguna (Kri

mi 2658.9 - Hwy 3 (Manning Prov. Park)
mi 2650.1 - Monument 78 (Canadian Border)
mi 2619.5 - Harts Pass (Alt to Mazama / Winthrop ✉)

WA SECTION (70.3 miles)

mi 2588.6 - Hwy 20-Rainy Pass (Mazama & Winth
mi 2569.4 - High Bridge (Bus to Stehekin ✉)

Vancouver
Bellingham
Victoria

Pass - Skykomish ✉
oqualmie Pass)

- 취사도구

일반적으로 스토브, 코펠, 스포크(스푼과 포크) 그리고 개인에 따라 프라이
팬이나 컵, 커피 드리퍼 등을 준비한다. 스토브는 산불의 발생 가능성 때문
에 알코올 스토브를 제한하는 곳이 많고 트레일에서 가스를 쉽게 구할 수
있기 때문에 대부분 가스 스토브를 사용한다. 대부분의 식량이 라면 혹은
물만 끓이면 되는 건조식으로 이뤄지기 때문에 라면 하나 끓일 수 있는 용
량의 코펠을 준비하면 된다. 이 또한 무게 때문에 대부분의 하이커가 티타
늄으로 만든 제품들을 선호한다.

'ass - Packwood)

ake) ✉

(Bridge of the Gods)
ood) ✉
Pass)

- 트래킹 도구

트래킹 폴과 헤드랜턴, 캠프 혹은 마을에서 신을 가벼운 슬리퍼, 판초우의
정도를 말한다. 트래킹 폴은 아무 제품이나 사용해도 되지만, 무게를 생각
한다면 이 또한 가벼울수록 좋다. 헤드랜턴은 야간에 걷는 경우가 드물기
때문에 비싼 제품보다 100루멘 정도 밝기의 가성비 좋은 제품을 선택하면
된다. 슬리퍼나 판초우의는 개인의 선택이다. 신발을 신고 다니는 게 불편
하지 않다면 굳이 슬리퍼를 준비할 필요는 없고, 판초우의 또한 레인재킷
으로 대체할 수 있기 때문에 꼭 필요한 것은 아니다. 비에 옷이 젖는 것이
매우 싫다면 판초우의 혹은 우산을 준비하는 것도 나쁘진 않지만, 장거리
하이킹에서 비에 젖는 것은 거의 피할 수 없는 요소라는 것은 잊지 말자.
트래킹 장비에 신발도 포함되지만 그 중요성이 빅 3에 버금가기에 별도로
설명하겠다.

- Sisters & Bend ✉

nzie Pass - Sisters & E
ette Pass)

de Crest)
e ✉)

ake ✉)
nahan's-Ashland ✉
der

na ✉)
tle Crag-Castella)
/ Falls State Park

h ✉
1328.6 Hwy 36 (Chester)

- 숙영 도구

텐트와 침낭을 따로 언급했기 때문에 남은 것은 매트리스다. 매트리스는
에어매트리스와 폼 매트리스, 크게 두 가지로 구분한다. 사실 침낭만큼 중
요한 것이 바닥의 냉기를 차단하는 매트리스인데, PCT에서 겨울을 지내지
않기 때문에 어느 것을 준비하든 크게 상관이 없다. 바닥이 울퉁불퉁한 곳
에서 잠을 잘 못 자는 성격이라면 에어매트를 준비하고, 그렇지 않다면 폼
매트리스를 준비하는 것이 낫다. 에어매트는 편안하지만 매번 공기를 불
어넣어야 하고 또 펑크가 났을 때 대처를 해야 하는 불편함이 있다. 가격도
물론 폼 매트리스보다 몇 배 비싸다.

City ✉)
(Interstate 80 to Truck

South Lake Tahoe)

(Sonora Pass) to Brid
(Tuolumne Meadows
v (Shuttle to Mammoth
ail (Vermillion Valley Resort
ch ✉

ss Trail (to Independence

otree Meadows (Mt.Wi
Pass (to Lone Pine ✉
ly Meadows ✉

i2 - Walker Pass (Ony

i 566.5 - Tehachapi P

Agua Dulce
Acton KOA
Wrightwood   CA SECTION (112.5 miles)
Badon Powell
Big Bear   CA SECTION (132.5 miles)
Cabazon San Jacinto
Los Angeles   Palm Springs
Idyllwild   CA SECTION (100 miles)
Warner
Springs
San Diego   CA SECTION (109.5miles)

mi 454.5 - Agua Dulce
mi 342 - Interstate 15 (C
mi 266 - Hwy 18 (Big Bear
mi 209.5 - Interstate 10
mi 179.4 - Saddle Jct. (Devil

mi 109.5 - Warner Sprin
mi 77 - Scissors Crossing
mi 42.8 - Mt Laguna

mi 2658.9 - Hwy 3 (Manning Prov. Park)
mi 2650.1 - Monument 78 (Canadian Border)
mi 2619.5 - Harts Pass (Alt to Mazama / Winthrop)
mi 2588.6 - Hwy 20-Rainy Pass (Mazama & Wint
mi 2569.4 - High Bridge (Bus to Stehekin)
WA SECTION   (70.3 miles)

- 의류

크게 레인재킷, 다운재킷, 트래킹복, 내복, 양말, 속옷, 모자로 나눌 수 있다.

레인재킷은 방수 및 투습이 가능한 재질의 제품을 선택하면 된다. 눈이나 비가 오는 지역이 그리 많지 않지만, 길게는 일주일도 오기도 하고 또 추울 때는 바람막이 용도로도 사용하기 때문에 가벼운 제품으로 준비하면 좋다. 다운재킷도 비싸고 두꺼운 제품보다 경량 다운재킷이라 칭하는 제품을 준비하면 된다.

트래킹복은 개인의 선호에 따라 선택하면 된다. 단, 경험상 긴팔, 긴바지든 반팔, 반바지든 한벌이면 족하다. 트레일 시작 후 이틀만 지나면 다들 거지가 되기 때문에 많이 준비할 필요가 없다. 대신 트래킹용 옷과 잘 때 입을 옷은 구분해서 준비한다. 잘 때 입을 옷으로 내복을 준비해서 추울 때를 대비하는 것이 좋다. 양말과 속옷도 각 두 세트 정도면 충분하다. 마찬가지로 양말도 트래킹용과 취침용을 구분하는 것이 좋다.
모자는 뜨거운 태양을 가릴 수 있는 제품으로 준비하면 된다. 가능한 자외선 차단이 되는 제품으로 선택하자.

- 기타 장비

기타 장비로는 크게 정수기 또는 정수제, 촬영에 필요한 촬영 장비, 배터리 충전에 필요한 장비, 그리고 응급 시에 필요한 장비로 나눌 수가 있다.

정수기는 정수 방법에 따라 여러 종류의 정수기가 시중에 판매되고 있지만, 모든 상황에서 사용이 가능한 Saywer의 필터식 정수기를 많이 사용한다. MSR이나 Katadyn의 펌프식 정수기는 졸졸 흐르는 물을 정수하기에 적합하지 않고, 때에 따라서는 흙탕물도 정수해야 하는데 UV 정수기나 정수제 만으로는 별도의 필터를 만들어 걸러야 하는 번거로움이 있다. 가격도 40달러 정도고, 시중에 판매되는 여러 물통과도 호환되기에 거의 대부분의 하이커가 Saywer의 정수기를 사용한다. 두 가지 사이즈가 있는데, 이것만큼은 무게를 따지지 말고 Mini 사이즈보다는 Regular 사이즈를 선택하도록 하자. 주변에 Mini를 사용하다가 혈압이 올라 다시 Regular로 바꾸는 경우를 많이 보았다.

촬영장비는 개인의 취향에 따라 준비하되, 가능한 가벼운 장비로 선택하는 것이 좋다. 트레일을 걷는 도중 하이커들이 DSLR을 들고 다니는 것

kykomish
Pass)
ckwood
f the Gods)
Bend)
- Sisters &
shland
Castella)
ate Park
/ 36 (Chester)
e 80 to Tru
ke Tahoe)
Pass) to Br
ne Meadow
Mammoth
n Valley Res
Independenc
adows (Mt.
e Pine)
er Pass (O
Tehachapi
mi 454.5 - Agua Dulc
mi 342 - Interstate 15
mi 266 Hwy 18 (Big Bear
mi 209.5 - Interstate
mi 179.4 - Saddle Jct. (De
mi 109.5 - Warner Sp
mi 77 - Scissors Crossing
mi 42.8 - Mt Laguna
mi 20 - Lake Morena (K
Agua Dulce
Acton KOA   OWrightwood   CA SECTION   (112.5 miles)
Baden Powell   Big Bear   San Jacinto CA SECTION   (132.5 miles)
Cabazon O   OPalm Springs
Los Angeles   Idyllwild O
Warner   CA SECTION   (100 miles)
Springs
San Diego   CA SECTION   (109.5miles)

mi 2658.9 - Hwy 3 (Manning Prov. Park)
mi 2650.1 - Monument 78 (Canadian Border)
mi 2619.5 - Harts Pass (Alt to Mazama / Winthrop 🖂)
mi 2588.6 - Hwy 20-Rainy Pass (Mazama & Winth
mi 2569.4 - High Bridge (Bus to Stehekin 🖂)

은 딱 한번 본 적이 있다. 대부분의 미국 하이커는 카메라는커녕 그냥 핸드폰으로 촬영을 하는 경우가 많다. 그 외에는 고프로나 단렌즈 카메라 같은 소형 장비를 이용했다. 필자도 SONY에서 나온 단렌즈 카메라인 RX100 MK3를 이용해 모든 사진을 찍었다. 요즘은 단렌즈 카메라도 장노출이 가능해 별 사진까지 촬영할 수 있다. 장거리 하이킹에서 사용하기에 안성맞춤이다.

촬영장비를 사용하지 않더라도 핸드폰은 필수로 사용하기 때문에 배터리를 충전할 수 있는 장비가 필요하다. 솔라 차저와 보조배터리 둘 중 하나를 준비하면 되는데 하이커 대부분 보조배터리를 선호한다. 이유인즉, 평균 5일에 한 번 정도 마을을 들려 보급해야 하기 때문에 10,000mAh에서 15,000mAh 정도 용량의 보조배터리 하나만 있으면 5일 정도 트레일에서 사용하기에는 크게 불편하지 않기 때문이다. 배터리를 필요로 하는 장비의 수량에 따라 보조배터리의 용량 및 수량을 조절하면 된다.

마지막으로 응급 시에 필요한 장비다. 소화제, 진통제, 지사제, 밴드 등 일반적인 의료약품 및 바늘이나 실 그리고 리페어 패치 등을 준비하면 된다. 그 외에 저체온증이나 급작스런 악천후에 필요한 비상용 보온포(Emergency blanket, 응급비닐담요)도 하나 정도는 준비하는 것도 좋다.

그리고 또 빠뜨리면 안되는 장비가 바로 똥삽이다. 트레일 안에서 소변은 아무렇게나 봐도 상관없지만, 대변의 경우에는 필히 땅을 파서 봐야만 한다. LNT 매뉴얼에서는 아래와 같이 트레일에서의 배변활동에 대한 수칙을 나열하고 있다.

1. 물(강, 개울)에서부터 최소 50m~60m 떨어진 곳에서 봐야한다.
2. 약 20cm의 깊이에 약 15cm의 넓이로 땅을 파야한다.
3. 최초 파낸 흙이나 낙엽으로 덮어라.

추가로, 사용한 휴지의 경우는 생분해가 되는 휴지라면 함께 묻어도 되지만, 보통의 휴지라면 가지고 오는 것이 옳다.

반면에 휘트니 산의 경우는 땅을 파는 것 자체도 금지된 곳이라, 오르기 전에 나눠주는 1회용 봉투를 이용해 처리한 후 되가져와야만 한다.

- 신발
마지막으로 신발이다. 개인적으로 앞서 말한 빅 3만큼이나 중요한 장비다.

Pass - Skykomish 🖂
oqualmie Pass) 🖂

'ass - Packwood 🖂)

ake) 🖂

(Bridge of the Gods)
oody) 🖂
Pass)

- Sisters & Bend 🖂)
🖂
nzie Pass - Sisters & E
ette Pass)

de Crest)
e 🖂)

ake 🖂)
ahan's-Ashland 🖂)
der

na 🖂)
tle Crag-Castella)
/ Falls State Park

🖂
1328.8 Hwy 36 (Chester) 🖂

City 🖂)
(Interstate 80 to Truck
South Lake Tahoe) 🖂

(Sonora Pass) to Bridg
I (Tuolumne Meadows
w (Shuttle to Mammoth 🖂
ail (Vermillion Valley Resort
nch 🖂

ass Trail (to Independence 🖂

otree Meadows (Mt.Wl
Pass (to Lone Pine 🖂
ly Meadows 🖂

32 - Walker Pass (Ony

hi 566.5 - Tehachapi Pa
mi 454.5 - Agua Dulce
mi 342 - Interstate 15 (C
mi 266 - Hwy 18 (Big Bear
mi 209.5 - Interstate 10
mi 179.4 - Saddle Jct. (Devils

mi 109.5 - Warner Sprin
mi 77 - Scissors Crossing (H
mi 42.8 - Mt Laguna 🖂
mi 20 - Lake Morena (Cam

mi 2658.9 - Hwy 3 (Manning Prov. Park)
mi 2650.1 - Monument 78 (Canadian Border)
mi 2619.5 - Harts Pass (Alt to Mazama / Winthrop)
WA SECTION   (70.3 miles)
mi 2588.6 - Hwy 20-Rainy Pass (Mazama & Wint
mi 2569.4 - High Bridge (Bus to Stehekin)

PCT가 하루 이틀이면 끝나는 수학여행이 아니라 4,300킬로미터를 걸어야 하는 장거리 트레일인 만큼, 소중한 발을 지켜주는 가장 밀접한 장비이기 때문이다.

일반적으로 PCT 같은 장거리 트레일에서는 등산화보다는 가벼운 트레일 러닝화를 많이 신는다. 대부분의 등산화가 고어텍스 소재의 재질 혹은 가죽으로 되어 있어 비에 쉽게 젖지는 않지만, 한 번 젖기 시작하면 말리는 데 많은 시간이 소요되기 때문이다. 게다가 장시간 걷기 때문에 무좀이나 물집을 예방하려면 통풍이 중요하고, 신발이 무거울수록 걷는 것만으로도 칼로리를 많이 소모한다. 다만, 신발 외피의 방수 효과 유무는 개인차가 있기 때문에 이 부분은 선호에 따라 선택하는 것이 좋다.

나는 발볼이 넓은 신발을 선호한다. 장시간 걷다 보면 발이 부어오르기 마련인데, 딱 맞거나 발볼이 좁은 신발을 신으면 조금 불편하다. 이 또한 개인에 따라 다르기 때문에 트레일을 준비하면서 여러 신발을 미리 신어보고 자신에게 잘 맞는 신발을 준비하는 것이 좋다.

나는 조금 생소한 미국 브랜드인 Altra 트레일 러닝화 네 켤레를 준비해 전 일정을 소화했다. 한 켤레 당 약 1,000킬로미터를 걸었다고 보면 된다. 이 브랜드의 트레일 러닝화가 PCT 하이커들 사이에서 인기가 있기도 했고, 발볼이 넓어 내 취향에 딱 맞았기 때문이다.

하지만 신발을 선택하는 기준은 무엇보다 그 신발이 내 발에 얼마나 잘 맞느냐다. 아무리 인기가 많고 유명한 브랜드 제품일지라도 내 발과 맞지 않으면 무용지물이다. 미리 사전에 몇 종류의 제품을 선택해 신어보고 내 발에 딱 맞는 제품이라면 구매해서 몇 달간 신어보는 것도 좋다. 신발이 맞지 않아 고생한 하이커가 수도 없이 많았다.

사전 준비에 유용한 사이트

- PCTA : http://www.pcta.org/
퍼시픽 크레스트 트레일 협회에서 운영하는 공식 사이트. 퍼밋을 신청하려면 꼭 접속해야 하는 필수 사이트다. 존 뮤어 트레일을 비롯해 퍼시픽 크레스트 트레일까지 트레일의 역사에서부터 여러 유용한 정보를 얻을 수 있

Vancouver
Bellingham
Victoria
Everi
Seattl
WASHINGTON
Pa
Mt St H
Portland
Gover
Salem O
OREGON
Eugene
Shelter (
Crater Lal
Mt McLough
Medford O
Ashland O
Seiad Valley
Etna
Castella
Redding
Red Blu
Oakla
San Francisc

ykomish
e Pass)
ckwood
f the Gods)
Bend
- Sisters &
shland
Castella
ate Park
/ 36 (Chester)
e 80 to Truc
ke Tahoe)
Pass) to Bri
ne Meadow
Mammoth
on Valley Reso
Independence
adows (Mt.W
e Pine
er Pass (Or
Tehachapi

Agua Dulce
Acton KOA   O Wrightwood   CA SECTION   (112.5 miles)   mi 454.5 - Agua Dulce
Baden Powell   mi 342 - Interstate 15
          Big Bear   San Jacinto   CA SECTION   (132.5 miles)   mi 266 - Hwy 18 (Big Bear
Cabazon O   O Palm Springs   mi 209.3 - Interstate 1
Los Angeles   Idyllwild O   CA SECTION   (100 miles)   mi 179.4 - Saddle Jct. (De
          Warner   mi 109.5 - Warner Spi
          Springs   mi 77 - Scissors Crossing
San Diego   CA SECTION   (109.5miles)   mi 42.8 - Mt Laguna
                                                      mi 20 - Lake Morena (Cam

023

mi 2636.9 - Hwy 3 (Manning Prov. Park)
mi 2650.1 - Monument 78 (Canadian Border)
mi 2619.5 - Harts Pass (Alt to Mazama / Winthrop)

mi 2588.6 - Hwy 20-Rainy Pass (Mazama & Winth
mi 2569.4 - High Bridge (Bus to Stehekin)

Pass - Skykomish
oqualmie Pass)
'ass - Packwood)
ake)
(Bridge of the Gods)
ood)
Pass)
- Sisters & Bend)
zie Pass - Sisters & E
tte Pass)
de Crest)
e)
ake)
ahan's-Ashland)
der
na)
tle Crag-Castella)
/ Falls State Park
h
1328.8 Hwy 36 (Chester)
City)
(Interstate 80 to Truck
South Lake Tahoe)
(Sonora Pass) to Brid
(Tuolumne Meadows
v (Shuttle to Mammoth
il (Vermillion Valley Resort
ch
ass Trail (to Independence
otree Meadows (Mt.W
Pass to Lone Pine
y Meadows
52 - Walker Pass (Ony

다. 종주를 성공한 뒤 확인서와 메달도 해당 사이트에서 신청할 수 있다. 이역시 무료로 한국까지 배송을 해준다. 협회의 운영이 하이커들의 기부로이뤄지는 만큼 여유가 있다면 소액이라도 기부하는 것이 의미가 있겠다.

- Yogi`s book : http://www.yogisbooks.com/
장거리 트레일의 바이블이라고도 불릴 정도로 대부분의 하이커들이 사전에 구입해 읽어보는 트레일 가이드 북 사이트. 저자인 요기(Yogi)는 PCT뿐아니라 3대 트레일을 몇 번씩 종주했을 정도로 미국의 하이커 사이에서는유명한 여성 하이커다. 일반적인 트레일의 가이드뿐 아니라 마을 지도 및보급지 등 여러 유용한 정보가 수록되어 있다.

- Halfmile`s PCT MAPs : https://www.pctmap.net/maps/
PCT의 각 구간 별로 정확한 지도가 업로드되어 있어 이용자는 무료로PDF 자료를 다운로드해 출력할 수 있다. 하지만 개인이 출력하기에는 너무 방대한 양이라 Yogi`s book에서 출력 서비스를 대행하기도 한다. 메뉴의 map 카테고리에서는 kml파일도 받을 수 있다. 현재는 하이커 대부분무게와 편의성 때문에 관련 앱을 다운로드해서 사용하지만, 아직까지 몇몇아날로그 감성의 하이커들은 해당 사이트에서 출력한 종이지도를 구간 구간 나눠 들고 다닌다.

- Craig`s PCT Planner : https://www.pctplanner.com/
PCT의 전체 구간을 자신이 설정한 시간당 속도 및 하루 트래킹시간으로시뮬레이션해볼 수 있는 사이트. 대략적인 전체 일정을 점검하는 면에서정말 유용한 사이트로 각 보급지를 기점으로 나누고 있기 때문에 보급전략을 세우는 데도 많은 도움이 된다. 나도 이 사이트에서 일정을 시뮬레이션하고 보급전략을 세웠다.

- Wikiloc : http://www.wikiloc.com/wikiloc/home.do
자신만의 GPS 트랙을 만들어 저장하고 활용할 수 있는 사이트. 이 사이트에 가입해서 자기만의 루트를 만들 수도 있고, 다른 하이커들이 미리 만들어놓은 파일도 보고 다운로드할 수 있다. Halfmile`s map에서 다운로드한

mi 566.5 - Tehachapi P
mi 454.5 - Agua Dulce
mi 342 - Interstate 15 (C
mi 268 - Hwy 18 (Big Bear
mi 209.5 - Interstate 10
mi 179.4 - Saddle Jct. (Devil
mi 109.5 - Warner Sprin
mi 77 - Scissors Crossing (H
mi 42.8 - Mt Laguna
mi 20 - Lake Morena (Kick
CA SECTION (112.5 miles)
CA SECTION (132.5 miles)
CA SECTION (100 miles)
CA SECTION (109.5miles)

kml 파일을 해당 사이트에서 불러와 웨이포인트를 확인하고 저장할 수 있다.

- Plan Your Hike : http://www.planyourhike.com/

PCT 보급 전략을 세울 때 참고할 사이트. 보급전략뿐 아니라 식량 및 장비에 대한 정보도 잘 정리되어 있어 한 번 정도는 정독해볼 필요가 있는 사이트다.

- PCT Classic of 2017 :
https://www.facebook.com/groups/243855379127788/?fref=ts

매년 당해 연도 PCT 하이커끼리 정보를 교류하려고 만드는 페이스북 공식 그룹. 궁금한 사항이나 위급한 상황 시 해당 그룹에 도움을 요청하면 즉각 반응해줄 정도로 많은 하이커가 모여 있다. 하이커뿐 아니라 트레일 엔젤이나 하이킹을 좋아하는 사람들도 모여 있다.

유용한 어플리케이션

- Halfmile PCT

아이폰은 물론 안드로이드의 앱 스토어에서 무료로 다운로드하여 사용할수 있다. 무료 앱인 만큼 구성이 심플하지만, 대부분의 하이커가 사용할 만큼 정확도가 높고 유용한 앱이다. 휴대폰의 비행기 모드에서도 GPS를 수신해 현재 위치를 표시하고 트레일을 벗어나면 알람으로 경고해준다. 현재 위치뿐 아니라 전 구간에 걸친 웨이포인트(Waypoint) 정보가 수록되어 있어 별다른 지도 없이 해당 앱만으로도 트레일을 종주하는 데 아무 문제가 없을 정도다. 단점이라면 지도정보가 아니라 미리 입력된 좌표 루트만 표시하기에 위치 확인이 조금 불편하다.

- GUTHOOK`S HIKING GUIDE

유료 앱이지만 유료인 만큼 Halfmile PCT에 비해 보기가 좋다. 온/오프라인 모드로 전체 지도를 불러올 수 있어 내가 지금 어디에 위치하고 있는지

mi 2658.9 - Hwy 3 (Manning Prov. Park)
mi 2650.1 - Monument 78 (Canadian Border)
mi 2619.5 - Harts Pass (Alt to Mazama / Winthrop)
mi 2588.6 - Hwy 20-Rainy Pass (Mazama & Wint
mi 2569.4 - High Bridge (Bus to Stehekin)

좀 더 확실하게 파악할 수 있다. 기본적인 구성은 Halfmile PCT와 같지만 사용하기가 더 편하다. 각 웨이포인트 간의 표고차도 확인할 수 있기 때문에 트래킹 거리를 조율하는 데 용이하고, 무엇보다 이미 나보다 앞서 간 하이커의 리뷰를 보고 조금 더 정확한 정보를 알 수 있다. 다섯 개의 구간으로 나누어 판매하고 가격은 그리 비싸지 않은 편이다. 투자할 만한 가치가 있다.

트레일 용어 정리

- 트리플 크라운(Triple Crown)

미국의 3대 장거리 트레일인 애팔란치아 트레일(AT), 퍼시픽 크레스트 트레일(PCT), 컨티넨탈 디바이드 트레일(CDT)을 모두 완주하는 것. 나는 PCT를 마치고 시애틀의 호스텔에서 트리플 크라운을 달성한 한 하이커를 운 좋게 만날 수 있었다.

- 섹션 하이커(Section-Hiker)/ 스루 하이커(Thru-Hiker)

장거리 트레일을 구간으로 나누어 하이킹을 하는 하이커를 섹션 하이커라 부른다. 보통 장거리 트레일은 완주하는 데만 4개월에서 6개월이 소요되기 때문에 상황이 여의치 않은 하이커들이 구간을 나누어 여러 해에 걸쳐 완주하기도 한다. 이와 반대로 장거리 트레일을 한 번에 완주하는 하이커를 스루 하이커라고 한다.

- 노보(NOBO)/ 소보(SOBO)

트레일의 진행방향을 북쪽으로 하느냐, 남쪽으로 하느냐에 따라 각각의 하이커들을 구분하여 지칭하는 말이다. 북쪽으로 향하는 하이커들을 NORTH BOUNDER, NOBO라 칭하고, 남쪽으로 향하는 사람들을 SOUTH BOUNDER, SOBO라 칭한다. PCT 하이커의 약 90퍼센트가 NOBO다.

- 트레일 네임(Trail Name)

PCT를 하이킹하는 사람들이 각자의 이름 대신 부르는 호칭. 주로 본인이

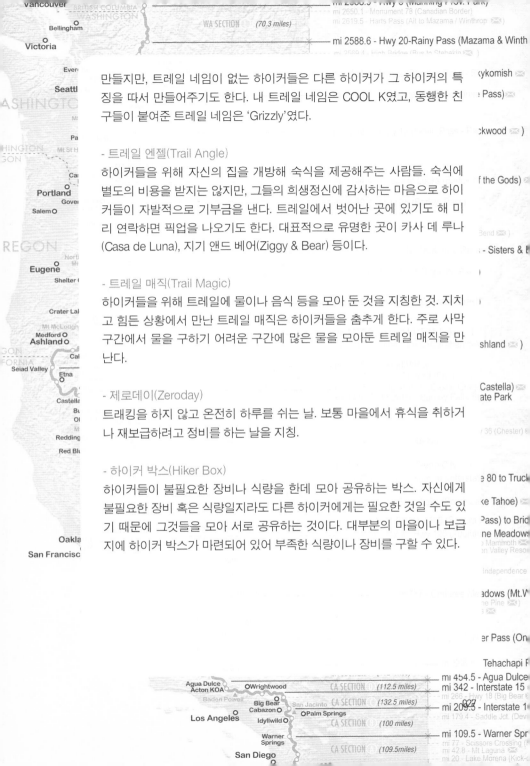

만들지만, 트레일 네임이 없는 하이커들은 다른 하이커가 그 하이커의 특징을 따서 만들어주기도 한다. 내 트레일 네임은 COOL K였고, 동행한 친구들이 붙여준 트레일 네임은 'Grizzly'였다.

- 트레일 엔젤(Trail Angel)

하이커들을 위해 자신의 집을 개방해 숙식을 제공해주는 사람들. 숙식에 별도의 비용을 받지는 않지만, 그들의 희생정신에 감사하는 마음으로 하이커들이 자발적으로 기부금을 낸다. 트레일에서 벗어난 곳에 있기도 해 미리 연락하면 픽업을 나오기도 한다. 대표적으로 유명한 곳이 카사 데 루나(Casa de Luna), 지기 앤드 베어(Ziggy & Bear) 등이다.

- 트레일 매직(Trail Magic)

하이커들을 위해 트레일에 물이나 음식 등을 모아 둔 것을 지칭한 것. 지치고 힘든 상황에서 만난 트레일 매직은 하이커들을 춤추게 한다. 주로 사막구간에서 물을 구하기 어려운 구간에 많은 물을 모아둔 트레일 매직을 만난다.

- 제로데이(Zeroday)

트래킹을 하지 않고 온전히 하루를 쉬는 날. 보통 마을에서 휴식을 취하거나 재보급하려고 정비를 하는 날을 지칭.

- 하이커 박스(Hiker Box)

하이커들이 불필요한 장비나 식량을 한데 모아 공유하는 박스. 자신에게 불필요한 장비 혹은 식량일지라도 다른 하이커에게는 필요한 것일 수도 있기 때문에 그것들을 모아 서로 공유하는 것이다. 대부분의 마을이나 보급지에 하이커 박스가 마련되어 있어 부족한 식량이나 장비를 구할 수 있다.

1부

내려놓는 길

출발 ~ 캘리포니아 섹션

시작이 반이라더니

● '하~ 덥다.'

입국 수속을 마치고 공항 밖으로 나서자마자 후끈한 열기가 콧속으로 들어왔다. 다행히 습하지 않아 그늘은 시원했지만, 한국보다 이른 더위에 숨이 턱 하고 막혔다. 잠시 그늘에 앉아 장장 열네 시간을 참은 담배를 꺼내 물고 폐 깊은 곳으로 연기를 끌어들였다. 온몸이 나른해지면서 손끝까지 감각이 되살아났다. '괜찮아. 이제 이것도 트레일 안에서 끊을 테니까……' 안될 걸 알면서도 헛된 자신감으로 스스로를 합리화했다.

빵빵!

우람한 차체만큼이나 우렁찬 클랙슨 소리와 함께 하얀색 도요타 툰드라 한 대가 내 앞에 섰다. 차의 주인은 큰 키에 건장한 체구, 짙은 선글라스로 반쯤 가린 얼굴이었지만 캐주얼한 복장 때문인지 생각보다는 젊어 보였다. 아웃도어 브랜드 제로그램의 이현상 대표님이 소개해준, 내가 여기 미국 LA까지 올 수 있도록 현지에서 많은 도움을 줄 이주영 선배님과의 첫 조우였다.

퍼시픽 크레스트 트레일(이하 PCT)을 올해 가야겠다고 마음먹고 나서 약 2개월 동안 모든 것을 스스로 만들어냈다. 국내에는 관련 정보가 없어 구글링으로 현지 하이커가 올리는 정보를 참고했다. 처음엔 무엇을 어디서부터 시작해야 하는지조차 혼란스러웠다. 천천히 우선순위를 세워 서두르지 않고 하나씩 정보를 모으다 보니 조금씩 윤곽이 잡히기 시작했다. 마지막까지 남은 가장 큰 문제는 식량보급 부분이었다. 한국이 아닌 타지에서, 그것도 1~2주 정도가 아니라 완주까지 4~5개월 정도 소요되는 트레일을 무리 없이 진행하려면 현지에서의 지원이 절실했다. 이유인즉, 총 24회로 나눠 보급해야 하는 식량을 한국에서 보내려니 비용이 너무 많이 들었고, 미국에서 트레

미국 우체국의 PRIORITY MAIL SERVICE를 이용하면 무게 상관없이 박스 크기 별로 정해진 금액만 내고 미국 전역으로 보낼 수 있다

일 시작 전에 다 보내려고 하니 각 보급지에 소포를 보관하는 기간이 제한되어 있어 불가능했다. 이 답답함을 한방에 해결해준 분이 바로 이주영 선배님이다. 선배님을 소개받고 나니 모든 것이 일사천리로 준비되었다. 선배님은 캘리포니아주의 플라센치아^{Placentia}라는 곳에 산다. 위치상으로 PCT를 지원하기에 완벽한 장소다. 정작 소개해준 이현상 대표님은 배가 아프겠지만, 나로서는 천군만마를 얻은 셈이다. 왜냐면 대표님이 PCT를 간다면 꼭 도와주겠다고 약속한 사람이 선배님인데, 그 카드를 나에게 양보했기 때문이다.

다소 어색한 첫인사를 나눈 후 우리는 LA공항에서 선배님이 사는 플라센치아로 이동했다. 미리 예약한 선배님 댁 근처의 호텔에 짐을 풀고 나니 그제야 진짜 미국에 왔구나 하는 실감이 나기 시작했다. 나를 위해 바쁜 시간을 빼 친절을 베풀어준 선배님께 감사 인사를 드리고 가져온 짐을 풀어헤친 후 다시 하나도 빠짐없이 배낭에 꼼꼼하게 옮겨 담았다. 완벽하진 않겠지만, 그럭저럭 다 준비한 것 같다. 할 수 있는 만큼은 준비했다. 그만큼 준비할 수 있도록 도움 준 많은 분에게 감사했다. 시작이 반이라더니, 반을 걸은 것만큼 힘든 시간이기도 했다.

앞으로는 내가 만들어 가야 하는 길이다. 그 길에서 내가 얼마나 많은 것을 보고 느낄 수 있을지, 얼마나 성장할 수 있는지는 오롯이 내 몫이다. 앞으로 어떤 길이 펼쳐질까 설렘 반, 걱정 반에 잠을 쉽게 이룰 수 없었다.

PCT의 시작을 알리는 킥오프^{Kick-Off}가 열린다. 정확히는

ADZPCTKO^{Annual Day Zero Pacific Crest Trail Kick Off}. 매년 4월 중순에서 말경, 그해 출발하는 PCT 하이커를 위해 PCTA^{Pacific Crest Trail Association}에서 주최하는 공식 파티. 올해는 4월 22일~24일, 24일~25일로 나눠 열리는데, 나는 두 번째 세션에 참가했다. 사실 여기에 꼭 참석할 필요는 없지만, 관련이 있는 모든 콘텐츠를 다 경험해보고 싶어 일부러 출발 일정을 킥오프에 맞춰 잡았다. 지금이 아니면 언제 또 여길 와서 이런 행사에 참가해보겠는가?

감사하게도 행사가 열리는 모레나 호수^{Lake Morena}까지 꽤나 먼 거리를 주영 선배님이 태워 주었다. 선배님은 당신이 좋아서 하는 거라 말했지만, 낯선 이국땅에서는 이런 손길 하나하나가 정말 감사하고 도움이 된다. 아쉽게도 캠프장에 도착하자마자 어디선가 걸려온 전화를 받은 선배님은 일 때문에 다시 샌디에이고로 넘어가야 한다고 했다.

"감사합니다. 선배님!"

수백 번 절을 해도 표현할 수 없는 감사함을 무언의 포옹과 악수 한 번으로 쿨하게 마무리 지었다. 점점 작은 점으로 변해가는 선배님의 차에서 눈을 떼지 못하고 멍하니 서 있다가 이제 정말 혼자라는 생각에 기분이 이상해졌다. 비가 섞인 차가운 공기가 더 차갑게 느껴져 옷깃을 다시 여미고, 쓸쓸함을 감추려고 사람이 많은 곳으로 몸을 숨겼다.

킥오프에서는 모인 하이커를 위해 여러 프로그램을 여는데, 먼 길을 떠나야 하는 하이커들이 알아야 할 중요한 정보를 재미있게 전달해준다. 역시 미국은 하이커의 천국이라는 말을 실감하면서 한편으로는 부러웠다. 부러우면 지는 거라 했는데, 나는 시작하기도 전부터 이런 외적인 측면에서 지고 들어갈 수밖에 없었다. 그런 나를 응원이라도 하듯이 비가 점점 거세져, 미리 쳐 둔 캠프장의 텐트 안으로 들어가 비를 피했다.

드디어 4,300킬로미터나 되는 장거리 트레일의 시작을 알리는 해가 밝았다. 행사가 열린 모레나 호수가 트레일의 출발점인 멕시코 국경에서 약 32킬로미터 정도 떨어진 지점의 트레일 상에 위치하기에, 많은 하이커가 킥오프에 참가했다가 멕시코 국경지대인 캄포Campo로 이동했다가 복귀하는 식으로 첫날을 진행한다. 그래서 오늘은 짐을 다 챙겨 떠날 필요가 없다. 가볍게 32킬로미터를 걷는 데 필요한 물과 점심, 행동식만 배낭에 챙겨서 길을 나섰다. 다행히 행사장 중간에 카풀 신청판이 있어 카풀을 미리 신청할 수도 있고, 이른 새벽에도 차량을 지원해주는 트레일 엔젤 덕분에 다들 멕시코 국경까지 차를 얻어 타고 갈 수 있었다.

사진으로만 보던 멕시코 국경을 마주하는 순간, 회사를 그만두고 오늘 이 자리에 서기까지의 모든 과정이 스치듯 머릿속을 지나갔다. 바라던 것을 이룬 내가 자랑스러웠고, 오늘부터 이 길을 걸을 거란 생각에 미소가 떠나지 않았다. 수십 번 포즈 잡고 눌러댄 카메라를 접어 넣고 트레일에 첫 발을 내디뎠다. 비 때문에 걷기에 더 쾌적했다. 나뿐 아니라 함께 시작한 예닐곱 명의 하이커도 이 길이 처음이었는지 주변을 두리번거리며 색다른 환경에 감탄하기 바빴다. 사막이 처음

PCT의 시작인 멕시코 국경에서 한 컷, 이른 아침이라 그런지 얼굴이 부어 있다

인 나도 거칠고 황량한 이 길의 매력에 점점 빠져드는 것 같았다.

텍사스에서 온 로렌과 오리건에서 온 조드, 아직 트레일 네임을 정하지 못한 친구들과 걷는 속도가 비슷해 함께 걸었는데, 이 조드란 친구는 샌들만 신고 PCT를 종주하겠다는 부푼 꿈을 안고 시작했다고한다. 끝까지 파이팅 하라고는 했지만 '그 먼 길을 샌들만으로 과연 가능할까? 다리가 못 버틸 것 같은데' 하는 걱정이 되었다. 하지만 야속하게도 문제는 조드가 아니라 나에게 일어났다. 걸은 지 두 시간도채 안되어 왼쪽 무릎에 이상 신호가 왔다. 통증이 무릎 바깥쪽에서 느껴지는데 분위기가 심상치 않았다. 몇 년 전에도 이런 통증을 느낀 적이 있다. 시작부터 왜 이러나 싶어 속도를 늦추며 천천히 걸었지만, 통증은 가라앉지 않고 점점 더 심해졌다. 경사가 심한 오르막이나 내리막이 많은 것도 아닌데 왜 시작부터 무릎이 아픈지, 별일 없기를 바라면서 계속 걸을 수밖에 없었다.

오전 7시경 시작한 트레일은 오후 3시쯤 끝이 나 모레나 호수 캠프장으로 복귀했다. 간단히 샤워를 하고 나서 킥오프 행사의 남아 있는 여러 프로그램에 참가했다. 저녁에 조드와 함께 맥주 한잔하면서도 내 머릿속은 온통 무릎 통증 걱정으로 가득 차 있었다. 제발 단순한 통증이기를 바라고 또 바랐다.

다음날 아침, 내 바람과는 달리 통증은 오른쪽 무릎까지 번졌다. 짐을 정리하고 홀로 머나먼 길을 떠나야 할 시간이지만, 시작과 동시에 찾아온 이 위기가 나를 짓누르기 시작했다. 무료로 제공되는 아침 식사를 먹는 둥 마는 둥하고 짐을 챙겨 트레일로 향하는 발걸음은 통증만큼이나 무거웠다. 이곳에서 처음 사귄 친구, 조드에게 인사도 못 하고 떠나는 게 아쉬웠지만 그런 걸 신경 쓸 겨를도 없었다. 이 상태로 하루 32킬로미터씩 정해놓은 스케줄을 소화하려면 일찍 나서야 해가 지기 전에 캠핑을 할 수 있을 듯했다.

거친 사막이 주는 황량함이 더해져 침착하려 한 마음은 더 무거워지고, 다음 목적지까지의 식량과 5리터의 물이 더해진 배낭은 어깨를 짓눌렀다. 쉽지 않을 거라 생각했지만 시작부터 이럴 줄은 몰랐다. 다 내가 견뎌야 할 무게인 데 누구에게 하소연하겠나? 스스로를 달래면서 한 발 한 발 내디뎠다. 그나마 오르막을 올라 내려다본 광활한 대지는 잠시나마 통증을 잊게 했고, 내리쬐는 태양 아래서 먹는 건조식량도 배가 고파서인지 꿀맛이었다.

해가 뉘엿뉘엿 질 무렵, 뒤따라온 조드와 다시 만나 함께 모레나 호수로부터 약 32킬로미터 진행한 지점에서 캠핑을 했다. 저녁이 되어 도착한 다른 하이커들도 각자 자리를 잡고 함께 저녁을 먹으며 즐거운 시간을 보냈지만, 무릎 통증 때문에 함께 할 여유가 없었다. 내가 잠든 이후에도 늦게까지 이야기를 나누었는지, 아침에 일어나 짐을 정리하고 출발하기 전까지도 조드는 기척도 없었다. 이것이 조드와의 마지막인 줄도 모르고, 또 만날 수 있을 거라 생각하며 먼저 길을 나섰다.

사막의 아침은 청량했다. 해는 6시부터 뜨기 시작했지만, 주변의 산과 나무가 그늘을 만들어줘 오전 9시까지는 걸을 만했다. 하지만 태양이 머리 꼭대기에 있을 무렵에는 찾으려 해도 찾을 수 없는 그늘을 찾아 이리저리 옮겨 다니는 게 일이다. 그래서 대부분의 하이커가 11시까지만 길을 걷고, 가장 해가 뜨거운 정오부터 오후 서너 시까지는 그냥 자리를 펴고 낮잠을 즐긴다. 나도 그들을 따라 한두 번 시도는 해봤지만, 성가신 파리와 내리쬐는 햇빛 때문에 쉽게 쉴 수 없었

황량한 대지를 올라 모든 걸 내려다볼 수 있는 백만 불 짜리 텐트사이트에서 캠핑한들,
그 아름다움도 통증을 이겨내기엔 역부족이었다

다. 쉬는 시간마저 즐기지 못하고 불평만 할 바에야 차라리 천천히 걷는 게 낫다는 생각에 조금씩 자주 쉬는 방법으로 계속 걸었다.

입에 맞는다 생각한 건조식량이지만 너무 더워 먹을 수 없었다. 준비해 간 육포만 간신히 입에 넣으며 에너지를 보충했다. 이런 환경을 생각하지 못하고 뜨거운 물을 부어야만 하는 건조식량을 점심과 저녁으로 준비한 나 자신을 원망했지만, 이것도 경험이다 생각하고 견뎌낼 수밖에 없었다. 비화식(스토브를 이용하지 않고 그냥 먹을 수 있는 음식)은 육포가 전부인 나와 달리 현지의 하이커들은 대부분 말린 과일이나 믹스넛(견과류)으로 끼니를 해결하고 있었다. 걸으면서 입에 톡톡 털어 넣는 그 모습이 어찌나 맛있어 보이는지…….

날씨가 더운 만큼 땀도 많이 흘려 마시는 물의 양도 어마어마했다. 회사나 집에서는 하루에 1리터 마시는 것도 벅찼는데, 여기서는 하루에 최소 5리터를 마신다. 그 탓에 평균적으로 짊어지고 다니는 물의 양이 5리터에서 많게는 7리터까지 늘어났다. 물 때문에 늘어난 무게는 그대로 내 몫이다. 배낭의 기본 무게가 8~9킬로그램, 식량 3~4킬로그램이라 했을 때, 물이 더해진 배낭의 무게는 16킬로그램에서 20킬로그램까지 되는데, 이 무게가 고스란히 무릎으로 전해지니 지금 무릎에 통증이 있는 게 당연지사다. 나는 자만했고, 이제껏 경험해보지 못한 사막이라는 트레일 환경을 얕보았다. 그 오만함이 결국 스스로를 무너뜨리기 시작했고, 통증은 양쪽 무릎에서 오른쪽 발목까지 번져 더욱더 나를 괴롭혔다.

어찌 참고 걸었지만 그 고통이 고스란히 잘 때 밀려와 잠도 못 이뤘다. 밤새 몸을 뒤척이며 참고 참다 진통제를 먹고서야 기절하듯 잠들 었다. 발목 통증은 갈수록 심해져 무릎이 아팠다는 걸 잊어버릴 정도가 되었다. 잘 때뿐 아니라 낮에 걸을 때도 진통제로 간신히 버티긴 했지만, 그걸로 해결되지 않을 거라는 건 이미 알고 있었다. 일단은 무식하고 미련해 보일지라도, 첫 번째 보급지까지 가서 상태를 살펴보는 게 낫다고 판단하고는 행동에 옮겼다. 첫 번째 보급지인 워너 스프링스Warner Springs는 캄포에서 약 177킬로미터 떨어진 지점으로, 현 지점에서 64킬로미터가 좀 넘게 남아 있었다. 그 전에 줄리안Julian이 라는 작은 마을이 있었지만, 마을로 향하는 갈림길에 늦게 도착하는 바람에 히치하이킹이 쉽지 않아 그냥 포기하고는 워너 스프링스로 향했다.

워너 스프링스까지의 여정은 정말 지옥처럼 힘들었다. 몸 상태도 몸 상태지만, 사막이 문제였다. 사막에서는 매 시간 끊임없이 물과의 전쟁을 치러야 한다. 물을 많이 짊어져 힘이 들기도 했지만, 그보다 물이 없어서 걱정되거나 힘든 적이 더 많았다. 캘리포니아의 가뭄은 내 생각보다 훨씬 더 심각했다. 데이터북에 물이 있는 지점을 체크해서 필요한 양만 보충하고 다녔는데, 수원이 가뭄 때문에 말라 있는 경우가 종종 있었다. 한 번은 한창 더울 시간에 물이 다 떨어져 다음 수원까지 6킬로미터를 더 가야만 하는 상황이었는데, 갈증이 너무 심해 그 자리에 주저앉았다. 다행히 얼마 지나지 않아 내가 주저앉아 있는 길을 두 명의 하이커가 지나갔다. 그 하이커들이 물을 조금 빌려줘 겨우 살았다. 그 후로는 무겁더라도 항상 1~2리터의 물을 더 보충해

태양을 피할 곳은 없다. 그냥 인내하고 걸을 수밖에

서 가지고 다녔고, 하루 섭취하는 물의 양도 점점 늘어만 갔다. 물을 마실수록 몸은 물을 더 원했다. 대신 물을 많이 마셔서 그런지 생체 리듬은 지극히 정상이었다. 매일 아침 눈을 뜨면 배변을 했고, 소변 도 하루 10회 정도. 다만 물이 귀해 씻을 수 없으니 날이 갈수록 몰골 이 말이 아니고, 땀에 찌들어 냄새도 심해진다. 거지도 이런 상거지 가 따로 없는데 그나마 다행인 건 나만 그런 게 아니라는 점이다.

다행히 물이 귀한 지역이라 그런지 하이커들을 위한 트레일 매직 도 많았다. 약 32킬로미터 정도 물이 없는 구간이 있는데, 누군가 1갤 런짜리 생수를 미리 수백 개씩 쌓아두고 'PCT HIKER ONLY! Max 3 Liter Per Person!'이라는 메모만 적어 놓았다. 그걸 그곳에 가져다 놓은 사람도 대단하지만, 정말 물이 필요한 시점이라 욕심을 낼 수도 있는데 정확히 3리터만 가져가는 하이커도 대단했다. 누가 지켜보지 않아도, 서로가 서로를 위하면서 지킬 건 지키는 모습. 그들의 이런 성숙한 모습과 문화가 정말 멋있었다.

길을 떠난 지 5일째 되는 4월 29일, 드디어 대망의 160킬로미터 지점을 통과했다. 이제 약 16킬로미터만 더 가면 워너 스프링스에 도착한다. 남은 거리만큼이나 통증은 점점 더 심해졌다. 다리를 절면서도 8킬로미터 정도 더 걸어서 도착한 텐트사이트에 쓰러지듯 배낭을 내려놓고 하늘을 올려다봤다. 그리곤 원망하듯 속으로 읊조렸다.

'오~ 하늘이시여! 진정 저를 시험하시는 겁니까?'

이 날 만큼은 믿지도 않는 신을 찾을 수밖에 없었다. 기나긴 고통의 시간 속에서 기댈 게 나 하나론 부족했으니까.

이상과 현실 사이

● 적어도 워너 스프링스에 도착하기 5분 전까지만 해도 그곳에만 도착하면 내가 원하는 모든 것을 다 할 수 있을 줄만 알았다. 하지만 오전 10시가 채 안되어 도착한 워너 스프링스는 번번한 마켓 하나 없는 그냥 학교 앞 공터에 위치한 주민센터 같은 곳이었다.

가이드북에서 이미 체크는 했지만, 이 정도로 삭막할 줄은 몰랐다. 건물 앞 공터에는 커다란 떡갈나무 두 그루가 있다. 유일하게 그늘이 드리워진 이 나무 아래가 하이커를 위한 무료 캠핑장인 듯하다. 나처럼 이제 막 도착한 하이커 말고도 전날 도착해 이곳을 떠날 채비를 하고 있는 하이커도 많이 보였다. 일단은 타는 갈증을 해소하려고 건물 안으로 들어갔다. 응접실 같은 분위기에 여러 테이블이 놓인 이 공간은 마치 하이커의 사랑방 같았다. 꼬질꼬질한 하이커가 옹기종기 모여 있는 사랑방 한쪽 구석에 다행히도 작은 선반을 놓고 과일이나 아

바위의 모습이 날개를 펼친 독수리와 닮은 이글 락. 워너 스프링스로 가는 길에서 마주치게 되는 유명한 포토존이다

이스크림, 스낵과 음료를 파는 미니 마켓(?)이 있었다.

그런데 아무리 찾아도 맥주는 보이지 않았다. 뜨거운 사막을 지나면서 냉수 샤워 후에 마시는 시원한 맥주 한 잔을 계속 생각했는데, 혹시나 하는 마음에 주위를 둘러봤지만 맥주는 보이지 않았다. 맥주를 마시는 하이커조차도 볼 수 없었다. 알고 보니 바로 앞에 초등학교가 있고, 커뮤니케이션 센터란 이름하에 공공장소로 분류돼 규정상 이곳에서는 술을 마시지 못한다. 아쉽지만 게토레이와 사과 세 개를 사들고 배낭을 둔 나무 아래로 돌아왔다.

PCT에서 처음으로 맞이하는 휴식일이라 이것저것 할 게 엄청 많을 것만 같았는데, 막상 와보니 뭘 해야 할지 감을 잡을 수 없었다. 일단 오늘 야영할 명당을 잡아야 하니, 나무 그늘 가장 좋은 자리에 텐트를 펼치고 짐을 풀었다.

다들 우체국에서 찾아온 소포를 펼쳐놓고 짐을 꾸리고 있었는데, 주변을 둘러봐도 우체국이 보이지 않았다. 옆에 만사 귀찮다는 듯 나무 아래 자리를 깔고 누워 낮잠을 청하고 있는 하이커에게 눈치도 없이 물어보니, 역시나 귀찮다는 듯 "저기로 가서 저기로 가면 있을 거야"라고 웅얼거리곤 다시 고개를 돌렸다. 이놈 말만 믿고 걸어 간 게 화근일까? 우체국은 이곳에서 약 3킬로미터 정도 떨어진 곳에 있었고, 나오겠지 하며 아픈 다리를 질질 끌면서 아스팔트 길을 30~40분가량 걸어가서야 마침내 우체국을 찾을 수 있었다. 나중에 알고 보니, 커뮤니케이션 센터나 현지 경찰이 하이커를 위해 우체국까지 무료 셔틀 운행을 하고 있었다. 멍청하면 손발이 고생한다더니, 누굴 탓할 수 있으랴! 그래도 큼직한 보급상자를 받고 나니 기분은 좋았다.

'건조식량, 건조식량…… 육포, 또 건조식량…….'

보급을 받아 기분은 좋았지만, 문제는 식량의 구성이다. 이미 뜨거운 사막을 경험한 터라 이 식량 구성으로는 어렵다는 걸 알았지만, 뭔가 이 상황을 타개할 방법이 없었다. 이곳의 유일한 마트는 커뮤니케이션 센터 안에 있는 구멍가게! 그곳에서 파는 물건만으로 식량을 대체하는 건 어림도 없다. 이것 또한 내 잘못인 것을 누구에게 하소연하랴. 영어라도 잘하면 아무나 붙잡고 신세한탄이나 해볼 텐데. 답답한 마음에 빨래나 하려고 세탁실로 가보니, 무슨 마가 끼었는지 잘 돌아가던 세탁기에 문제가 생겼다면서 손빨래를 해야 한단다. 다리

건조식과 라면, 알파미 등 화기를 사용해야만 먹을 수 있는 식량 구성은
뜨거운 사막에는 어울리지 않았다. 말린 과일이나 견과류가 필요했다

는 아프지, 뭐 하나 제대로 되는 건 없지, 목구멍까지 올라온 화를 가
까스로 누르며 이 상황에 녹아들 수밖에 없었다.

'에라이, 잠이나 자자.'

그래도 태양만 피하면 시원한 캘리포니아의 건조한 기후 덕분인
지 나무 그늘 아래 텐트에 누워 살랑살랑 부는 바람을 온몸으로 맞으
니 잠이 솔솔 오기 시작했다.

"너 한국에서 왔니?"

막 들려는 단잠을 깨우는 목소리에 일어나 보니, 텐트 메시 사이로
웬 여자애가 나를 보고 얘기하는 게 보였다. 빅뱅, 특히 탑을 좋아해
5월 1일에 발표하는 신곡을 목이 빠져라 기다리는 이 미국 여자애는
케이트라는 친구로 스마일앤드마일스, 줄여서 S&M이란 트레일 네
임을 사용하는 스물일곱 살 처자다. 한국어를 공부하고 있다며 내민
한국어 교재는 역시나 앞에서 서너 장까지만 공부한 흔적이 있었지
만, 수줍게 "안녕하세요"라고 말하는 한국말은 내 귀를 간질이기에

충분했다. 낯선 이국땅에서 하나의 공통된 주제, 그것도 내 나라 내 조국을 주제로 얘기할 수 있다는 게 참 신기하기도 하고 고맙기도 했다.

쉬면 나아질 줄 알았던 발목은 가라앉기는커녕 더 부어올랐다. 발 갛게 달아오른 것을 보니 염증이 생긴 듯한데, 진통제 말고는 조치할 만한 것이 없었다. 내일 일어나면 조금 더 나아졌기만을 바랐다. 다음 보급지인 아이들와일드Idyllwild에 가서 다른 방도를 찾을 수밖에. 밤은 점점 깊어 가는데, 뭔가 아쉬운 마음에 쉽게 잠이 오지 않았다. 내가 생각한 워너 스프링스에서의 휴식은 이런 게 아니었는데. 그런 데 어쩌면 이게 맞고, 내가 잘못 생각했을 수도 있다. 내가 누워 있는 이곳은 네온사인이 새벽까지 맞이해주는 한국의 밤거리가 아닌 퍼시픽 크레스트 트레일, 그중에서도 황량한 캘리포니아 사막의 시작

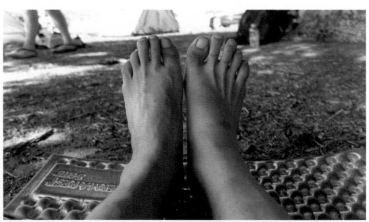

심하게 부어 오른 오른쪽 발등과 발목. 무릎보다 오히려 발목이 걱정되기 시작했다

점이니까. 이상과 현실 사이는 냉정과 열정사이 만큼이나 벌어져 있었다.

다음날 아침, 간밤에 통증으로 잠을 설쳤더니 컨디션이 영 좋지 않다. 눈은 떴지만 침낭에서 몸을 일으키기가 싫었다. 한참을 뒹굴다 보니 어느덧 시간은 8시가 넘었다. 벌써 떠났거나 떠나려고 분주하게 움직이는 다른 하이커들을 보고 있자니 몸을 일으키지 않을 수 없었다.

'그래 나서자.'

조금이라도 힘을 더 내볼까 해서 보급품에 넣어둔 고추참치를 꺼내 지난밤 남긴 식은 밥에 비벼 한술 들었다. 공터 옆 주차장에 차 한 대가 들어서더니 건장한 남자 세 명이 내렸는데 두 명은 트렁크에서 짐을 꺼내고, 한 명은 그들을 배웅하러 왔는지 물끄러미 그 둘을 바라만 보고 있었다. 두 명은 젊고, 한 명은 늙은 걸 보니 부자관계인 듯했다. 어려서부터 가족 단위로 아웃도어 활동을 많이 해서 그런지 이런 장거리 트레일도 가족과 함께 하는구나. 보기만 해도 흐뭇한 광경에 내심 부러웠다. 아버지와 산에 가본 지가 언제던가? 대학생 때만 해도 주말에 집에 내려가면 일요일 아침은 아버지와 함께 동네 뒷산에 오르기도 했는데, 지금은 바쁘다는 이유로 집에도 잘 안 내려가고 내려간다 해도 늦잠을 자느라 그 잠깐 함께할 수 있는 시간마저도 갖지 않는다. 어릴 때 아버지의 주도로 온 가족이 자칼 텐트 들고 여름마다 계곡으로 놀러 가 캠핑하던 경험 덕분에 밖에서 텐트 치고 자는 게 익숙한 나로서는 아버지와의 함께 한 그 시간이 그리울 수밖에 없다. 지나고 나면 이렇게 후회할 걸, 왜 그땐 모르고 지냈는지……. 집 나오면 효자 된다는 말이 맞는 것 같다. 후회스러운 마음을 추스르고 짐을 정리했다. 9시가 되어서야 길을 나섰지만, 배낭을 다시 메고 떠나는 발걸음이 가볍지만은 않았다. 워너 스프링스에서 아이들와일드까지는 약 110킬로미터. 지금 상태로는 4일 정도 걸릴 듯했다. 그 중간에서 80킬로미터 지점에는 하이커들이 오아시스라 부르는 '파라다이스 카페'가 있다.

아침부터 햇볕이 무섭게 내리쬐었지만 길을 걷는 자를 붙잡을 수는 없는 법. 인터넷이나 영화에서만 보고, 늘 꿈만 꾸던 길. 그토록 바라던 이 길 위에 서 있는 내가 대견스러웠다. 한편으로는 도대체 이 길이 어떤 매력이 있어 나를 이끌었는지 궁금해졌다. 다 이유가 있겠지. 타는 듯한 갈증과 끊어질 듯 아픈 두 다리 때문에 한 걸음 한 걸음이 고통스러웠지만, 그러면서도 웃고 있는 걸 보면 분명 이유가 있을 것 같긴 하다.

'지금 당장은 모를지라도, 아마 이 길의 끝에 설 때쯤이면 알 수 있겠지?'

작은 개울을 따라 걷는 길이 끝나자마자 하염없는 오르막길이 시작된다. 스위치백(좌우로 왔다 갔다 하며 경사도를 줄이는 길)으로 올라가는 길이지만, 이 더위 속에서 하루에 두세 번씩 산을 오르락내리락하면 몸이 금방 너덜너덜해지는 것만 같다. 중간에 쉴 때는 우산을 이용해 그늘을 만들어야 조금이나마 쉴 만한 공간을 마련할 수 있다. 아침 이후에 먹은 게 없어 열량 보충을 하려고 다 녹은 초코바를 두어 개 짜 먹고 몸을 식혔다. 덥고 온 몸은 땀으로 범벅이 된 데다 파리는 자꾸 앵앵거리며 성가시게 하니, 쉬는 것도 쉬는 게 아니었다. 다른 하이커들은 이런 상황에서 어찌나 잘도 자는지, 내가 아직 내공이 부족한가 보다. 십여 분이나 앉아 있었을까? 다시 길을 나섰다. 흐르는 땀에 셔츠며, 바지며, 배낭 등판 할 것 없이 다 젖었다. 이런 고생을 아는지 모르는지, 뜨거운 모래에서 쉬던 도마뱀이 내 인기척에 흠칫 놀라며 왜 방해하느냐는 듯 눈을 흘기고는 이내 내빼버린다. 오후 3시가 넘었지만 아직도 갈 길이 멀다. 하지만 다리는 추를 매단 듯 무겁기만 했고, 오른쪽 발등부터 발목까지 통증이 안 느껴지는 곳이 없다. 다리를 질질 끌듯이 하며 가다 보니 비포장도로가 나왔다. 트레일 엔젤의 집이 근처에 있으니 들렀다 가라는 표지판이 보였다. 걸음

일흔이 넘은 듯한 나이에도 불구하고, 다른 젊은 친구들보다도 빠르게 걸었던 티렉스와 함께

을 재촉해 도착한 곳에는 킥오프에 참가해 하이커들에게 브리또를 나눠주던 트레일 엔젤 부부의 집이 있었다. 이곳엔 계속 앞서거니 뒤서거니 하며 걷던 친구들이 이미 자리 잡고 있었다.

초코 바로만 연명한 하루였는데, 트레일 엔젤이 준비한 로스트 치킨과 포테이토, 팬케이크 그리고 꿈에서나 보던 시원한 캔맥주를 보니 감동이 쓰나미처럼 밀려왔다. 게 눈 감추듯 손으로 싹싹 긁어먹고 나서야 정신이 조금 들었다. 맥주 한 캔에 정신이 몽롱해지는 건 참으로 오랜만에 느껴보는 기분이다. 가지고 있는 현금 중 5달러를 기부하고 여기 있는 친구들과 얘기를 나누다 보니 아이들와일드로 가는 길 중간에 이전에 발생한 산불 때문에 통제된 구간이 있다고 한다. 정확한 지점은 모르겠지만, 대부분 파라다이스 카페에서 히치하이킹으로 아이들와일드로 바로 간다는 걸 보니 그 즈음인 듯했다.

시간이 더 늦으면 안 될 것 같아 트레일 엔젤에게 감사 인사를 전하고 다시 길을 나섰다. 약 3킬로미터 정도 걸었을까? 어느덧 석양이 깔리기 시작했고, 다리도 더는 안 되겠는지 통증으로 그만 가라 말하기에 그냥 트레일 옆에 평평한 곳을 골라 텐트를 쳤다.

오늘 캠프 메이트는 티렉스. 거의 일흔이 다 된 이 할아버지는 머리는 하얗게 셌지만, 체력만큼은 뒤지지 않았다. 티라노사우루스만큼 늙었다는 뜻으로 지은 트레일 네임을 설명하며 환하게 웃었다.

'아니에요 티렉스. 시작하자마자 다리가 고장 난 나보다 훨씬 나은데요, 뭘…….'

속으로 읊조리며 하늘을 올려다봤다. 오늘따라 이놈의 달은 슬프게도 밝구나.

sin prisa, pero sin pausa

● 아지랑이 피어오르는 뜨거운 아스팔트 너머로 이 길과 어울리지 않는 건물에 차가 주차돼 있는 게 보였다. 티렉스와 헤어지고 나서 아픈 다리를 질질 끌다시피 하며 하루를 더 걸어 파라다이스 카페에 도착했다. 문을 부술 기세로 박차고 들어가 눈에 보이는 빈자리를 찾아 쓰러지듯 앉았다. 시원한 에어컨 바람에 정신이 좀 드니 주변이 보였다. 이른 시간임에도 이미 카페 안은 늦은 아침을 해결하는 여행객과 땀에 찌들어 냄새를 풀풀 풍기는 하이커로 북적였다.

케이트[S&M]와 그녀의 친구 케이틀린도 곧 들어왔다. 이미 카페 안은 만석인지라 4인 테이블을 혼자 용감히 점령하고 있는 나에게 합석을 요청했다. 이 카페는 PCT 하이커 사이에서 햄버거가 맛있기로 유명한 곳이라 내심 기대했으나, 너무 일찍 도착하는 바람에 점심메뉴가 나오지 않아 오믈렛으로 허기를 달랠 수밖에 없었다. 그래도 차가운 IPA 맥주를 한 모금 아니, 두어 병 할 수 있다는 기쁨에 실망할 겨를도 없이 서둘러 주문했다.

이곳부터 다음 목적지인 아이들와일드까지는 이전에 난 산불 때문에 길이 통제되어 우회하든지 아니면 히치하이킹을 해서 바로 아이들와일드로 가야 했다. 불행인지 다행인지 모르겠지만, 지금 내 상태로는 당연히 아이들와일드로 히치하이킹을 할 수밖에 없다.

케이트와 이런저런 트레일 정보를 나누다 보니 다른 하이커도 속속 도착했다. 제임스와 베스는 지난밤 함께 야영을 한 커플인데, 제임스는 몇 년 전 용인에서 영어를 가르친 적이 있다고 한다. 둘 다 캐나다 출신으로 이번 여행을 끝내면 동남아시아 쪽으로 떠나 그곳에서 터를 잡고 다시 영어를 가르칠 계획이라고 한다. 나중에 안 사실이지

마음 같아서는 한 일주일 정도 여유를 가지고 쉬었다 가고 싶을 정도로 아기자기하면서 아름다운 마을, 아이들와일드

만, 머리가 벗겨져서 그렇지 제임스는 아직 30대 초반이고 베스는 20대라고 했다. 도무지 나이를 가늠할 수 없는 외국 애들 때문에 앞으로 나이는 신경 안 쓰기로 했다.

창문 건너 야외테이블에 티렉스가 앉아 있었다. 맞은편엔 웬 할머니가 앉아 있었는데 상황을 보니 부인인 듯했다. 반가운 마음에 다가가 인사를 나누다 이들도 식사 후에 아이들와일드로 갈 거라는 말에 나도 동승하기로 하고 티렉스가 식사를 마치기가 무섭게 배낭을 챙겨 이들을 따라나섰다. 티렉스 와이프의 차를 얻어 타고 수월하게 아이들와일드에 도착했다. 이들은 내가 다리가 안 좋다는 걸 알고는 친절하게도 마을 숙소 앞까지 나를 데려다 주었다. 빨리 나으라는 말과 함께 떠나는 이들을 향해 고맙다고 외치며 손을 흔들고는 체크인을 하러 숙소로 들어갔다.

하룻밤에 84달러나 하는 숙소였지만, 지금은 돈에 신경 쓸 겨를이 없었다. 방이 남아 있는 걸 다행이라 생각하고는 캐빈을 하나 빌려 짐을 풀고, 마치 매미가 허물을 벗듯이 땀과 먼지에 찌든 몸을 씻어내기 시작했다. 여전히 부어 있는 발목에 냉수마찰을 좀 해봤지만, 크게 효과가 있는 것 같지 않았다. 다리는 불편했지만 샤워 덕분인지 기분은 상쾌했다. 편한 복장에 슬리퍼를 신고 마을을 한 번 둘러보기로 했다. 우리나라로 치면 산골마을 정도 되는 이곳은 리버사이드 카운티의 산하신토 산Mt. San jacinto 중턱에 자리 잡은 작은 마을로, 아기자기한 카페와 아트갤러리, 레스토랑, 기념품점 등이 있고 하이킹이나 암벽등반, 낚시 등으로 인기가 높은 휴양지다.

캐빈 좌측에 위치한 레스토랑 야외무대에서 흘러나오는 라이브 밴드의 경쾌한 컨트리 송은 마치 내가 장거리 하이커가 아니라 이곳에 휴양하러 온 사람인 듯한 착각을 불러일으키게 했다. 여기저기 기웃거리듯 마을을 거닐다 장비점을 발견하고는 사지도 않을 장비를 이것저것 만져보다 결국 안 사도 되는 티타늄 스푼을 하나 손에 쥐고 흐뭇한 표정으로 나왔다.

배가 슬슬 고파져 마트에 먹을거리를 사러 가는 길에 캐빈 근처에서 제임스와 베스를 만났다. 이 커플도 내가 묵고 있는 캐빈 맞은편에 오늘 묵는다고 했는데, 저녁에는 오늘 이곳에 도착한 여러 하이커와 함께 자기 캐빈에서 캠프파이어를 할 예정이라며 별 일 없으면 함께 하자고 했다. 오케이.

여정을 시작하고 제대로 된 단백질 섭취를 못한 터라 두툼한 쇠고기와 샐러드, 와인과 맥주로 단백질과 알코올도 좀 보충하기로 했다. 혼자 먹기엔 많은 양이었지만 아침으로 오믈렛을 먹고 점심을 건너뛴 터라 배가 무척 고파 손이 가는 대로 샀다. 모처럼 여유롭게 감미로운 음악과 와인 한 잔 그리고 육즙 가득한 양질의 스테이크를 한입 먹으니 무미건조한 건조식량에 메말라가던 미각이 하나둘 깨어나 다시 숨쉬기 시작했다. 이 순간만큼은 세상 누구도 부럽지 않았다.

혼자만의 여유를 즐기다 찾아간 제임스네 캐빈에는 하이커 대여섯 명이 벽난로 앞에 모여 앉아 맥주와 함께 담소를 나누고 있었다. 간단히 인사를 나누고 그들과 함께 고요하게 따스한 벽난로의 불을 한동안 멍하니 바라만 보았다. 이곳에 모인 하이커들 중 '프레츨'이란 트레일 네임의 하이커가 내 발목이 부어오른 걸 보고는 얼음찜질이 필요하다면서 냉장고에서 얼음을 꺼내 얼음팩을 만들어주었다. 뜻밖의 선의에 미쳐 고맙다는 인사도 못하고 그저 부어오른 발목에 얼음팩을 대고는 맥주만 마셨는데, 그는 자기도 이전에 애팔래치아 트레일Appalachian Trail(미국 3대 장거리트레일 중 하나)을 종주할 때 똑같은 부위가 아팠지만 얼음찜질로 효과를 봤다고 자신했다. 고맙다는 의미로 맥주를 들어 보이곤 멋쩍은 미소와 함께 한 잔 쭈욱 들이켰다. 베스는 캠프파이어에는 무조건 마쉬멜로우가 필요하다며 언제 꺼냈는지 두툼한 마쉬멜로우를 긴 꼬챙이에 꽂아 불 앞에 자리를 잡고는 낚시를 하듯 마쉬멜로우를 불 속으로 집어넣었다. 제임스는 조용한 분위기를 바꾸려고 그동안 겪은 무용담을 늘어놓기 시작했다. 그러자 마치 이 순간만 기다렸다는 듯 너도 나도 떠들어대기 시작했다. 타오르는 불꽃만큼이나 붉게 물든 얼굴들은 너나 할 것 없이 지금이 살면서 가장 행복한 순간이라는 표정을 짓고 있었고, 커지는 웃음소리만큼 밤은 깊어갔다.

다음날 아침, 얼음찜질에도 불구하고 발은 나을 기미가 없어 보였다. 그래서 오늘 출발해야 하나, 하루 더 쉬어야 하나 고민하고 있을 무렵, 주영 선배님이 전화했다. 상기 형과 함께 여기로 저녁에 온다고 한다. 상기 형은 미국에 와서 주영 선배님이 소개해준 분인데, 편하게 형이라고 부르기로 했다. 형은 지인의 PCT를 한 번 도와준 경험이 있어 나에게 트레일 정보와 노하우를 많이 알려주었다. 고민할 필요 없이 하루 더 묵기로 결심했다.

처음으로 맞이하는 제로데이(트레일을 걷지 않고 쉬는 예비일)라 뭘 해야 할지 몰라 빈둥거리기만 했다. 침대에 누워 얼음찜질을 하다 다시 베란다에 걸터앉아 광합성을 하면서 지나가는 하이커에게 인사를 하는 등 무료한 듯 무료하지 않은 시간을 즐기고 있는데, 제임스와 베스가 짐을 꾸려나왔다. 오늘 트레일로 돌아가냐고 물으니, 내일 출발할 건데 예약자 때문에 방을 더 잡을 수 없어 숙소를 옮길 거라 했다. 아무래도 나처럼 하루 더 쉴지 말지 고민하다 타이밍을 놓친 듯했다. 난 그들에게 저녁에 한국 친구(?)가 코리안 BBQ와 소주를 가져올 테니 꼭 들리라고 하자 대뜸 김치도 있냐고 되물었다. 한국에서 생활할 때부터 김치의 매력에 푹 빠졌다며, 이런 기회를 놓칠 수 없으니 꼭 오겠다는 말을 남기곤 베스와 함께 어디론가 사라졌다.

주영 선배님의 방문으로 한바탕 때아닌 코리안 BBQ 파티를 즐겼다. 나보다 김치를 더 많이 먹은 PCT 하이커들

제임스와 베스가 묵던 캐빈에 새로운 사람이 들어왔다. 낯익은 얼굴이 보였다. 맙소사, 케이트와 케이틀린이었다. 마침 나를 발견했는지 케이트가 "쿨~케이" 하며 반갑게 인사를 하러 뛰어왔다. 이제 막 도착해서 짐을 풀었다며 발 때문에 하루 더 쉬고 간다는 나를 걱정해 주는 모습이 고마워 케이트도 저녁식사에 초대했다.

아직 해가 있어 어둡지 않은 저녁 무렵, 주영 선배님과 상기 형 그리고 상기 형 형수님까지 함께 캐빈에 도착했다. 나뿐 아니라 네 명의 굶주린 하이커도 기다리던 코리안 BBQ, 김치도 물론 함께였다. 나는 반가움과 고마움에 거듭 인사를 드리며 그간의 스토리를 지난밤의 제임스처럼 구구절절 선배님들께 한편의 대 서사시처럼 늘어놓기 시작했다.

김치만큼이나 화끈한 저녁 타임이 지나고, 내 발 상태를 본 선배님은 절대 무리하지 말라고 주의를 주었다. 상기 형은 만약 발에 이상이 있으면 욕심내지 말고 샌하신토 산을 지나서 만나는 10번 프리웨이에서 연락하라고 당부했다.

아이들와일드를 떠나 험버 파크Humber Park에서 다시 시작되는 트레일은 산을 넘어야 하는 길이라 오르막과 내리막이 계속 이어진다. 내리막에서 체중을 실을 수밖에 없는데 그게 발목에 너무 큰 부담이 된 모양이다. 샌하신토 산을 하루에 다 넘지 못하고 내리막 중간에서 하루를 보냈다. 결국 10번 프리웨이에서 상기 형을 만나기로 했다. 10번 프리웨이로 가는 길은 너무나도 고통스러웠다. 바람이 엄청 강하기로 유명한 곳이기도 했는데, 그 바람을 뚫고 다리를 절면서 만나기

남들에겐 그냥 굴다리로 보였겠지만, 고통에 시달리던 그 당시의 나에겐 마치 콜럼부스가
  발견한 신대륙과도 같았다

로 약속한 10번 프리웨이의 굴다리까지 가는 동안 적어도 열댓 번은 넘게 쉬었다. 통증에 통증이 더해져 발을 땅에 디딜 때마다 나도 모르게 악 소리가 절로 나기도 했다. 바람에 균형을 잃고 휘청거리기라도 할 때는 차라리 그대로 쓰러졌다 일어나는 게 편했다. 조금만 더 가면 있는 다음 보급지인 지기앤베어^{Ziggy & Bear}라는 트레일 엔젤 하우스에서 쉴 수도 있었지만, 내 오른쪽 발목은 전문적인 치료가 필요했다. 겨우 도착한 굴다리에서 상기 형을 기다리며 생각했다.

'이게 정말 나를 시험하는 것이고 누구나 한 번쯤 이 길에서 겪어야 하는 일이라면, 나는 절대로 이 시험에 들지 않을 것이다. 물론 포기하는 사람도 있겠지만, 그게 적어도 나는 아닐 것이다.'

어려운 일이 생길 때마다 늘 생각하고 생각하며 행동하려 애썼던 말을 다시 한 번 되뇌었다.

'Sin prisa, pero sin pausa(서두르지 말되 멈추지도 마라).'

저 앞에서 누군가 소리를 지르며 손을 흔드는 게 보였다. 상기 형이다. 고개를 숙이며 눈물 섞인 안도의 한숨을 깊게 내쉬었다.

'아, 이제 살았구나······.'

내려놓음의 미학

● "뭐가 널 자꾸 얽매이게 만드는 거야?"

치료를 받으려고 잠깐 트레일에서 벗어나 상기 형 댁에서 지냈다. 치료를 받으면서도 한시바삐 트레일로 돌아가야 한다는 생각에 사로잡혀 제대로 쉬지 못하는 나를 보고 주영 선배님과 상기 형이 결국 쓴 소리를 했다. 무엇 때문에 이렇게 조바심을 내는 건지 사실 나조차도 알 수 없었다. 모든 걸 벗어나 순수하게 나를 위한 시간을 가지려고 시작한 이 여정에서, 나는 나도 모르게 뭔가를 자꾸 얻으려 하고 의미를 부여하려 애쓰고 있었다. 어디서부터 잘못됐는지 모르겠지만, 이제 이틀밖에 안 지났고 치료도 한의원에서 침 한 번 맞은 것밖에 없는데 낫지도 않은 다리로 자꾸 트레일로 들어가려고 하는 걸 보면 뭔가 단단히 잘못된 게 분명하다.

직장을 그만둔 탓에 다시 돌아가면 막막한 현실에 부딪혀 힘겨운 싸움을 해야 한다는 불안감 때문인지, 아니면 PCT 종주로 뭔가 하나라도 얻어내고 싶은 갈망 때문인지. 햇살 눈부신 어느 한적한 카페 창가에 앉아 따뜻한 모닝커피와 달콤한 블루베리 치즈크림을 얹은 베이글을 먹으며 맞이하는 이 한가로운 브런치 타임과는 어울리지 않는 무거운 생각을 하고 있는 내가 한심했다.

'다 내려놓으려고 여기 온 거 아니야?'

답하지도 못할 질문을 속으로 쏟아내면서 스스로를 질책하기 시작했다.

그렇다. 나는 이 트레일에 첫 발을 내딛는 순간부터 내가 만들고 준비한 덫에 걸려 지금과 같은 상황을 연출하고 있었다. 미천한 자만심이 생전 처음 접한 새로운 환경에 몸이 적응할 시간도 주지 않고 최고의 컨디션을 내라고 마구 채찍질했다. 순수함 그대로를 즐기기보다 무언가를 자꾸 찾아내려 애썼다. 다시 처음으로 돌아가고 싶었다. 이 여정을 하기로 마음먹은 순수하던 그때로.

상기 형 댁으로 돌아오자마자 차고 있던 GPS 손목시계를 풀었다. 그동안 하루하루 걸은 거리를 확인하고 기록하며 다리가 아파 절뚝이면서도 꾸역꾸역 30킬로미터 이상을 채우려고 시계를 계속 체크했다. 배낭 안의 짐도 싹 꺼내서 다시 정리했다. 불안 때문에 챙긴 장비와 옷을 걷어내기 시작했다. 양말 세 켤레, 속옷 두세 벌, 반바지, 긴바지, 반팔, 긴팔 셔츠 등 입지도 않는 여분의 옷이 너무 많았다. 이전에 늘 그렇게 다녔기 때문에 이렇게 준비했지만, 지금까지 경험해본 바 여벌이 필요치 않아서 양말 한 켤레, 속옷 하나, 긴바지, 긴팔만 남기고 다 끄집어냈다.

조금씩 짐을 내려놓기 시작하자 복잡하던 머릿속도 조금씩 가벼워지는 듯했다. 당장 내일이라도 트레일로 복귀하려던 계획도 바꿔 좀 더 쉬고 5일 후에 한 번 더 오라는 한의사님 말씀대로 하기로 했다. 생각이 많으면 인생이 고달프다는 〈타짜〉 속 아귀의 대사처럼, 생각을 내려놓으니 마음도 홀가분해지고 여유가 생긴다.

'그래. 6개월이나 걸릴 텐데 고작 일주일 쉬는 게 뭐가 대수야?'

꿀처럼 달콤한 휴식을 취하며 다리도 점점 회복되었다. 한국에서도 맞아 본 적 없는 침을 미국에서 두 번씩이나 맞을 줄 누가 알았으랴? 다행히 침이 효과가 있어 발목의 붓기는 다 가라앉았고, 통증도 거의 못 느낄 정도로 괜찮아졌다. 천사와도 같은 주영 선배님과 상기형 덕분에 몸과 마음이 모두 완치된 듯했다. 무거운 짐을 내려놓고 나니 한결 가벼워졌고, 덕분에 다시 트레일로 돌아가면 그 길에서 보고, 듣고, 느끼는 모든 것을 내 안으로 받아들일 수 있을 것 같았다.

가난한 하이커라 마지막 밤에 한국식 치킨과 맥주로 감사를 대신할 수밖에 없었지만, 그 마음만큼은 진심이었다. 그래서인지 마주치는 잔에서 나는 소리가 더더욱 크고 진하게 느껴졌다. 같은 곳을 바라보고 같은 길을 공유한다는 것만으로도 내 것을 내어 줄 수 있는 정. 난 내가 가진 그릇보다 더 큰 사랑을 받았다.

다음날, 트레일로 돌아간다는 것을 하늘도 알았는지 날씨가 조금 흐렸다. 캘리포니아의 태양은 너무 강해 오히려 이런 흐린 날씨가 하이킹하기에는 더 좋다. 스타벅스에서 커피를 주영 선배님과 하나씩

사 들고 트레일 중단 지점인 지기앤베어로 향했다. 그리 멀지 않은 거리였기에 약 한 시간 좀 더 걸려 도착했다. 다리만 안 아팠으면 이곳 트레일 엔젤 하우스에 머물며 다른 하이커들과 즐거운 시간을 보냈을 텐데. 아쉽긴 했지만 몸이 더 중요하니 어쩔 수 없는 선택이었다. 지기앤베어로 보급품을 보내 놓은 게 있어 찾으려고 잠깐 들렀다. 이른 시간이었지만 많은 하이커가 빨래도 하고 뒷마당에 모여 한가로운 시간을 보내고 있었다.

"hi."

"how`s going."

마주치는 하이커들과 인사를 나누며 안내표시가 걸린 곳에서 보급품을 찾았다. 8일치 식량이 들어 있는 보급품 박스에서 건조식량인 '마운틴하우스'와 육포는 주영 선배님 편으로 다시 보내기로 하고, 준비해온 행동식으로 대체했다. 행동식은 말린 과일이나 믹스넛

다시 시작하는 트레일. 늘 그렇듯 모든 것은 자기가 있어야 할 곳에 그대로 있었고 변한건 하나도 없었다

처럼 조리하지 않고 먹을 수 있는 것을 칭하는 말이다. 아침 점심은 간단히 행동식으로 때우고 저녁만 조리해 먹는 편이 사막구간에서는 훨씬 효과적인 식단이다. 학습의 효과라고 할까?

선배님과 다시 작별인사를 나눴다. 선배님은 절대 무리하지 말고, 또 몸이 안 좋아지면 바로 연락하라는 말씀을 하시고는 내가 점점 작아지는 점이 될 때까지 지켜보고 계셨다.

"감사합니다, 선배님!"

올 때와는 다르게 다시 태양이 다시 돌아와 머리 위에서 뜨겁게 내려쬐기 시작했다. 바람이 강한 지역이라 능선 위로 풍력발전기가 열심히 돌아갔는데, 시원한 바람 덕분에 뜨거운 태양도 견딜 만했다. 콧속으로 들어오는 흙 내음에 기분이 좋았다. 일주일이란 시간을 바깥세상에 머물면서 문명을 만끽했는데, 금방 젖어드는 셔츠와 흙냄새 덕분에 야생으로 돌아온 게 실감났다.

오늘은 갈 수 있는 곳까지만 무리하지 않고 가기로 했다. 첫날부터 무리해서 좋을 게 없으니까. 데이터 북을 확인해보니 큰 강도 있고 24킬로미터 지점에 숙영지와 물도 있어 크게 힘들 것 같지 않았다.

길이 정말 좋다. 바람이 좀 강하긴 했지만 맞바람에 맞서기도 하고 등 떠밀리기도 하며 걸었다. 점심은 대충 길가에 앉아 에너지바와 견과류로 때우고 계속 걸었다. 지도에는 큰 강이 있다고 하는데 가뭄이 심해 다 말라버렸는지 앙상한 물줄기만 흐르는 강이 하나 나왔다. 살이 빠져 그런지 영 볼품이 없다. 마실 물은 넉넉했기에 그냥 지나치기로 하고 가는데 왼쪽으로 언덕이 내어준 그늘 아래 매트를 깔고 쉬고

한없이 펼쳐진 길. 그늘 진 곳을 찾기 어려운 만큼, 그늘을 찾아 즐기는 달콤한 휴식은 모든 걸 용서하게 한다

있는 하이커가 여럿 보였다. PCT로 돌아오긴 했구나. 가벼운 인사를 나누고 계속 길을 걸었다.

　다리에 최대한 무리를 안 주고 걸으려 하는데 아직 완전히 나은 게 아닌 듯하다. 발목 통증은 가라앉았지만, 여전히 무릎 쪽에서 통증을 조금 느껴졌다. 신경 쓰였지만 조금씩 조심스럽게 걷고 걸어 오늘 숙영할 곳에 다다랐다. 숙영지는 훌륭했다. 나 말고도 서너 명의 하이커가 더 있었지만 서로 방해되지 않을 만큼 텐트 사이의 거리는 충분했다. 텐트를 치고 텐트 사이트 옆에 흐르는 물줄기에 반다나(스카프 대용으로 쓰는 큰 손수건)를 적셔 대충 얼굴과 팔만 닦아내고는 텐트에 드러누웠다. 저녁을 안 먹었지만 별로 배가 고프지 않았다. 대신 매트를 텐트 밖으로 조금 꺼내 머리만 내놓고 밤하늘을 수놓은 별을 올려다

보며 이런 아름다움을 고스란히 내 안에 담을 수 있는 여유와 이를 허락해 준 자연에 감사했다.

그동안 같은 길 위에 있었지만 허영을 좇느라 놓친 것들,
순수한 아름다움과 자유 그리고 나 자신.
내려놓고 나니 비로소 하나둘씩 눈에 보였다.
저 밤하늘을 수놓은 수많은 별들처럼.

2부

깨달음의 길

캘리포니아 섹션

걱정 말아요 그대

● 빅베어^{Big Bear}로 향하는 길은 생각보다 가팔랐다. 힘들 것이란 말을 들었는데 역시나 힘들다. 다리에 신경을 계속 쓰면서 걸어서 더 그런지도 모른다. 줄인다고 줄인 짐도 여전히 무거워 배낭이 무게를 못 버티는 것 같았다. 그 탓에 고스란히 어깨로 부담이 오기 시작한다. 한국에서 1박 2일 정도 다닐 때야 아무렇게나 다녀도 크게 상관없었지만, 여기서는 내가 결정한 사소한 것 하나하나가 다 결과로써 책임을 묻는다.

트레일로 돌아온 후 첫날은 크게 무리가 없었지만, 어제는 오르막을 오르고 오늘은 온종일 내리막길을 걸었더니 오른쪽 무릎에 조금씩 무리가 오는 것이 느껴졌다. 잠시 배낭을 내리고 곡물로 만든 에너지바를 하나 꺼내 물었다. 꿀이 들어 있어 텁텁하지 않고 먹을 만했다. 이 작은 바 하나가 약 250킬로칼로리 정도를 공급해주니 고마울

따름이다. 평소에는 쳐다도 안 보는 것인데, 이 길에서는 모든 게 다 소중하다. 작은 것 하나에서도 고마움과 소중함을 느낄 수 있어 색다르다.

고도가 높고 날씨까지 흐려서 그런지 몹시 추웠다. 더운 곳만 걷다가 갑자기 추워지니 그 느낌이 배가 되는 것 같다. 패딩을 입어도 추웠다. 나만 그런 게 아니었는지 나무 그루터기에 모닥불을 지핀 흔적이 남아 있다. 아마도 이곳에서 캠핑을 하던 친구들이 예상하지 못한 추위에 몸을 녹이려고 불의 힘을 빌린 것 같다. 그러고 보니 캠핑하기 딱 좋은 곳이네.

원래 예정대로라면 빅베어는 그냥 지나쳐야 하지만, 몸이 적응하기 전까지는 무리하기보다 천천히 움직이는 게 나을 것 같아 하루 들렀다 가기로 했다. 식량은 충분하기에 보급할 필요는 없었다. 이곳

겪어 보지 않으면 느낄 수 없는 트레일 매직. 힘들게 걷다 우연히 마주하게 될 때는 그 고마움이 이루 말할 수 없을 정도로 크게 느껴진다

문화를 즐기자는 목적이다.

　다시 길을 나서는데 얼마 가지 않아 트레일 매직이 정말 마법처럼 '짠' 하고 나왔다. 큰 철제 캐비닛이 있었고 그 옆엔 낡은 소파가 놓여 있었다. 아마 배고프고 목마른 하이커가 잠시 쉬면서 과일과 음료를 마시라고 이렇게 만들어 놓은 듯했다. 철제 캐비닛 안에는 과일과 소다, 과자 그리고 서로 필요한 걸 나눠 쓰는 작은 하이커박스가 놓여 있었다. 방명록도 있어 누가 먼저 이곳을 지나갔는지 확인도 할 수 있다. 누가 시키지도 않아도 대부분의 하이커가 자기 몫으로 꼭 하나씩만 챙기는 걸 잊지 않는다. 자신 이외의 다른 하이커도 누려야 할 트레일 매직이라는 걸 알고 있기 때문이다.

　약 1.6킬로미터 정도를 더 걸은 후 유진이라는 한국계 미국인 하이커를 만났다. 유진의 말로는 이곳 빅베어에 '파파스머프Papa smurf'라는 유명한 트레일 엔젤이 살고 있다고 한다. 자기는 거기서 하루 묵고 간

누구에 대한 사랑 표현일까?

다며 나 보고도 같이 가자고 권했다. 마침 잘됐다 생각하고는 흔쾌히 동행하기로 하고 발걸음을 재촉했다.

PCT에는 유명한 트레일 엔젤 하우스가 몇 군데 있다. 캘리포니아 지역의 '까사 데 루나Casa De Luna'와 오리건의 '파이퍼스 맘Pipe's mom', 워싱턴주의 '하이커 헤븐Hiker Heaven' 등. 그런데 파파스머프는 처음 들어봤다. 그만큼 내가 가진 정보가 빈약하다는 말인데, 그래도 걱정할 것 하나 없다. 어느 마을이든 트레일 엔젤이 있는 곳은 마을 어귀쯤에 팻말이나 표지판을 세워 놓고 연락처까지 다 알려주기 때문이다. 빅베어에 가까워지니, 머물기를 희망하는 하이커는 연락하라는 파파스머프의 안내문이 길가에 널려 있었다. 이미 유진이 연락을 취했었는지, 도로로 나오니 얼마 지나지 않아 한 차량이 우리 앞에 섰다. 배가 뽈록하고 인상 좋게 보이는 할아버지가 차에서 내려 우리를 향해 웃으며 말했다.

파파 스머프

"오늘 우리 집에 올 친구가 자네들이야? 더 올 사람 있어?"

파파스머프였다. 앞선 하이커는 있었지만 그들은 그들의 일정대로 먼저 떠났고, 우리 뒤에 따라오는 하이커가 있는지 몰랐기에 없다고 대답하고 차를 타고 그의 집으로 향했다. 얼마 가지 않아 어느 한적한 마을의 주택가로 들어섰고, 마당에 큰 비닐하우스가 있는 집 앞에 차가 멈춰 섰다.

PCT를 시작하고 처음 접하는 트레일 엔젤 하우스. 먼저 와서 쉬고 있는 하이커가 여럿 있었다. 나는 머쓱하게 일단 집 밖에 짐을 풀고 안으로 들어가 인사를 나눴다. 비닐하우스는 하이커가 많이 올 경우를 대비해 만들어 놓은 야외 숙소다. 대부분의 하이커들은 짐만 밖에 두고 집 안에서 텔레비전을 보거나 대화를 나누며 쉬고 있었다.

엔젤 하우스 대부분은 그곳을 방문하는 하이커의 기부로 운영자금을 마련하는데, 기부만으로 그 노고를 대신하기엔 턱없이 부족하다. 트레일 엔젤을 한다는 것은 트레일과 하이커를 사랑하지 않고는 절대 불가능한 일이다. 이곳을 경험하면 그 애정이 얼마나 헌신적인가를 느낄 수 있다. 정해진 건 없지만 보통 하룻밤 묵고 가는 데 20~30달러 정도를 기부한다. 물론 이보다 많이 내는 사람도 있고 적게 내는 사람도 있지만 하이커들이 최소 이 정도는 기부하자고 목소리를 높이고 있다. 하이커에게 헌신하는 이들에게 표하는 최소한의 예의이기도 하고, 인근 게스트하우스나 모텔을 이용하는 금액에 비해 아주 저렴할 뿐만 아니라 음식까지 제공해주기 때문이다.

가난하고 배고픈 하이커에게는 천국이나 다를 바 없는 곳이다.

이곳에서 하루만 묵고 가기로 하고 어색한 기분을 풀려고 주변을 둘러보며 다른 하이커와 섞이기 시작했다. 약 열 명 정도의 하이커가 머물고 있었고, 나와 같이 온 유진은 친구와 연락이 되었는지 친구가 데리러 오기로 해서 바로 떠난다고 했다.

작은 체구지만 훌륭한 기타 솜씨의 '정글짐'

일본에서 온 여성 하이커 '미키마우스'

음악을 공부하고 음악을 들으며 명상으로 감정을 컨트롤한다는 잘생긴 '울프'

온몸에 문신이 있고 매력적인 금니를 자랑하는 '죠스'와 그의 친구 '킹 투'

말은 많지만 나름 수학교사인 '택시'

어리지만 강인해 보이는 아가씨 '문 번'

찰리라는 개와 함께 하이킹을 하고 있는 '유니콘'

여기서 머문 지 꽤 오래되었다는 '빅보이'

정말로 부럽던 '리버 젤리' 커플

한 곳에 모여 처음 만나는 친구와 이런저런 얘기를 하며 시간을 즐기고 있자니, 이게 내가 바라던 여행이구나 하는 생각이 들었다. 다른 환경에서 자라온 이들과 같은 시공간에 있으니 느낌도 새롭고 배울 점도 많았다. 특히나 이들의 자유스러운 토론 문화는 언어의 장벽을 넘어 듣는 이로 하여금 그 분위기에 파묻히게 만든다.

누군가 한 주제를 이야기하기 시작하면 하나둘 모여들어 그 주제에 대한 자신의 생각을 말한다. 반대 의견을 내더라도 목소리가 높아지지 않는다. 내용을 다 알아듣기 힘들었지만, 분위기만 보더라도 이런 문화가 하루아침에 생긴 것은 아님이 분명하다. 어려서부터 받은 정규 교육에서 비롯한 성숙된 토론 문화, 우리나라의 주입식 교육과는 다른 교육 방식이 아마도 이런 자연스럽고 자유로운 토론의 장을 어디서든 만들어내게 하는 것 같았다.

오바마 대통령이 기자회견에서 한국 기자에게 질문권을 주었을 때 누구 하나 질문하지 않아 중국 기자가 대신 질문하던 상황이 이를 단적으로 보여주는 예다.

한동안 얘기를 나누다 저녁을 먹으려고 자리를 정리했다. 저녁 메뉴는 멕시칸 푸드. 다 함께 먹을 저녁이기에 역할을 나누어 재료를 다듬고, 주방 한편에서는 정글짐이 기타를 치며 노래하기 시작했다. 좋은 사람들과 맛있는 음식 그리고 음악, 소박하지만 아름다운 분위기에 내 마음은 이미 배가 불렀다.

다음날 아침, 다시 채비를 하고 길을 나설까 하다 이곳에서 하루 더 묵기로 했다. 사람들도 좋았고 서두를 필요가 없기 때문이다. 다른 친구도 하루 더 지낼 거라는데 알고 보니 〈매드맥스〉가 개봉한다고 극장에 갈 생각이라 한다. '와우! 매드맥스라니.' 어릴 때 본 멜 깁슨의 〈매드맥스〉에 대한 향수 때문인지, 괜스레 나도 흥분이 되어 의기투합하고 하이파이브를 외쳤다.

11시가 넘어 파파스머프의 아들인 조시가 사 온 도넛과 함께 만든 햄버거를 먹었다. 햄버거를 먹으며 갑자기 이야기 주제가 한국과 일본의 관계로 바뀌었다. 이곳에 함께 머물고 있는 일본인인 미키마우스와 나, 두 나라에서 온 사람이 한 테이블에서 얘기하는 게 처음이라며 파파스머프가 운을 뗐다. 나는 감정적인 문제를 일으키기 싫고 영어가 짧아 역사 문제만 명확히 인정하면 일본이란 나라에 악감정이 없다는 선에서 더 깊이 얘기하진 못했지만, 이 상황이 그들한테는 특별한 듯했다.

문득 외국인과 대화하고 친해지는 것은 결국 자신감 문제라는 생각이 들었다.

'걱정 말아요, 그대.'

나도 매번 "미안한데 내 영어가 짧아서"라고 말문을 트지만, 그럴 때마다 그들은 "네 영어는 내 한국어 수준보다 좋아. 그러니 부끄러워하지 마!"라고 한다. 그러고 나면 대화가 부드러워진다. 이들이 내 수준에 맞춰주기 때문이다. 나를 비롯해 우리나라 사람의 문제점 중 하나가 본모습보다 다른 사람에 비치는 모습을 먼저 신경 쓰는 것 아닌가 하는 생각이 든다. 미국인이 아닌 동양인이 영어를 잘 못하는 건 당연한데, 그걸 왜 내가 부끄러워하고 고민하는 건지. 아무튼 나는 중학교 수준의 서바이벌 영어로도 잘 버텨내고 있다. 아니 버티는 게 아니라 즐기고 있는 게 맞다. 그래도 이 얘긴 한다.

"얘들아, 내가 영어를 좀만 더 잘했어도 더 재미있을 건데……."

장비도 마찬가지다. 영화를 보고 와서 짐을 정리하다 옆에 있는 택시나 울프의 짐을 보면서 이런 생각이 잠깐 들었다. 그들의 장비는 오래전부터 써왔는지 옷에는 여기저기 리페어 패치가 붙어 있고, 배낭에도 덕테이프가 덕지덕지 붙어 있다. 락앤락 통이라든지 집에서 흔히 쓰는 물건도 제법 있다. 실용성을 중시하는 미국인이라 사용 목적에만 맞으면 상황에 맞춰 DIY 해서 사용하는 듯하다. 이번 여행을 하며 아웃도어 라이프라는 것도 좀 더 깊게 생각해보게 되었다.

결국 장비는 도구일 뿐이라는 거다.

내가 진정 즐기려는 것의 본질만 꿰뚫고 있다면, 남들이 좋아하는 브랜드나 값비싼 제품을 찾을 필요가 없다. 가장 쉽게 생각할 수 있으면서도 꼭 겪어 봐야 느끼는 문제의식이다. 이걸 깨우치는 데까지 돈이 많이 드는 것 역시 문제다. 물론 비싸지만 꼭 필요해서 구입해야 하는 장비도 있다. 그렇지만 일반적으로 우리나라에서 백패킹이나

\# 2층만 가족이 지내는 공간으로 활용하고, 나머지 공간은 하이커을 위해 사용하는
  파파스머프 엔젤 하우스

캠핑을 하는 데 그런 비싼 장비는 많이 필요하지 않다.

또 장비의 경량화가 요새 우리나라에서도 이슈가 되고 있는데, 경량의 본질에 대한 해석에도 차이가 있다. 우리는 보통 경량화라 하면 먼저 가벼운 장비를 구입하려 한다. 돈을 더 지불하더라도 지금 가지고 있는 장비보다 더 가벼운 걸 찾으려 애쓰는 것이다. 반면에 PCT에서 만난 이들은 가벼운 장비를 사용하기도 하지만 전체 짐의 무게를 줄이려고 노력한다. 꼭 필요한 것만 챙겨서 전체 무게를 가볍게 하지, 돈을 투자해서 더 가벼운 장비를 구하지 않는다. 물론 가벼운 제품을 찾기도 한다. 없어서 새로 사야 하는 장비라면 말이다.

간혹 보면 경량 배낭도 샀고, 비싸고 가벼운 장비를 샀는데도 배낭 무게가 무겁다고 하소연하는 사람이 있다. 경량이 트렌드라 하고는 싶은데 욕심을 못 버려 챙겨야 할 장비의 가짓수는 그대로여서 무거

이 곳에서는 다 함께 식사를 준비한다. 몇 인분을 준비하든 항상 부족하다는 것은 비밀

운 것이다. 경량 배낭은 자체 무게가 가벼운 만큼 견딜 수 있는 하중이 정해져 있다. 그 하중을 넘어서면 고스란히 어깨로 무게를 견뎌야 한다. 나 역시 이 때문에 고생하고 있다. 약 5리터에서 7리터의 물과 3킬로그램에서 4킬로그램의 식량, 줄인다고 줄였지만 7킬로그램 정도 되는 기본 짐의 무게까지 최대 18킬로그램 정도의 무게를 경량 배낭으로 견디려니 어깨가 아플 수밖에 없다. 이것은 배낭의 문제가 아닌 선택의 문제다. 제품 브랜드 탓만 할 게 아니다.

마지막 밤은 다 같이 둘러앉아 맥주와 스파게티를 먹으며 파파스머프가 틀어준 〈백 투 더 퓨처〉를 보면서 마무리했다. 같이 지낸 시간은 이틀밖에 안 되지만 어느덧 가족같이 느껴지는 이 친구들과의 작별을 생각하니 아쉽기도 했다. PCT는 외길이라 다시 못 볼 것도 아니지만 그만큼 정이 들었다.

날이 밝아 울프와 트레일 복귀를 어떻게 할지 얘기를 나누는데 고맙게도 파파스머프가 트레일 시작점까지 배웅해주기로 했다. 오전 10시 경 나와 울프, 문번과 유니콘이 함께 출발하기로 하고 마지막으로 각자의 배낭을 점검하는데, 택시가 집을 배경으로 다 같이 단체사진을 찍자고 제안했다. 나만 아쉬운 기분이 드는 게 아닌 모양이다.

파파스머프 집에서 머문 이틀이 결코 아깝지 않았다. 오히려 많은 것을 느끼고 또 생각하는 시간이었다. 잊지 못할 추억을 만들어 준 파파스머프와 친구에게 감사의 의미로 악수와 포옹을 하고 트레일로 복귀하는 내 마음은 한결 가벼워졌다.

'또 어떤 모험이 이 길에서 나를 기다리고 있을까?'

앞으로 펼쳐질 또 다른 모험을 기대하며 흙냄새 풍기는 트레일 앞에 다다르니, 불지도 않은 바람이 내 뺨을 스칠 정도로 발걸음이 빨라졌다.

먹고 걷고 사랑하라

● '어라?'

몸이 제 컨디션을 찾은 건지 전일 48킬로미터를 걸었는데도 아침에 몸이 개운했다. 지금까지 나를 괴롭히던 발목과 무릎의 통증을 전혀 느낄 수 없었다. 카온패스Cajon pass까지의 길이 좋은 편이라 컨디션을 좀 끌어올려 보기로 마음먹었다.

뜨거운 태양이 문제다. 여전히 이글거리는 태양을 피할 만한 작은 그늘조차 없는 곳에서, 목과 얼굴 옆면만 가릴 수 있는 모자 하나에 의지해 계속 걷는 것이 쉽지만은 않았다. 주말이라 그런지 인근 마을에서 하이킹을 온 젊은 친구와 가족이 많이 보였는데, 그들이나 나나 더위에 힘들어하기는 매한가지였다.

조금 더 걷다가 마침내 길옆에 홈처럼 파여 그늘이 진 명당을 하나 찾을 수 있었다. 배낭을 던지듯 내려놓고 가장 그늘진 곳에 엉덩이를 대고 앉았다. 양껏 채웠다고 생각한 물통의 물도 거의 바닥이 나고 있었다. 다행히 조금만 더 가면 물을 보충할 수 있는 곳이 많이 있어 걱정은 되지 않았다.

"괜찮다면 같이 좀 쉴 수 있을까?"

큰 키에 튼튼해 보이는 몸, 주근깨 많은 얼굴에 미소를 짓기는 했지만 다 죽어가는 목소리의 그녀가 나에게 물었다. 그늘이 내 것도 아닌데 허락까지 구할 필요가 있냐며 옆자리를 내어 줬다. 멀리서 봤다면 남자로 착각할 만큼 건장해 보이는 그녀는 이미 마흔이 넘은 케이트다. 벌써 두 명의 케이트를 만난 걸 보니 케이트가 흔한 이름이긴 한가 보다.

케이트는 그저 이 길을 걷고 싶어 다니던 회사를 그만두고 시작한 여정이라고 말하며 남편은 일 때문에 함께 시작하지는 못했지만 내일부터 휴가를 얻어 2주간 함께 걸을 거라 했다. 완주가 목적이 아니기에 어디까지 걷는 건 문제가 안 된다며 하루하루 자신을 돌아보며 걷는 이 길에 만족하고 있다고 했다. 내일부터는 남편과 함께 할 거란 생각에 매우 신이 난다며, 마침 남편을 만나기로 한 곳이 카온패스에 있는 맥도널드(!)라고 한다. 만약 그곳에서 만난다면 소개해 주기로 했다.

함께 늙으며 같은 것을 보고 공유하며 사랑할 수 있는 이들의 모습이 정말 아름다웠다. 나도 그럴 수 있다면 꼭 사랑하는 사람과 같은 길을 걸으리라. 내가 보고 아름답다 느끼는 것 모두 그 사람과 함께 공유하고 싶어졌다.

몸이 어느 정도 식었기에 다시 자리를 털고 일어섰다. 먼저 간다는 인사를 남기고 뜨겁게 달아오른 흙을 밟으며 앞으로 나아갔다. 원래는 웅장한 댐이었을 모하비 강 댐^{Mojave River Forks Dam}은 말라붙은 물줄기만 남기고 앙상한 뼈대를 드러냈다. 심각한 가뭄이다. 그래서 생긴 댐 주위의 메마른 넓은 공간에서 모터사이클과 사륜구동 차가 굉음과 흙먼지를 일으키며 이리저리 곡예 질주를 하고 있었다. 마른 공기를 타고 콧속으로 들어오는 흙먼지 탓에 호흡마저 어려웠다. 갈라진 땅 위로 넓게 퍼져나가는 흙먼지를 보고 있으니, 마치 여기가 빅베어에서 본 영화 〈매드맥스〉처럼 물이 곧 권력인 장소라는 착각이 들었다. 만약 내가 그들의 물을 훔쳐 달아나고 있는 노예고, 저들이 그런 나를 쫓아온 임모탈의 부하라면? 미국에서 처음 본 영화가 지금 내

지금은 극심한 가뭄 때문에 메말랐지만, 한때는 웅장했을 모하비 강 댐의 모습은 더욱 더 애처롭게만 보였다

가 걷고 있는 곳처럼 물이 귀한 곳을 배경으로 하는 영화다 보니 별의 별 상상을 다한다. 상황극에 심취하다 자동차와 오토바이의 엔진소리에 다시 한 번 놀라 얼른 자리를 피하려고 속도를 좀 높였다. 고개를 숙인 채 〈매드맥스〉의 공간을 벗어났다.

얼마 지나지 않아 신발을 벗지 않고는 건너갈 수 없는 강을 만났다. 가뭄 때문에 깊지는 않지만 충분히 시원했다. 신발을 벗고는 얼른 지나가 그늘을 찾아 배낭을 내려놓았다.

임모탈의 부하들 탓에 뒤집어쓴 모래먼지를 흐르는 강물로 다 씻어내고, 젖은 두 발을 솔솔 부는 바람에 맡기고 배낭에 기대고 있으니 순간 내가 이 세상에서 가장 행복한 사람이라는 생각이 들었다. 눈이 슬슬 감길 즈음, 좀 전에 만난 케이트와 한 하이커가 함께 강 앞에 도착했다. 옆의 하이커는 가까이서 보니 첫날 캄포에서 모레나 호수로 이동하던 중 잠깐 마주쳐 얘기를 나눈 독일에서 온 엔지라는 여성 하이커다. 독일에서 온 다른 하이커 무리가 있지만 그들과 달리 그녀는 혼자 이 길을 걷고 싶다고 했는데, 지금은 케이트와 함께인 걸 보니 이 길이 조금은 외롭거나 무서웠나 보다.

체력을 보충하고 다시 출발한 지 얼마 지나지 않아, 트레일을 가로지르는 비포장도로에 웬 캠핑카가 서 있는 게 보였다. 혹시나 하는 기대감에 속도를 높여 캠핑카 앞에 다다르니 역시나! 테이블 위에 과일과 도넛이 놓여 있는 트레일 매직이다. 오늘이 일요일이라서 그런지 걸으면서 총 두 번의 트레일 매직을 만났는데, 이런 적은 처음이다. 한 번만 마주쳐도 고맙고 행복할 따름인데, 하루에 두 번이나 트레일 매직을 만나다니. 땅에 엎드려 절이라도 하고 싶을 정도다. 이 사람들이 돈이 많고 시간이 남아돌아서 하루 종일 트레일 위에서 하이커를 기다리며 먹을 걸 나눠주는 게 아니다. 트레일을 사랑하고 하이커를 도와주는 것만으로 본인이 즐겁고 행복하기 때문에 하는 것이다.

두 번째 트레일 매직의 주인은 '론니 터틀'이라는 인근 마을의 초등학교 선생님으로, 오전 10시부터 이곳에 나와 있었지만, 첫 하이커가 오후 4시가 되어서야 지나갔고 내가 도착한 시간이 오후 6시 정도였는데 오늘 이곳을 지나간 하이커가 10명 정도였다고 한다. 거동이 불편한 어머니는 차에서 기다리셨다. 그 어머니가 손수 닭고기 스튜를 끓이셨다고 한다. 그들이 만약 대가를 바라고 이런 일을 한다면 절대 이런 식으로 하지는 않을 것이다. 차라리 트레일 길목에 시원한 맥주와 팝콘을 파는 노점을 차리는 게 훨씬 효율적이다. 등산로 입구에서 파전과 막걸리를 파는 우리나라처럼 말이다.

이 길 위에는 특별한 문화가 있는 것 같다. 세상에 수많은 트레일이 있고 아직 안 가본 곳이 훨씬 더 많지만, 지금까지 가본 트레일과는 다르게 길을 걸을수록 그 안에서 무언가를 느끼게 한다. 한국의 정과 비슷한 무언가 애틋하고 끈끈한 것. 아직 명확하게 표현할 길이 없지만, 시간이 지나고 걸은 거리가 늘어 가면 갈수록 그것에 빠져들고 있다. 나만 그런 게 아니다. 함께 한 케이트와 엔지의 눈에서도 그 느낌을 볼 수 있다.

두 번의 트레일 매직 덕분에 몸과 마음이 평화롭다. 가던 길을 멈추고 그냥 이 황홀하고 아늑한 느낌 속에서 하루를 마감하고 싶었지만 주변에 텐트를 칠 만한 공간이 없었다. 그렇다고 하이커가 다니는 길 가운데에 떡하니 침낭을 펼치고 잘 순 없는 것 아닌가? 론니 터틀과 깊은 포옹을 나누고 애초 생각해 둔 오늘의 캠프 사이트로 서둘러 이동했다.

실버우드 호수의 모습이 드러났다. 호수의 옆을 돌면서 걷는 길은 몹시 아름다웠다. 이틀 연속 48킬로미터씩 걷는다는 게 이전이라면 쉽지 않았을 텐데 지금 내 몸은 오히려 더 걷고 싶을 정도로 에너지가 넘쳐났다. 무엇이 나를 치유하고 활기차게 만들었을까? 이곳 방문객을 위해 만들어 놓은 피크닉 테이블에 오늘의 잠자리를 마련했다. 뒤따라온 케이트와 엔지도 함께했다.

석양이 호수를 물들이고 케이트가 내리는 커피 향이 코끝을 어루만지듯 은근하게 퍼졌다. 커피와 함께 간단한 저녁을 먹으면서 그들에게 이곳에 오기 전 겪은 쿵스레덴 이야기를 들려주었다. 우리나라

하루 머문 실버우드 호수의 아름다운 석양. 왠지 모르게 가슴이 뜨거워지는 고혹적인 풍경이다

와 유럽에서는 대부분 알고 있는 트레일이지만, 미국 하이커들은 타국의 트레일에 크게 관심이 없다. 쿵스레덴을 걷고 난 후 만든 영상을 보여주니 이곳과 다른 북유럽의 경치에도 호기심을 보였다. 한국에서 영상 관련 일을 하는 동생이 만들어 준 영상이라 그런지 잘 만들었다며 나보고 재능 있다고 엄지를 '척' 하고 올려 보였다. 미안해 내가 만든 게 아니야, 케이트 :)

텐트를 치는 것도 귀찮아서 피크닉 테이블 위에 그냥 침낭을 펼치고 누웠다. 별 사진을 좀 찍어보고 싶었지만 구름이 많아 이내 포기하고 잠을 청했다. 뭐가 그리 재미있는지 이웃사촌들은 달이 기우는 것도 잊은 듯 수학여행 온 아이들처럼 낄낄대고 웃었다.

'그 웃음소리가 시끄럽지 않고 오히려 자장가처럼 들리는 건, 우리가 삭막하지 않은 길을 걷는 여유로운 하이커라 그럴 거야.'

다음날, 역시나 케이트의 은은한 커피 향으로 이날을 맞이했다. 커피 서비스에 대한 답례로 컵 수프를 나눠줬다. 오늘은 '맥도널드 데이'라 그런지 다들 얼굴이 밝아 보인다. 특히 남편과 조우할 케이트는 흥분을 감추지 못하고 콧노래를 흥얼거리며 과격한 팔 사위와 함께 때론 알아들을 수 없는 소리를 허공에다 지르곤 했다. 그게 노래라는 건 엔지가 틀어준 MP3 덕분에 알았다.

점심때에 맞춰 맥도널드에 도착하려면 좀 서둘러야 했다. 약 25킬로미터 정도를 가야 했기에 다섯 시간 정도 걸릴 거라 예상하고 아침 7시가 좀 넘은 시간에 내가 먼저 출발했다. 어차피 맥도널드에서 좀 쉬었다 갈 생각이라 나중에 다시 만날 수 있으리라. 한국에 있을 땐 잘 먹지도 않던 패스트푸드점 하나가 주는 설렘이 이렇게 클 줄 몰랐다. 원한다면 늘 가질 수 있던 작은 일상의 것들이 지금 이 길 위에선 특별한 것으로 다가온다.

날씨는 여전했지만 가는 길은 수월했다. 오랜만에 음악을 들으며 가니 절로 흥이 나기 시작했다. 이 흥이 음악 때문인지, 이 길 끝에 기다리고 있는 맥도널드에서 흘러나온 건지는 모르지만 나는 마치 나는 듯이 걷고 있다. 쉬지도 않고 투정도 없이 25킬로미터를 걸어 카온 패스에 도착했다. 도로 우측에 위치한 웅장하면서도 매력적인 맥도널드의 M 로고가 나를 보고 어서 오라며 손짓한다. 트레일에서 벗어나 맥도널드로 향하는 길에 웬 남자가 차에서 내려 트레일이 어느 쪽이냐고 물었다. 내 갈 길이 바빠 영혼 없이 뒤쪽으로 가면 표지판이 나오는데 그 길이라고 손짓과 함께 알려줬다.

맥도널드는 점심시간 치고는 생각보다 한가해 보였다. 허름한 옷차림의 하이커는 아직 나 혼자다. 거리낌 없이 창가 쪽 테이블 하나를 차지하고 배낭을 내려놓고는 서둘러 주문을 하러 카운터로 향했다. 이곳에서 파는 전 메뉴를 다 시켜먹겠다고 다짐했는데, 막상 카운터 앞에 서서 주문하려고 보니 사람이 계산적으로 변했다. 결국은 현실과 타협해 맥도널드의 상징인 빅맥과 치킨너겟, 감자튀김, 콜라만 사서 자리로 돌아왔다.

'먹어보고 배고프면 또 먹으면 되잖아.'

애써 스스로를 타이르고 있는데, 하나둘 나와 같은 행색의 하이커가 이 성스러운 곳으로 모여들었다. 그들 중엔 케이트와 엔지 그리고 케이트의 남편도 있었다. 남편은 바로 조금 전 나에게 트레일로 가는 길을 묻던 그 사람이었다.

"케이트! 이걸 다 먹을 수 있다고 당신이?"

뒷자리에서 케이트의 남편이 정말 놀란 듯한 목소리로 물었다. 아니나 다를까 케이트가 주문한 메뉴는 햄버거 다섯 개와 감자튀김, 치킨너겟, 콜라와 아이스크림까지 있었다. 그것도 본인 것만 그렇다.

케이트 덕분에 한바탕 웃음바다가 된 카온 패스의 맥도널드에서 오래간만에 포만감을 즐기며 두어 시간 늘어져 있다가 오후 4시가 돼서야 다시 출발할 준비를 했다. 엔지와 이들 부부는 인근의 모텔에서 하루 지내고 다시 출발할 거라며 같이 가자고 했는데, 최근에 무척 많이 쉬었던지라 고맙다는 말만 남기고 각자의 길로 나섰다.

확실히 잘 먹고 잘 쉬고 나면 몸에 에너지가 넘친다. 그래서 장거리 트레일에서는 먹는 것이 가장 중요하다. 하루하루 소비되는 열량

\# 무려 햄버거 다섯 개와 사이드메뉴까지 다 먹어치우고 나서 부끄러운듯 해맑은 소녀미소를 짓고 있는 케이트

이 대략 3000에서 4000킬로칼로리 정도 되는데 섭취하는 열량이 받쳐주지 못하면 금방 지칠 수밖에 없다. 지금의 내 몸 상태는 폭주하는 기관차라고나 할까? 그래서 오늘은 기약 없는 걸음을 하기로 했다. 다음 보급지인 라이트우드Wrightwood가 바로 코앞이라 오늘 좀 더 걸으면 내일 들어갈 수 있기 때문이다.

쉬지 않고 스위치백을 수도 없이 몇 시간째 올랐는데도 끝이 보이지 않는다. 얼마나 높이 올라왔는지 시계가 없어 확인할 수 없지만, 바람과 구름만 봐도 어느 정도 높이인지 짐작할 수 있었다. 내리쬐던 태양은 어디론가 사라지고 이내 땅거미 내려앉아 어둠이 질 듯한데, 비탈길을 타고 오르는 길이라 야영할 만한 곳을 찾기 어려웠다.

조금만 더, 저기까지만, 요 위까지만 가보자 한 게 어느덧 한 시간이 더 지나 9시를 향하고 있었다. 이쯤 되면 결단을 내려야 하는 상황. 야간에도 계속 진행할 건지, 아니면 적당한 곳에서 카우보이 캠핑(텐트 없이 그냥 바닥에 침낭을 이용해 잠을 자는 것)을 할 건지 정해야 했다. 고도가 좀 높은 곳이라 구름이 낮게 깔리면 앞이 잘 보이지 않기에 무리하는 것보다는 길가에서 쪽잠이라도 자고 나서는 게 나을 듯해 한 몸 누울 수 있는 공간에 자리를 잡았다.

어둠은 금방 찾아왔다. 구름이 지나가는 길이라 그런지 이내 모든 것이 축축해지는 게 느껴졌지만, 내일 마을에 들어가면 말릴 수 있다는 생각에 젖는 게 두렵지 않았다. 다만 바람에 부딪히는 나뭇가지 소리와 자기 영역에 들어온 이방인을 경계하는 산짐승과 벌레 소리 때

이 한 몸 누일 수 있는 곳이면 어딘들 어떠하리

문에 순간순간 오싹한 느낌을 받으며 잠을 청해야 할 뿐.

'하필 오늘처럼 빨리 잠들었으면 하는 날은 피곤하지도 않더라……'

산 위에 피어난 사랑,
그리고 울려 퍼진 애국가

● "한국에서 오신 거예요?"

예순 가까이 되어 보이는 머리가 희끗희끗한 주인 어르신께서 날 보며 물었다. 세상에나! 이런 한적한 시골마을에서, 그냥 하루 묵고 가려고 들린 모텔에서 한국 분을 만나다니. 그것도 모텔 주인을! 웃음을 감추지 못하고 이곳까지 오게 된 경위를 짧은 시간 안에 요약해서 말씀드리고 나니, 고생했다면서 방 하나를 하이커 디스카운트에 한민족 디스카운트까지 해서 내어주셨다. 겨울에 스키를 타려고 가끔 한국인이 오기는 하는데, 배낭을 메고 트레일을 걷는다며 거지꼴로 온 한국인은 내가 처음이라 한다. 일단 가서 씻고 짐부터 풀라고 하시고는 사무실 안에서 보는 것만으로 시원한 맥주를 한 병 꺼내 주셨다.

"샤워하고 한잔하세요."

라이트우드로 가는 길을 비춰 줄 태양이 저 멀리서 떠오르기 시작했다

날아갈 것 같았다. 지난밤 길바닥에 누워 자느라 새벽녘 내린 이슬에 침낭이며 옷이며 모든 게 다 젖어 몸이 천근만근이었는데, 생각지도 못한 한국의 정을 느끼며 환대 받으니 마음 깊은 곳이 포근해졌다.

매니저의 안내를 받아 들어온 모텔 방은 안락했다. 아이들와일드만큼은 아니지만 지금은 좋다 나쁘다의 문제가 아니다. 씻을 수 있고, 젖은 장비를 말릴 수 있는 개인 공간이 있는 것만으로도 이 방은 백만 달러짜리다. 뜨거운 물에 온 몸을 녹일 작정으로 한참을 씻고 나와 주인 어르신이 주신 맥주를 냉장고에서 꺼내 한 모금 마셨다. 온탕과 냉탕을 오갈 때 느끼던 짜릿한 느낌이 식도를 타고 온 몸으로 퍼졌다.

'천국이 따로 없구나.'

문득 신기하다는 생각이 들었다. 나는 분명 따분한 일상에서 벗어나 조금 더 자연과 가까이할 수 있는 곳으로 일탈하려고 여기까지 왔는데, 왜 따뜻한 물에 샤워하고 맥주 한 모금 한 뒤 침대에 누워 있는 이곳이 마치 천국인 듯한 느낌이 들까? 답을 찾고 싶었지만, 생각할 틈도 없이 만 근짜리 무게추가 달린 것 같은 눈꺼풀이 의식을 덮어 버렸다.

얼마나 잤을까? 문을 두드리는 소리에 일어나 보니 주인 어르신이 모자라지 않느냐고 맥주 한 병을 더 건네시면서, 한식이 그리울 건데 저녁을 차려줄 테니 함께 하자는 말을 남기고 가셨다. 잠에 취한 채 한국의 '정' 삼단 콤보를 맞으니 더더욱 정신을 차릴 수 없었다.

가까스로 정신을 차리고 시간을 확인하니 벌써 오후 2시가 다 돼 가고 있었다. 이곳에 12시쯤 도착해 씻고 잠깐 누운 게 1시간 가까이 자버린 것이다. 점심을 걸러서인지 배가 많이 고팠다. 성대한 저녁을 기대하며 계속 굶을까 생각했지만 내 의지와는 다르게 인간 본연의 욕구에 이끌려 나는 이미 근처 레스토랑으로 향하고 있었다. 에버그린 카페라는 곳에서 게 눈 감추듯 수제 햄버거 하나와 맥주, 치킨 스트립까지 싹 긁어먹고 나서야 나온 거대한 트림과 함께 뭔가 몸이 제대로 작동하는 것 같은 느낌을 받았다.

소화도 시킬 겸 산책하듯 마을을 한번 돌아보기로 했다. 『요기스 북 Yogi's book 』에서 본 이 마을 지도처럼 한눈에 보이는 작은 마을이라 왠지 정감이 갔다. 나도 시골마을에서 자라서 그런지 걸어서 여기저기 다 돌아볼 수 있는 작은 마을이 크고 복잡한 도시보다 더 좋다. 경상도와 전라도의 경계에 위치한 내 고향 거창은 당시 가장 중심지라는 읍내가 걸어서 다녀도 한 시간이면 다 돌아 볼 수 있을 정도로 아주 작은 산골마을이었다. 그래도 읍내에서 사는 것이 그 당시에는 나름 자랑거리이기도 했다. 한강처럼 마을을 가로지르는 강을 사이에 두고 윗마을이 좋다, 아랫마을이 더 좋다 하면서 동네 애들끼리 서로 싸우곤 하던 옛날 생각에 피식하고 웃음이 나왔다.

이곳저곳 돌아보다 다시 숙소로 향했다. 이곳 마을에서 우체국 대신 하이커의 보급품을 맡아주는 '마운틴 하드웨어'에서 찾은 보급품도 정리해야 했고, 젖은 장비도 말려야 했다. 다행히 이곳 '파인스 모텔Pines Motel'이 숙소 중에 유일하게 세탁 서비스가 5달러에 가능한 곳이라 세탁은 손쉽게 해결했다.

내일을 위해 짐을 정리하고 있는데 주인 어르신께서 다시 문밖에 서서 인기척을 내셨다. 시원한 맥주 한잔하러 사무실로 오라는데 마다할 이유가 있겠는가? 텐트와 침낭을 대충 널어놓고 따라나섰다. 데스크 안쪽 문을 열고 들어가니 꽤 넓은 공간이 나왔다. 식탁도 놓여 있고 주방도 마련되어 있었는데, 이곳이 주인 어르신의 러브 하우스인 셈이다.

미리 냉장해 놓은 맥주를 꺼내 테이블에 올려놓고 이런저런 이야기를 나누기 시작했다. 연세대를 졸업하고 애니메이션 관련 일을 하다 이곳으로 넘어와 운 좋게 바로 디즈니의 프로젝트를 맡고 나서 눌러앉게 됐다는 길고긴 인생 여정을 듣는 동안 맥주병은 식탁 위를 점령했다. 명문대를 나와 큰 꿈을 안고 미국에 온 어르신의 인생도 처음부터 순탄하지만은 않았다. 체구가 작은 동양인이라고 무시하고 차별하는 힘든 시절을 겪으며 수많은 시간을 홀로 외롭게 지내왔지만,

\# 기대조차 하지못한 육해공을 넘나드는 한식의 향연, 정으로 간이 된 음식이 맛이 없을 수가 없다

능력 하나로 야무지고 열심히 일해서 결국은 인정을 받고 수많은 프로젝트를 완성했다고 하셨다. 지금도 가끔 관련 일을 맡아 하지만, 일보다는 공기 좋은 이곳에서 여생을 보내며 자식과 손주 보는 재미로 지내는 것만으로도 더할 나위 없이 행복하다고 하셨다. 30년 정도의 인생사를 듣고 있자니 시간은 금세 흘렀고, 이내 실내조명을 켜야 할 정도로 창문으로 들어오던 자연광이 한 발 두 발 물러서고 있었다.

맥주로 취기가 오른 얼굴색이 조명 색과 같아졌을 즈음, 어르신께서 저녁을 먹어야 한다며 직접 요리하기 시작했다. 혼자 지낸 지 오래되셔서 그런지 주방기구를 다루는 솜씨가 예사롭지 않았다. '다다다닥' 하는 도마 소리가 귓가에 맴도는 와중에 묵은지 콩비지찌개, 생선구이, 돼지고기 석쇠구이 등 한국에서도 식당에 가지 않으면 쉽게 먹을 수 없는 음식들이 식탁 위를 수놓기 시작했다. 식도 끝까지 음식이 차는 걸 느꼈지만 쉽게 자리를 뜰 수 없었다. 일면식 없는 나를 위해 차려주신 그 마음이 정말 감사했고, 해주시는 말씀 또한 당신이 겪어 오신 삶의 지혜를 녹여낸 것이라 하나도 빠뜨릴 게 없었기 때문이다.

잔이 오가고 밤이 깊어질수록 시대를 초월한 진한 우정이 가슴 깊은 곳에 자리 잡기 시작했다.

아침이 밝아오는 소리에 눈을 떴다. 간밤에 너무 많이 먹고 바로 누운 탓인지 얼굴이 퉁퉁 부었다. 정신 차리고 샤워한 후 짐을 꾸리기 시작했다. 펼쳐놓은 침낭과 옷가지, 배낭 전부 개운하게 말라 있어서 괜히 기분이 좋아졌다. 하지만 다음 보급지인 하이커타운까지 꽤 거리가 있는지라 식량 때문에 배낭 무게가 만만치 않았다. 짐을 다 꾸리고 나니 마치 지켜보고 계시던 것처럼 아침을 먹으라며 주인 어르신이 나를 불렀다.

따뜻한 떡만둣국. 언제 만드셨는지 파가 송송 올라 있고 김이 모락모락 나는 떡만둣국을 보고 있으니 없던 식욕이 되살아났다.

"먼 길 가려면 든든하게 먹어야 해."

마치 가끔 들르는 고향에서 엄마가 차려주시던 아침상과 같은 느낌을 머나먼 이국땅에서 느꼈다. 맛있게 한 그릇 비우고 나니 가지고

\# 잊을 수 없는 추억을 선물해주신 파인스 모텔의 주인 어르신. 형제라고 부르시던 인자한
목소리가 잊혀지지 않는다

가라며 작은 통을 하나 건네셨다. 깍두기다. 한국 떠난 지 얼마 안 돼
김치가 그리울 테니 이거라도 가지고 가라면서 챙겨주셨다. 배낭 무
게를 생각하면 절대 가지고 가지 말아야 할, 언뜻 봐도 1킬로그램 정
도 될 반찬통이지만, 거절할 수도 없고 거절하기도 싫었다.

　"감사합니다"라는 말을 몇 번 했는지조차 기억이 안 날 정도로 감
사의 마음을 전하면서 마당에 있는 벤치에서 서로를 기억할 사진을
한 장 남기고, 쉽게 발이 떨어지지 않는 작별을 고하며 길을 나섰다.

　"정말 감사합니다, 어르신."

　오늘은 베이든파웰 산Mt. Baden-powell을 올라야 하기에 최대한 트레
일로 들어가기 전에 많은 양의 칼로리를 섭취하고 싶었다. 2700미터
이상 올라가야 하기 때문에 가는 도중 허기를 느끼고 싶지 않았다. 마

지막으로 문명의 탐스러움을 느끼고자 배가 고프지도 않았지만 그리즐리 카페를 들러 커피를 마시며 메뉴를 정독하기 시작했다. 출입구 쪽에서 왁자지껄하면서도 걸쭉하고 귀에 익은 소리가 들리기에 돌아보니 맥도널드 햄버거 여신인 케이트가 남편, 엔지와 함께 들어왔다. 이틀 정도의 시간을 서로 공유한 것뿐인데도 서로를 알아본 우리는 소리를 지르며 격한 포옹으로 알 수 없는 반가움을 표현했다. 기껏 하루밖에 차이가 나지 않지만 왠지 케이트를 앞으로 볼 수 없을 거란 생각이 들어 더 유난스럽게 대화를 나눴다.

페이스북으로 내가 이곳에 있다는 걸 안 또 다른 케이트가 자기도 이곳에서 쉬고 있다며 잠깐 들른다고 했다. 이내 도착한 케이트와도 작정한 듯 유쾌한 인사를 격하게 나누고 서로의 일정을 공유했다. 식사를 마치고 오전 중에 길을 나설 예정이라 하니, 자기도 정리만 하고 길을 나선다고 한다. 지도를 보니 그 정도 시간에 출발하면 베이든파웰 산 정상 바로 아래 위치한 리틀 지미 캠프그라운드에서 다시 만나게 될 것 같았다. 같은 길에서 케이트와 헤어지고 케이트와 재회하는 것이다.

억지로 구겨 넣듯 오믈렛이 든 접시를 감자 하나 남기지 않고 깨끗이 비운 후 정든 라이트우드와 작별을 고했다.

베이든파웰 산은 길게 이어지는 스위치백을 무려 41번이나 돌아 올라야 정상에 오를 수 있는 산이다. 표고차가 3,000피트라니, 약 900미터를 직상으로 올라야 한다. 한 걸음 한 걸음 서두르지 않고 느긋하게 전진했다. 배가 불러 소화할 필요도 있었기에 천천히 올랐다. 고

도를 조금씩 높일 때마다 주변의 나무가 바뀌었다. 참나무에서 소나
무, 소나무 옆을 지날 때면 부는 바람에 실려 오는 송진 냄새에 머리
가 상큼해졌다.

　정상을 목전에 두고 'THE-WALLY-WALDRON TREE'라는 팻
말이 세워진, 1500년이 되었다는 커다란 고목을 만났다. 1500년을
살아 울퉁불퉁한 노송이지만 아직도 푸른 잎을 뿜내며 건장함을 과
시하고 있었다. 억겁의 세월을 홀로 보내고 있는 노송을 뒤로하고 정
상에 오르면 광활한 모하비 사막을 한 눈에 내려다볼 수 있고, 누가
만들었는지는 모르지만 태양에 맞서 힘겨운 싸움을 하고 있는 올라
프도 볼 수 있다. 베이든파웰 산 정상에서 굽어보는 주변 경관은 매우

1,500년의 세월을 한자리에서 서서 견뎌낸 'THE-WALLY-WALDRON TREE'

아름다웠다.

　나를 비롯한 서너 명의 하이커는 연신 셔터를 눌러대며 힘겹게 오른 보람을 만끽하기 시작했다. 서로를 바라보는 눈빛만 봐도 커플로 보이는 하이커 한 쌍이 있는데, 역시나 그들은 결혼하고 바로 이곳을 함께 걷기 시작한 신혼부부인 씨에스타와 잡스다. 잡스보다 씨에스타에게서 뿜어져 나오는 에너지가 훨씬 더 강렬했다. 정상을 이리저리 뛰어다니며 환호를 지르는가 하면, 잠깐 앉아서 쉬려고 하는 잡스를 가만히 안 놔두고 이리저리 끌고 다니며 사진을 함께 찍기도 한다. 보통 여자보다, 아니 내 허벅지보다도 두꺼운 근육질을 자랑하는 그녀의 허벅지가 하이킹 경험과 체력을 대신 말해준다. 결혼하고 바로 이 길고도 긴 트레일을 함께하기로 했다는 것 자체가 참 대단하다. 아무리 친한 사이더라도 함께하는 여행에서 서로 맞지 않아 틀어지는 것을 많이 봐왔는데, 조금 위험한 부분이 있지 않을까? 하는 생각도 들었다. 하긴 그만큼 더 배려하고 사랑한다면 못할 게 뭐가 있겠느냐만은. 부러움 때문인지 괜히 그런 걱정을 더 했다. 우려와는 달리 서로를 향해 마른눈을 던지며 장난스럽게 놀다가도 마주 앉아 정말 사랑스럽게 두 손 꼭 잡고 미소 짓는 그들을 보니, 괜한 걱정을 했구나 하는 생각과 마음 깊은 곳에서 외로움이 요동쳤다. 외로움과 쓸쓸함으로 쓰라린 가슴을 붙잡고 다시 길을 나섰다.

　날씨마저 내 기분을 아는지 금세 안개가 끼고 어둠이 깔리기 시작했다. 기분 탓일까? 왠지 길을 잘못 든 것 같았다. 지금까지 걸은 거리로 봐서는 이미 캠프장이 나왔어야 하는데, 캠프장은커녕 저 아래 마을이 보일 정도였으니 뭔가 잘못되어도 한참 잘못된 것이다. 이미 잘못된 길로 왔다는 게 뻔했지만, 지나온 길을 돌이켜봐도 잘못 들 만한 곳이 없었다고 판단해서 고집스럽게 계속 내려갔다. 이윽고 현실을 깨닫고 받아들인 때는 이미 그 길의 끝까지 내려 온 뒤였다. 마주해서 올라오던 노부부가 친절하게도 그 사실을 되새겨줄 때는 그냥 주저앉고 싶었다. 잘못된 길을 왔다는 사실보다 현실을 부정한 내 자신에 더 실망했기 때문이다. 산에서 길을 잃었다 판단되면 즉시 제자리에 서서 아는 길이 나올 때까지 온 길을 되돌아가는 것이 정답인데, 그것을 알면서도 무엇 때문인지 알 수 없는 고집을 부렸다.

다시 되돌아가는 오르막길. 누구도 탓할 수 없는 이 상황을 침착하게 다스리며 다시 한 걸음씩 발을 옮겼다. 꼬박 한 시간을 넘게 오르고 나서야 나를 구렁텅이로 빠지게 만든 갈림길을 만났고, 그제야 안도의 한숨을 내쉬었다. 어둠은 빠르게 주변을 물들이기 시작했다.

리틀 지미 캠프그라운드에 도착하니 많이 본 텐트 앞에서 누군가가 나를 향해 손을 흔들었다. 케이트다. 오는 길에 못 봤는데 어찌 자기보다 늦게 도착할 수 있느냐며 눈을 동그랗게 뜬 케이트에게 바보 같은 짓을 한 경위를 일일이 변명하듯 설명하며 동정을 구했다. 캠프장도 고도 2400미터 정도에 위치하고 있어서 꽤 추웠다. 텐트를 치고 나서 다운재킷을 더 껴입었지만 계속 추웠고, 알파미를 섞은 따뜻한 컵라면을 어르신이 주신 깍두기와 함께 먹고 나서야 몸이 조금 따뜻해졌다.

저녁식사를 끝내고 나니 주변 하이커들이 식량 주머니를 보관할

3,000미터 가까이 되는 고도에서는 예측하기 힘들 정도로 기후가 시시각각 변하기 마련이다

곳을 찾는다고 부산하게 움직였다. 곰이 자주 출몰하는 지역이라 캠핑장 중앙에 철제 곰 통이 있었지만 아쉽게도 자물쇠가 고장이 나 무용지물이었다. 푸세식 화장실에 가져다 놓고 돌로 문을 막아놓는 친구가 있는가 하면, 대담하게 고장 난 철제 곰통에 그냥 넣어두는 친구도 있었다. 케이트와 함께 어디에 둘지 한참 고민하다 우리도 그냥 곰 통에 두고 자기로 했다. 곰통 깊숙이 식량 주머니를 밀어 넣었지만, 5일치가 넘는 식량을 곰이 털어간다면 다음 보급지까지 쫄쫄 굶을 수밖에 없다. 워낙 오픈되어 있는 지역이고 나뭇가지가 다 아래로 쳐져 있어 주머니를 걸어 놓을 만한 나무를 찾을 수도 없었다. 최선의 방법이라 위안하고는 차가운 공기를 피해 텐트 안 침낭 속으로 몸을 숨겼다.

내 옆 텐트에는 정상에서 만난 씨에스타와 잡스가 자리를 마련했는데, 뭐가 그리 좋은지 낄낄대며 웃는 소리가 계속 들려왔다. 잠이 들려 할 때면 한 번씩 크게 웃는 소리가 들리고 또 조용하다 싶으면 다시 낄낄대기를 몇 번이나 반복했다. 오늘 편히 자기는 글렀구나 생각하며 이 상황을 포기하고 내일 일정을 생각할 즈음, 낄낄대던 웃음소리가 이상야릇한 소리로 변하기 시작했다.

'뭐지? 음…… 설마? 오마이갓!'

바로 옆에서 사랑을 나누기 시작하는 게 아닌가? 아무리 개방적인 사고방식을 가졌다고 하지만 왜 그걸 하필이면 오늘! 그것도 내 옆에서 벌이고 있느냐는 말이다. 안 그래도 이 친구들 때문에 오후 내내 기분이 우울해지고 길도 잘못 들어 고생했는데, 해도 해도 너무한다는 생각이 들었지만 이 순간 내가 할 수 있는 게 아무것도 없었다.

그냥 조용히 눈을 감고 귀를 막고는 나지막이 소리 내어 읊조리기 시작했다.

"동해물과 백두산이 마르고…… 다닳도…로…옥. 흑흑."

지난밤도 길었는데 왠지 오늘은 더 길고 구슬픈 밤이 될 것만 같다.

127시간, 아니 3시간

● 춥다. 추워도 너무 춥다. 깨질 듯한 추위가 침낭 안으로 파고 들 정
도로 지난밤은 추웠다. PCT를 시작하고 가장 추운 날이었고, 아마
이 기록이 쉽게 깨지지 않을 거란 생각이 들었다. 하나둘 깨어나는 다
른 친구들의 입에서도 하얀 입김이 번졌다. 누구라 할 것 없이 다들
입을 모아 춥다는 얘기만 하고 있다. 거의 행동식으로 해결하던 아침
식사를 따뜻한 수프와 커피 등으로 대체했다.

처음으로 레인재킷을 꺼내 다운재킷 위에 겹쳐 입었다. 장갑을 꼈
지만 시린 손은 따뜻해질 줄 몰랐고 속도를 높여서 달아오른 몸도 다
운재킷을 벗으면 금세 다시 식어 걸음을 멈추고 껴입기를 반복했다.

멸종 위기에 놓인 노란다리 개구리를 보호하려고 3킬로미터를 우
회해서 걸었다. PCT 중 조심해야 할 독초가 포이즌오크만 있는 줄
알았는데 산불이 난 지역에서만 자란다는 '푸들도그 부쉬Poodle dog

bush'가 길을 방해하기 시작했다. 스치기만 해도 스친 부위에 물집이 잡히고 엄청난 통증을 유발한다는 무시무시한 푸들도그 부쉬는 생긴 모양마저도 괴기스러웠다. 함께 걷는 케이트 말로는 포이즌오크는 장난이라고 한다. 이상한 냄새가 푸들도그 부쉬의 출현을 사전에 알려주는데, 그 독특한 향을 설명할 수는 없지만 아마 길을 가다 처음 맡는 이상야릇한 냄새가 난다면 조심해야 한다는 것만 명심하면 된다.

마치 장애물 달리기를 하듯 열심히 주위를 살피며 곡예하듯 발걸음을 옮겨야 할 때도 있지만 나름 재미있다. 동행한 케이트와의 대화도 유익했다. 비록 영어공부의 절실함을 재차 확인한 시간이었지만, 내 실력을 알고 있는지라 쉬운 영어로 대화를 이어나가줘서 큰 어려움은 없었다. 가끔 재차 확인할 때도 있긴 했지만 그마저도 즐거웠다. 주로 한국과 미국의 드라마나 노래, 영화, 책 이야기를 나누었다.

보라색 꽃을 피우는 '푸들도그 부쉬'. 특유의 향으로 그 존재를 미리 알 수 있다. 불이 났던 지역에서만 자라는 독초로 트레일에서 매우 조심해야 할 대상이다

K팝에 흥미가 있는 친구였기에 내가 다운로드해온 한국 노래를 들려주면 신기해하면서도 신나게 춤을 추기도 했다. 케이트는 디자인을 전공했고, 많은 사람을 도울 수 있는 의료기기를 디자인하고 싶다고 했다. 정이 많고 착한 친구다. 아직 서른도 안 됐지만 속이 깊다. 한국을 방문하고 싶다는데 만약 온다면 네가 무엇을 상상하든 그 이상의 진정한 한국의 문화를 가르쳐 주겠노라 약속했다. 물론 내가 알려줄 수 있는 건 술 문화밖에 없지만,

푸들도그 부쉬와 사투를 벌이며 걷다 지난밤 나를 외롭고 애절하고 쓸쓸하고 초라한 밤의 구덩이로 몰아넣은 잡스와 씨에스타를 다시 만났다. 스쳐 지나는 캠프 그라운드에서 물을 얻고 가려는데 속을 아는지 모르는지 "Good to see you"를 연발하며 환하게 웃었다. 점심시간이 다 되어 가는데도 쌀쌀한 날씨 때문에 물이 차가워 손에 닿자이내 살을 저미는 고통이 뒤따랐다. 때문에 물만 보충하고는 자리를

400마일 지점을 기념하며 케이트와 한 컷, 다운재킷을 입고 걸어야 할 정도로 너무 추웠다

털고 일어나 빠른 걸음으로 트레일로 향했다. 저 뒤에서 소리만 들어도 알 것 같은 씨에스타의 곡소리가 메아리쳤다.

곧 640킬로미터 지점을 통과하는데 몸이 트레일에 완전히 적응했는지 전과 다르게 긴 시간을 걸어도 다리에 무리가 오지 않는다. 태어나 처음 미국에서 맞은 침이 효과가 좋은 것 같기도 하고, 어떻게 그런 고통 속에서 계속 걸었는지 지금 생각해도 스스로가 참으로 대견스럽다. 지금은 신기할 정도로 몸에 에너지가 넘친다. 잡념과 욕심을 버리고 나니 몸이 가벼워진 건지는 모르겠지만, 지금의 컨디션을 계속 유지할 수 있는지 여부가 앞으로의 여정이 얼마나 즐거울지 판가름해줄 것이다. 일단 몸이 아프면 만사가 귀찮아지니 몸 안 아프면 반은 먹고 가는 셈이다. 사촌 형이 건네 준 비타민도 매일 밤 꼬박꼬박 챙겨 먹었다. 한국에 있을 때도 안 먹던 그 비타민을 말이다.

큰 불이 난 지역이라 새 생명이 자라고 있긴 했지만 검게 그을린 흔적과 짙은 안개 때문에 왠지 모르게 을씨년스러웠다. 아무래도 하루 이틀 정도는 계속 이런 음산한 분위기 속에서 걸어야 할 것 같다.

이틀간 어두운 분위기 속에서 혼자 걸은 터라 사람이 무척 고팠다. 다행히 아구아돌체Agua dulce에 도착하기 전 코아 캠프그라운드를 지나치면서 오랜만에 하이커가 아닌 캠핑하는 민간인을 만날 수 있었고, 잠시 헤어진 케이트와도 다시 만났다.

이곳에서 보급품을 찾는 하이커가 많았는데, 보급 받은 김에 하루 쉬고 가는 친구도 여럿 있었다. 케이트도 하루 쉬고 갈 거라고 했고,

씨에스타와 잡스도 그럴 생각인지 옆에서 텐트를 치고 있었다. 이 러 블리한 커플 틈에 있고 싶지도 않았고, 보급품도 하이커 타운으로 보냈기 때문에 이곳에 머무를 이유가 없어 계속 걷기로 했다. 날씨가 너무 더워 움직이기만 해도 땀이 흘렀지만 16킬로미터만 더 가면 나올 아구아돌체에서 기름진 음식과 시원한 맥주를 먹을 생각을 하며 한 발 한 발 힘차게 내디뎠다.

주말이라 그런지 역시 당일 하이킹을 하는 사람이 많이 보였다. 안개 낀 어두침침한 길을 혼자 걸을 때와는 분위기가 정말 달랐다. 내리쬐는 태양을 가릴 곳 하나 없는 길을 걷고 있자니, 차라리 좀비가 나올지언정 안개 속에서 걷던 때가 더 나았구나 싶었다. 약 16킬로미터 정도를 쉬지 않고 내리 걸어 도착한 아구아돌체는 숙박할 수 있는 싸구려 모텔 하나 없는 아주 작은 마을이다. 그래도 다행히 하이커가 보급품을 구할 수 있는 마트는 있고, 나처럼 기름진 음식이 필요한 하이커를 위한 펍과 피자가게도 있다. 두말할 것 없이 배낭을 내려놓고 전형적인 동네 피자집 스타일 가게 안으로 들어갔다. 이미 열댓 명의 하이커가 한쪽 자리를 점령하고는 마치 축제라도 하듯 피자, 스파게티, 생맥주를 테이블에 깔아놓고 있었다. 분위기를 좀 살피고는 그들과 인사를 하며 옆자리를 하나 꿰차고 앉았다.

이곳에서는 웃으며 인사만 하면 친구가 된다. 부끄럼이 많아 함께 섞이기를 꺼려하지만 않는다면 어떤 상황에서도 바로 친구가 될 수 있다. 한국에서 온 쿨케이라고 한 명 한 명 눈을 마주치며 인사를 하고 나니 바로 큰 컵에 거품 가득한 맥주를 따라 내게 한 잔 건네줬다.

"Cheers!"

서로가 서로를 위하는 목소리와 잔과 잔이 부딪히는 소리가 작은 피자가게 안에 가득 울리고, 너나 할 거 없이 깔깔대며 그간의 노고를 치하하며 시간을 보냈다. 나도 이들을 위해 맥주 피쳐 하나를 주문하고 뒷일은 생각지도 않고 계속 목을 축였다.

'Jiny Family', 우리말로 하자면 지니 패거리가 맞을 것 같다. 이들은 애팔랜치아 트레일에서 만나 완주를 하고 이번에 PCT를 걸으려고 다시 만났다고 한다. 키는 작아도 카리스마가 있어 보이는 지니를 중심으로 토우, 듀드 등 대여섯 명의 하이커가 패거리를 형성하고 있었다. 멋진 놈들. 다시 걸을 채비를 하려고 슬슬 자리를 정리하며 부러움 섞인 목소리로 인사를 건넸다. 자기들도 곧 나설 거라며 함께 일어나자기에 알았다고 하고는 담배를 피려고 잠시 밖으로 나왔다. 사건은 여기서부터 시작되었다.

가게 모퉁이에 마련된 흡연 장소(라기보다는 그냥 작은 깡통 하나 놓인)에 하나둘 모여든 지니 패거리와 담배를 함께 나눠 피웠다. 시간은 벌써 오후 5시가 훌쩍 넘었고 얼마를 더 가야 캠프 사이트가 나올지 모르는 상황이라 약간 걱정은 됐지만, 텐트 하나 칠 곳 없겠느냐는 생각에 서두르진 않았다. 트레일에서는 일반 담배보다 담뱃잎을 만 롤링 타바코를 많이들 피우는데, 듀드가 건넨 말린 담배를 거절하기 뭣해서 그냥 받아 피우고는 옆의 친구에게 건넸다. 뭔 담배 맛이 이럴까 하고 생각했지만 어떠냐고 묻는 듀드에게 솔직하게 말할 수가 없어 엄지를 척하고 올려주니 고개를 끄덕이며 씨익 웃었다. 그렇게 두

세 번 더 돌려 피우다 마지막으로 내 담배를 꺼내어 깊이 들이마시고는 아구아돌체에서의 마지막을 정리했다.

일어나서 배낭을 가지러 가는데 갑자기 뭔가 머릿속에서 핑하고 도는 게 느껴졌다. 시야가 좁아지면서 주변이 슬로우 모션처럼 천천히 움직였고, 눈을 깜박이며 애써 집중하려 해도 자꾸만 동공이 풀리는 것 같은 느낌이 들었다. '어라? 왜 이러지?' 뭔가 이상하다는 걸 느끼면서 지나가는 듀드한테 아까 피우던 게 뭐냐고 물어봤다.

"위드weed! 그건 마법의 약이지 친구!"

늦었다. 일이 꼬여가고 있다고 생각했을 때는 이미 되돌릴 수도 없는 상황이었다. 아뿔싸. 말로만 듣던 대마초를 내가 피운 건가? 트레일에서 대마초를 하는 친구는 여럿 봤는데, 내가 직접 하게 될 줄은 몰랐다. 어쨌든 상황을 정리하고자 정신을 차리려고 애를 써봤지만, 어지러우면서 앉고 싶고 또 누워 자고만 싶은 게 이러다간 길바닥에서 자게 될 것 같은 불길한 기운이 느껴졌다.

내 몸 하나 챙기기 어려웠지만 어쩔 수 없이 배낭을 메고 도로를 따라 다시 트레일로 들어섰다. 길이 어떤지 모르지만 만약 텐트를 칠 만한 공간만 나오면 바로 자야겠다고 생각하고는 서둘러 움직였다. 가면서도 지금 내가 제대로 가는지 알 수 없었다. 계속 걷고는 있지만 몸이 중심을 못 잡고 비틀거렸다. 거기에 배낭 무게 때문에 차가 다니는 도로에서도 휘청거리며 곡예하듯 지나기까지 했다.

'내가 지금 꿈을 꾸고 있는 건가? 아님 정말 현실인 걸까?'

불과 1분 전에 한 생각을 또 하고 또 하면서 마치 꿈을 꾸고 있는

것 같은 착각 속에 빠져 버렸다. 뺨을 수차례 때려봤지만 소용없었다. 게다가 산비탈을 계속 올라야 하는 외길이었고 길의 폭마저 너무 좁아 텐트를 칠 수 있는 공간이 없었다. 이미 시간은 6시를 넘어 7시를 향하고 있었고, 평지가 나올 때까지는 계속 걸을 수밖에 없는 상황이었다. 중심을 못 잡고 비틀거리는 몸을 바로잡고자 걷는 속도를 높였고, 오르막길인 것을 망각했는지 힘듦도 느끼지 못한 채 전진, 전진 무조건 전진만 했다.

　약 13킬로미터 정도의 거리, 그것도 오르막길을 두 시간 만에 올랐다고 하면 이 상황을 약간이나마 공감할 수 있을지 모르겠다. 분명 꿈일 거라 생각했지만 그건 착각이었고, 해가 져 어두컴컴한 길을 헤드랜턴을 켤 겨를도 없이 계속 걷기만 해야 하는 상황이 나를 더욱 두렵게 했다. 땀이 비 오듯 났고, 초점 풀린 동공을 느낄 수 있을 정도로 몽롱한 정신은 맑아질 줄 몰랐다.

9시 가까이 되어 어둠이 주변을 물들였을 때 비로소 작은 둔덕을 만났다. 텐트를 칠 만한 평평한 자리를 찾고 나서야 주변에 이미 자리를 잡은 불 꺼진 텐트 두 동이 있다는 것을 알아챘다. 안도의 한숨을 길게 내쉬었고 다리가 풀려 땅바닥에 주저앉고 말았다. 마음 같아선 그 상태로 배낭을 매트 삼아 자고 싶었는데, 다 젖은 옷과 차가운 밤공기, 세찬 바람의 조화가 체온을 급격하게 떨어뜨리고 있었다. 이대로라면 저체온증에 걸리기 십상이라 무겁고 몽롱한 정신을 일깨워 텐트를 쳤다. 텐트가 나를 치는 건지 내가 텐트를 치는 건지 어쨌든 치열한 사투 끝에 완성된 텐트 안으로 몸을 집어던졌고, 젖은 옷을 다 벗고 다운재킷을 입고는 침낭 속에 몸을 묻었다.

생전 처음, 나를 축으로 지구가 자전하고 있다는 것을 느낀 길고 긴 세 시간이었다. 비록 〈127시간(대니 보일 감독, 제임스 프랭코 주연의 생존 실화 영화)〉만큼 긴 시간은 아니었지만, 적어도 내 느낌만으로는 더하면 더했지 덜하진 않았다. 몽롱한 정신으로 잠들면서도 지금 자는 게 꿈일 거란 착각 속에 빠지던 그 시간을 지금도 잊을 수가 없다.

"Fu*king Weed. Fu*king Dude……."

재회, 그리고 또 다른 만남

● 유체이탈.

몸과 정신이 따로 노는 경험을 한 뒤라 아침에 일어나는데도 몸이 찌뿌둣했다. 다리도 무겁게 느껴졌고, 엉망으로 친 텐트 속에 여기저기 내팽개쳐진 옷이 처절하던 지난밤의 상황을 말해주었다. 그래도 무리해서 걸은 덕분인지 까사 데 루나까지 몇 킬로미터 남지 않아 한 번 들려보기로 했다. 굳이 갈 필요는 없지만, 까사 데 루나는 PCT에서 워낙 유명한 엔젤 하우스기 때문에 잠시 쉬었다 가는 것도 나쁘지 않다고 생각했다. 명성이 자자한 곳에 대한 호기심도 있었고.

무거운 몸을 이끌고 길을 나선 뒤, 점심이 조금 지난 시간에 까사 데 루나에 다다랐다. 작은 시골마을에 위치한 까사 데 루나의 뒤편에는 꽤나 넓은 뒷마당(아주 작은 과수원 정도의)이 있어 수많은 하이커가 여기저기 텐트를 치고 하루씩 묵고 간다. 몇몇 하이커가 집 앞에 마련

'까사 데 루나'의 평화로운 전경. 많은 하이커들이 편하게 앉아 담소를 즐기고 있다. 뒤로
보이는 현수막에는 올해 이곳을 거쳐간 하이커들의 사인이 남겨져 있다

된 소파에서 맥주를 마시면서 환한 미소로 나를 반겨주었다. 구경만
하고 바로 출발하려 했지만 막상 이곳에 도착하고 나니 하루 쉬어가
고 싶은 생각이 들었고, 이내 행동으로 옮겼다. 역시나 계획대로 되지
않는 인생. 그래서 더 즐거운 거 아닐까?

소파 옆 아이스박스 얼음 속에 파묻혀 있는 시원한 맥주를 원샷 하
고 나서 뒷마당 깊숙한 곳 나무 아래 텐트를 치고는 하이커를 위해 준
비해놓은 파자마로 갈아입고 땀으로 얼룩진 옷을 빨았다. 파자마를
입은 내 모습이 어색하고 우습기도 했지만, 까사 데 루나의 전통이라
이곳에 머무는 모든 하이커는 하와이안 셔츠에 파자마를 입는다.

뒷마당 한편에 마련된 간이 샤워장은 줄을 서야 할 정도로 인기가
많았다. 얇은 천 하나로 가려야 하니 불안했지만, 여기서는 그런 부
분이 문제될 건 없다. 트레일 위에서는 나이도 성별도 크게 인식하지

않는다. 남녀노소를 막론하고 길 위에서 함께하는 이들은 스루 하이커라는 동질감으로 엮여 있다. 하나둘 젖은 머리를 털면서 나오는 하이커들을 따라 시원한 물로 몸을 씻어 낸 후 수건 대신 따스한 햇볕에 몸을 말렸다. 잔디밭에 누워 바람을 온몸으로 맞으니 잠이 솔솔 오기 시작했다. 깜박 잠이 들 찰나, 집 뒤에 놓인 테이블에 앉아 맥주를 마시던 애들이 맥주 한잔하자며 나를 불렀다. 도착해서 점심으로 핫도그를 먹은 게 아직 소화가 안 돼 배가 불렀지만 호의를 거절하기 미안해 자리를 함께했다.

이 젊은 친구들은 대학을 졸업하고 사회로 나가기 전, 마지막 자유를 자연과 함께 하고자 이 길을 걷기로 했다고 한다. 샤워는 했지만 몸에 밴 구린내를 숨길 수 없는 이 수염 덥수룩한 친구들과 얘기를 나누다 보니 이 나이 때의 내 모습이 생각났다. 철없던 망나니 시절의 내 모습. 후회 없는 인생을 살자고 했지만 어린 시절을 떠올릴 때면 그때 조금만 더 했다면 하는 아쉬움이 남는다. 그땐 옳고 그름을 판단할 기준이나 겨를이 없었다. 친구들과 어울려 술 마시고 노는 것에만 집중했다. 그래서인지 한창 꽃이 필 나이에 대자연 속에서 많은 것을 배우고 도전하는 이 친구들이 멋있게 보였다. 물론 냄새는 구렸다.

까사 데 루나. '달의 집'이라는 뜻의 이 엔젤 하우스는 조와 테리가 함께 운영한다. 집과 앞마당은 그리 넓지 않지만, 집 뒷마당은 충분히 하이커들이 쉴 만한 공간이 되었다. 나는 준비하는 과정에서 알았지만 이곳은 미국 하이커, 특히 PCT에 관심 있는 하이커 사이에서는 오래전부터 꽤 유명한 곳이다. 특히나 안방마님인 테리는 큰 덩치에 어울리는 유머감각으로 이곳을 찾는 하이커들이 유쾌한 시간을 보낼 수 있도록 분위기를 만들어 준다. 매일 이곳을 방문한 하이커들과 함께 하이커의 사인이 담긴 현수막을 배경으로 기념사진을 찍는데, 사진을 찍을 때 하이커들이 웃지 않으면 뒤로 돌아 하이커 쪽으로 서슴없이 엉덩이를 까는 퍼포먼스를 보이기도 한다. 이런 유쾌한 마음과 친절함이 배어 있지 않다면 엔젤 하우스 운영이 쉽지만은 않을 것이다. 나는 진심을 담아 그들에게 30달러를 기부했다. 이곳에서 먹고 마시고 받은 은혜에 비하면 보잘것없는 금액이지만, 주머니가 가벼운 나로서는 최선이었고 사랑과 진심을 담은 기부였다.

저녁은 타코와 맥주다. 이곳에 온 후로 멕시칸 음식을 즐겨 먹는 것 같다. 내가 즐긴다기보다, 값싸고 맛도 있기 때문에 많은 하이커들을 대접하는 데에는 멕시칸 음식만 한 게 없다. 미국의 서남부라 멕시코의 영향을 많이 받기도 했을 것이다. 오늘도 감사하며 차가운 맥주, 좋은 사람들과 풍요롭고 즐거운 시간을 보낸다.

달의 집이라 그런지 유난히 밝은 달이 우리를 비춘다. 매일매일 감사한 하루를 보내고 있지만, 이렇게 사람 냄새 맡으며 함께 웃고 떠들며 보내는 저녁이면 집 생각이 더 난다. 내가 그동안 소홀히 한 모든 것도 함께…….

"쿨케이!"
집 나간 며느리 찾는 시어머니처럼 큰소리로 아침부터 나를 부르는 소리에 팬케이크를 담다가 놀래서 돌아보니 케이트가 서 있었다. 역시나 대단한 친구. 통통한 체구지만 잘 걷는 것을 보면 진짜 장하다. 왠지 내가 있을 거 같아서 그냥 지나치려다 들렀다고 하니 기특하기까지 하다. 함께 아침이라도 든든히 먹고 출발하기로 하고 팬케이크를 세 장씩 먹었다. 함께한 시간이 그리 길지는 않지만, 케이트와 함께 있으면 참 편안하다. 한국 문화에 관심도 있고 내 서바이벌 잉글리시에도 귀 기울여주기 때문에 어색함이 없다. 혼자 하는 이 길이 혼자만이 아닌 게 이런 이유 때문 아닐까?

다시 트레일로 들어가는 길목까지 차를 함께 얻어 타고 오늘의 목적지인 하이커 타운을 향해 힘차게 발을 내디뎠다. 하이커 타운까지는 약 37킬로미터. 10시 정도부터 걷기 시작했는데 길이 수월해 저녁 전에는 도착할 것 같다. 하이커 타운 이후부터는 그늘도 찾기 힘든 사막이 다시 열릴 텐데 걷는 것보다 더위 속에서 먹을 식량 조합이 걱정됐다.

'지금 걷는 것도 힘든데 아직 가지도 않은 길을 걱정하다니. 조금은 여유가 생긴 듯하네, 쿨케이?'

케이트와의 하이킹은 언제나 그렇듯 유쾌하다. 내가 마리화나 때문에 고생한 얘길 했더니 죽는다고 배를 잡고 웃었다. 자기도 한두 번 경험이 있는데 나랑 같은 과라 다시 입에도 안 댄다고 했다. 케이트는 빅뱅, 그중에서도 탑에 대한 사랑이 여전했는데 케이트의 소원이 꼭 한 번 한국에 가서 실제로 탑을 보고 함께 사진 찍는 것이란다. 스물여섯 살 소녀, 아니 아가씨의 소원이라고 보기엔 참 소박했지만

하이커 타운으로 향하는 길에 만난 뱀. 방울뱀이 아니라 다행이었고, 트레일에서 이 정도의 뱀이면 그저 귀여운 수준이다

얼마나 좋아하면 그럴까 이해가 되기도 한다. 순수함일 수도 있겠지. 한국과 한국의 연예인을 좋아해주는 케이트가 고맙기만 하다. 인종 차별을 당한 사람 얘기도 많이 들은 터라 내심 걱정했는데, 다행히 아직까지 이 길에서는 나를 향한 곱지 않은 시선을 한 번도 느껴본 적이 없다. 트레일이라는 또 다른 문화라 그런 것일 수도 있겠다.

웃고 떠들고 장난치며 걷다가 PCT를 800미터나 지나기도 했지만 날이 저물기 전에 하이커 타운에 도착했다. 하이커 타운이란 명칭답게 철제 펜스로 주변을 둘러싼 곳에 마치 마을처럼 여러 채의 집이 자리 잡고 있고(집이라기보다 방이라고 하는 게 맞을 수도), 각각의 집에는 이름이 붙어 있다.

우리는 이곳을 관리하는 '밥'이라는 분에게 안내를 받고 방을 하나씩 배정받았다. 물론 기부 비슷하게 20불을 내고, 맥주도 한 병 받았는데 결코 마시고 싶지 않을 만큼 미지근했다. 밥은 우리에게 친절

다시 사막구간에 접어들기 전 식량 보급을 하러 들리는 하이커 타운. 중간에 위치한 타운홀에는 많은 하이커가 모여 담소를 나누고 하이커박스를 이용하기도 한다

했다. 동양인인 나를 보고 어디서 왔냐고 물어봤는데, 한국에서 왔다고 하니 '서모미터'라는 한국인이 며칠 전에 왔다고 얘기해줬다. 서모미터라는 트레일네임을 사용하는 한국인 하이커는 윤은중 님이다. 윤은중 님은 예순이 넘었지만, 이미 2009년도에 애팔랜치아 트레일을 종주한 베테랑 하이커다. 영어를 잘 못해도 항상 주위의 하이커에게 커피나 이것저것 따뜻하게 잘 챙겨주시기에 다른 하이커 모두 그 분을 좋아하고, 또 그 분의 따님이 페이스북의 올해 PCT 그룹페이지에 아버지를 잘 부탁한다는 장문의 글을 남겨 화제가 되기도 했다. 그 분을 만난 적이 있는 외국인은 서모미터가 영어를 딱 두 단어만 말씀하신다고 웃으며 얘기해줬는데, 그 두 단어는 바로 '캐나다'와 '위스키'다. 영어 때문에 윤은중 님이 불편할 것이란 걱정은 어쩌면 오만함이었을 수도 있다. 그 분은 아무 불편함 없이 지금도 당신의 길을 즐겁게 걷고 계실 것이다. 아무쪼록 무탈하게 잘 걸으시길, 그리고 꼭 한번 이 길에서 뵐 수 있길 속으로 빌었다.

'Captain Cool Kay'. 내가 배정받은 방 이름이 'Captains quarters room'이라 나랑 어울린다고 케이트가 지어준 이름이다. 기념으로 사진 한 장 찍자고 나보고 문 앞에서 포즈를 취하라고 하는데 사진 찍히는 걸 별로 좋아하질 않아 그냥 수줍고 어색하게 웃었다. 짐을 풀고 여기저기 둘러보는데 아까 밥이 말한 또 다른 동양인, 일본에서 온 하이커들을 만났다.

'스케치'와 '토니'. 키가 큰 스케치와 키가 작은 토니, 딱 봐도 일본인처럼 생긴 이 친구들은 나보다 나이는 어리지만 경량 백패킹 문화가 우리보다 일찍 자리 잡은 일본에서 온 만큼 장거리 하이킹에 최적화된 장비와(그렇다고 비싼 티탄이나 경량 제품이 아닌 꼭 필요한 장비만) 해박한 지식을 갖추고 있었다. 케이트는 이미 그들과 마주친 적이 있는지 반갑게 인사를 나눴고, 나는 그들과 어색한 첫인사를 악수와 함께 나누었다. 이것이 앞으로 한 달 가까이 되는 시간을 함께 할 '스케치와 토니'와의 첫 만남이다.

별 헤는 밤

● "케이트! 여기야!"

그늘이라고는 찾아볼 수 없는 모하비 사막에서, 우두커니 서 있는 조슈아 트리 속을 비집고 들어가 둘이 앉을 만한 공간을 겨우 만들고 난 후에야 나는 케이트를 불렀다.

"Oh my god!"

타는 듯한 열기에 죽는 줄만 알았다며 케이트는 앉자마자 물부터 벌컥벌컥 마시고는 내게 말했다.

"어깨는 좀 괜찮아?"

지난밤 저녁을 먹으면서 얘기를 나누던 중 배낭이 무거워 어깨가 아프다고 좀 투덜거린 게 내심 마음에 걸린 모양이다. 전부터 느끼고 걱정한 부분이었지만, 내 짐은 이미 배낭이 견딜 수 있는 한계 하중을 넘겼다. 그 결과 배낭의 하중이 고스란히 어깨로 전해져 통증이 내

몫이 되어버린 것이다. 내가 쓰는 고싸머기어Gossamer Gear의 마리포사 배낭은 어느 경량 배낭보다 내가 신뢰하는 배낭이다. 배낭이 제 구실을 못하는 것이 아니다. 그저 내 욕심이 이런 결과를 불러왔다. 누구에게도 하소연할 수 없다. 시에라 구간을 지날 때는 곰통까지 넣어야 하므로 지금 이 상황을 해결해야 했다. 결국 배낭을 바꾸기로 결정했다.

온라인으로 REI(미국 서부의 대형 아웃도어 매장)에서 오스프리의 프레임이 있는 배낭을 구매해 상기 형에게 보냈다. 상기 형과 다시 만나기로 한 레이크 이사벨라Lake isabella에서 배낭을 바꾸기로 했다. 그때까지는 참고 견뎌야 한다.

대답 대신 배낭을 발로 차는 나를 보고 케이트는 낄낄거리며 작은 봉지 속에 담긴 견과류를 한 움큼 입에 넣었다. 덥긴 하지만 습도가 낮아 그늘만 있으면 가끔 불어주는 바람에 몸을 식힐 수 있다. 그늘만 있다면 말이다. 약간의 휴식으로 체온을 식히고는 다시 길을 나섰

모하비사막의 낮은 뜨거웠다. 듬성듬성 서 있는 조슈아트리가 만들어 주는 그늘만이
  유일한 오아시스였다

다. 그늘이 보일 때마다 우리는 쉬었다. 휴식 횟수가 늘어갈수록 사막에서는 낮과 밤을 바꿔 걷는 게 훨씬 효율적이라는 말을 약간은 이해할 수 있었다. 그만큼 모하비 사막의 낮은 뜨거웠다. 내일이면 도착할 다음 보급지인 테하차피^{Tehachapi}에서 빅 사이즈 피자와 맥주로 양껏 취해 보자는 꿈같은 소리로 서로를 격려하면서 조금씩 조금씩 거리를 줄여 나갔다.

오후 5시가 넘어서야 타일러호스 계곡^{Tyler horse canyon}에 도착할 수 있었다. 이 구간에서 유일하게 물을 얻을 수 있는 곳이기에 이미 많은 하이커가 모여 있었다. 하이커 타운에서 본 일본인 브라더스, 스케치와 토니도 먼저 와 있었다. 그래도 한 번 봤다고 어색함이 사라졌는지 짐 풀고 저녁을 먹을 때 이런저런 이야기를 나누었다.

오늘은 카우보이 캠핑. 케이트는 원래 카우보이 캠핑을 좋아한다. 그래서 케이트와 함께 하이킹을 할 때면 텐트보다 땅바닥에서 자는 경우가 많았고, 나 또한 언제부터인지 텐트를 치고 걷는 번거로움에

\# 카메라로는 완연하게 담을 수 없는 그 광경을, 대신 이 사진을 볼 때마다 나는 추억할 수 있다. 내게 사진은 그런 것이다

서 벗어날 수 있는 카우보이 캠핑의 매력에 빠져들었다. 더군다나 이곳 타일러호스 계곡은 협곡이라 텐트를 칠 만한 공간이 많지 않다. 많은 하이커가 모이는 만큼 카우보이 캠핑이 서로를 배려하는 방법이기도 했다. 하루 종일 흘린 땀에 찌든 몸을 흐르는 물로 개운하게 닦아내고는 포근한 침낭 속으로 몸을 밀어 넣었다.

사막의 밤하늘은 상상 이상으로 아름다웠다. 새벽에 깨어 올려다본 밤하늘은 내가 표현할 수 있는 그런 것이 아니었다. 지금껏 수많은 별 사진과 은하수 사진을 봐 왔지만, 그런 사진을 볼 때와는 다른 느낌이다. 물론 사진 작가가 전문적으로 찍은 사진을 볼 때도 감탄하며 사진 속의 장소에 꼭 한 번 가야겠다는 충동을 느낀 적이 있지만, 지금은 그런 감정이 아니다. 지금은 내가, 나 자신이 이 경이롭고 화려하기 그지없이 황홀한 광경과 같은 시공간에서 숨을 쉬고 있다는 것에 심장이 뛰었다. 다른 사람이 찍어놓은 피사체가 아닌, 셔터스피드나 노출값 따위의 숫자가 아닌, 오롯이 쿵쾅쿵쾅 거리는 내 심장박동만이 녹아든 저 밤하늘의 은하수를 내 눈 속에 담은 것이다. 변변치 않은 실력이지만 이 순간, 이 감정을 추억하려고 배낭에서 똑딱이 카메라를 꺼내 들고 연신 셔터를 눌렀다. 비록 지금 내가 보고 있는 이 모습을 다 담을 수 없을지라도, 지금 찍은 사진을 볼 때면 이 순간을 추억할 수 있을 거라 믿었다. 그리고 그렇게 되었다. 별 헤는 밤은 그렇게 내 마음속에 영원하다.

새벽 5시 반에 다시 채비를 하고는 빠르게 길을 나섰다. 항상 보급지로 향하는 당일 아침은 행동이 번개처럼 빨라진다. 트레일을 걷자

테하차피로 향하는 길에 비록 그늘 한 점 없고 뜨거운 태양만 있을지라도,
시원한 맥주와 따뜻한 음식을 갈구하는 우리의 열정을 꺾을 수는 없었다

고 왔는데, 이제 주객이 전도된 것 같은 느낌이 든다. 그만큼 시원한
맥주 한 잔과 따뜻한 음식이 내뿜는 마력은 사람을 홀리기에 충분할
정도로 강하다.

이제는 낮에 약 27킬로미터를 걸을 정도로 몸이 사막에 적응했다.
트레일 안에서 보내는 시간이 많아질수록 내 몸은 점점 더 트레일에
맞게 적응하고 강해지고 있었다. 아침과 점심을 먹는 둥 마는 둥 하며
조금이라도 빨리 테하차피로 들어가자고 서로를 재촉했다. 강한 정
신이 강한 육체를 만든다고 하던가? 우리의 강한 염원은 뜨거운 사
막에서도 아무 탈 없이 빠르게 걷도록 만들었고, 운이 따랐는지 히치
하이킹도 빨리 해서 여정은 수월하게 마무리되었다.

테하차피는 영화 〈와일드〉에서 주인공이 PCT를 시작하는 첫 무
대다. 때문에 일부 미국 하이커는 테하차피에서 시작해 '신들의 다리
Bridge of God'에서 여정을 끝낸 셰릴의 PCT는 종주가 아니라고 무시하

기도 한다. 나는 종주보다 길을 걸으면서 개인이 찾는 의미가 더 중요하다고 생각했기에 그런 친구의 말은 그냥 흘려들었다. 우리는 도착하자마자 할리우드 공포영화에서나 볼 수 있을 법한 낡은 모텔에 방을 각자 구해서 일단 몸을 식히기로 했다. 대부분의 미국 싸구려 모텔이 그렇지만, 방이 길게 늘어서 있고 세탁실이 맨 끝에 분리되어 있는 낡은 단층 건물은 왠지 모르게 음산한 분위기가 풍긴다. 허름한 건물 외벽만 봐서는 모텔이라고 생각할 만한 게 없지만, 지붕 위에 세워둔 반쯤 부서진 네온사인이 이곳이 모텔이라는 것을 알려줄 뿐이다. 하룻밤에 약 60달러나 하는 산타페 모텔이 어찌 낯이 익다 했더니, 내가 좋아하는 영화 〈아이덴티티〉의 배경인 모텔과 분위기가 비슷했다. 그래도 무료 와이파이가 제공되어 다행이다.

샤워를 마친 우리는 밀린 숙제를 하듯이 고대하던 피자와 맥주를 펍에서 거하게 먹고 마시고는 빨래와 개인정비를 하려고 모텔로 돌아왔다. 돌아오는 길에 스케치와 토니를 만났는데 그들은 비행장 옆에 있는 무료 캠핑장에서 지내기로 했다며 해맑게 웃고는 바로 옆에 있는 맥도널드로 향했다. 저녁은 별로 생각이 없었는데, 케이트가 태국음식이 먹고 싶다고 해서 같이 따라나섰다. 케이트는 모처럼의 문명생활이 좋은지 하루 더 쉬고 싶다는 표현을 계속 빙빙 둘러 했고, 나 또한 서두를 것 없을 거 같아 제로데이^{zeroday}(온전한 휴일을 가지는 것)를 가지기로 합의했다. 대신 모텔이 아닌 무료로 이용할 수 있는 비행장 옆의 캠핑장에서 지내기로 했다.

배는 이미 불렀지만, 태국음식을 먹자고 3킬로미터가 넘는 길을 걸어온 게 아까워서 쌀국수와 사이드 메뉴까지 시켰다. 이상하게 트레일을 시작하고는 먹을 수 있을 때 많이 먹어두려는 습관이 생겨 나도 모르게 내 위의 용량보다 많은 음식을 시키곤 한다. 그런데 미국의 음식 사이즈가 다르다는 것을 깜박했다. 일단 메인으로 시킨 메뉴의 사이즈가 두 명이 먹어도 될 만큼 양이 많았고, 사이드로 나오는 롤도 과장 좀 해서 두어 개만 집어먹으면 배가 부를 정도였다.

먹는 걸로 무식하면 안 된다고 항상 어머니가 말씀하셨는데, 남기기 아까워 무식하게 다 먹은 바람에 모텔로 돌아오자마자 다 올려내기 시작했다. 돈은 돈대로 쓰고 몸은 몸대로 상하고 먹은 건 다 토해낸 이 밤, 나 자신이 왜 이리 멍청하고 바보 같은지.

과한 욕심은 화를 부른다는 것을 또 한 번 몸으로 겪고 나서야 나는 어두침침한 방, 퀴퀴한 침대 위로 쓰러졌다.

사막의 길 위에 활짝 핀 꽃

● "Oh no! No way!"

한 시간 남짓 잤는데 갑자기 퍼붓는 빗소리와 우왕좌왕하는 사람들의 소리가 나를 깨웠다. 눈을 뜨자마자 반사적으로 텐트 밖에 풀어놓은 짐을 텐트 안으로 옮기고 정신을 차려보니 범인은 잔디밭에 설치된 스프링클러였다. 간밤에는 한 시간 간격으로 지나가는 기차 소리 때문에 제대로 자지 못했는데 이제는 스프링클러마저 우리를 괴롭히고 있었다.

이것이 아무도 알려주지 않은 비행장 옆에 위치한 하룻밤 5달러짜리 캠프그라운드의 진실이다.

그나마 텐트라도 치고 잔 나는 큰 피해 없이 밖에 둔 배낭의 겉만 젖었는데, 편하게 카우보이 캠핑을 하던 친구들은 말 그대로 물에 빠진 생쥐 꼴이었다. 쇼핑도 하고, 하이커를 위해 베스킨라빈스가 깜짝 선물로 준비한 무료 아이스크림도 먹으며 꿀 같은 제로데이를 보낸 어제와는 달리, 새벽 5시에 맞춰 가동된 스프링클러 탓에 예기치 않은 아침을 맞이한 우리는 서로를 바라보며 그냥 웃을 수밖에 없었다. 나와 케이트는 우리를 이곳으로 인도한 스케치와 토니에게 왜 이런 얘기를 미리 안 했느냐고 농담조로 따졌지만, 그들도 예상치 못한 일이었다고 한다. 사실 나는 스프링클러보다는 매 시간 지나가는 기차의 경적 소리 때문에 더 힘들었다.

단돈 5달러에 무료 와이파이는 물론, 따뜻한 저녁과 부드러운 잔디밭 위에서의 잠자리. 우리가 너무 순진했다. 뻔히 보이는 기차 레일과 잔디밭 옆의 스프링클러. 눈앞의 행복 때문에 예견된 재앙을 눈감아 버린 것이다. 이제와 누구를 탓하리.

일찍 일어난 김에 짐을 꾸리고 다시 트레일로 복귀할 채비를 했다. 스케치와 토니에게 먼저 떠난다는 말을 전하고 아침을 먹으려고 비행장을 벗어나 우체국 옆에 있는 데니스^{Denny's}로 이동했다. 아직 이른 시간이었기에 우리는 여유로운 아침을 즐겼다. 이 시즌에 하이커가 많이 들르는 마을이라 그런지 아무도 거지같은 행색을 한 우리를 전혀 신경 쓰지 않았다. 옆 테이블에 앉아 신문을 읽던 푸근한 인상의 아주머니만이 우리에게 말을 걸었다.

"너네 PCT를 하이킹하고 있는 거야?"

예상된 질문에 늘 얘기하던 대로 '우리는 언제 출발했고 캐나다까지 갈 것이며 나는 한국에서 왔고 케이트는 와이오밍에서 왔다. 매우 즐겁다 블라블라 블라' 마치 매뉴얼을 읽듯이, 하지만 절대 웃음을 잃지 않고 말하니 "대단해 대단해"를 연발하시면서 과한 리액션으로 우리를 치켜세워줬다(매번 보급하러 마을을 들릴 때마다 '어디서 왔니? 언제 출발했니? 어디까지 가니? 힘들지 않니?' 등 같은 질문을 받았기에 같은 말을 수도 없이 반복해야 했다).

"내가 너희를 다시 트레일로 데려다줄 테니 여유롭게 아침식사를 즐기도록 하렴, 나도 아직 식사를 안 끝냈으니까."

생각지도 않은 반응이었다. 뜨거운 도로 위에서 아까운 시간을 버리지 않게 된 우리는 감사의 인사를 빼놓지 않았고, 더욱더 교양 있는 모습으로 남은 아침식사를 즐기기 시작했다. 식사 후 트레일로 복귀하는 차 안에서 켈리라고 자신을 소개한 이 유쾌한 아주머니는 아들도 3년 전에 PCT를 완주했다며 사진을 보여주며 여러 재미난 이야기를 들려주었다. 그리곤 〈와일드〉를 봤냐고 물으며 차를 세우셨다. 우리가 트레일로 다시 복귀해야 하는 지점을 가리키면서 그곳이 영

〈와일드〉의 첫 촬영지이자 셰릴의 여정이 시작된 곳인 테하차피 마을의 트레일 시작 지점

화의 주인공 '셰릴'이 여정을 시작한 길이자 영화의 첫 촬영지라고 알려주었다.

"지금부터는 셰릴과 함께하는 거야!"

유쾌함이 그대로 묻어나는 목소리에 과한 액션과 윙크도 함께 담긴 마지막 인사를 남기고는 다시 마을로 돌아가셨다. 우리는 켈리의 차가 보이지 않을 때까지 손을 흔들었고, 그녀의 차가 보이지 않자 서로를 쳐다보고는 다시 시작하자는 의미의 눈웃음을 지었다.

도로 옆 철조망, 그 옆에 나 있는 황량한 길. 마치 누군가 길에 황량함을 더하려고 가져다 놓은 듯한 죽은 야생동물의 뼈. 셰릴은 처음 이 길을 걸으며 어떤 생각을 했을까? 아무것도 모르는 여자 혼자 시작하기에는 조금 무서운 분위기가 그 당시 셰릴이 느꼈을 감정을 대신 전해주었다.

모하비 사막을 지나는 길이기에 다음 보급지인 레이크 이사벨라까지는 물을 얻을 수 있는 곳이 별로 없다. 따라서 가지고 갈 수 있는 만큼 물을 가지고 다녀야 하므로 체력은 더 소모될 수밖에 없다. 마을에서 담아 온 5리터 물이 다 떨어져 갈 때쯤 우리는 물을 구할 수 있는 곳에 도착했다. 출발 후 약 27킬로미터 지점에 위치한 이곳은 우리처럼 물을 얻으려고 모인 하이커로 붐볐다. 그런데 아무리 물을 구할 곳이 없다 해도 이렇게 많은 하이커가 모여 있는 게 조금 이상했다. 배낭을 내리고 물이 있는 곳으로 가보니 작은 파이프 하나에서만 물이 졸졸 흐르고 있었고, 그 아래 물이 고여 있는 이끼 긴 웅덩이에는 죽은 나방과 곤충들이 둥둥 떠다니고 있었다. 결론적으로 분당 약 500밀리리터도 못 채울 만한 속도로 흐르는 파이프 하나에서 물을 담으려고 이 많은 하이커가 차례를 기다리고 있는 것이다. 어쩔 수 없이 물을 받아야 해서 차례를 기다렸다. 기다리는 동안 저녁을 먹어두기로 했다. 저녁이라고 해봤자 물이 없어 견과류로 때우는 게 다였지만.

짜증 날 만도 했지만, 아무도 짜증 내지 않았다. 오히려 다른 하이커들과 쉬면서 얘기를 나누며 즐기는 분위기였다. 그래, 가진 게 시간밖에 없는 우린데 서두를 필요가 뭐가 있겠는가? 성격이 급한 자신을 타이르면서 나 또한 이 분위기에 젖어 들었다.

프레츨. 이전 아이들와일드에서 함께 캠프파이어를 하면서 나에게 얼음찜질 팩을 만들어 준 친구다. 굉장히 활발하고 유쾌하며 장비도 잘 아는 이 친구는 트레일에서 인기가 좋다. 지금도 이곳에서 지친 하이커에게 재미난 이야기를 해주며 분위기를 띄우려고 노력하고 있다. REI에서 배낭을 전문으로 판매한 경험이 있어 배낭이 맞지 않아 힘들어하는 친구의 토르소를 조정해주기도 했는데, 나는 토르소 문제가 아니었기에 도움을 받지는 않았다.

프레츨 덕분에 웃음이 끊이질 않았고, 기다림이 지루하지 않아 고마웠다. 졸졸졸 흐르는 물을 3리터 정도 받고서야 길 떠날 준비를 했다. 시간이 오래 지체되었기에 걸음을 재촉했다. 약 한 시간 정도 더 걸은 후 트레일 옆에 텐트 두 동은 족히 칠 만한 공간을 발견하고는 카우보이 캠핑을 했다. 사막에서 32킬로미터가 넘는 거리를 움직이는 게 쉬운 일만은 아니다. 주변에서 알 수 없는 동물의 울음소리가 들리긴 했지만, 이미 피곤에 찌든 우리에겐 문제가 되지 않았다. 밤하늘에 수없이 흩뿌려진 별을 셀 틈도 없이 케이트의 코 고는 소리가 들렸고, 그 리듬에 맞춰 나도 코를 골기 시작했다.

　아침 일찍 일어나 하루를 시작했다. 그런데 오늘은 왠지 모르게 평소보다 걷는 게 유독 힘이 들었다. 시작할 때 좀 무리한 게 문제였는지, 걷고는 있는데 몸에 힘이 안 들어가고 땀이 계속 났다. 저녁을 그냥 견과류로 때워서인지, 더위를 먹어서 그런 건지 전혀 힘을 낼 수 없었다. 자주 쉬면서 육포로 영양보충을 했지만, 길만 나서면 말짱 도루묵이었다. 어깨도 한몫을 하는 것 같고 무언가 복합적으로 내 몸을 괴롭히고 있었지만, 전날 물도 3리터밖에 보충하지 못했기에 어쨌든 22킬로미터 지점에서 물을 구할 때까지는 움직여야 했다. 기다려준다는 케이트를 먼저 보내고 최대한 힘을 아끼며 한 발 한 발 내디뎠지만 무리였다. 정오의 열기는 절정을 향해 달리기 시작하고 몸도 더 이상 말을 듣지 않아, 근처에 있는 작은 그늘 아래 몸을 눕히고 그대로 한 시간 정도 곯아떨어졌다.
　정신을 차리고 캠프 지점까지 우여곡절 끝에 오긴 했지만, 이게 끝이 아니었다. 레이크 이사벨라까지 가는 길은 물과의 전쟁이자 고난의 연속이다. 어제에 비하면 콸콸 쏟아지는 수준의 물이 파이프에서 흐르고 있음에도 불구하고 몸을 씻을 겨를도 없이 잠을 청했다. 기력이 다 빠진 상태라 만사가 다 귀찮았기 때문이다. 이런 사막에서 뿌리를 내리고 뜨거운 태양과 맞서며 자라는 이름 모를 작은 나무가 대단하다는 생각이 들었다.

앞으로 35킬로미터 구간 동안에는 물을 구할 곳이 없다. 하루 동안 물을 구할 수 없다는 것은 그 거리를 걸으면서 마실 물과 저녁, 아침 식사에 필요한 물을 짊어지고 움직여야 한다는 것을 의미한다. 뜨거운 사막에서 물이 얼마나 소중한지를 알기 때문에 나는 7리터 정도 되는 물을 짊어지고 움직였다. 전날 더위로 고생하며 방전된 체력은 잠을 많이 자면서 다행히 회복했지만 오늘이 고비다. 오늘만 잘 극복하면 내일 레이크 이사벨라에 도착할 수 있다. 스스로를 다독이며 움직이는 것밖에 할 수 있는 일이 없다.

최대한 물을 아끼며 한참 걷고 있는데 하이커들이 모여 있는 게 보였다. 혹시 누군가 쓰러진 게 아닐까 생각하면서 걸음을 재촉했는데 이게 웬일! 누군지 모르지만 어느 마음씨 좋은 분이 하이커를 위해 생수를 준비해 두었다. 마치 거친 사막에 핀 꽃처럼 아름답게 생수가

\# 사막의 길 위에 활짝 핀 꽃이나 다름없는 트레일 매직. 트레일 매직이 있는 곳은 항상 하이커들의 사랑방이 된다. 그곳이 사막이라도

놓여 있다. 고마움과 동시에 이런 줄도 모르고 7리터나 되는 물을 힘들게 짊어지고 온 스스로를 원망했다. 그렇지만 누군가 이런 일이 있을 거라고 미리 귀띔을 해주었더라도 나는 똑같이 7리터의 물을 짊어지고 움직였을 것이다. 불확실성을 감수할 만큼 배짱이 두둑하지 않기 때문이다.

물이 부족한 하이커는 이곳이 천국이라 느꼈을 것이다. 목마른 하이커를 위한 배려. 누군가의 베풂과 희생이 누군가에겐 절실한 도움이 되는 곳이 트레일이다. 짧은 시간에 만들어진 문화가 아니라 이 길을 먼저 경험한 하이커가 다음 하이커에게 베풀어 가며 만드는 문화다. 아마 이런 트레일 매직을 한 번이라도 경험한다면, 이 고마움이 얼마나 큰지를 알 수 있을 것이다. 상상 이상의 큰 기쁨. 그래서인지 한 번 겪어본 사람이 그다음 해 트레일 매직을 베풀려고 이 길로 돌아오는 경우가 많다고 한다.

물이 충분한 나랑은 상관없는 매직이었지만, 여러 하이커의 환호성에 나까지 기분이 좋아져 발걸음이 가벼웠다. 얼마 가지 않아 나온 갈림길에 또 트레일 매직이 있었다. 태양을 가리는 야전침대까지 펼쳐놓고 그 아래 생수통을 가지런히 두었는데, 이곳에서는 나도 배낭을 내리고 양껏 물을 마시고 가기로 했다. 트레일 매직 덕분에 가장 물이 없는 구간이 가장 물이 풍족한 구간이 되어 버렸다.

"오 친구! 나도 한 대 얻을 수 있을까?"

어디선가 담배연기 냄새가 나서 주위를 둘러보니 양팔에 타투를 한 건장한 하이커가 아주 맛있게 담배를 피우고 있었다.

"물론이지!"

'분'이라는 이름의 이 하이커는 보기와 달리 아주 해맑은 친구다.

"넌 내 생명을 구했어, 친구!"

굳게 쥔 주먹을 내밀며 분에게 얘기하니 담배 하나로 사람을 살렸다는 내 얘기가 재미있는지 호탕하게 웃으면서 언제든지 말하라며 주먹을 맞대었다. 깊게 들이마신 연기를 천천히 내뱉는 과정을 두어 번 거치고서야 굳었던 근육이 이완되는 느낌이 들었다. 몸에 안 좋은 담배라지만, 이 순간만은 나에게 어떤 영양제보다 좋은 치료제였다. 끊으려야 끊을 수 없는 친구다. 충분히 내 몸을 적셔 준 물과 담배 한 개비. 소중하다는 걸 잊고 있던 일상에 고마움을 느끼며 다시 길을 나섰다.

다음 보급지로 가기 전 34킬로미터 지점에 위치한 버드 스프링 패스에서 밤을 준비했다. 나는 케이트와 함께였고, 나에게 새 생명을 건

사막에서의 카우보이 캠핑. 별을 이불 삼아 아름다운 밤하늘에 취해 잘 수 있음은 카우보이 캠핑의 매력이다

네 준 분과 그의 일행인 앤더슨, 말리부 그리고 테하차피에서 우리에게 공짜 배스킨라빈스 아이스크림 정보를 준 투톤도 함께했다. 우리외에 열댓 명의 하이커가 더 있었고, 다 같이 늦은 시간까지 저녁을 먹으면서 담소를 즐겼다.

하이커가 많이 모이는 곳에서는 '하이커의 자정^{Hiker midnight}'인 저녁 9시가 넘으면 누가 말할 것도 없이 알아서 조용히 하고 잠을 청한다. 그게 트레일에서의 매너다. 하지만 오늘 저녁만큼은 늦은 시간까지 웃음소리와 이야기소리가 끊이지 않았다. 그래도 어느 누구도 불평하지 않고 함께 그 순간을 즐겼다. 마치 묘한 분위기에 이끌린 것처럼, 보이진 않아도 모두의 얼굴에 웃음이 떠나지 않음을 알 수 있었다.

그렇게 우리는 이번 구간 중 가장 어려운 구간을 지난 것에 감사함을 느끼며 하루를 즐겁고 유쾌하게 마무리했고, 사막 길 위에 활짝 핀 꽃은 우리를 아름답게 만들어 주었다.

마음가짐

● 레이크 이사벨라. 미국 서부 캘리포니아 주에 위치한 작은 마을.

이런 마을이 있는 줄도 모르고 살았는데, 요 며칠 이 마을의 이름을 수십 번도 더 부르다 보니 마치 우리 집 옆 동네인 양 익숙해졌다. 야속하리만큼 뜨거운 사막의 태양을 받는 동안 시원한 샤워 후에 마시는 맥주 한 잔을 너무도 절실히 원했기 때문이다.

이전 보급지인 하이커 타운에서 상기 형과 통화했을 때, 레이크 이사벨라에 형이 몇 년 전 PCT 종주를 도와드린 '우 선생님'이라는 분이 계시다고 했다. 우 선생님이 그곳에 온천을 가지고 있으니 며칠 쉬었다 가는 것도 좋을 거라며 같이 가보자고 이미 약속한 상태였다.

레이크 이사벨라로 빠질 수 있는 워커 패스 캠프그라운드에 도착한 시간은 오후 5시경. 상기 형과 이곳에서 만나기로 한 시간은 저녁 9시. 시간이 많이 남아 먼저 히치하이킹을 해서 마을에 가 있을까도

안락하게 보이겠지만, 밀폐된 공간에 많은 수의 하이커가 모이는 순간 생전 맡아보지 못한 냄새를 맡는 경험을 해볼 수 있다

워커패스에서 우연히 만나 들른 트레일 엔젤 하우스에서의 즐기는 여유로운 시간, 단순한 게임에 목숨 거는 건 애나 어른이나 마찬가지다

했지만, 운 좋게 캠프그라운드에서 만난 인상 좋은 아주머니께서 자신의 집에서 씻고 하루 머물다 가라고 하셨기 때문에 이곳까지 함께한 케이트와 분 그리고 여러 친구들과 흔쾌히 따라나섰다. 물론 나는 상기 형과의 약속시간 전까지만 함께하기로 했다.

캠프그라운드에서 5분도 채 안 걸리는 곳에 위치한 아주머니 댁에 도착하자마자, 아주머니는 우리의 마음을 헤아렸는지 냉장고에 있는 시원한 맥주부터 꺼내 주었다. 마치 할머니한테 막대사탕을 받고서 좋아 어쩔 줄 몰라 하는 어린아이처럼 너도나도 웃통을 벗어젖히고 환호를 지르며 건배를 외쳤다. 여자 세 명을 포함해 총 아홉 명이었기에 우리는 샤워 순서를 정했다. 물론 매너 있게 레이디 퍼스트. 남은 남자 여섯 명의 순서는 나이순으로 정했는데, 첫 번째는 의심할 것 없이 가장 연장자인 스피드 그리고 놀랍게도 그 다음이 바로 나였다. 나보다 다섯 살은 더 많아 보이는 분이 나보다 두 살이나 어린 친구라는 것이 가장 충격이었다. 말도 안 돼! 나도 한국에서 동안은 아닌데, 정말이지 이 친구들 나이는 가늠조차 할 수 없다.

마지막 순서까지 시원하게 샤워를 마치고 모두 테이블에 둘러앉아 게임을 했다. 웃고 즐기는 사이, 상기 형과 약속한 시간이 되어 나는 먼저 자리에서 일어났고 케이트와는 꼭 다시 만나자는 약속과 함께 포옹을 나눴다.

약 20일 만에 다시 만나는 상기 형은 약속 시간에 형수님과 함께 도착했고, 우리는 말없이 뜨겁게 잡은 두 손으로 반가움과 고마움을 동시에 나누었다. 상기 형은 캠프그라운드에서 하루 묵고 가는 하이커를 위해 트레일 매직으로 신선한 과일을 테이블 위에 두는 것도 잊지 않았다. 상기 형의 도움으로 마을에 있는 '우 선생님'의 온천에 짐을 풀었고, 그간의 피로를 풀려고 우선 뜨거운 유황온천에 몸을 깊숙이 담갔다. 만나 뵙고 싶던 우 선생님은 이곳에서 서너 시간 가야 되는 집에 머물고 계셨기에 함께하지는 못했지만, 트레일로 복귀하기 전에 꼭 뵙고 인사를 드리기로 했다. 오늘은 그냥 이 순간을 즐기기로! 뜨거운 온천 후에 즐기는 얼큰한 감자탕, 좋은 사람들과 함께 하는 한 잔의 술. 머나먼 타국에서도 한국의 정을 느낄 수 있다는 게 매우 행복했다. 무엇보다도 원 없이 모국어로 대화할 수 있다는 사실이 속 시원하고 가슴이 뻥 뚫리는 가장 큰 기쁨이었다.

사흘간의 휴가는 정말 쏜살같이 지나갔다. 마치 군대 백일 휴가를 나왔다 복귀하는 기분처럼 아쉬움이 많이 남았다. 헤어짐은 늘 아쉬움이 클 수밖에 없는 것 같다. 가장 크게 기억에 남는 것은 우 선생님과의 만남이다. 처음 뵙는 자리였지만, 같은 길을 먼저 걸으셨고 또 지금 내가 걷고 있다는 것만으로도 마치 보이지 않는 끈이 선생님과 나 사이를 이어 주고 있는 것 같았다. 당시 일 때문에 캘리포니아 구간만 걷고 그만 두실 수밖에 없으셨지만, 나중에 아쉬움 때문에 차를 몰고 알래스카까지 혼자 여행하고 오셨다고 한다. 나이를 무시하는 체력과 선생님의 열정은 나에게 큰 영감을 주었다.

"두려워하지 말고 즐겨라. 그냥 그 순간을 즐겨."

지금 해결할 수 없는 이 길을 걷고 나서의 일을 고민하거나, 무언가 이 길에서 깨달음을 얻으려고 애써 노력하지 말고 오늘이 지나면 되돌릴 수 없는 이 순간을 즐기는 게 가장 현명한 행동이라는 우 선생님의 말씀은 참으로 단순하면서도 명료했다. 모든 걸 내려놓고 그냥 즐기다 오자는 다짐을 수도 없이 하는데도 여전히 머릿속에 '이 길을 걷고 나서는 어떻게 하지? 난 무엇을 해야 할까?' 하는 물음이 자리 잡고 있었다. 떨쳐내고자 해도 두려움은 끈질기게 어디엔가 붙어 다시금 내 머릿속을 비집고 들어왔다.

서른여섯, 가장 왕성하게 사회생활을 해야 할 나이. 그리고 대한민국에서 사회적 동물로 살아갈 수밖에 없는 누구에게나 있는 두려움. 하지만 선생님과 만난 후로는 이 길에서만큼은 그 두려움에서 벗어나 앞으로 펼쳐질 또 다른 세상에서의 희로애락에 충실할 수 있겠다는 자신감을 얻었다.

트레일로 복귀하는 날, 선생님과 마을에 있는 한 식당에서 푸짐한 하이커 메뉴로 아침식사를 한 후 여유 있게 출발했다. 가는 길에 히치하이킹을 하는 하이커들을 태워서 함께 가기도 했는데, 매번 얻어 타는 입장에서 태우는 입장이 되니 왠지 기분이 묘하면서도 뿌듯했다. 트레일로 복귀하는 워커 패스 캠프그라운드에 도착해 몸 건강하라며 손을 흔드시는 우 선생님에게 꼭 다시 찾아뵙겠다고 깊은 감사 인사를 드리고는 다시 트레일로 발을 내디뎠다.

오전 11시, 뜨거운 태양이 휴가의 청량감을 금세 익혀버렸다.

몸에 딱 맞춘 프레임이 있는 새 배낭 덕분에 어깨는 아프지 않았지만, 이번엔 트레킹 폴이 없어 다리에 힘이 많이 들어갔다. 기존에 사용하던 트레킹 폴이 닳아 새 걸로 바꾼다는 걸 깜박하고 놓쳐버렸다. 다음 보급지의 하이커박스에서 구할 수 있지 않을까 해서 그냥 오긴 했지만, 내심 불안했다. 하루 이틀 걷는 트레일이 아니기도 하고, 혹

친근한 이미지의 '우 선생님'. 자유로운 영혼을 가지신 분이라 혼자 여행도 많이 다니셔서 함께 대화를 나누는 동안 지루할 틈이 없었다

시나 무리해서 다리가 아프기라도 하면 낭패이기 때문이다. 최대한 무리가지 않도록 조심할 수밖에 없다.

매일 같은 풍경의 사막 구간은 조금 지겨웠다. 걷고 쉬기를 반복하고, 가장 뜨거운 정오에는 낮잠을 자기도 하는 일상. 처음 이 길에 발을 내디뎠을 때는 같은 사막일지라도 이전에는 보지 못한 생소한 풍경에 "와~ 와~" 하고 연신 감탄하기도 했는데, 어느덧 걷기 시작한 지 한 달이라는 시간이 흐르고 나니 이런 척박한 환경에서 생활하는 것에도 익숙해졌고, 익숙해지는 만큼 아름다움에 대한 감흥도 줄어들고 있었다. 그나마 다행인 것은 이제 길고도 길게 느껴지던 사막 구간이 끝나고, 꿈에 그리던 시에라 구간에 접어든다는 것이다. 다음 보급지인 케네디 메도우Kennedy meadow는 그 시에라 구간의 시작을 알리는 곳이다. 〈와일드〉에서 사람들이 셰릴의 도착에 환호하며 음료를 권하던 그 장소가 바로 케네디 메도우다.

배가 고프지 않았지만 나중에라도 배가 고프면 힘이 들기에 새로운 메뉴로 준비한 토르티야에 참치를 곁들여 먹었다. 결과는 실패다. 드레싱이 없는 참치라 그런지 너무 퍽퍽해서 먹을 수 없었다. 마요네즈만 있어도 먹기는 먹었을 텐데, 미국 애들은 도대체 이런 걸 어떻게 그리 잘 먹는지 그 모습에 속아 식량을 준비한 내가 바보다. 다 경험이라 생각하고 빨리 잊는 게 정신건강에 유리하다. 배가 고프지 않을 정도로 늘 먹던 육포 몇 조각을 입에 구겨 넣고는 다시 길을 걸었다. 서두를 필요는 없었지만, 오래 쉰 만큼 32킬로미터 정도는 걷고 싶었다.

사막의 밤은 쌀쌀하다. 땀에 젖은 옷이 바람에 스치면 더 춥게 느껴지기도 한다. 해가 지는 사막에서 오랜만에 텐트를 치는 게 어색하고 침대에서 자다 다시 텐트에서 잘 생각을 하니 스스로가 애처롭기도 했지만, 이 주변에서 이만한 잠자리가 또 어디 있을까 생각하니 마음이 편안해졌다.

'내가 가는 곳이 곧 길이요, 내가 자는 곳이 내 집이니라.'

원효대사의 해골바가지 이야기처럼 이것 또한 내 마음가짐 아니겠는가?

3부

즐거운 길

캘리포니아 섹션

Bye Desert!
Welcome Sierra!

● "후~ 영 힘이 안 나네."

가쁜 숨을 내쉬며 오른 길을 뒤돌아보며 혼자 읊조렸다. 처음부터 오르막을 오르고 나니 심장과 허벅지가 터질 것만 같다. 트레킹 폴이 없어서 어색하기도 하다. 체중과 배낭의 무게를 두 다리로만 견뎌내야 하기에 이전보다 힘이 더 드는 건 당연지사. 케네디 메도우까지 오늘 도착하려면 약 48킬로미터를 걸어야 한다. 굳이 오늘 도착할 필요는 없지만, 케네디 메도우는 다른 보급지와 달리 시에라 구간의 시작점이라는 의미가 있기 때문에 빨리 도착하고 싶었다.

어제 저녁도 대충 단백질 셰이크로 때우고 아침도 견과류만 먹어서인지 점심을 먹기에는 이른 시간이지만 배가 고파 잠깐 쉬었다 가기로 했다. 삼일간의 휴가 때 사온 신라면이 먹고 싶어서였는지도 모른다. 스웨덴 '쿵스레덴Kungsleden'을 걸을 때도 느꼈지만, 정말 한국 사

이런 메마르고 황량한 사막도 이제 마지막이라고 생각하니, 지금껏 투덜거렸던 내 자신이 야속하게 느껴지기도 했다

람에게는 김치 다음으로 필요한 게 라면이지 싶다. 먹어도 먹어도 질리지 않더라. 라면 하나로는 부족할 거 같아 알파미(일반 쌀에서 수분을 제거한 건조 쌀)랑 섞어서 한 끼 잘 먹고 나니 속에서 열도 나고 생기가 돌았다. 역시 내 입맛에는 비싼 건조식량보다 라면밥이 딱이다.

갈 길이 멀어서 무리를 좀 하기로 했다. 평소 같으면 해가 뜨거운 정오에는 낮잠을 잤을 텐데 오늘은 패스했다. 오늘이면 다시 못 볼 사막이라 생각하니 황량한 땅 위의 초목도 예쁘게만 보였다.

'그래. 내가 언제 또 이런 황량한 사막을 걸어 보겠어?'

내딛는 한 발 한 발 오래 기억하고 싶어 더 꾸욱꾹 힘을 주고 걸었다.

이른 점심을 먹을 때만 해도 말짱하던 하늘이 심상치 않다. 멀리서 먹구름이 몰려오는 게 보였고, 구름 뒤로 해가 점점 더 잦아들더니 이내 숨어버렸다.

물론 이런 날씨가 걷기에는 훨씬 좋지만, 비라도 내린다면 몸이 무거워지기 때문에 걱정이 되었다.

'제발 도착할 때까지만이라도 비는 좀 참아라.'

야속하게도 하늘은 점점 더 시꺼메져갔고, 아침부터 지나가는 하이커를 한 명도 못 봐서 그런지 황량한 이 길이 음산하게 느껴졌다.

다행히 무리 없이 해가 지기 전에 케네디 메도우에 도착할 수 있었다. 저 멀리 영화에서 본 목조건물이 보이기 시작하자 나는 이곳에 오기까지 비를 내리지 않아 준 하늘에 고맙다고 인사했다.

"와우! 해냈어, 친구! 어서 와."

건물 앞에 다다르자 먼저 와서 자리를 잡고 있던 많은 하이커가 다 같이 일어나 박수를 치면서 환호해주었다. 뜨거운 환대가 살짝 부담스럽기도 했지만, 태연한 척 엄지를 들어 그들에게 화답하고 나니 뿌듯함이 느껴졌다. 영화에서 본 장소에 내가 직접 서 있다는 점과 처음 겪은 사막의 뜨거운 열기를 견디며 멕시코 국경에서부터 1,760킬로

\# 시에라 구간의 시작을 알리는 '케네디 메도우'. 사막구간을 무사히 마쳤다는 안도감과 성취감을 맛보며 파티를 즐길 수 있는 의미가 남다른 보급지다

미터나 되는 거리를 걸어왔다는 점이 스스로도 대견스러웠다. 하지만 감상도 여기까지, 곧 내릴 것 같은 비를 피하려면 일단 텐트를 쳐야 한다. 건물 뒤쪽으로 나 있는 공터에서 공짜로 야영을 할 수 있기에 자리를 찾아보러 갔다.

"쿨케이! 헤이, 이제 왔구나. 우리가 해냈다."

귀에 쏙쏙 들어오는 영어가 안 봐도 스케치와 토니다. 테하차피 이후 처음 보는 거라 오랜만이기도 했고, 어눌하지만 쉬운 영어로 대화가 통하는 이 친구들을 다시 만나니 진심으로 기뻤다. 영어가 잘 안 되는 토니는 여전히 전매특허인 하회탈 웃음으로 나를 반겨주었고, 리액션이 과한 스케치와는 약 3초간 깊은 포옹을 나누었다. 이번이 세 번째 보는 것이고, 이렇다 할 관계도 없지만 나는 멀고도 가까운 이웃나라 일본에서 온 이 친구들이 좋았다.

스케치의 텐트 옆에 잠자리를 만들어놓고는 보급품을 찾아오는데 눈에 익은 얼굴이 있어 가까이 가보니 독일에서 온 엔지다. 엔지는 키 큰 케이트와 함께 라이트 우드 전까지 동행한 여성 하이커다. 그녀와 동행하던 케이트는 남편과 함께 라이트 우드까지만 진행하고는 본업에 충실하고자 집으로 돌아갔다고 한다. 마찬가지로 한두 번 같은 곳에서 텐트를 치고 함께 식사하며 얘기 나눈 게 다였지만, 마치 옛 친구를 만난 것 같이 반가워 신기하기도 했고, 눈이 파란 친구들과도 이런 기분을 느낄 수 있게 해주는 이 길이 고맙기도 했다. 엔지 말고도 파파스머프의 집에서 함께 머문 미키마우스 등 여러 친구를 다시 만났고, 서로를 축하해주며 길에서 다시 만나자는 약속을 하고는 헤어졌다.

스케치는 트레일 네임에서 알 수 있듯이 그림을 그리는 친구다. 전문적인 교육을 받은 적은 없지만 어려서부터 그림 그리기를 좋아했다는 이 친구는 독특하게 펜만으로 그림을 그렸고, 취미로 그린 것 치고는 실력이 상당했다. PCT를 하면서 그렸다는 그림을 하나씩 보다 보니 앞으로 펼쳐질 아름다운 시에라의 풍경이 담길 그의 스케치북이 점점 기대되었다. 토니는 정말 용감한 친구인데, 결혼한 지 일 년이 채 지나기도 전에 혼자서 6개월간의 여정을 결심하고 행동으로 옮겼다는 점에서 그렇다. 그게 가능하냐고 눈이 휘둥그레져 묻는 나를 보고 해맑게 웃으면서 결혼 전부터 자기는 꼭 올해 이곳에 가야 한다고 말했고 결국 승낙을 받았다고 한다. 세상에나, 아무리 그렇다고 해도 결혼하고도 이런 짓을 용감하게 저지른 토니와 그런 그를 순순히 보내준 그의 와이프가 참 대단하다고 생각할 수밖에 없다. 내가 바라던 삶을 이 친구가 살고 있어서 그런지 웃기만 하는 토니가 새삼 달라 보이기 시작했다.

여기저기 터져 나오는 웃음소리가 케네디 메도우의 밤을 가득 메웠고, 때마침 텐트를 때리는 빗소리는 흥을 돋우는 북소리가 되었다. 그렇게 뜨겁던 우리의 사막 이야기는 이제 추억이 되어 밤과 함께 깊어져만 갔다.

전날 마신 맥주 때문인지 아침부터 머리가 깨질 듯 아팠다. 자제했어야 했는데 흥에 겨운 나머지 맥주를 너무 많이 마셨나 보다. 아픈 머리를 흔들며 전날 찾아온 보급품 정리를 하려고 들었는데 무게가 상당히 나갔다. 계산해보니 다음 보급지인 매머드 레이크까지는 약 530킬로미터다. 하루에 48킬로미터씩 걷는다 치고 11일치 식량을 준비한 것이다. 중간에 비숍이나 론파인으로 빠질 수도 있지만, 그곳은 히치하이킹을 하기가 까다롭기에 무리해서라도 그다음 보급지까지 가기로 결정했다. 이 구간부터는 필수로 가지고 다녀야 하는 곰통의 무게까지 합하면 식량 무게만 약 6킬로미터는 족히 될 것 같다. 트레킹 폴도 이곳에서 찾아보려 했지만 마땅히 쓸 만한 게 없어 다음 보급지에서 구해야 한다. 스틱 없이 이 정도 무게를 지고 시에라 구간을 넘어야 한다고 생각하니 한숨이 절로 나왔다. 어쩌겠는가, 다 내가 결정하고 행한 일인데 책임도 내가 질 수밖에.

앞으로 열흘 동안 짊어져야만 하는 인생의 무게에 한탄하고 있는데, 한 하이커 무리가 우리 쪽으로 와서 말을 건넸다. 그들은 스케치와 토니를 전부터 알고 지냈는지 반갑게 인사하면서 오늘 밤 파티를 할 거니 오라고 초대했다. 그들은 셰이드와 포고 형제로 함께 다니는 스틱스, 포엣과 이곳 인근에 있는 케네디 메도우 캠프그라운드로 자리를 옮겨 하루 더 지내면서 파티를 할 거라고 했다. 자신들을 위해 달려와 준 여자 친구들과 함께!

부러웠다. 진짜 부러웠지만 내색하긴 싫었다. 괜히 방해하는 것 같아 머뭇거리는 우리를 보고 여자 친구들은 오늘 저녁에 돌아갈 거니 신경 안 써도 된다면서 꼭 오라는 말을 남기고는 쿨하게 가던 길을 갔다. 스케치는 좋은 친구들이라며 하루 더 쉬고 내일 같이 출발하자고 우리를 설득했고, 내심 맛있는 음식을 상상하던 나는 흔쾌히 오케이하고 짐을 꾸렸다. 셰이드가 얘기한 케네디 메도우 캠프그라운드는 약 5킬로미터 정도 떨어져 있지만 다행히 우리가 가야 할 트레일과 같은 방향이다. 그래도 우리가 마실 맥주 정도는 가지고 가야 할 것 같아 한 팩씩 손에 들고 약속한 사이트로 신나게 달렸다.

반갑게 우리를 맞아준 셰이드와 포고, 그리고 여자 친구들은 우리가 배낭을 내리자마자 아이스박스에서 꺼낸 시원한 맥주와 싱싱한 야채를 곁들인 핫도그를 준비해주었다. 굳이 말을 안 해도 배가 고파 보이는 건 어쩔 수 없나 보다. 다른 무엇보다도 형제가 함께 이 길을 걷는다는 게 보기 좋았다. 나도 형이 있지만, 아직 둘이서 1박 2일 이상의 여행을 다녀온 적이 없다. 함께 우여곡절을 겪으며 서로를 의지하며 걷는 길 위에서 이들은 얼마나 많은 추억을 간직하게 될까? 아마 이 형제는 평생 잊지 못할 추억을 공유하며 인생을 살아가겠지.

괜히 형이 그리워지기 시작했다. 한 살 터울인 우리 형제는 어렸을 때 많이 싸우고 지냈지만, 같은 고등학교를 졸업하고 같은 대학교, 같은 과로 진학하면서 함께 있는 시간이 많아질수록 우애가 더 두터워졌다. 대학교 입학 후 둘이서 한 집에서 지내며 술도 한 잔씩 하다 보니 그동안 몰랐던 서로를 조금 더 알 수 있었다. 대학교에서도 학과 활동을 한 형 덕분에 선배들이 먼저 알아보고 인사하는 경우가 많았고, 구하기 힘든 사물함도 학과 사무실에서 알아서 챙겨주었다. 내 이름 대신 병수 동생으로 불린 적이 더 많았지만 오히려 그게 더 좋기도 했다. 나를 보호해주는 무언가가 있다는 것만으로도 아주 큰 위안

이 되었다. 비록 지금은 먹고살기 바빠서 일 년에 한두 번 보는 게 고작이지만.

여자 친구들이 집으로 돌아간 후, 한 무리의 하이커가 이곳을 찾았다. 다들 처음 보는 사이였지만 오늘 이곳에서 파티가 열린다는 소리를 듣고 왔다는 이들을 우리는 환대해주었다. 아마도 신이 난 셰이드가 여기저기 다 얘기하고 다닌 것 같다. 여자 친구가 떠난 자리가 아쉬운 친구도 있었지만, 상관없는 우리는 남은 음식과 시원한 맥주를 먹고 마시며 한 시간을 열 시간처럼 즐겼다. 프리스비를 이용해 술 마시기 게임을 할 때는 정말이지 배꼽이 떨어져 나가는 걸 모를 정도로 웃었다. 트레일을 시작하고 이렇게 웃어 본 적도 없는 것 같다.

새로 온 알파카, 호호, 치커리 그리고 셰이드 형제 패거리들…….

처음 만나 친구가 되었지만 이미 전부터 알고 지낸 친구처럼 편안했다. 사진으로 남은 그들과의 시간은 앞으로 이 여정이 끝나고 나서

비록 이 길고 험한 길을 혼자 걷기 시작했지만, 길 위에서 나는 항상 혼자가 아니었다

도 그 분위기를 느낄 수 있는 그런 추억이 될 것 같다.

혼자 왔지만 혼자가 아닌 시간. 외롭지 않은 이 길 위에서 난 오늘도 웃으며 잠을 청할 수 있다. 이 길 위에 놓인 모든 것에 감사하며……

세상에 공짜는 없는 법

● 해가 머리 위에 쨍쨍하게 뜬 늦은 아침이 돼서야 스케치와 함께 출발했다. 늦은 아침이라고 해도 9시도 안된 시간이라 아직 잠에서 깨어나지 못하고 있는 토니와 다른 친구들은 좀 더 여유를 부리다 출발한다고 해서 우리끼리 나섰다.

세콰이어 국립공원에 속한 '사우스 시에라 와일드니스South Siera Wildness'에 진입한다는 팻말을 뒤로 하고 들어서니, 역시나 이전과는 다른 풍경이 펼쳐지기 시작했다. 사막의 분위기가 남아 있는 곳도 많지만 걸을수록 녹음이 짙은 울창한 숲길이 펼쳐지고, 쭉쭉 뻗은 나무는 뜨거운 태양을 가려주는 차광막 역할을 해준다. 덕분에 확실히 시원하다.

세콰이어 국립공원은 세계 최대 수목인 세콰이어 자생지로 유명한 곳이다. 특히 세상에서 가장 거대한 나무라 불리는 제너럴셔먼

사막에서는 태양을 피하려고 그늘을 찾았지만, 이곳에서는 태양을 오히려 즐기기까지 했다

Genaral Sherman을 보려고 많은 관광객들이 찾는 곳이다. 아직은 초입이라 그리 큰 나무를 볼 수 없지만, 대자연의 위대함을 직접 눈으로 볼 생각을 하니 절로 신이 났다.

오늘은 고도를 약 3,000미터까지 올려야만 하고, 표고차로는 약 1,200미터를 올라야 한다. 배낭은 무거운데 트레킹 폴은 없고 오롯이 다리 힘으로만 걸어야 한다는 게 걱정되긴 하지만, 걷는 것만큼은 누구보다 자신 있기에 나를 믿고 가는 수밖에 없다. 그리고 힘든 건 나뿐 아니라 다른 하이커도 마찬가지다. 혼자 앓는 소리 해봤자 의욕만 상실될 뿐 도움될 건 없으니까.

색다른 풍경을 찍느라 천천히 걸어서인지 늦게 출발한 토니에게 따라 잡히고 말았다. 여전히 말보다 웃음으로 얘기하는 토니는 묵묵히 갈 길을 가겠다는 의미인지, 방긋방긋 웃기만 하고는 우리를 지나

\# 모닥불을 금지하지 않는 구간에서는 이미 만들어진 파이어링을 이용해 모닥불을 피울 수
  있다. 쌀쌀한 저녁에 따뜻한 모닥불 앞에서 마시는 차 한잔은 또 다른 즐거움이다

쳐 갔다. 스케치는 토니와 이곳에 와서 친해졌다는데, 토니는 워낙 라
이트 백패킹에 관심이 많고 일본에서도 오랜 기간 하이킹을 다녔기
에 자기만의 스타일이 있다고 한다. 그렇다. 함께 어디를 간다고 해서
꼭 같이 붙어 다닐 필요는 없다. 각자 속도와 스타일은 다 다르다. 뒤
쳐진 사람을 기다리다가 지칠 수도 있고, 뒤쳐진 사람은 누를 끼칠까
봐 오버페이스를 할 수도 있다. 그러면 산행이든 하이킹이든 힘이 들
수밖에 없다. 나 역시 목적지가 정해져 있고 길을 다 아는 상황이라면
그냥 자신의 스타일대로 걷는 게 가장 좋은 방법이라 생각한다. 그래
서 나는 여러 명이 가더라도 각자 스토브나 코펠을 들고 가는 것을 선
호한다. 언제 무슨 일이 생길지 모르니까.

　스케치와 이런저런 이야기를 나누며 개울을 끼고 계속 걷다 보니
큰 다리가 있는 곳 아래 하이커들이 모여 있는 게 보였다. 어제 함께

파티를 즐긴 호호와 치커리 친구들과 토니도 그곳에 있었다. 사막과는 달리 정말 평온해 보이는 분위기라 여기서 쉬지 않으면 안 될 것 같았다. 점심을 먹으며 새로 만난 스카이라인이라는 친구와 얘기를 나누는데, 스케치와 같은 브랜드의 신발(Brooks의 Cascade10 모델)을 신고 있었고 발등에 뜯어진 부위도 똑같았다. 스카이라인은 열을 올리며 주장하기 시작했다.

"내가 같은 신발을 신은 친구를 여럿 만났는데, 모두 다 똑같은 부분에 펑크가 나 있었어! 오, 스케치 너도 포함해서. 정말이지 이 모델을 만든 회사는 반성해야 해. 사진을 찍어서 페이스북에 올리고 항의해야겠어! 어떻게 생각해 스케치?"

"워, 진정해 친구! 그래도 덕분에 우린 슈퍼 드라이 시스템^{Super Dry System}을 갖춘 신발을 신게 되었잖아. 물에 젖어도 남들보다 빨리 말릴 수 있다고!"

스케치의 재치 있는 대답에 우리는 한참을 낄낄대며 웃었다. 즐겁게 점심을 해결하고 슬슬 다시 출발하려고 자리를 정리했다. 여전히 웃통을 벗고 낮잠을 즐기는 호호와 친구들을 보니 조금 더 쉬다 가고 싶었지만, 배낭이 무거워 속도를 낼 수 없었기에 그냥 천천히 걸으면서 쉬는 방법을 택하기로 했다.

스위치백으로 나 있는 완만한 오르막이라도 고도를 하루에 1,200미터 높이는 것이 쉬운 일만은 아니었다. 지금까지 3,000미터가 넘는 산도 여러 번 타봤고 25킬로그램이나 되는 배낭을 메고 쿵스레덴 종주도 했는데, 이곳은 유난히 힘들다. 젖 먹던 힘까지 끌어올려 마지막

오르막길을 오르고 나니 온몸이 땀으로 젖고 다리가 후들후들 떨리기까지 했다. 처음 세운 계획을 수정할 수밖에 없었다. 먼저 간 토니에게는 미안하지만 지금은 내가 살고 봐야 했기에 계획한 38킬로미터보다 6킬로미터 모자란 현 지점에서 숙영을 하기로 했다. 스케치도 힘들었는지 내 의견에 동의하고는 이미 만들어져 있는 파이어링(불을 피울 수 있도록 돌로 동그랗게 만들어 놓은 것)에 모닥불을 피울 준비부터 했다. 텐트 치기도 귀찮아 그냥 카우보이 캠핑을 하기로 하고는 젖은 옷을 갈아입었다. 확실히 시에라 구간이 고도가 높아 경치는 좋지만, 하루에 한두 개의 패스를 올랐다 내려야 하기에 앞으로 체력소모가 더 심해질 것이다.

역시 세상에 공짜는 없는 것인가! 황홀하고 장엄한 시에라의 풍경을 보려면 그만큼의 노력이 필요한 것! 옛 조상들은 어찌 이리 맞는 말씀만 하셨는지 참으로 신기하다.

밤에 조금 쌀쌀할 거라 예상했지만 추위도 못 느끼며 깊은 잠을 잤다. 이른 새벽에 깼는데 몸이 개운한 걸 보니 아주 잘 잔 듯하다. 곰 때문에 곁에 두지 못하고 멀리 내다 놓은 곰통과 배낭을 찾고, 간단히 커피만 한 잔 마시고 다시 길을 나섰다. 어제 못 간 거리가 있어 좀 서둘렀다. 6시 20분경 출발해 8킬로미터 정도 내리막을 신나게 내달렸다. 토니는 어디에 있을까? 물론 알아서 잘 가고 있겠지만, 괜히 생각났다.

아침도 먹지 않았고 스케치도 배가 고프다고 해서 트레일에서 약간 벗어나 맨바닥에 그냥 퍼질러 앉아 이른 점심을 먹었다. 아무래도 영양가가 있는 걸 먹어야 할 듯해 오래간만에 마운틴 하우스사의 치킨 데리야끼를 꺼내들었다. 마운틴 하우스는 미국 건조식량 브랜드로 다양한 맛의 건조식량을 판매하지만, 하나에 보통 7달러 정도라 매끼 먹기에는 가격이 부담된다. 하지만 가격만큼 필수 영양소를 고루 포함하고 있어 영양보충을 하려면 이틀에 한두 개 정도는 먹는 게 좋을 것 같아 나를 위해 투자했다. 일찍 출발했고 내리막이라 속도를 낼 수 있어서인지 오늘은 제법 여유가 있다. 아마 어제 숙영한 지점에서 42킬로미터 진행한 위치에 있는 치킨 스프링 레이크에서 다들 만날 수 있을 것이다. 거리상으로 그곳이 오늘 야영하기에 딱 안성맞춤인 곳이고, 어제 스카이라인이 곧 나오는 호수에서 캠핑을 하면 낚시를 할 수 있을 거라고 운을 띄웠기 때문이다.

거의 반이 넘게 남은 피넛버터를 토르티야에 쏟아 붓고 있는 스케치. 개인의 취향은 존중해 주어야 한다

점심을 먹고 출발한 지 얼마 지나지 않아 빗방울이 떨어지기 시작했다. 처음엔 가볍게 떨어져 금방 그치겠지 하는 생각에 그냥 걸었는데 하나둘씩 우의를 꺼내 입는 모습을 보고는 나도 판초우의를 처음으로 꺼내 입었다. 그냥 이벤트 재킷을 입을 수도 있었지만, 가져온 배낭 커버가 찢어지는 바람에 배낭까지 덮을 수 있는 판초우의를 입었다. 비는 확실히 막아주지만, 입고 벗는 게 귀찮고 기동성이 떨어지기 때문에 별로 추천하지는 않는다.

얼마나 걸었을까? 내리던 비가 잠잠해져 우의를 벗고 바위에 걸터앉아 쉬면서 간식을 꺼내 들었다. 스케치에게 메뉴선정에 실패한 토르티야와 피넛버터가 처치곤란이라고 말했더니 '그 맛있는 걸 왜?'라는 표정으로 자기한테 달라고 했다. 남은 토르티야와 피넛버터를 통째로 다 넘겨주니, 통에 남은 피넛버터를 싹싹 긁어 토르티야에 넘쳐흐를 정도로 바르고는 맛을 음미하며 먹었다.

'그래. 사람마다 취향이 다르니.'

비가 또 오기 시작해 다시 판초우의를 입고는 천천히 오르막을 올랐다.

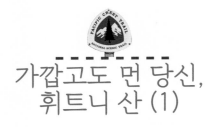

가깝고도 먼 당신,
휘트니 산 (1)

● "토니, 토니!"

호수 근처에 와서 먼저 온 다른 하이커에게 방해되지 않을 정도의 목소리로, 마치 잃어버린 이산가족을 찾듯이 토니를 찾기 시작했다. 다행히 호수 근처에 그리 많지 않은 하이커가 모여 있었기에 어렵지 않게 토니를 찾았다 최대한 바람을 피하려 했는지 호숫가 우측, 나무와 바위가 많은 곳에 토니의 텐트가 외롭게 자리 잡고 있었다.

"케이! 왔구나. 스케치도 같이 왔어?"

텐트 출입구 지퍼가 조금 열리더니 얼굴만 쏙 내민 토니가 물었다. 반가움에 많은 얘기를 나누고 싶었지만, 비가 계속 내리고 있었고 체온이 이미 떨어져 상당히 추웠기에 조금 뒤떨어진 스케치는 곧 도착할 거란 말만 하고 서둘러 텐트를 치기 시작했다. 함께 트레일을 시작한 것도 아니고 잠깐 만나 동행하기로 한 것밖에 없는데, 하루 떨어져

\# 아름다워 눈이 부시던 휘트니산으로 향하는 길. 세콰이어 국립공원답게 곧게 뻗은 수목의
 웅장한 모습은 장관이다

있었다고 이렇게 반가울 줄이야. 숙영지를 구축하고 몸을 녹이려고
텐트 안에서 라면을 끓이고 있는데 스케치가 도착했다. 역시나 비에
젖은 생쥐 꼴로 덜덜 떨면서 도착한 스케치는 바위에 걸터앉아 거친
숨을 몰아쉬며 힘들어 죽겠는 말만 되풀이했다. 나랑 쉬운 단어로 짧
은 대화만 나눌 수밖에 없던 토니도 일본어로 스케치와 오랫동안 대
화를 했다. 그도 나처럼 답답했나 보다. 둘이서만 얘기하는 게 미안했
는지 재미있는 사연을 얘기할 때는 스케치가 대화 내용을 전달해 주
기도 했다.

　비 때문에 셋이 모여 앉아 저녁을 함께할 순 없었지만, 각자의 텐
트 안에서 따뜻한 저녁을 먹으며 정말 쉬운 서바이벌 잉글리시로 깔

깔거리면서 춥고 힘든 하루를 마무리했다.

새벽까지 비가 왔지만, 다행히 아침에 눈을 떠보니 해가 쨍쨍하다. 오늘은 원래 PCT에는 포함되지 않는 '휘트니 산Mt. Whitney'을 오르는 사이드 트레일을 진행할 거라 시간에 여유가 있었다. 27킬로미터 진행한 지점에 있는 크랩트리 레인저 스테이션 인근에 베이스캠프를 차릴 예정이라 서두를 필요가 없었다. 느긋하게 아침식사 후 커피까지 한잔하고 난 뒤, 토니가 가장 먼저 출발하고 스케치와 나는 9시가 넘어서야 자리를 정리했다. 토니가 우리보다 걸음이 빠른 건지, 우리가 게으른 건지 늘 스케치랑만 다니게 되는데 덕분에 스케치가 스케치하는 것도 보고 사진도 찍으며 아름다운 시에라의 자연을 음미할 수 있었다.

걷다 보니 또 비가 내리기 시작했다. 부슬부슬도 아니고 보슬보슬 내리기에 개의치 않고 그냥 걸었다. 스케치가 휘트니 산을 오른 뒤 론 파인을 들릴 건데 같이 갈 거냐고 물었다. 원래 목적지인 매머드까지 225킬로미터. 식량은 충분했기에 굳이 들릴 필요가 없었지만, 시간에 쫓기고 싶지도 않았고 가능한 많은 걸 보고 즐기고 싶었기에 함께하자고 했다.

가랑비에 옷이 젖는다 했던가? 내리는 보슬비를 만만하게 봤는데 목적지에 도착할 즈음에는 옷과 배낭이 다 젖어 있었다. 역시 산에서는 배고프기 전에 먹고, 춥기 전에 옷 입고, 비가 오려 하면 바로 우천에 대비하는 것이 진리인데 귀찮다고 우의를 꺼내 입지 않아 홀딱 젖은 내 모습을 보니 '아…… 난 한참 멀었구나' 하는 생각이 들었다.

결국 어제처럼 비에 젖은 생쥐 꼴로 목적지에 도착했는데, 이게 웬걸, 여름이 다 되어가는 시기인데 여기는 눈이 내리고 있었다. 신기하기도 했고 웃기기도 했지만, 고도가 높으니 그럴 수도 있겠다 생각하고는 젖은 몸을 녹이고 싶어 텐트 칠 자리를 찾았다.

개울을 건너자마자 보이는 곳에 역시나 토니의 텐트가 있었다. 그 옆에 텐트를 치고 젖은 옷을 갈아입었다. 토니는 이곳 레인저가 내일 비는 안 올지 몰라도 구름이 많아 정상에 오르더라도 아무것도 보이지 않을 거라 말했다고 한다. 여기까지 왔는데 아무것도 안 보이는 휘트니 산을 오를 필요가 있겠는가? 우리는 만약 날씨가 좋지 않다면 그냥 제로데이를 가지고 다음날 오르기로 결정했다. 저녁 준비를 하려고 물을 뜨러 가는 길에 낯익은 텐트가 보여 가보니 엔지였다. 이제 막 정상을 올랐다 내려왔다는 엔지는 처음엔 날씨가 좋았는데 정상에 오를 때쯤엔 비가 오더니 천둥번개에 안개까지 잔뜩 껴 무서워 죽는 줄 알았다고 한다. 충분히 그럴 만도 한 게 휘트니 산은 미 본토에서 가장 높은 산이고 4,000미터가 넘는다. 정상에서 천둥번개가 치면 바로 눈앞에서 번쩍번쩍했을 것이다. 또 오르는 중간에 좁은 길이 있고 눈 때문에 미끄러운 구간도 있어 마이크로 스파이크가 필요할 테니 잘 준비하고 오르라는 당부도 잊지 않았다.

"고마워 엔지. 언제 다시 출발할 거야?"

"글쎄, 지금 당장은 배부르게 먹고 잠이나 푹 자고 싶어."

웃고는 있지만 많이 힘들어 보이는 엔지에게 푹 쉬라는 말을 남기고 물을 떠 돌아왔다. 혹시나 해서 배낭을 뒤져보니 미리 챙겨 온 마이크로 스파이크가 다행히 제자리에 있었다.

"너만 믿는다."

다음날, 밤사이 또 비가 왔는지 텐트 내외부의 온도 차이로 결로가 많이 맺혔다.

느지막이 일어나 텐트 사이트 주변을 어슬렁거리며 산책하고는 돌아와 나무에 스트링을 매달고 침낭과 젖은 장비를 말렸다. 해는 떠 있고 날씨가 흐렸다 개었다 반복했지만 여전히 휘트니 산 정상 부근에는 많은 구름이 껴 있었다. 오늘 정상에 오르려고 떠나는 하이커도 많았는데, 우리는 하루 쉬고 내일 정상을 오르기로 했다.

처음으로 트레일에서 가지는 제로데이라 남은 시간에 뭘 해야 할지 몰랐는데, 이내 비장의 무기라며 스케치가 낚싯줄을 꺼내들었다. 낚싯대가 없어 지니고 있는 트레킹 폴 끝에 줄을 묶어서 간이 낚싯대

내가 바로 강태공이오! 진정한 강태공은 장비 탓을 하지 않는다는 스케치와 그를 비웃는 토니

를 만들었다. 설마 우리한테 낚일 눈먼 고기가 있겠냐며 재미로 해보자고 웃었지만, 내심 초심자의 운이 통해 월척을 낚아 저녁으로 생선구이를 맛볼 수 있기를 기대했다. 흐르는 개울이고 깊지도 않아 물고기가 있기는 할까 생각했지만, 여기저기 크지는 않아도 빠르게 헤엄쳐 다니는 물고기가 보였다. '과연 스케치가 낚을 수 있을 것인가!'를 두고 토니와 아이스크림 내기를 했다. 초심자의 운을 믿는 나는 '한 마리는 잡을 것이다'에 토니는 '절대 잡을 수 없다'에 걸고 지켜보았다.

스케치는 트레킹 폴로 하는 낚시가 어색했는지 시원찮은 폼으로 던졌다 들어 올렸다를 반복하다, 이제야 감을 잡은 듯 자리를 옮겨 다시 낚싯대를 던졌다. 당연히 못 잡을 거라 생각한 토니는 너무 애쓰지 말라며 마실 물을 정수하면서 신경도 쓰지 않았다.

"어······ 어어! 잡았어. 잡았어! 물고기야."

설마 설마 했는데, 트레킹 폴에 미끼 없는 낚시 바늘만 있는 엉성한 낚싯대로 정말 물고기를 낚아버렸다. 놀라 스케치가 있는 곳으로 달려가 보니 진짜 손바닥만 한 물고기 한 마리가 낚여 있었다. 잡힌 물고기한테는 미안하지만, 우리 셋은 이 말도 안 되는 상황에 터져 나오는 웃음을 참지 못하고 무슨 경사라도 난 것처럼 좋아했다. 아직 덜 자란 물고기를 다시는 우리 같은 초보한테 낚이지 말라며 개울에 풀어주고는 한참을 더 웃었다.

어느덧 낮에 출발한 하이커들이 하나둘씩 돌아오기 시작했다. 출발할 때와는 다르게 녹초가 된 모습이다. 상황이 어땠는지 물어보자,

정상 부근 날씨가 좋지 않아 일찍 출발한 하이커들은 정상까지 오르지도 못하고 내려올 수밖에 없었고, 그나마 늦게 출발한 하이커는 정상까지 갈 순 있었지만 강한 바람과 안개 때문에 아무것도 못 보고 내려왔다. 분하다는 표정으로 내일 다시 오르겠다는 친구들도 있었다. 역시 우리가 잘 판단한 거야! 하고는 속으로 웃었다.

남은 시간이 지겨워져 우리는 5킬로미터 정도 더 앞으로 가 팀버라인 레이크를 지나 나오는 텐트 사이트로 숙영지를 옮기기로 했다. 내일 산을 더 빠르게 오르기 위해서다. 토니는 그냥 이곳에 남고 내일 새벽에 출발하겠다고 해서 또 스케치랑 나만 이동했다.

지도상에 위치한 텐트 사이트에 도착해 자리를 잡았다. 딱 텐트 두 동 정도만 칠 수 있는 공간인데 다행히 우리 말고는 아무도 없었다. 텐트를 치고 나서 내일 산행할 짐을 준비했다. 짐을 다 들고 오를 필요가 없으니 배낭에서 헤드만 떼어 가지고 갈 생각이다. 짐이라고 해봐야 마실 물과 행동식, 마이크로 스파이크, 다운재킷이 전부다. 내일은 안개가 좀 걷혀야 할 텐데……

우리는 주로 장비와 하이킹 이야기를 했다. 일본은 우리나라보다 울트라 라이트 백패킹 문화가 더 발전해 있어서 그에 대해 할 말이 많았고, 지금 이 트레일을 하면서 느끼는 부분과 좀 더 보완할 부분 그리고 미국 하이커의 백패킹 문화에 대해서도 많은 이야기를 나누었다. 특히 야마마운틴기어 Yama Mountain Gear 나 로커스기어 Locus Gear 처럼 미국에서도 유명한 일본 브랜드를 얘기할 때는 마니아를 위한 브랜드도 살아남을 수 있는 일본의 하이킹 문화와 시장이 부러웠다.

3,000미터가 넘는 산맥이 많이 있고 그곳에서 합법적으로 야영할 수 있는 그들의 문화를 부러워하면서, 우리도 언젠간 우리의 아름다운 백두대간을 합법적으로 야영하면서 종주할 수 있을 거라는 기대를 해보았다. 론파인에 들리면 좀 더 깊은 이야기를 나눠 봐야지.

너무 일찍 잠이 들어서인지 새벽 한 시경에 잠을 깨 두세 시간 동안 잠을 못 이뤘다. 일출을 보려는지 이른 새벽부터 산을 오르는 하이커의 소리가 들렸다. 그중에 토니가 있었다는 건 나중에야 알았다. 다시 눈을 뜨니 다섯 시가 넘은 시간, 침낭 안에서 뭉그적대다 일어나 옷을 입고 나오니 스케치도 나와 있었다. 아침부터 라면으로 추운 몸을 녹이고는 어제 꾸려놓은 짐을 다시 한 번 확인했다.

물, 행동식, 마이크로 스파이크, 다운재킷, 장갑, 배변봉투.

휘트니 산에서는 자기가 눈 똥까지 챙겨 내려와야 한다. 이곳 규정이 그렇다. 자연이 훼손되는 걸 막고자 퍼밋을 받은 사람들만 오를 수 있고, 똥도 봉투에 누고 가져와야 한다. 국립공원임에도 불구하고 사람들이 버린 쓰레기며, 휴지 등을 쉽게 볼 수 있는 우리나라의 산과는 다른 모습이다. 정해놓은 룰을 어기거나 따르지 않는 사람은 거의 볼 수 없다. 그 흔한 껌 종이도 지금껏 트레일에서 본 적이 거의 없다. 이들의 환경을 대하는 태도나 문화는 배울 필요가 있다.

스트레칭으로 가볍게 몸을 풀고 길을 나섰는데, 바람과는 달리 시작부터 날씨가 심상치 않았다. 산 정상은 여전히 구름이 가득했고, 기타 레이크(기타 모양으로 생긴 호수)에 도착할 쯤에는 비까지 오기 시작했다. 큰 바위 뒤에 몸을 숨기고 다운재킷을 꺼내 입었다. 조금 일

안개 때문에 보이지 않는 정상. 정상에 올라도 아무것도 볼 수 없다면 나는 오르는 것을
포기하기로 마음먹었다

찍 산행을 시작했기에 몸을 녹이면서 날씨를 지켜보기로 하고 행동
식으로 허기를 때우며 시간을 흘려 보냈다. 스케치는 그 와중에 스케
치를 했다.

　하지만 날씨는 점점 더 악화됐고, 구름이 더 몰려와 정상이 보이지
않았다. 우리는 다시 텐트로 돌아가 상황을 지켜보며 기다리기로 했
다. 사실 오르는 게 목적이었다면 그냥 오를 수도 있었다. 하지만 내
목적은 단순히 휘트니 산 정상에 오르는 게 아니다. 그곳에 올라야만
볼 수 있는 장엄하고 아름다운 광경을 보고 싶은 것이다. 이런 날씨
라면 올라가 봐야 보이는 건 안개뿐일 텐데, 그냥 '나 휘트니 산에 올
랐소'밖에 안 되는 것이기에 지금은 오르기 싫었다. 단순히 어디를 갔
느냐가 중요한 게 아니라, 뭘 보고 뭘 느꼈는지가 이제는 더 중요하
다. 내려오는 길에 스케치에게 물었다.

"만약 계속 날씨가 이렇다면 넌 어쩔 거야?"

"글쎄, 사실 난 다음에 다시 존 뮤어 트레일을 할 거라 그때 올라도 상관없어. 그래서 크게 신경 쓰이지 않아."

쿨하게 대답하는 스케치 덕분에 마음이 놓였다. 괜히 나 때문에 오르고 싶은데 못 오르는 게 아닐까 생각했기 때문이다. 텐트로 복귀하는 길에 새벽에 오른 하이커들이 내려오는 걸 보고 상황을 물어봤다. 옷이며 배낭이며 다 젖었고 얼굴엔 지친 기색이 역력했기에 얘기를 안 들어도 어떤 상황인지는 짐작이 갔지만, 어쨌든 정상을 밟고 온 그들에게 일단 물개 박수부터 보내고 나서 이야기에 귀를 기울였다. 역시나 보이는 건 하나도 없고 강한 바람에 눈까지 와서 위험한 순간도 여러 번 있었다고 한다. 토니가 올라갔다는 얘기도 이 친구들을 통해 들었다.

한 무리의 하이커가 우리를 지나쳐 정상을 향해 갔다. 좀 전에 들은 이야기를 그들에게 전했지만, 날씨 따윈 상관없다면서 인디언처럼 소리를 지르며 뛰어가기까지 했다. 애팔래치아 트레일에서 만나 올해 PCT까지 함께 한다는 이 친구들은 장거리 트레일을 함께한 경험이 있어서인지 걷는 것도, 노는 것도 손발이 척척 맞아 보였다. 바로 이 친구들이 일전 아구아 돌체에서 만나 나에게 마리화나를 건넨 지니와 토우, 듀드 무리다.

우리에게 한라산이 의미하는 바가 있는 것처럼, 미국인에게도 미 본토 최고봉인 휘트니 산을 오른다는 것은 상징적인 무언가가 있는 것 같았다. 그냥 오르는 것만으로, 정상에 올라 사진을 찍는 것만으

로도 좋은 그 무언가가 말이다. 의욕이 넘치는 그들에게 손을 흔들어
주고 스케치를 바라보며 말했다.

"스케치, 우리도 오를 수 있겠지?"

가깝고도 먼 당신,
휘트니 산 (2)

● "지금이야 스케치! 가자!"

짙게 드리웠던 안개가 서서히 걷히면서 휘트니 산의 당당한 모습이 눈에 들어오기 시작하자 급히 스케치를 향해 소리쳤다. 벌써 오후 1시가 넘은 시간이다.

날씨 때문에 텐트로 돌아오고 난 후 얼마 지나지 않아 토니가 내려오는 게 보였다. 지친 기색이 역력한 토니는 우리를 보자마자 가쁜 숨을 내쉬며 힘들다는 말만 되풀이했다. 그가 카메라를 내밀었는데 휘트니 산 정상의 모습은 아무것도 보이지 않았다. 희뿌연 화이트 아웃에 힘겹게 웃고 있는 토니의 얼굴뿐이었다. 상황이 이 정도라면 정상을 오르는 게 아무 의미가 없다고 판단하고는 그냥 속 시원히 포기하기로 했다. 토니가 자신의 텐트로 돌아간 후 우리도 철수하려고 텐트를 걷고 짐을 꾸리다가, 미련이 남았는지 아쉬움에 자꾸만 휘트니 산

거짓말처럼 맑게 갠 하늘. 이틀을 기다린 우리는 그토록 바라던 정상을 향해 오를 수 있었다.
하지만 저 멀리 보이는 구름 때문에 상황이 어떻게 될지는 확신할 수 없었다

이 있는 곳을 멍하니 쳐다보았다.

바로 그때였다. 조금 전까지만 해도 눈보라라도 치는 듯 짙은 안개로 가려져 있던 정상 부분에 서서히 빛이 비치면서 조금씩 안개가 걷혔다. 만약 상황이 이대로 좋아지기만 한다면 우리가 정상에 오를 때쯤에는 그토록 바라던 멋진 풍경을 볼 수 있을 거란 생각이 들어 급히 스케치를 부른 것이다. 갑자기 소리치는 바람에 깜짝 놀랐는지 어리둥절하던 스케치는 내가 응시하는 곳을 따라 바라보더니 의미심장한 웃음을 지으며 배낭을 풀고는 산행에 필요한 짐만 다시 꺼내기 시작했다.

정상까지는 약 10킬로미터. 하지만 고도를 3,000미터나 올려야 하기 때문에 쉽지만은 않은 거리다. 더구나 이미 오후 1시 반이 넘어 서두르지 않으면 하산할 때 해가 져 위험할 수 있다. 흐르는 땀을 닦고

쌓인 눈이 얼어붙어 미끄러운 구간에서는 각별한 주의를 기울여야만 한다. 우리나라의 산과 달리 안전장치가 없어 부주의로 일어나는 사고의 책임은 본인이 져야 한다

거친 숨을 내쉬며 지그재그로 높게 뻗어 있는 길을 한 발 두 발 오르고 또 올랐다. 속도가 점점 쳐지던 스케치가 잠시만 쉬어간다고 하기에 정상에서 만나자는 말을 남기고 계속 걸었다. 나는 예전부터 산을 오를 때 잘 쉬지 않는 편이다. 중간에 앉아서 쉬면 다시 출발할 때 몸이 덜 풀린 느낌이 들어 오히려 안 쉬고 그냥 천천히 걷는 게 더 편하다. 속도를 조절하며 최대한 땀이 나지 않도록 재킷의 벤틸레이션(통풍을 위해 만들어놓은 겨드랑이 밑 부분의 지퍼)을 열고 닫았다. 아무래도 고도가 높고 기온이 낮은 만큼 옷이 땀에 젖으면 저체온증에 걸릴 수 있어 귀찮아도 최대한 조심해야만 한다.

얼마나 올랐을까? 스위치백이 시작되기 전 지나온 호수가 주먹만 하게 보이는 걸 보니 꽤 올라온 듯했다. 허기가 느껴져 행동식으로 가져온 믹스넛을 한 움큼 입에 물고도 모자라 사탕과 초콜릿을 더 꺼내 먹었다. 앞서 다녀온 하이커의 말대로 중간 중간 가파르고 좁은 길에 쌓인 눈이 얼어 미끄러운 구간이 많았는데, 마이크로 스파이크를 차고 걷는데도 발이 미끄러져 중심을 잃는 오싹한 장면을 연출하기도 했다.

약 세 시간 정도 오르니 지겨운 스위치백의 끝이 보이기 시작한다. 하지만 문제는 날씨. 해발 4,400미터의 고도에서 시시각각 변하는 날씨를 예측하기는 어렵다. 역시나 오르기 전에 개었던 하늘이 정상에 다다를수록 뿌옇게 보이기 시작하더니, 정상에 올랐을 때는 토니의 사진에서 본 화이트 아웃처럼 아무것도 보이지 않았다. '애써 올라왔는데 정말 이러기냐?' 안개 가득한 정상에서 원망 가득한 눈으로 하늘을 바라보았다.

늦은 시간이라 그런지 나 말고는 아무도 없는 듯했다. 안개 때문에 어두컴컴해진 정상은 음산한 기운마저 풍겼다. 아니 내가 그렇게 느끼고 있었다. 빗방울 섞인 강한 바람이 불어오자 이내 땀으로 젖은 옷이 얼어붙는 듯 차가워졌다. 정상 한편에 위치한 대피소 안으로 몸을 숨겨 바람을 피하고는 스케치가 올 때까지 잠깐 숨을 고르기로 했다. 이곳을 오른 하이커들이 남긴 방명록을 살펴보며 초코바를 꺼내 물었다. 입안에 단 게 들어가니 기분이 조금씩 나아졌다. 오후 5시가 다 되어가는 시간이라 더 늦어지면 안 될 것 같아 대피소를 나왔는데 짙은 안개가 바람에 날렸는지 중간 중간 파란 하늘이 보이기 시작했다. 열린 풍경을 한 번은 볼 수 있을 것 같다는 생각이 들어 정상의 가장자리로 자리를 옮기고 카메라를 꺼내 든 순간, 거짓말처럼 시야가 탁 트이기 시작했다.

　트레일에서 벗어나 이틀이나 기다린 시간을 보상받은듯, 열린 하늘 사이로 내려다보이는 풍경은 가히 장관이었다. 수목한계선을 넘어 나무 한 그루 없는 벌거벗은 산맥이 마치 공룡의 등줄기처럼 우뚝 솟아난, 말로는 표현할 수 없을 정도로 장엄한 광경이 파노라마처럼 펼쳐지자 갑자기 가슴이 울컥했다. 대자연의 위대함과 아름다움을 느낄 수 있다는 것이 고마웠고 이런 대자연 속에서 나란 존재가 얼마나 작고 하찮은 존재인지를 깨달으며 다시 한 번 겸손해졌다. 사진 몇 장으로는 표현할 수 없는 자연이 우리에게 보여주는 장엄한 광경에 고개가 절로 숙여졌다. 뒤늦게 올라온 스케치도 나와 같은 느낌이었는지, 오르자마자 말없이 광경만 바라보고 있었다.

이 장엄한 광경을 보려고 이틀이란 시간을 인내하며 기다렸다. 아무것도 볼 수 없는 휘트니 산 정상은 내게 아무 의미도 없기 때문이다

감격에서 헤어나지 못하는지 한참을 그 자리에 서 있던 스케치는 조금 더 있다가 내려가고 싶다고 했다. 그 마음을 충분히 이해할 수 있었고 나 역시 그러고 싶었지만, 너무 추워서 움직여야만 할 것 같아 먼저 내려오기로 했다. 하산하는 데도 족히 세 시간은 걸릴 것 같으니 너무 늦지는 말라고 당부하고는 벗어둔 마이크로 스파이크를 다시 꺼내 신었다.

결국 밤 10시가 다 되어서야 돌아온 스케치는 텐트도 치지 않고 바닥에 타이벡으로 만든 그라운드시트만 깔고 카우보이 캠핑을 했다. 늦어서 걱정했다는 나와 토니의 말에 짧게 미안하다고 말하고 자리에 누워 홀로 밤하늘에 떠 있는 달만 응시하는 그에게 뭐가 그리 궁금한지 이것저것 묻는 토니를 말리고 더 이상 스케치를 방해하지 않았다. 함께 올라 같은 것을 보았지만, 그곳에서 그가 무얼 느꼈는지 나도 모른다. 나와 같을 거라 추측하지만 분명 그 자신만이 느낀 무언가가 있을 것이다. 우리는 충분히 그럴만했고, 나도 그 여운을 조금 더 음미하고 싶어 텐트 안에 누워 흐르는 바람소리를 들으며 조용히 눈을 감았다.

다음날, 아직 새벽 6시밖에 안된 이른 시간이었지만, 웬일인지 토니랑 스케치가 먼저 깨어나 밖에서 얘기를 나누고 있었다. 일본어라 알아들을 수 없었지만, 리액션이 과한 걸 보니 아마 그동안의 일을 공유하고 있는 듯했다.

쌀쌀한 날씨에 몸이 으스스해 따뜻한 아침을 먹고 출발하기로 했다. 오늘은 트레일에서 가장 높은 곳인 포레스트 패스를 또 올라야 하기에 아침을 든든히 먹어 둬야 한다. 어제 오른 휘트니 산이 가장 높긴 하지만 PCT에는 포함이 안 되는 곳이라, 오늘 오를 포레스트 패스가 해발 4,023미터로 트레일 상에서는 가장 높다. 그래서인지 누가 시키지도 않았지만 다들 출발하기 전에 스트레칭을 이전보다 두 배로 열심히 하며 몸을 풀었다. 다행히 이곳에서 예상치 못한 이틀을 보낸 덕분에 그만큼의 식량이 줄어 배낭이 그리 무겁지 않다. 안 좋은 건 옵션으로 들리려 한 론파인이 이제는 필수로 들려야 할 보급지가 되었다는 것이다.

"자! 오늘도 한 번 가보자!"

우렁찬 목소리로 하이파이브를 외치며 기세등등하게 출발했지만 그것도 잠시, 다시 트레일로 들어서자마자 시작된 업힐 구간은 기세 좋던 우리를 멈칫하게 만들었다. 스트레칭을 한다고 했지만 덜 풀린 몸으로 오르는 오르막은 몇 배로 힘들다. '이거 참 쉬운 게 하나도 없구먼.' 쌕쌕거리는 거친 숨을 내뱉으며 한껏 펌핑된 허벅지를 부여잡고는 서로를 바라보며 웃었다.

우리는 알고 있었다.

가파르고 힘든 길을 오를수록 힘은 더 들겠지만,

그 길 뒤에는 장엄하고도 황홀한 대자연의 아름다움이 또다시 펼쳐지리라는 것을.

행복이라는 것

● '빅혼 플래토 Bighorn plateau'

만약 누군가 내게 천국이 어떻게 생겼는지 묻는다면 지금 내가 서 있는 이곳 같을 거라고 대답하겠다. 마치 천국에 온 듯이 고요하고 평화로운 이 아름다운 고원에 서서 말도 잊은 채 저 멀리 호숫가에 누워 여유를 즐기고 있는 다른 하이커들을 멍하니 바라만 보았다.

바로 이런 경치가 힘들어도 계속 오를 수밖에 없는 이 길의 매력이다. 뜨거운 태양을 견뎌내며 무언가를 이룰 것같이 걷던 사막의 길과는 다르게, 이곳 시에라는 걷는 것만으로도 자연이 이루어낸 아름다움을 느낄 수 있다. 메마른 감정이 다시 촉촉이 적셔진다.

빅혼 플래토가 이렇게 아름다운 곳인 줄 알았었다면 어제 조금 더 무리해서라도 이곳에서 하룻밤을 묵었을 것이다. 넓게 펼쳐진 이 아름다운 고원이 주는 평온함을 그냥 지나칠 수 없었다. 토니를 먼저 보내고 스케치와 함께 호숫가 근처에 주저앉아 때 이른 점심을 먹기로 했다. 기껏 해봐야 라면이었지만 이렇게 아름다운 곳에서 먹고 있자니 5성급 호텔에서 먹는 식사보다 훨씬 더 고급스럽게 느껴진다. 먼저 온 하이커들은 분위기에 취했는지 아직은 기온이 쌀쌀함에도 불구하고 호수에서 수영을 하기도 했다.

"이런 게 행복 아니겠어?"

넌지시 던지는 스케치의 물음에 웃음으로 답하고 저 멀리 병풍처럼 고원을 둘러싸고 있는 산 위로 흘러가는 구름의 그림자를 바라보았다. 가만히 누워 이어폰으로 음악을 듣고 있자니 바쁘게 살아온 지난 몇 년간의 내 모습이 떠올랐다. 뭐가 그리 바쁘다고 여유도 없이 몸까지 상했었는지, 행복은 돈으로 살 수 있는 게 아닌데 아등바등하

\# 오르막을 힘겹게 올라 마주한 빅혼 플레토에서 여유로운 시간을 즐기는 하이커들. 이렇게 고요하고 평화로운 고원을 어떻게 그냥 지나칠 수 있겠는가?

던 순간들을 생각하자니 웃음이 났다. 지금이라도 이렇게 나를 찾는 시간을 가질 수 있다는 게 참 다행이란 생각이 들었고, 아직 명확히 알 수는 없지만 이런 순간이 행복이구나 하는 생각도 들었다. 물론 하나를 얻으려면 다른 하나를 포기해야 했지만, 지금 이 순간만은 내가 느끼고 있는 자유와 여유로움 외에는 생각하고 싶지 않았다. 살아온 날보다 살아갈 날이 많기에, 불안해하기보다는 앞으로 펼쳐질 내 인생을 기대하고 싶었다.

'다 잘될 거야. 두려워하지도, 불안해하지도 말자. 케이.'

쉽게 발이 떨어지지 않았지만, 가야 할 길이 아직 많이 남았기에 계속 머무를 수만은 없었다. 볼일을 보고 온다는 스케치를 뒤로 하고 먼저 길을 나섰다.

분위기에 너무 취해 있었는지, 멍청하게 정말 말도 안 되는 곳에서 방향을 잘못 잡아 한 시간이 넘게 길을 되돌아오기도 했다. 길을 찾는다고 급경사를 여러 번 오르느라 진땀을 빼서인지 체력이 급격하게 빠져버렸다. 앞서 간 친구들을 따라잡기는 무리였기에 서두르진 않았다. 이미 체력이 고갈된 상황에서 오르막을 오르는 건 쉬운 일이 아니었다. 트레일에서 가장 높은 포레스트 패스를 오르는 길이 아니던가. 마르는 입을 물로 적시고 흐르는 땀을 소매로 닦으며 천천히, 쉬지 않고 꾸준히 올랐다. 그나마 오르는 길의 경치가 가히 절경이라 몸은 피곤해도 눈만은 즐겁다.

정상까지 2.5킬로미터 정도 남은 지점에서 다행히 스케치를 만났다. 왜 이리 늦었냐는 그의 물음에 자초지종을 투덜대며 설명했더니 웃겨 죽겠다는 표정으로 심심한 위로를 해주었다. 나쁜 놈.

아직도 많이 남은 스위치백을 올려다보며 크게 기합을 주고는 무거워진 다리를 움직였다. 역시 고도가 높아서인지 주변의 호수가 아직 얼어 있는 게 보였다. 날씨만 좋았다면 냉수마찰이라도 한 번 하고 갔을 텐데, 조금씩 내리기 시작한 비 때문에 생각을 접었다. 마지막 급경사 구간은 눈이 많이 쌓여 있지 않아 위험하지는 않았지만, 내리는 비 때문에 옷이 젖어 꽤 힘들었다.

드디어 정상에 올라 가쁜 숨을 몰아쉬며 사진도 찍고 기쁨을 나누려는 찰나, 엄청나게 큰 우박이 머리 위로 떨어지기 시작했다. 잠깐 오다 말겠지 했는데 우박은 점점 더 굵고 세차게 내리기 시작했고, 곧이어 번개까지 가까운 곳에서 치기 시작해 정상에 도착한 하이커들은 혼비백산하기 시작했다. 오르면서 본 포레스트 패스의 남면과는 달리 정상 아래의 북면에는 많은 눈이 쌓여 있었다. 아무래도 게이터

포레스트 패스에 오르자 마자 새끼 손톱만 한 크기의 우박이 순식간에 바닥을 뒤덮을 정도로 세차게 쏟아져 내리기 시작했다

(적설기 산행 시 필수장비, 신발 윗부분을 감싸 눈이나 비가 스며들지 않도록 막아주는 장비)를 하지 않으면 신발이며 바지까지 다 젖을 것 같았지만 지금 그런 것은 없다.

갑자기 눈앞이 번쩍하고 고막이 찢어질 듯 '콰쾅' 하며 번개가 쳐 서로를 쳐다보고만 있었는데, 근처에 있던 누군가가 "뛰어!"라고 외치는 순간 모두들 미친 듯이 미끄러지면서 내려가기 시작했다. 우박은 맞으면 아플 정도로 강하게 내리고, 천둥번개는 미친 듯 쳐대고, 눈이 쌓여 허벅지까지 빠지는 곳도 있어 위험한 상황이 계속되었지만, 예상치 못한 이 상황이 웃기기도 해 소리를 지르며 즐겼다. 한 명이 늑대 울음소리를 내면 뒤따라 우리도 울음소리를 따라내며 미끄러지듯이 내달렸다. 실제 미끄러지기도 했는데, 다행히 눈이 많이 쌓여 있어 다치지는 않았다. 말 그대로 광란의 질주였다. 누군가가 보았으면 미친놈들이라고도 했을 상황이지만, 나는 그 순간순간이 정말 즐거웠다. 미친 듯 달리고 나니 어느덧 절반이 넘는 거리를 내려와

붉게 물든 노을을 바라보며 마무리 하는 하루. 개울가에서 물을 마시는 사슴도 나와 같은 기분이었을 것이다

있었고, 그제야 주변 경치가 눈에 보이기 시작해 카메라에 담았다.

"아마 조금 더 내려가면 트레일 매직이 기다리고 있을지도 몰라."

누군가 장난삼아 한 말에 다들 쉬지도 않고 신발이고 옷이고 다 젖어도 내달렸다. 다시 비로 바뀐 우박 때문에 온몸이 젖어 너무 추웠기에 따뜻한 커피 한 잔이 정말 간절했다. 하지만 모두가 기대한 트레일 매직은 없었다. 갑자기 몰려드는 피로에 더 이상 가는 건 무리라 판단하고는 숙영지를 구축하고 젖은 옷을 벗었다.

세 시간이 소요될 거리를 약 한 시간 만에 달려왔기에 몸은 지칠 대로 지쳤지만, 이 모든 것을 즐길 수 있음에 감사했다. 때마침 모든 것을 붉게 물들이는 노을이 내 기분을 대신 표현해주었다.

"내일은 론파인에서 근사한 저녁을 먹어보자꾸나!"

11킬로미터 정도밖에 안 되는 사이드 트레일인 키어사르지 패스 Kearsarge pass 만 넘으면 히치하이킹을 해서 론파인으로 들어갈 수가 있다. 게다가 내일은 일요일이라 차를 타고 온 사람이 많아 히치하이킹도 쉽게 할 수 있을 거라는 생각이 들었다. '어제오늘 수고했는데, 내일 마을에 들어가면 몸보신 좀 해야겠구나.' 수만 가지 먹음직스러운 요리가 머릿속에 떠오르자 입에 침이 고이기 시작했다.

"토니는 내일 아침에 만날 수 있을 거야. 아마 멀리 못 갔을 거야."

빅혼 플래토에서 먼저 떠난 토니를 오늘은 만날 수 없었지만, 내일 가는 길목에서 만날 수 있을 테니 조금 일찍 일어나기로 하고 얼른 잠을 청했다.

내 인생의 주인공은 나

● 사이드 트레일인 키어사르지 패스를 힘겹게 넘어 도착한 론파인에서 우리는 제로데이를 보내기로 했다. 생각 외로 힘든 트레일 탓에 만신창이가 되어 오후 6시가 넘어서야 도착한 게 아쉬워서인지, 다들 문명의 혜택을 받으며 하루 정도 푹 쉬자고 만장일치로 결정해버렸다. 하루 더 쉰다고 해봤자 특별히 할 것도 없었다. 그냥 마트에서 식량을 준비하고 식당에서 밥 먹고, 맥주나 마시며 풀장에서 수영을 즐기는 게 다다. 특별할 것 없는 이런 일상이 이제는 특별한 하루가 되어버린 것이다. 약 40일 동안 길 위에서 생활을 하고 있으니, 예전엔 몰랐던 사소함에서 오는 행복이 소중했다. 걷는 게 일상이 되었고, 예전에 일상이라고 생각한 것이 특별한 순간으로 뒤바뀐 지금이 신기하기도 했다.

론파인에 오기까지 우여곡절이 있었다. 첫 번째는 너무 힘들었다

는 것. 쉽게 생각한 길이 예상외의 난코스였기에 정신적으로 힘들었
고 피로감이 배로 들었다. 정말이지 지금껏 가장 힘든 순간이 아니었
나 싶을 정도로 다리가 풀렸고 체력은 바닥이 났다. 두 번째는 히치
하이킹. 론파인으로 가려면 일단 트레일에서 인디펜던스라는 마을
로 히치하이킹을 한 뒤 다시 론파인으로 히치하이킹을 해야 한다. 다
행히 주말이라 여기저기서 온 등산객들 차를 얻어 타고 인디펜던스
까지는 순조롭게 갔다. 스케치와 토니보다 앞서 도착했기에 그냥 기
다릴까 하다가 론파인까지 먼저 가서 방을 잡고 기다리는 게 나을듯
해 혼자 움직였다. 인디펜던스에서 히치하이킹을 하려고 도로가에
서 외로이 서 있었는데, 어떤 낡은 차 한 대가 나를 지나쳐 가다 유턴
을 하더니 나를 불렀다. 젊은 남녀 커플이었는데 풍기는 이미지가 예
사롭지 않았다. 온몸에 문신이 있고 귀, 코, 입술에는 피어싱을 했으

단순히 10킬로미터만 가면 될 줄 알았던 키어사르지 패스(11,760ft). 오르는 내내 이 길이
  맞나 하는 생각에 몸이 더 무거워지는 것 같았다

며 마치 약이라도 한 듯 눈동자는 풀려 있었다. 기름 값으로 10달러만 주면 론파인까지 태워주겠다는 말에 엉겁결에 타긴 했지만, 차에 타고 있는 동안 이들이 풍기는 분위기에 주눅이 들고 어디로 끌려갈지 모른다는 공포감에 몸이 얼었다. 론파인으로 가는 도중 노래를 크게 틀고 액셀을 힘껏 밟으며 소리까지 지를 때는 '아, 내가 여기서 생을 마감하겠구나' 하는 생각까지 들었다. 우려와 달리 무사히 론파인에 도착해 우체국 앞에서 내렸지만, 내리는 순간까지 입이 얼어 고맙다는 인사조차 못하고 보냈다.

마켓에서 우연히 류라는 일본인을 만났다. 자전거로 서부를 여행하는 도중 우리와 마찬가지로 식량을 구하려고 마켓을 찾았다고 한다. 더러운 티셔츠에 반바지, 검게 그을린 피부, 딱 봐도 거지나 다름없는 그를 우리가 묵고 있는 숙소로 초대해 하루를 같이 보냈다. 거지가 거지를 도운 것이다. 녹슨 자전거로 이 뜨거운 태양 속을 달린다는 게 쉬운 일은 아닌데, 모든 짐을 싣고 요세미티까지 간다는 그가 참 대단하게 느껴졌다. 차라리 걸어가면 갔지 자전거로는 갈 자신이 없다.

네 명 중 유일한 한국인인 나를 배려해서인지 자기들끼리도 영어로 대화를 했다. 굳이 그럴 필요까진 없는데……. 류는 여행이 끝나면 일본으로 돌아가 북해도에서 스키강사를 할 거라 했다. 여름에는 서핑을 즐기고 겨울에는 스키를 즐기고 남는 시간에는 여행을 다닌다는 그는, 가진 것 없지만 더 많은 곳을 볼 수 있고 더 많은 것을 할 수 있는 지금 자신의 삶에 만족하고 있다고 한다.

\# 일명 '철티비'로 서부를 여행하는 일본인 류. 보기만해도 무거운 짐을 자전거에 싣고 오늘도 힘차게 페달을 밟는다

사람마다 행복의 기준이 다르다. 누군가에게는 행복의 기준이 돈일 수도 있고, 다른 누군가에게는 다른 것일 수도 있다. 추구하는 행복의 기준에 맞게 물질적인 풍요로움보다 정신적인 풍요로움을 즐기는 그의 삶이 멋지다. 그런 삶을 갈망하고 그렇게 살겠다는 생각은 할 수 있지만 실천은 어렵다. 남들보다 시간적으로 여유롭고 정신적으로 풍요로운 삶을 살 수는 있지만, 주머니는 가벼워질 수밖에 없고 주변의 시선도 이겨내야 한다. 하나를 얻으면 하나를 포기해야 하는 법이다.

이틀을 론파인에서 보내고 다시 트레일로 돌아간다. 단 하루였지만 추구하는 바가 비슷해 대화가 잘 통한 류를 먼저 보내고 우리도 서둘러 준비했다. 아쉬움에 맥도널드에서 마지막 만찬을 즐기고 30분간 도로 옆에서 쇼를 하고서야 겨우 히치하이킹을 할 수 있었다. 주말에는 트레일로 복귀할 수 있는 어니언 밸리로 가는 하이커가 많아 히치하이킹이 수월하지만 주중에는 하이커들이 없어 쉽지 않다고 한다. 우리는 운 좋게 어니언 밸리에 캠핑하러 가는 차를 얻어 타고 트레일로 복귀할 수 있었다.

그렇게 힘들던 키어사르지 패스. 단단히 마음을 먹고 오르니 그리 힘들지가 않았다. 역시 정신이 육체를 지배한다는 말은 맞는 말이었다. 힘들지 않게 주변 경치를 구경하면서 오른 정상에서 한참을 기다렸지만 스케치가 보이지 않는다. 저녁에 만날 수 있겠지 하고 토니와 먼저 출발했는데 그날 저녁까지 스케치를 볼 수 없었다.

다음날 아침, 배가 별로 고프지 않았지만 글렌 패스와 핀촛 패스 두 개를 넘어야 하기에 그래놀라에 단백질 파우더까지 섞어 양껏 먹었다. 글렌 패스는 4.8킬로미터만 오르면 되기에 만만하게 생각했는데, 역시나 세상에 만만한 것은 없다. 아침부터 땀을 빼면서 사투를 하며 오르다가 스케치를 만났다. 서로 어떻게 엇갈렸는지 신기해하면서 다시 헤어졌는데 이후로도 스케치를 만날 수 없었다.

내가 걷고 있는 퍼시픽 크레스트 트레일PCT 구간과 존 뮤어 트레일JMT은 약 80퍼센트 정도 길이 겹친다. 그래서인지 사막에서보다 많은 하이커를 트레일 위에서 만날 수 있다. PCT 하이커와 JMT 하이커를 구분하기는 쉽다. 일단 JMT 하이커는 구간이 짧아서 그런지 (340킬로미터) 옷이 깨끗하다. 비록 더러워도 해지지는 않았다. 그리고 배낭. 전반적으로 PCT를 걷는 하이커보다 많은 짐을 가지고 다녀서인지 배낭이 크다. 60에서 70리터 정도 되는 큼직한 배낭에 주렁주

렁 뭔가를 매달고 다닌다.

존 뮤어 트레일은 미국의 최고봉 휘트니 산(4,418미터)에서 요세미티 계
곡까지 이르는 358킬로미터의 트레일로서, 미국의 자연보호주의자인 존
뮤어를 기리기 위하여 그의 발자취를 따라 만든 트레일이다. – 위키백과

나도 처음엔 JMT를 꿈꿨다. 하이시에라의 멋진 경관에 흠뻑 취해
일이 손에 잡히지도 않았다. 그러다가 알게 된 PCT에 더 빠져들어 지
금 이 길에 서 있다. 그렇게 바라던 하이시에라의 황홀한 경치를 직접
두 눈으로 보고 있다는 게 믿기지 않는다. JMT와 겹치는 이 구간이
마냥 쉽지만은 않다. 아름다움에 취해 힘이 덜 들 수는 있지만, 매일
한두 개의 패스를 올라야 하는 이 트레일은 사진만 보고 예상하는 그
런 트레일이 아니다.

핀촛 패스 Pinchot Pass 로 향하는 13킬로미터 오르막에서 너무 힘이
들어 몇 번을 쉬면서 올랐는지 모른다. 13킬로미터를 오르는 데 무려
다섯 시간이나 걸렸다. 물론 힘들게 오른 정상에서 보는 풍경은 아무
데서나 볼 수 있는 게 아니다. 그렇기 때문에 다들 죽겠다 하면서도
힘들게 오르고 또 오르기를 반복한다. PCT나 JMT가 죽기 전에 가봐
야 할 트레일로 손꼽히는 이유가 여기에 있다.

입고 있는 옷이 땀에 다 젖을 때쯤 나타나는 호수나 계곡은 또 다
른 즐거움이다. 사막에서는 꿈도 못 꾸는 얼음같이 차가운 물에 땀에

찌든 몸을 담글 때 느껴지는 짜릿한 쾌감은 지친 몸에 활기를 불어넣어준다. 너나 할 거 없이 부끄러운 줄도 모르고 옷을 다 벗고 개구쟁이 아이들처럼 첨벙첨벙 물에 뛰어든다. 햇빛에 달궈진 바위 위에 몸을 눕히고 일광욕을 즐기기도 하고, 잠을 자든 책을 읽든 무엇을 하든 자유다. 하고 싶은 걸 하면서 즐기기만 하면 된다. 길을 즐기는 방법은 정해져 있는 게 아니기 때문이다.

토니와도 헤어졌다. 다시 혼자가 되었지만 외롭지 않다. 서로 말은 안 했지만 나를 비롯해 모두들 자기만의 시간을 즐기고 싶은 듯하다. 이곳에서 오롯이 자신만을 위해 보내는 시간, 어쩌면 이런 시간이 필요해 이곳을 찾았는지도 모른다.

그동안 사회가 추구하는 기준에 맞추려고 노력하고 주변의 시선

걷는 내내 고개를 이리저리 돌려봐야만 다 볼 수 있는 풍경이 펼쳐진다. 같은 듯 하면서도 다른 풍경이 걷는 내내 심심하지 않게 한다

을 의식하거나 때로는 광대처럼 슬퍼도 웃어야만 하던 시간에서 벗어나 나만을 위한 시간을 가져야 한다. 내 삶의 주인공은 나이기 때문이다.

그래도 텐트 주변을 거니는 사슴들 덕분에 밤이 쓸쓸하지 않았다.

존 뮤어를 기리며

● '마더 패스^{Mother pass}.'

　그리 어렵지 않게 오른 마더 패스는 이름에서 느낄 수 있듯이 엄마의 품처럼 포근하고 따뜻했다. 한국에서 엄마의 산이라 불리는 지리산의 푸르름과는 또 다른 느낌이지만 전혀 어색하지 않다. 정상에 오른 뒤 이마를 타고 흐르는 땀을 닦으며 배낭을 내리는데 갑자기 기타 소리가 들리기 시작했다. 감미로운 소리에 주위를 둘러보니 정상 한쪽 편에서 멋지게 챙모자를 쓴 레인저가 기타를 연주하고 있다. 이어폰에서 나오는 음악소리 대신 진짜 기타 줄을 튕기는 연주를 라이브로 들으니 기분이 절로 좋아졌다. 한 번 산에 오르면 4∼5일은 산에서 지내야 한다는 레인저는 무겁지만 기타를 가져와야 마음이 놓인다고 한다. 덕분에 기대도 않은 라이브 무대를 마더 패스의 정상에서 즐길 수 있었다.

분위기에 취해 아예 자리를 깔고 때 이른 점심까지 먹었다. 시간을 효율적으로 사용하려고 조금 오래 쉴 때는 그냥 식사를 해결해버린다. 토르티야에 땅콩버터를 발라 먹거나 아예 행동식만으로 점심을 간단히 해결하는 미국 하이커와는 달리 나는 뜨거운 음식을 먹어야 힘이 나기 때문에 그들보다 식사 시간이 오래 걸린다. 점심은 주로 '니신Nissin'이라는 일본 브랜드의 라면으로 때웠는데 맛은 별로 없지만 값이 싸 부담이 없다. 라면 하나로는 모자라 남은 국물에 분말 감자가루를 섞어 먹으면 포만감도 느낄 수 있다. 싸구려 라면일지라도 트레일, 특히 이렇게 좋은 경치를 보면서 먹을 때는 아주 훌륭한 한 끼가 된다.

마더 패스를 내려오는 길은 오르는 길보다 훨씬 가파르다. 남진을 하는 JMT 하이커가 북진을 하는 PCT 하이커보다 힘이 들 것 같다.

정상에 오른 하이커들을 위해 훌륭한 솜씨로 기타를 연주하는 레인저. 귀가 즐거우면 모든 즐거움이 배가 되는 것 같다

한참을 다시 걷다 길옆으로 흐르는 계곡에서 몸을 식혔다. 등줄기가 오싹할 정도로 차가운 물에 몸을 넣었다가 3초도 안 돼 밖으로 나와 햇볕에 몸을 말리고 있는데 낯익은 얼굴이 지나가는 게 보였다. 토니다. 나보다 앞서 있는 줄 알았는데 다시 만나니 반가웠다. 해맑은 얼굴로 지나온 호수에서 낚시를 해보려고 시도했다가 10분도 채 못하고는 때려치웠다며 머리를 긁적이고는 다시 길을 나섰다. 아마도 내일 올라야 하는 뮤어 패스에 최대한 가까이 가서 숙영을 하려고 서두르는 듯하다. 해가 강하지 않은 새벽녘이 가장 걷기 좋은 시간대라 올라야 할 패스의 목전까지 가는 게 현명한 방법이다. 토니가 있는 곳까지 가볼까 했지만 몸이 휴식을 원하는 게 느껴져 뮤어 패스에 오르기 10킬로미터 전 지점에서 숙영했다. 다음 보급지인 레즈 메도우까지 약 130킬로미터, 4일 정도 더 가야 하는데 계산을 잘못해서인지 지금 가지고 있는 식량은 2일~3일치 정도밖에 안 된다. 뮤어 패스를 지나 JMT 하이커가 주로 보급지로 찾는 뮤어 랜치를 들러 하이커박스에서 식량을 못 구하면 힘들어질 수도 있는 상황이다. 아직 닥치지도 않은 상황을 미리 걱정하기 싫어 남은 파스타를 끓여 저녁을 해결하고는 일찍 잠자리에 들었다. 이 넓은 곳에서 혼자 텐트를 치고 자는 쓸쓸함이 다시 익숙해지기 시작했다.

다음날, 다행인지 불행인지 뮤어 패스를 아주 쉽게 넘었다. 앞서 지나간 하이커는 눈 때문에 고생을 많이 했다는데 내가 오를 때는 눈이 녹아서인지 걷는 게 그리 힘들지 않았다. 더구나 이곳의 경치는 지금껏 하이시에라에서 봐온 경치 중에서도 최고다. 아직 얼어 있는 호수는 워낙 맑아서 가까이 가야 호수인 걸 알 수 있을 정도다. 그렇게 맑은 호수는 본 적이 없는 것 같다. 경치에 홀려 오른 정상에는 사진으로만 본 뮤어 패스의 랜드마크인 뮤어 헛이 파란 하늘을 배경으로 홀로 서 있다. 뮤어 헛은 존 뮤어를 기리는 뜻에서 지은 대피소다.

> 존 뮤어(John Muir, 1838년 4월 21일 ~ 1914년 12월 24일)는 스코틀랜드 태생의 미국인으로 자연주의자, 작가, 자연보호주의자다. 그는 많은 편지, 수필, 그리고 책을 통해 자연을 탐험한 이야기를 전해주었는데, 특별히 시에라네바다 산맥을 자세히 소개했다. 그의 자연보호운동은 요세미티 밸리, 세콰이어 자연공원 그리고 다른 자연보호 구역을 보존하는 데 중요한 역할을 했다. 그가 창설한 시에라 클럽은 미국에서 유명한 자연보호 단체가 되었다. 그의 공헌을 기리기 위하여 시에라네바다 산의 등산로를 존 뮤어 트레일이라고 부르고 있다. 그는 청년기에 옐로우 스톤의 자연에서 큰 영감을 얻었으며, 인생의 후반기에는 미국 서부의 숲을 보존하는 데 헌신하였다. 그는 미국 의회에 자연공원 법을 청원하였으며, 이 법은 1890년 제정되어 요세미티 공원과 세콰이어 자연공원이 지정되었다. −위키백과

역시나 토니가 먼저 도착해 있었고, 온 지 얼마 안 되었는지 나처럼 신기한 눈으로 뮤어 헛 안을 이리저리 구경하며 사진을 찍고 있었다. 존 뮤어가 없었다면 내가 이곳을 걸을 수 있었을까? 이 아름다운 대자연을 보존하려고 노력한 그의 헌신이 아니었다면 이 트레일도 없었을 것이다. 그의 이름이 적혀 있는 팻말을 만지며 잠시 동안 그에게 감사의 마음을 전했다.

'뮤어 헛'. 존 뮤어를 기리기 위해 지은 뮤어 패스위의 대피소. 새파란 하늘에 지어진 집처럼 신비로운 기운이 돈다

밖으로 나와 위를 올려다보았다. 누군가 뿌려놓은 새파란 물감이 하늘을 메우고 있었다. '저게 바다라면 새들은 하늘을 헤엄치고 있는 거겠지.' 때마침 불어준 시원한 바람에 몸을 맡기고 나도 헤엄치고 싶었다. 파란 하늘에 정신을 놓고 헤엄치는 기분으로 뮤어 패스를 빠르게 내려오다 마주친 호수를 보고는 순간, 나도 모르게 '하' 하고 깊은 탄식을 내뱉었다. 파란 하늘 아래 포근하게 나 있는 초록 길옆으로 펼쳐져 있는 새파란 호수가 얼마나 투명한지 그냥 빨려 들어갈 것만 같았다. 바라보는 것만으로도 영혼이 정화될 것 같은 순수하고 영롱한 기운에 한참을 호숫가에 서서 넋을 놓고 바라보았다.

포근한 마더 패스 정상에서 귀를 간질이는 레인저의 라이브 무대, 있는 그대로의 자연을 위하는 존 뮤어의 헌신, 새파란 하늘과 새파란 호수, 오늘은 여러모로 복 받은 하루다. 다만 내일 들려야만 하는 '뮤

바라보는 것만으로 영혼이 정화되는 느낌을 받은 원더 호수(Wander lake). 한참을 넋을 놓고 바라볼 수밖에 없었다

어 랜치Muir Ranch'에서 원하는 만큼의 성과를 얻을 수 있을지가 걱정될 뿐. 만약 하이커박스에서 식량을 구할 수 없다면 지금 남은 식량으로 해결해야 한다.

배고픔은 참을 수 있지만, 먹지 않으면 걸을 수 없다는 게 신경 쓰인다.

눈물

● "안돼! 안 되는데 이러면……."

뮤어 랜치에 도착하기 전까지만 해도 정말 희망에 차 있었다.

JMT 하이커는 필수로 찾는 보급지지만 PCT 하이커들은 굳이 들릴 필요가 없는 곳인데 어떻게든 식량을 구해야 하는 나는 왕복 20킬로미터나 되는 거리일지라도 찾아갔다. 나는 그래놀라 바 하나만 먹고 6시 20분경 출발했다. 이때까지만 해도 난 뮤어 랜치가 무슨 보물창고나 되는 줄 알았다. 왜냐면 뮤어 랜치에서 보관기간이 지난 보급품을 통째로 다른 하이커에게 오픈한다는 얘기를 들었기 때문이다. 하지만 기대와는 달리, 신나게 달려 도착한 뮤어 랜치는 아무것도 얻을 수 없는 그냥 작은 목장일 뿐이었다. 기대한 하이커박스는 텅텅 비어 있었고, 그저 JMT 하이커들이 보급품을 정리하는 모습만 멀뚱멀뚱 쳐다봐야 했다. 아직 시즌 전이라 보관기간이 지난 보급품이 없었

\# 뮤어 랜치에서 보급품을 찾는 JMT하이커들의 모습. 이곳으로는 일반 박스가 아닌 정해진
통에 보급품을 넣어 보내야 한다

기 때문이다. 하이커박스가 텅 비어 있는 상태에서 할 수 있는 것은
하나도 없었고, 이제 막 보급품을 받은 하이커에게 손을 벌릴 수도 없
는 노릇이라 그냥 쿨하게 뒤돌아섰다. '괜찮아, 괜찮아.' 스스로 다독
였지만, 헛걸음을 했다는 것만으로도 이미 충분히 상처를 받았다.

엎친 데 덮친 격이라고 다시 PCT로 돌아가는 길은 엄청난 급경사
다. 안 그래도 건진 게 없어 풀이 죽어 있었는데 이런 급경사를 올라
야 한다니 온몸에 힘이 쭉 빠졌다. 죽을 표정인 나와는 달리 보급품
을 찾으려고 반대방향에서 내려오는 JMT 하이커의 표정은 아주 해
맑았다. 아끼던 초코바까지 꺼내먹고 힘들게 PCT로 돌아오니 또다
시 셀든 패스Selden Pass로 향하는 오르막이 시작되었다. 식량 한 번 얻
어 보려다가 아침부터 운동 제대로 한다. 초코바로도 힘이 달려 꿀
까지 물에 타 당을 보충했다. 갈증은 좀 나겠지만 어쩔 수 없는 선택

이다.

셀든패스는 그리 높지 않았는데, 아침 일 때문인지 엄청 힘들게 느껴졌다. 느껴진 게 아니라 힘이 들었다. 오르막을 다 올랐다 싶으면 다시 또 오르막이 나오고, 오르면 또 나왔다. 게다가 겨우 올라 선 정상에서 허기진 배를 달랑 라면 하나만으로 채울 수밖에 없었다. 아침도, 점심도 빈약하게 먹어서인지 내리막을 내려오는데도 힘이 나질 않았다. 그 순간 생각나는 건 고기밖에 없었다.

"고기를 먹어야 돼. 고기."

평소에도 단백질 보충을 하려고 육류를 즐긴 나기에 힘이 달리는 지금 근래 들어 먹지 못한 고기가 몹시 그리웠다. 매머드 레이크에 도착하면 꼭 스테이크를 사 먹으리라 다짐하며 내딛는 발걸음에 힘을 조금씩 실었다. 오후가 되자 햇볕도 점점 뜨거워졌다. 너무 많은 땀을 흘려서 현기증이 날 정도다. 다행히 얼마 안 가서 개울이 나왔고, 시원한 물에 몸을 한 번 담그고 나니 그나마 정신이 좀 들었다.

젖은 옷을 말리고 가면 오래 걸릴 듯해서 셔츠는 그냥 짜서 입고, 바지는 안 입은 채로 속옷만 입고 길을 걸었다. 요즘 유행하는 하의실종 패션을 트레일에서 선보인 것이다. 다행히 셔츠가 길고, 속옷도 사각이라 이게 숏 타이즈인지 속옷인지 그냥 봐서는 구별할 수 없다. 그리고 구별할 수 있다 해도 아무도 신경 쓰지 않을 것이다. 그래서 나는 이 길 위의 생활이 편하고 좋다. 원초적인 자유.

사회생활을 할 때처럼 내일 출근은 어떻게 하지? 보고서는 뭐라고 써? 결재는 받을 수 있을까? 등의 수많은 걱정을 할 필요가 없다.

\# 바지를 벗은 채 속옷만 입고 길을 걸었다. 검게 그을린 종아리 부분과 아직은 새하얀(?) 허벅지 색이 대비된다

오늘은 무엇을 먹고, 어디서 자야 하는지, 똥은 어디서 눠야 하는지 등 원초적인 부분만 해결하면 된다. 오늘 입은 옷을 내일 또 입으면 남들이 뭐라 하지 않을까 걱정할 필요도 없고, 내 몸에서 냄새가 나면 어쩌지 하는 걱정도 하지 않는다. 아무도 그런 내 모습에 신경 쓰지 않고, 나 또한 다른 하이커의 모습에 신경 쓰지 않는다. 이 길 위에 있는 동안은 완전한 자유인이 될 수 있다. 아니, 자연인이라는 표현이 맞을까?

계속 길을 걷다 한 하이커를 만났는데, 왠지 낯이 익다 싶더니 PCT를 시작할 때 참가한 킥오프 당시 레이크 모레나에서 내 옆에 텐트를 친 하이커였다. 그 당시엔 트레일 네임이 없었는데 지금은 앵글러 낚시꾼이란 트레일 네임으로 길을 걷고 있었다. 특이한 건 배낭에 100파운드(약 45킬로그램)짜리 해머를 달고 하이킹을 하고 있었다. 저

\# '100mile hammer'로 스윙 연습을 하고 있는 앵글러. 해머의 무게는 무려 100파운드나
나간다.

무거운 걸 왜 달고 다니는 건지 이해가 되지 않았다. 너무 궁금해 물
어보니 100 mile hammer라고 해서 처음 시작한 하이커가 100마일
(160킬로미터)을 운반한 뒤 다른 하이커에게 전달하면 그 하이커가 또
100마일을 운반하는 식으로 멕시코 국경에서부터 캐나다 국경까지
운반하는 게임이라고 알려주었다. 올해 PCT는 Tototoyota the PCT
hub cap이라 해서 토요타사의 자동차 휠만 똑같은 방식으로 캐나
다 국경까지 운반하는 중이다. 이 휠은 나와 비슷한 속도로 운반되고
있었다. 휠을 건네받은 사람은 건네받는 사진을 찍어 인스타그램에
#Tototoyotathepcthubcap 해시태그와 함께 올려 서로 공유한다. 정
말 재미있는 친구들이다. 아무것도 아닌 것 같지만 나름의 의미를 두
고 재미있게 즐기는 걸 보면서 길을 즐기는 다양한 문화를 만들고 있
다는 걸 느낄 수 있었다.

\# 걷는 것만으로도 마음이 치유되는 느낌이 들었다. 바보같이 흐르는 눈물이 부끄럽긴 해도 야속하진 않았다

　　아침부터 하루 종일 지쳐 걸었더니 몸이 녹초가 되어 텐트를 치자마자 쓰러져 잠들었다. 내일만 잘 버티면 모레는 매머드 레이크에 들어갈 수 있으니 남은 식량으로 조금만 더 힘을 내 봐야겠다.

　　전날과 달리 다음날은 아주 평온했다. 실버 패스를 오르고 계속되는 오르막을 걸었지만 그리 힘들지 않고 아주 우아한 하이킹을 즐겼다. 특히 실버 패스를 지나 내려오는 길에 만난 호수에서 왠지 모르게 눈물이 계속 나 바보처럼 소리 내 흐느끼기도 했다. 노래를 들으며 아무 생각 없이 걷다 고개를 들어 바라본 호수의 풍경이 아름다워 지나치게 감상적이 되었나 보다. 바람에 일렁이는 호수의 물결에 부딪힌 햇살이 피어오르며 내는 영롱한 빛방울이 내 마음을 완전히 홀려버렸다.

　　빛방울에 취해 한참을 흐느끼다 문득 지금도 열심히 일하고 있을 가족 생각이 났다. 여유도 없이 시간과 열정을 모두 가정에게 헌신하고 있을 그들을 생각하니 미안했고, 나만 이래도 되나 하는 죄책감도 들었다. 위로 누나와 형이 모두 결혼하고 애를 낳아 기르고 있어 부모님이 막내인 나까지는 크게 간섭하지 않는다. 그래서 이러고 다닐 수가 있는데, 나만 이런 좋은 곳에서 혼자 감동하고 감명을 받고 있자니 아직까지 이렇다 할 가족여행을 한 적이 없다는 게 더 미안했다. 기회를 만들어서라도 꼭 한 번은 이 아름다움을 가족들과 함께 공유하고 싶다. 부자가 될 수 없더라도 행복한 사람이 되고 싶다. 사소한 것에서 행복을 느낄 수 있는 그런 순수함을 가진 사람이 되고 싶다.

한국에 다시 돌아가면 물질적으로는 궁핍하더라도, 작은 것 그리고 사소한 것에도 감사하고 행복할 줄 알며 항상 겸손하게 살아야겠다고 다짐했다.

그만큼 자연은 위대하다. 나를 변화시키고 있다.

생명이 살아 숨 쉬는 보금자리이기도 하지만, 그 안에 있는 것만으로도 많은 것을 느끼고 배울 수 있다. 누군가에겐 아무것도 아닐 수도 있겠지만, 나에게는 무엇보다 경이롭고 누구보다 현명한 스승이다.

어느덧 1,400킬로미터를 지났다. 서울에서 부산까지의 거리가 약 400킬로미터니 이미 한 번 왕복하고 다시 부산까지 갔다가 서울로 돌아오는 중이다. 하지만 줄어드는 거리가 반갑지만은 않다. 캐나다에 가까워질수록 이 길도 끝이 난다는 거니까.

우려와는 달리 부족한 식량은 문제가 안 되었다. 내가 식량이 부족하다는 걸 알고는 말을 하지 않아도 먹을 걸 나눠주는 친구들이 옆에 있었다. 길 위에서는 돈보다 더 중요한 게 식량인데, 알지도 못하는 나에게 부족한 식량을 나눠준다는 것은 쉽지만은 않은 선택이었을 것이다.

스스럼없이 내 것을 나눠 줄 수 있는 친구, 나는 그런 친구와 함께 이 길을 걷고 있다.

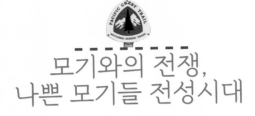

모기와의 전쟁,
나쁜 모기들 전성시대

● 어색한 듯 어색하지 않은 토니와 둘만의 시간을 매머드 레이크에서 보내고 다시 트레일로 돌아왔다. 스케치는 어디서 뭘 하고 있는지 레즈 메도우Red`s meadow에 도착해 두 시간을 더 기다렸지만 결국 오지 않아 메시지를 남기고는 둘만 매머드 레이크Mammoth Lake로 이동했다. 결국 우리가 마을에서 지내는 동안 스케치는 오지 않았고, 긴 휴식을 마치고 다시 레즈 메도우에 돌아갔을 때야 버스를 기다리고 있는 스케치를 만날 수 있었다.

"어디서 뭐 재미난 걸 혼자 했기에 이렇게 늦은 거야?"

혼자만 남겨지는 스케치를 조금이라도 위로하려고 웃으며 건넨 말에 스케치는 오히려 신이 난 얼굴로 그간의 일들을 우리에게 자랑스럽게 얘기했다. 낚시로 송어를 낚은 일, 뮤어 랜치에서 뜨끈뜨끈한 온천욕을 즐기며 시원한 맥주를 마신 일 등. 무엇보다 나에겐 악몽이

레즈 메도우에서 버스를 기다리고 있는 하이커들. 물론 이곳에 보급품을 보낼 수도 있지만, 대부분의 하이커가 마을로 내려가 휴식을 취한 뒤 트레일로 복귀한다

던 뮤어 랜치가 스케치에게 이토록 즐거운 추억이었다는 게 놀라웠다. 목장에 온천이 있다는 것조차 난 몰랐는데, 역시나 모든 게 태도나 마음가짐에서부터 나온다는 것을 다시 한 번 깨달았다.

홀로 매머드 레이크로 향하는 스케치에게 숙소나 레스토랑 정보를 전해주고는 잘 쉬고 오라는 인사 후 각자의 길을 나섰다. 토니는 이곳부터 다시 PCT와 만나는 지점까지는 JMT 루트를 따라 이동하겠다고 했다. 아무래도 JMT 구간이 경치가 훨씬 좋다는 얘기가 있어 그쪽으로 가고 싶어 하는 듯했지만 나는 PCT 루트를 고집했다. JMT는 다음에 기회가 된다면 꼭 한 번 온전히 걸어보고 싶기에 굳이 PCT를 벗어나고 싶지 않았다.

오후 늦게 들어선 길이기에 크게 무리하지 않고 아일랜드패스로 향하는 트레일헤드에 숙영지를 꾸렸다. 하필이면 혼자인 오늘 같은 날 밤새 소름 끼치도록 무서운 곰의 울음소리가 메아리쳤다. 식량이

나 냄새나는 것은 인근에 있는 곰통에 집어넣었지만, 그래도 안심이 안돼 배낭까지 박스에 집어넣고야 겨우 잠들 수 있었다. 다음날은 두 개의 패스를 넘어야 해서 일찍 자려고 했는데, 곰 울음소리에 이렇게 잠을 설치게 될 줄은 생각지도 못했다.

다행히 간밤에 아무 일도 없었다. 밖에서 잘 때는 텐트가 심리적으로 안정감을 주지만, 밖의 상황을 모르는데 이상한 소리가 들리면 오히려 더 무섭다. 텐트 밖에서 귀여운 새끼 사슴이 풀을 뜯고 있을지라도 어두운 밤 텐트 안에서 그런 소리를 들으면, 밖에 돌아다니는 짐승이 코요테일지 마운틴 라이언일지 곰일지 알 수가 없기에 그 상상력의 크기만큼 두렵다.

아일랜드 패스Island Pass는 정상에 있는 호수 안에 여러 개의 바위가 솟아 있는데, 그 모습이 마치 섬처럼 보여 붙은 이름인 듯했다. 정상에 앉아 호수를 바라보며 토르티야에 누텔라를 발라 먹었다. 땅콩버

이 순간을 놓치기 싫어 하루 머물려 했지만, 이내 시작된 모기떼의 습격 때문에 바로 철수할 수밖에 없었다

터는 퍽퍽해서 별로인데, 악마의 초콜릿이라는 누텔라는 달콤하면서도 촉촉하고 부드럽기까지 해 목 넘김이 좋다. 내 스타일의 고열량 행동식을 찾은 듯하다.

요세미티에 가까워질수록 모기가 많아졌다. 요세미티 국립공원부터는 하이커들 사이에서 모기지옥이라 불린다. 지금도 잠깐 쉬면서 잡은 모기가 네댓 마리는 되는데 앞으로는 어떨지 상상하기도 싫다. 이럴 때를 대비해 가져온 버그햇이 있지만 그것도 얼굴만 가릴 수 있다. 다른 곳은 무방비인 채로 다닐 수밖에 없다. 뿌리는 모기기피제가 있지만 효과가 있을지는 미지수다.

도너휴 패스Donohue Pass를 오르는 길은 돌로 만든 계단이 깔려 있다. 누가 깔아놓은 것인지는 모르겠지만, 주변 경관과 잘 어울려 마치 천국으로 향하는 계단처럼 느껴졌다. 즐겁게 오른 정상에서 오랜만에 듀드와 토우를 만났다. 반가움에 그간의 안부를 전하고는 페이

\# 버그 햇을 이용하면 모기의 공격은 피할 수 있지만, 바람이 통하지 않아 더워서 오랫동안 착용할 수 없다

\# 비를 피하려고 내 텐트 안으로 들어오는 건지, 텐트를 치고도 안으로 들어온 모기 떼를 정리하느라 많은 시간을 허비해야 했다

스북 친구까지 맺었다. 사실 이름이 기억이 안 나 물어보기 미안해 페이스북 ID를 물어보는 척하면서 이름을 확인한 것이었다. 비상한 내 머리에 내가 감탄을 해버렸다. 나는 역시 천재인가?

이곳을 지나면 요세미티 국립공원으로 진입한다. 요세미티 국립공원에 진입했음을 알리는 표지판이 '웰 컴 투 모기지옥'처럼 보였다. 정상에서 내려오는 길에 보이는 풍경은 그간 시에라에서 보던 풍경과는 사뭇 다르다. 마치 알프스에 와 있는 듯한 착각이 들 정도로 넓게 펼쳐진 초원과 그 중간을 흐르는 옥빛 개울, 그 모든 것을 둘러싸고 있는 웅장한 산맥이 아름답다. 아직 오후 4시 정도밖에 안 된 시간이었지만 오늘은 이곳에서 머물다 가고 싶었다. 급한 일도 없기에 전망 좋은 곳을 찾아 텐트를 펼쳤다. 하지만 10분도 채 안되어 그 선택이 잘못되었다는 것을 알았다.

텐트를 치고 짐을 정리하자마자 귓가에 앵앵거리는 소리가 들리더니 열댓 마리의 모기가 텐트 주변과 내 주위를 맴도는 게 보였다. 어떻게든 모기를 잡아가며 이곳의 경치를 즐기다 가려 했지만, 잡을수록 더 나타나는 모기를 감당할 수 없어 결국 텐트를 접고 부리나케 도망치듯 자리를 떠났다.

얼마를 달리면서 내려왔을까? 개울 주변에 하이커가 쳐놓은 텐트가 여러 동 보이기에 텐트를 칠 만한 곳을 찾아 자리를 만들었다. 이번에는 가만히 5분간 주위를 돌면서 모기가 어느 정도 있는지 먼저 체크했다. 아까는 고여 있는 호숫가라 모기가 많았지만, 여기는 빠르게 흐르는 개울 옆이라 그런지 모기가 별로 없었다. 살았다는 생각에 얼른 텐트를 치고 안으로 모기가 들어가지 않도록 출입구를 단단히 하고서야 숨을 돌렸다.

누군가 부르는 소리에 고개를 돌리니, 두 명의 레인저가 다가와 퍼밋과 곰통을 보여 달라고 요청했다. 개울과 너무 가까운 곳에는 가급적 텐트를 치지 말라고 주의를 주었다. 망할 모기 때문에 내가 텐트를 친 곳에서 개울까지의 거리가 10미터도 안 된다는 걸 신경 쓰지 못했다. 다음부터는 조심하겠다고 말하고 퍼밋과 곰통을 레인저에게 보여주었다. PCT를 시작하고 처음으로 퍼밋을 확인하는 순간이다. 다행히 모든 식량을 곰통에 다 넣어둔 상태였기에 아무 문제없이 지나갈 수 있었지만, 내 옆자리에 텐트를 친 두 명의 하이커는 무슨 일 때문인지 오랜 시간 동안 레인저와 얘기를 나누었다. 곧 그중 한 명인 존이라는 나이 든 하이커가 내게로 와서는 당일로 하이킹을 왔는데 미처 곰통을 준비하지 못해 (준비하지 못한 게 아니라 이런 일이 없을 줄 알고 안 챙긴 듯했다) 당장 쫓겨 날 상황이라고 하면서 내 곰통에 여유 공간이 있으면 조금만 넣어 줄 수 있느냐고 부탁했다. 이미 해가 저물고 있을 때라 정말 이대로 쫓겨난다면 위험할 수도 있겠다는 생각에(물론 레인저가 그런 상황을 만들진 않겠지만) 공간을 만들어 보겠다고 하고는 내 곰통을 열어 그가 가져온 식량을 구겨 넣었다.

해준 거라곤 곰통에 식량 조금을 넣어준 것뿐인데, 그것만으로 잘 해결됐는지 레인저가 돌아간 후 존이 찾아와 고맙다며 내게 위스키가 담긴 플라스크를 내밀었다. 다행히 오늘은 여기서 자고 내일 날이 밝는 대로 하산하는 걸로 해결되었다고 한다. 비싼 위스키라며 이름을 얘기해주었는데 위스키를 즐기지 않아 뭔지도 모르고 성의를 봐서 원 샷을 했다. 그는 위스키 한 잔으로 고마움을 표하기가 미안했는지 작은 케이스를 내 손에 쥐어 주었다. 자기가 즐기는 시가라면서 한 번 시도해보라는 말을 남기고는 친구가 기다리고 있는 자리로 돌아갔다.

사실 곰통에 자리가 없었더라도 예순이 넘어 보이는 어른의 요청을 거절하기가 쉽지 않았을 것이다. 어찌 됐든 나는 당연하다 생각해서 도움을 주었는데 이렇게까지 고마움을 표하니 괜히 기분이 좋아졌다.

투올러미 메도우 Tuolumne Meadow 부터는 정말 말 그대로 모기지옥이었다. 아침에 눈떠서 저녁에 눈을 감을 때까지, 심지어 걸을 때마저 모기와의 전쟁은 계속되었다. 노출된 얼굴과 목까지는 버그햇으로

\# 소노라 패스로 향하는 능선길에 오르고 나니
쉬지 않고 괴롭히던 모기떼도 경치에 반했는지
더이상 나를 괴롭히지 않았다

그나마 가릴 수 있었지만, 그 외의 다른 곳은 옷을 입어도 안전지대가 아니다. 아무리 두 팔을 휘저으며 달리듯이 걸어도 귓가를 앵앵거리는 모기떼의 공격은 멈출 줄 몰랐고, 잠깐 틈만 보이면 옷을 뚫고 내 피 같은 피를 빨아 마셨다. 잠시 행동식이라도 먹으려고 멈추면 '나도 간식 좀 먹자' 하고는 피를 빨려고 온몸에 덕지덕지 달라붙기 시작했다. 땀 때문에 달려드는 건가 싶어 물만 보이면 몸을 씻어 보았지만, 말짱 헛수고다. 거금을 들여 준비한 스프레이도 효과는 잠깐뿐이고, 모기에서 벗어날 수 있는 시간은 오직 텐트 안에 들어갔을 때뿐이다. 그것도 텐트를 칠 때 안으로 들어간 모기를 다 잡은 후에야 안심할 수 있다.

비가 오는 날도 마찬가지다. 억수 같은 비를 맞으며 걸을 때는 모기가 없는 듯했지만, 쉬려고 나무 밑이나 수풀이 조금이라도 우거진

수많은 생각과 감정이 교차한 소노라 패스로 향하는 길. 길게 뻗은 능선을 따라 오르는 길은 하늘과 마주할 수 있는 열린 길이었다

곳을 찾으면 마치 기다리고 있었다는 듯 어김없이 모기가 나타난다. 숙영하려 텐트를 칠 때도 마찬가지, 비를 맞으며 힘들게 텐트를 다 치고 안에 들어가 옷을 벗으면 어디서 나타난 건지 그냥 보기에도 열댓 마리는 되는 듯한 모기가 텐트 안을 점령한다. 옷을 벗은 내 몸은 사자 우리에 던져진 돼지처럼 반가운 식사 거리가 되어버린다.

투올러미 메도우를 떠나 온 후 3일간은 정말 악몽 같은 시간이었다. 과장된 표현이겠지 하면서 별로 대수롭지 않게 생각했는데, 말 그대로 모기지옥이다. 3일 동안 세 개의 패스를 넘어오면서 한시도 빠짐없이 계속된 모기 떼의 공격을 사흘째 소노라 패스Sonora pass로 향하는 능선 위에 올라서고 난 후에야 피할 수가 있었다. 어제 길을 걷다 만난 송버드(셰이드 형제와 케네디 메도우 캠프그라운드에서 파티하면서 만난 하이커)가 능선에 오르면 모기를 피할 수 있을 거라 얘기했는데, 정말 능선에 오르자마 신기하게도 모기가 사라져 버렸다.

더 이상 모기에 신경 쓸 필요가 없어지자 주변 경치가 조금씩 눈에 들어오기 시작했다. 텔레토비가 뛰어놀던 그 동산처럼 길게 펼쳐진 능선 길이 하늘과 맞닿아 있어 이 길을 계속 걸으면 하늘 위로 올라갈 수 있을 듯한 착각이 들었다. 새파란 하늘에 하얀 구름, 펼쳐진 초원 위로 솟아 있는 산, 군데군데 녹지 않은 눈이 어울려 소박한 아름다움을 뽐내고 있었다.

잠깐 길가에 앉아 쉬면서 경치를 구경하고 있는데 어린 하이커 두 명이 나를 지나쳐 갔다. 앳된 얼굴의 여자애들이었는데 기껏해야 대학생이거나 이제 막 대학을 졸업한 친구들 같았다. 어린 나이의 여자

애들이 겁도 없이 이 길을 걷는 용기가 대단하게 느껴졌다. 그 친구들이 지나가는 걸 지켜보다 문득 이런 생각이 들었다.

'저 또래 우리나라 대학생들이 의무감 혹은 스펙 쌓기 식으로 나가는 해외유학이나 연수를 하기보다 차라리 이런 트레일을 접해보는 건 어떨까?'

사실 이 트레일을 준비하고 걸어온 과정은 내가 회사를 다니면서 배운 시스템과 매우 흡사하다. 사전 계획을 수립하고 검토한 뒤 그 계획을 실행하는 과정, 과정 속에서 시행착오를 겪고 그것을 수정 혹은 보완해나가는 일, 언제 닥쳐올지 모르는 위기를 대처하는 능력이나 구성원 간의 이해와 협동, 타협 등의 과정이 이 트레일 안에 다 녹아 있다. 트레일 정보를 수집하고 장비 준비하기, 트레일을 진행하며 보급이나 기타 계획한 일정을 수정하거나 보완해나가기 등등. 또 장엄한 대자연 안에서 존재에 대한 깨달음을 얻고 좀 더 성숙해질 수 있을 것이고, 자신의 두 발로 한 걸음 한 걸음 내디뎌 이 넓은 미국 대륙을 종단함으로써 무한한 가능성과 하면 된다는 정신을 깨달을 수 있을 것이다. 길 위에서의 이해관계를 통해 개개인의 가치관은 다를 수 있다는 것, 다른 것과 틀린 것의 명확한 개념을 이해할 수 있을 것이다.

지금의 나는 이미 늦었을지 모르지만, 이 길을 걸은 뒤 한국에서 기회만 있다면, 이 시대의 젊은 친구에게 꼭 한 번 이런 이야기를 해주고 싶다. 물론 스펙이나 숫자로만 사람을 판단하는 사회를 바꿔야 취업 걱정에 조바심 난 어린 친구들이 조금 더 넓고 큰 생각을 할 수 있을 테지만 말이다.

분명 책상에만 앉아서는 절대 생각도 못할 일들을 이 길에서는 배우고 느끼고 경험할 수 있을 것이다. 경험의 차이가 사물을 바라보는 시각이나 사고의 폭을 넓혀줄 것이다. 때로는 학교나 책보다도 자연에서 더 많은 것을 배우니까.

　먼저 지나간 그 어린 하이커의 뒷모습이 무척 커 보였다.

비와 당신

● "우르르쿵! 콰쾅!"

만약 전쟁이 일어난다면 매일 밤 이런 소리를 듣고 두려움에 떨면서 지내겠구나 하는 생각이 들었다. 밤 11시부터 내리기 시작한 비는 이내 텐트를 날려버릴 듯이 바람과 함께 폭포처럼 쏟아져 내렸다. 노스 케네디 메도우부터 벌써 3일째 비를 맞으며 걷는 중인데, 이놈의 비가 밤에도 어김없이 나를 괴롭히고 있다.

그림엽서처럼 예쁜 소노라 패스를 지나 노스 케네디 메도우부터 다음 목적지인 사우스 레이크 타호South Lake Tahoe로 이어지는 길은 단조롭고 약간 지루하다. 거기다 매일 내리는 비 때문에 주변을 둘러볼 여유도 없고 고개 숙인 채 고인 물을 피하며 걸어가기 바쁘다. 물론 예상 못 한 건 아니지만, 3일 동안 젖은 신발을 신고 젖은 텐트에서 자는 게 생각처럼 쉽지만은 않다. 길을 걷다 잠깐이라도 해가 나는 순간

몸을 피할 곳 하나 없는 이런 능선에서 천둥번개를 마주할 때의 공포는 안 느껴 본 사람은 모른다

에 배낭 안에 있는 젖은 짐을 말려야 했고, 레인재킷을 입더라도 스며든 비에 젖은 옷이 체온을 떨어뜨리기까지 했다.

나무가 빽빽한 숲길을 걸으면 그나마 나았을까? 능선을 타고 가는 길에서 머리 위가 번쩍거릴 때는 머리카락이 쭈뼛 서기도 했다. 큰 바위나 나무가 주변에 있다면 숨기라도 하는데(심하게 내릴 때는 한 시간을 꼬박 숨어 있기도 했다), 아무것도 없는 상황에는 옷 젖는 걸 신경 쓸 겨를도 없이 전력 질주해서 빠르게 고도를 내리는 수밖에 없다. 말하기 부끄럽지만 정말 무섭다. 극심한 가뭄이라던 캘리포니아인데 왜 나는 이렇게 비를 자주 만나는 걸까? 다행인지 불행인지 모르겠지만 적어도 이 상황에서 만나는 비가 편하지는 않았다. 물론 나만 그런 건 아니다. 자주 이 주변을 하이킹했다는 미국의 하이커들도 천둥번개를 동반한 비를 만나면 무서울 때가 있다며 나를 달래주었다. 송버드, 프레츨, 로드러너는 물론 노스 케네디 메도우에서 처음 만난 토치도 이런 비를 마주치면 고개를 절레절레 흔들고는 난감한 표정을 지었다. 비 때문에 흙이 쓸려 내려와 계곡물이 흙탕물로 변해 정수하기 곤란한 상황도 있었다. 손수건으로 여러 번 거르고 걸러낸 후에야 정수하고 마실 수가 있었다.

힘든 하루하루를 보내며 길을 걷다 사우스 레이크 타호 근처의 카슨 패스 안내소에서 트레일 매직을 만났다. 생각지도 못한 트레일 매직에 그간의 고생이 복받쳐 올라 눈물이 다 나려고 했다. 시원한 맥주에 시원한 수박은 물론, 이온음료랑 과자까지! 여기까지 오느라 수고했다면서 얼른 먹으라고 잘라주는 수박을 한입 베어 무니 그간의 고생이 사르르 녹는 것만 같다.

맥주도 한잔하며 서로 그간의 노고를 치하하던 중에 안내소에서 근무하는 분이 이곳에서 타호까지 히치하이킹으로도 많이 들어간다며 떡밥을 던지니 다들 귀가 솔깃해졌다. 이미 저녁이 다되어가는 시간이었기에 걸어서 오늘 안에 타호까지 도착하기는 무리였다. 다들 하루라도 빨리 따뜻한 물로 샤워하고 안락한 공간에서 쉬고 싶은 마음이 굴뚝같은지라 구간을 조금 자르고서라도 가고 싶어 하는 눈치였다. 나 역시도 그러고 싶었지만, 나 자신을 속이기 싫어 자리를 털고 일어났다. 걷고 싶어 온 길을 차로 이동하는 건 아닌 것 같았다.

이후 16킬로미터 정도를 더 걷다 타호까지 약 6.5킬로미터 정도를 남기고 텐트를 쳤다. 트레일 매직 덕분에 배는 안 고팠지만 몸을 생각

\# 내리는 비에 흙이 쓸려 이내 흙탕물로 변해버린 계곡. 이 물을 정수하려면 손수건으로 몇
　번을 걸러야 한다

해 간단하게 저녁을 먹고 텐트로 들어가 누웠는데 갑자기 천둥 치는
소리에 깜짝 놀라 '설마 또 시작이야?' 하며 얼굴만 빼꼼 내밀었다.
자라보고 놀란 가슴 솥뚜껑 보고도 놀란다고 하더니 오늘이 7월 4일,
미국의 독립기념일이라 마을에서 쏜 폭죽 소리를 천둥소리로 착각
한 것이다.

　'아! 마을은 축제 분위기일 텐데, 나도 오늘 그냥 들어갈 걸 그랬
나?'

　한 번쯤은 미국의 독립기념일 마을 축제를 즐기는 것도 좋았을 텐
데. 이미 놓친 시간을 되돌릴 수도 없어 그냥 멀리서 폭죽 소리를 듣
는 것으로 대신하기로 하고 다시 누워 잠을 청했다. 하지만 이내 텐트
를 똑똑 두드리는 듯한 소리가 들리더니 비가 또 내리기 시작했다.

　미국의 독립기념일도 비를 막지는 못하는구나. 이로써 5일째 비

세차게 내리던 비가 잠깐 머뭇거릴 때 가끔 펼쳐지는 꽃처럼 아름다운 풍경이 길 위의
하이커를 달래준다

를 맞으며 하루를 마감한다.

"이얏호! 좋았어!"

초심자의 운이었을까? 사우스 레이크 타호에 위치한 한 카지노
에서 재미 삼아 해본 룰렛으로 단 몇 분 만에 100달러를 땄다.

사우스 레이크 타호는 타호 호와 시에라네바다 산맥이 주변에 위
치하고 있어 수상스키, 카누, 카약 등 수상스포츠는 물론 스키, 스노
모빌 등 겨울 스포츠도 가능하고 아름다운 풍경 덕분에 많은 관광객
이 몰리는, 미국의 엘도라도 카운티에서 가장 인구가 많은 관광도시
다. 그래서 많은 호텔과 카지노가 도시 곳곳에 있고 거리에는 신나는
음악과 많은 관광객이 붐벼 활력이 넘친다. 오랜만에 느껴보는 이런
흥겨운 분위기에 나도 모르게 하이커가 아닌 관광객이 되어갔다.

모텔에 짐을 풀고 호텔 뷔페를 여유롭게 먹고 난 뒤 소화도 시킬 겸 구경이나 해볼까 해서 들른 카지노에서 모텔비랑 밥값을 아낄 수 있었다. 더 해볼까 싶었지만, 도박을 좋아하는 편도 아니고 그만 할 줄 아는 지혜가 필요하다는 걸 알기에 미련 없이 카지노를 박차고 나온 뒤 휘파람을 불며 근처에 있는 마트로 향했다.

그동안 고생한 나에게 뭔가 보상할 필요가 있었다. 그래서 하이커들이 많이 가는 호스텔이 아닌 하룻밤 60달러나 하는 모텔까지 잡았다. 다음 보급지까지의 식량과 오늘 밤을 위한 와인이며 17달러나 하는 폭립까지 후하게 준비했다. 모텔로 돌아와 펼쳐놓은 음식과 와인을 보고 있자니 입가에 미소가 절로 번졌다. 사 온 음식을 정리하고 뜨거운 물에 샤워를 한 번 더 했다. 며칠 비에 젖어 추위에 떨던 보상이라도 받듯이 이곳에 머무는 동안 따뜻한 물로 최대한 자주 씻으려 했다.

노곤해진 몸을 침대에 눕히고 모처럼 여유를 즐기며 그동안 연락 못 한 지인에게도 안부 차 인사를 전했는데, 15년도에 쿵스레덴을 함께 다녀온 친한 형이 밥은 굶고 다니지 말라며 용돈을 보내 주기도 했다. 동생이라는 이유로 이렇게까지 신경을 써주는 형이 많이 고마웠다.

침대에 누운 채 마트에서 사온 와인을 한 잔 마셨다. 적막함이 싫어 텔레비전을 틀어놓았는데 역시나 무슨 말인지 잘 들리지 않는다. 아무 생각 없이 와인을 홀짝이며 화면을 보니, 하필이면 공항에서 가족이 이별하는 장면이 나오고 있었다. 딸이 무엇 때문인지 몰라도 가족들을 뒤로하고 에스컬레이터를 타고 올라가고 있었고, 그 딸을 뒤에서 쳐다보며 눈물을 흘리고 있는 엄마와 엄마를 안아주는 아빠의 모습, 참고 참다 돌아보는 딸의 얼굴을 클로즈업하는데, 엄마의 눈물을 본 딸이 애써 참던 눈물을 흘린다.

갑자기 뭔지 모를 뜨거운 것이 걷잡을 수 없이 두 뺨을 타고 흘렀고, 이내 복받쳐 오르는 서러움과 그리움에 구슬프게 흐느끼기 시작했다. 한동안 비 때문에 고생해서인지 그동안 참아온 무언가를 토해냈다.

그날의 그 감정을 인스타그램에 이렇게 기록해 두었다.

> 낯선 나라.. 타지에서 홀로 쓸쓸히 모텔방에 앉아 와인을 마시며 잘 들리지도 않는 티비보는데, 가족과 헤어지는 장면에 구슬픈 음악.. 나도 모르게 주르륵 눈물이 떨어지는데 걷잡을 수도, 멈출 수도 없어 그냥 멍하니 혼자 구슬프게 울었다. 미국나이로 서른세 살 애어른이..
> 나 잘하고 있는데 감정은 내가 컨트롤하기엔 너무 제멋대로야. 그래서 별로야
> 아부지어무니 철없는 자식 용서하세요.
> #난잘하고있다생각하지만주변사람들한테잘하고있는건진모르겠다

여유로움

● '철컹'

육중한 소리와 함께 세월의 무게 때문인지 다소 **뻑뻑**한 나무문을
열고 들어간 셸터에는 이미 다른 하이커들이 먼저 와 있었다. 송버드
와 왓에버. 왓에버는 이곳에서 처음 만난 하이커인데, 20대 초반의 남
자로 약간은 히피 같은 스타일의 친구다. 내가 도착하고 얼마 지나지
않아 파워타이츠와 셰이드, 포고 형제가 도착했고, 그 뒤로 여러 하이
커들이 계속해서 셸터 안으로 들어왔다. 모두 지긋지긋한 비를 피해
서 온 것이다. 평소 같으면 칙칙한 냄새난다고 그냥 지나쳤을 텐데.

셰이드 형제와 항상 같이 다니던 스틱스가 보이지 않아 어디 있느
냐 물으니 사우스 레이크 타호에서 집으로 돌아갔다고 했다. 왜 그만
두었는지 물어보고 싶었지만, 내가 알아도 달라질 건 없기에 더는 물
어보지 않았다. 처음 보는 하이커에게 눈길이 갔다. 피시아웃오브워

원래는 겨울시즌 스키어를 위해 마련한 셸터지만, 오늘은 우리의 보금자리가 되었다

터라는 긴 닉네임의 하이커인데, 나이는 마흔 중반이라고 소개한다. 키도 크고 다부진 체격에 무엇보다 중저음의 목소리가 참 매력 있다. 미국 하이커가 대체로 그러하듯 피시도 턱수염은 물론 콧수염까지 길렀는데, 인중에 상처가 있어 그 부위에만 수염이 자라지 않아 미안하지만 웃겨 보였다. 라이프스타일을 얘기하다가 그의 삶의 방식에 공감하면서 호감이 생기기 시작했다.

1년 중 3개월은 일해서 돈을 벌고, 3개월은 자원봉사, 나머지 6개월은 장거리 트레일이나 여러 나라를 배낭 여행하는 식으로 인생을 즐기고 있었다. 결혼을 했는지, 이혼을 했는지 아니면 원래 싱글인지 몰라도 인생철학을 가지고 본인의 삶에 만족하고 즐기며 사는 모습이 참 보기 좋았다.

우리나라에서는 아르바이트라고 부르는 직업을 가지고도 생활할 수 있는 사회적 기반과 인식이 뒷받침되기에 가능한 일이겠지. 그런 삶이 부럽기도 하다. 만약 내가 내 일에 자부심을 갖고 있다고 해도 육체노동을 하며 내 인생을 즐기겠다고 하면 주변 사람들이나 가족, 사회는 나를 어떻게 바라볼까? 아직 우리 사회는 스스로 당당하다고 해서 뭔가 이루거나 감당할 수 있는 여건은 안 된 것 같다. 나뿐 아니라 부모님이나 가족까지 받을 영향을 생각해야 하는 문화이기 때문이다. 서로 다른 문화권이지만 그의 삶이 부러운 건 어쩔 수 없다. 그의 얼굴에 편안함과 행복이 묻어 있고, 이야기를 하는 그의 목소리에서도 행복한 떨림을 느낄 수 있기에…….

시에라 시티는 정말 작은 마을이다. 시티라 꽤 큰 마을일 줄 알았는데, 10분이면 다 돌아볼 정도다. 그래도 트레일과 인접한 곳이라 하이커에게 아주 친절해서 마음에 들었다.

오전 9시가 좀 넘은 시간에 도착해 바로 보이는 스토어 앞에 배낭을 내리고 잠깐 앉아 주변을 둘러보았다. 이제 막 잠에서 깬 듯한 하이커들이 하나둘 스토어 앞으로 모여들고 있었는데, 마을에서 휴대폰이 터지질 않아 스토어에서 제공하는 무료 와이파이가 하이커에게 유일한 통신 수단이기 때문이다. 투올러미 메도우에서 만난 리버젤리와 참스틱을 다시 만났다. 전날 도착했다는 그들과 포옹하고 나니 친절하게 마을 정보를 방향까지 가리키며 알려주기 시작했다. 스토어 우측 뒤편에 있는 교회 옆 마당에서 공짜로 캠핑할 수 있고, 바로 앞 화장실에 샤워실이 있어 차가운 물이긴 해도 공짜로 샤워할 수 있다고 한다.

아직 우체국이 문을 열지 않아 일단 교회 옆 마당으로 이동했다. 피시와 송버드가 벌써 와 있었다. 텐트에서 나오는 걸 보니 어제 저녁에 도착한 듯했다. 그 외에도 많은 하이커들이 하나 둘 텐트에서 기지개를 펴고 나왔다. 얼굴을 보아하니 다들 눈이 움푹 파인 게 어제 과하게 한 잔 걸친 모양이다. 일찍 텐트를 걷고 나서는 하이커가 있어 그가 머물던 자리에 텐트를 미리 쳐두고 우체국에서 보급품을 찾아왔다.

피시가 떠나기 전 이곳 스토어에 있는 식당(식당이기 보다는 스낵바라고 하는 게 맞을 듯하다)에서 파는 '원파운드버거one pound berger'를 꼭 먹어야 한다며 적극 추천한 터라 점심으로 사 먹어 봤는데 이건 정말 물건이다. 10달러도 채 안 했지만 패티 무게만 400그램이 넘는다. 주랜더Zoolander와 함께 맥주 한 병씩 들고 스토어 밖의 난간에 앉아 먹는데 이건 도저히 입으로 베어 물기 힘든 사이즈라 어울리지 않게 포크와 나이프로 먹을 수밖에 없었다. 보통 식사시간은 10분을 안 넘기는데 이놈은 거의 30분이 넘게 먹었다. 맥주 한 병까지 더하니 배가 너무 불러 걷기도 힘들었다. 그래도 하나 더 사 먹고 싶을 정도였으니, 그 맛이 어느 정도인지 감이 올 것이다.

햄버거를 먹고는 너무 졸려 낮잠을 푹 자서 밤에 못 잘 줄 알았는데 의외로 잘 잤다. 5시 반쯤 일어나 이른 아침으로 어제 찾은 보급품에서 알파미와 고추참치를 비벼먹고 그것도 모자라 신라면까지 하나 끓여먹었다. 한국 음식이 워낙 먹고 싶어서이기도 했지만, 저녁을 걸러서 배가 고팠다.

전화도 안되고 눈에 보이는 건물이 마을의 3분의 2일 정도로 아주 작은 마을. 하지만 그래서인지 사람 냄새가 풍기는 마을은 아름답고 평화롭다

일찌감치 배낭을 정리하고는 결로에 젖은 텐트를 길가에 펼쳐 놓았다. 7시가 되니 다른 친구들이 하나둘 일어나기 시작했다. 서로 부은 얼굴로 어색하게 아침 인사를 나눴다. 아직 시간이 일러 커피나 한 잔 할까 했는데, 옆집의 캠핑카 할아버지가 이곳에 머물고 있는 PCT 하이커를 위해 아침으로 커피와 빵을 준비해뒀으니 오라고 하셨다. 이미 거하게 아침을 먹은 터라 배는 고프지 않았지만 커피를 마시려고 따라갔다가 할아버지께서 준비해놓은 먹음직스러운 빵이랑 과일을 보고 도저히 그냥 갈 수가 없어 한 조각만 먹자고 한 게 빵 세 개, 바나나, 커피에 파인애플 주스까지 먹어버리고 말았다.

'많이 걸어야 하니 많이 먹어둬야지.'

스스로 위안 삼으며 감사의 인사를 드리고 다시 돌아오자마자 후회했다. '아! 햄버거!' 어제 먹은 햄버거가 정말 맛있어서 오늘 하나

\# 교회에서 제공한 옆마당에 텐트를 치고, 여유롭게 맥주를 마시며 카드게임을 즐기는
하이커들. 머리에 버프를 한 친구가 나랑 함께 햄버거를 즐긴 주랜더다

더 사 먹고 가려 했는데, 지금 상황에서는 햄버거는커녕 피클 한 조각
도 먹을 수가 없을 것 같다. 희한하게 트레일에서는 먹을 것만 보면
눈이 뒤집힐 정도로 식탐이 생긴다. 매일 4,000킬로칼로리 이상을 태
우지만, 섭취하는 열량은 그에 훨씬 못 미치다 보니 자연히 먹을 것에
대한 욕구가 높아질 수밖에 없다. 몸이 더 먹으라고 최면을 거는 듯
말이다.

짐 정리를 하고 마지막으로 스토어에서 휴대폰을 충전시키고 출
발했다. 마지막까지 햄버거가 아쉬웠지만, 앞으로 또 다른 맛있는 음
식을 만날 수 있겠지. 트레일로 복귀하려면 약 2.3킬로미터를 로드워
킹(일반 도로를 걷는 것) 해야 하는데, 히치하이킹을 하려다 얼마 되지
도 않는 거리라 시간이 더 걸릴 듯 해 그냥 걸었다. 트레일에 복귀해
서도 약 13킬로미터의 오르막을 쉬지도 않고 올랐는데, 잘 먹어서인

지 전혀 힘이 들지 않았다. 점심시간이 될 때까지 배가 꺼지지도 않아 행동식은 물론 물도 마시지 않고 계속 걸었다. 결국 4시가 넘어서 'A-tree'라는 물을 구할 수 있는 곳에 도착했고, 그제야 허기가 느껴져 늦은 점심 겸 저녁을 먹었다. 마을에서 약 32킬로미터 정도 진행한 지점이었다. 이젠 32킬로미터 정도는 우습게 걸을 정도로 몸이 완전히 트레일에 적응한 듯하다. 저녁을 먹고 약 16킬로미터 정도 더 진행했는데 너무 욕심을 부린 탓일까? 엊그제까지 내린 비로 땅이 많이 미끄러워 두 번이나 넘어졌다. 옷은 물론 배낭까지 다 버리고 말았다. 날도 어두워 더 진행하는 건 무리라 판단하고는 인근에 텐트 칠 만한 공간을 찾아 짐을 풀었다.

48킬로미터를 거의 쉬지 않고 걸었다. 몸이 예전과는 많이 다르다. 시작부터 포기해야 하나 싶을 정도로 나를 괴롭히던 무릎도 이젠 아무렇지 않고, 오히려 그 덕분에 다른 근육이 발달해 피로를 덜 느끼는 듯하다. 시에라 구간의 오르막 구간을 트레킹 폴 없이 걸은 것도 아마 도움이 되었을 것이다.

마치 비 온 뒤에 땅이 굳듯이…….

아직 뭐가 변했는지 명확하게 말할 수는 없지만, 정신적으로 또 육체적으로도 나는 조금씩 변하고 있다. 조금 더 여유로워진 걸까? 이 길에 서기 전의 나와 지금의 내가 어떤 차이가 있는지 모르겠지만, 아마도 이 길의 끝에서는 알 수 있을 것 같다.

4부

우정의 길

캘리포니아 섹션 ~ 오리건 섹션

수도원에서의 하룻밤

● 간밤에 어떤 놈인지 몰라도 텐트 주변을 자꾸 어슬렁거려서 신경이 쓰여 잠을 잘 수 없었다. 밖에 나가보면 모습을 감춰 아무것도 안 보이고, 텐트 안으로 들어오면 다시 주변을 서성거리곤 했다. 전에 텐트 주변에 사슴이 있었을 때는 내가 텐트 밖으로 나가도 도망가지 않고 나를 뚫어지게 쳐다보곤 했는데 이놈은 아니다. 마치 발자국 소리를 숨기듯 걷는 소리로 봐서는 코요테나 다른 산짐승이 아닐까 추측했다. 공격적인 성향을 가진 야생동물이라는 생각을 하고 나니 잠을 잘 수 없었다.

이곳에서 만날 수 있는 야생동물은 대표적인 곰 외에도 쿠거라고 알려진 마운틴 라이온, 그리고 코요테 등이 있다. 곰은 아니니 야행성인 마운틴 라이온 아니면 코요테일 거라 생각했다. 발소리가 오른쪽에서 나면 나도 오른쪽으로 몸을 틀었고, 다시 한 바퀴를 돌아 왼쪽에서 소리가 나면 나도 왼쪽으로 몸을 틀었다. 그러고는 몸을 지키려고 작은 폴딩 나이프를 꺼내 손에 쥐었다. 저음으로 으르렁거리는 소리를 계속 내며 보이지 않는 적과 신경전을 벌였다. 하필 오늘같이 혼자 있을 때 이런 일이 생기는 건지, 하긴 다른 하이커들이 있으면 이렇게 나타나지도 않았을 것이다.

얼마나 시간이 지났을까? 한참을 그러고 있다 바스락거리는 소리가 완전히 사라지고 나서야 손에 나이프를 쥔 채 잠이 들었다.

아침에는 눈 뜨기가 힘들었다. 찌뿌듯한 몸을 이끌고 전날 저녁 내내 나를 괴롭힌 놈의 정체를 알아내려고 주변을 훑어봤지만 놈은 아무런 흔적을 남기지 않았다. 컨디션이 썩 좋지 않아 밥 생각이 없었지만, 오늘도 최대한 많이 걸으려면 아침부터 배불리 먹어둬야 한다. 저녁으로만 먹던 마운틴하우스(건조식량)를 아침으로 푸짐하게 먹고 커피도 한 잔 내려 마셨다. 마운틴하우스가 비싸긴 해도 영양가가 높

모처럼 우중충하지 않은 파란 하늘이 보였다. 확 트인 시야에 가슴이 뻥 뚫린 기분을 느끼며 날아갈 듯 가벼운 발걸음으로 능선을 오른다

고 또 2인분이라 다 먹고 나면 포만감이 엄청나다.

비는 이제 물러갔는지 날씨는 쾌청하고, 선선한 바람도 불어주니 걷기에 더할 나위 없이 좋다. 길을 나선 지 얼마 되지 않아 어제 나보다 앞서 간 하이커를 하나둘 만나기 시작했다. 이제는 거의 80킬로미터 정도 구간 안에서 걷는 하이커끼리는 서로 앞서거니 뒤서거니 하며 자주 만나게 된다. 토니랑 스케치, 그리고 케이트는 어디쯤 걷고 있는지 궁금했는데, 확실한 건 그들은 나보다 뒤에서 오고 있다는 것이다. 같은 길에 있으니 언젠가는 다시 만날 수 있을 거라 생각하며 그리움을 마음 한편에 접어 두었다. 오늘도 능선을 타고 걷는 길, 하늘이 뻥 뚫려 있어 답답하지 않았다. 다만 뜨거운 태양을 가려줄 나무가 없어 머리와 뒷목이 엄청 뜨거워졌다. 어제까지만 하더라도 비 좀 그만 오고 해가 빨리 떴으면 했는데, 해가 뜨고 나니 또 덥다고 투정을 부리고 있는 내 모습을 보니 피식하고 웃음이 나왔다.

'참, 사람 욕심이 끝이 없구나.'

적당히 나무가 우거져 있는 곳을 찾아 점심을 먹기 위해 잠깐 쉬어 가기로 했다. 셰프라는 하이커가 해준 토르티야 브리또가 생각이 나서 한 번 따라 해 봤는데, 맛도 그렇고 문제는 양이었다. 마운틴하우스랑 메쉬 포테이토까지 속재료로 넣어 만들다 보니 처치 곤란할 정도로 양이 많아졌다.

'아, 그래서 그때 셰프도 나한테 나눠 준 거였구나.'

같이 쉬고 있는 다른 하이커들에게 억지로 하나씩 만들어 주고 나서야 문제를 해결할 수 있었다. 그래도 셰프가 해준 건 맛이라도 있었는데 내가 한 건 맛도 없어 미안하기만 했다. 아마 속재료가 문제인 듯하다. 칠리 맥에 고추장, 메시 포테이토까지 넣었는데 맛이 너무 따로 노는 느낌이다. 배만 부른 식사를 마치고 그늘에 앉아 솔솔 부는 바람을 느끼고 있으니 나도 모르게 스르륵 눈이 감기기 시작했다. 얼마나 잤을까? 약 20분 정도 꿀맛 같은 낮잠을 즐기고 나니 몸에 생기가 돌고 기분이 상쾌해졌다.

먼저 일어난 친구들을 따라 엉덩이를 털고 일어나 다시 길을 나섰다. 완만한 오르막을 오르내리는 길이라 그리 힘들진 않지만, 오랜만에 땡볕에서 걸으니까 땀이 많이 난다. 셔츠가 거의 다 젖을 무렵 다행히도 폭이 큰 강을 만났다. 가뭄에도 불구하고 최근 내린 비 때문인지 수량이 적진 않다. 강을 가로지르는 다리 너머로 큰 풀장처럼 강폭이 넓은 곳이 있고, 쉼터처럼 솟은 바위 위로 여러 하이커들이 웃통을

\# 자연 풀장에서 동심의 세계로 돌아간 하이커들. 너나 할거 없이 첨벙첨벙 물놀이를 즐기는 모습이 꼭 개구쟁이 같다

벗고 한데 모여 쉬고 있는 게 보였다.

　이전 시에라 구간처럼 물이 차갑지는 않았지만 몸의 열기를 식히기에는 충분했다. 젖은 셔츠를 대충 물에 적셔 말리고는 모여 있는 하이커들과 함께 아이처럼 다이빙도 하며 유쾌한 시간을 보냈다. 물속에 오래 있으니 체온이 금방 내려가 으스스하게 추워 아쉽지만 밖으로 나왔다. 덜 마른 셔츠를 입고 한창 어린 시절로 돌아가 있는 친구들을 뒤로 하고 휘파람을 불며 길을 걷기 시작했다. 열기가 식고 덜 마른 셔츠에 바람이 묻어갈 때는 온몸에 시원함이 전해져 기분이 좋았다. 한참을 그렇게 걷다 오후 6시쯤 저녁을 먹었는데, 아직 해가 한창 떠 있고 컨디션이 좋아서 그런지 더 걷고 싶은 마음이 들었다.

　'아직 밝은데 조금 더 걸어볼까?'하며 다시 길을 나섰는데 이게 웬일, 경사가 점점 높아지는 오르막이 나오기 시작했다. 데이터북의 고도표를 보지 않고 길을 나선 게 잘못이었다. 온 길을 되돌아 갈 수도 없고, 좁은 비탈길이라 중간에 텐트를 칠 수도 없기에 할 수 없이 계속 걸었다. 해는 점점 산 아래로 숨어 어둠이 깔리고 있었지만 길의 경사는 점점 높아져 갔다. 산에서 어둠은 빠르게 찾아온다. 이내 깜깜해져 앞이 잘 보이지 않아 헤드랜턴을 머리에 쓰고 계속 올랐다. 힘들긴 했지만 속도를 낼 수밖에 없는 상황이었다. 죽기 살기로 한참을 오르다 보니 저녁 9시가 조금 안 된 시간에 저 멀리 텐트 불빛이 보였다. 그제야 트레일 옆의 비탈에 나 있는 작은 공간에 텐트를 칠 수 있었다. 세 시간도 채 안 된 시간에 10킬로미터의 오르막과 3.2킬로미터의 평지를 걸은 것이다. 어쩔 수 없는 상황이라 힘을 내긴 했지만 체력적으로 무리한 듯했다. 굳이 더 진행할 필요가 없었는데 순간의 선택이 이런 결과를 낳을 수 있다는 걸 다시 한 번 느꼈다.

땀범벅이 된 몸을 식히며 단백질 셰이크를 한잔하고 있는데 내가 힘겹게 걸어온 길 쪽에서 누군가 걸어오는 소리와 불빛이 보였다. 헤드랜턴을 켜자 굵직한 목소리로 "쿨케이?" 하며 성큼성큼 다가오는 그 걸음걸이가 딱 썬더버니다. 분명 여자인데도 왠지 모르게 남자 같은 이 친구는 오늘 셰프를 못 봤냐며 내게 물었고, 본 적 없다고 하자 해맑게 웃으면서 어쩔 수 없이 조금 더 가야겠다며 손을 흔들었다. 참 씩씩하고 재미있는 친구다. 같이 다니던 셰프는 요리하는 걸 좋아하고 여리게 생긴 천생 여자인데, 둘이 정말 상반된 덕분에 탈 없이 함께 다닐 수 있나 보다 하는 생각이 들었다.

다음날, 벨든^{Beldon}으로 향하는 하루의 시작은 순조로웠다. 전날 나를 지나쳐 간 썬더버니와 셰프를 중간에 따라잡기도 했고, 벅스 레이크 와일드니스^{Bucks lake Wildness}로 진입하는 들머리에 놓인 방명록에서 나보다 앞서 출발한 희종이와 희남이가 남긴 글을 볼 수 있었다. 희종이와 희남이는 스폰테니어스, 히맨이란 트레일 네임으로 둘이 함께 트레일을 시작한 친구로, 이 둘은 코오롱에서 진행하는 '오지탐사대' 출신의 선후배 관계다. 이제 30대에 접어든 이 친구들은 이미 다양한 모험을 즐긴 경험이 있데, 이번 PCT를 진행하게 된 계기도 〈와일드〉를 보고는 문득 가보고 싶다는 단 하나의 이유로 의기투합한 것이라고 한다. 한국에서 한 번 본 적은 있지만, 트레일에 와서는 출발시점이 달라 한 번도 마주칠 기회가 없었다. 오늘이 7월 14일인데 그들은 이곳을 7월 10일에 지나갔으니 4일 정도 차이가 난다. 그 정도면 조만간 만날 수도 있는 거리기에 그들과 함께 맥주 한잔할 시간을 기대했다.

내가 그곳에 도착하기 전에 모자에 깃털을 꽂고 있는 한 하이커가 먼저 방명록을 확인하고 있었는데, 목에 수건 또는 반다나 같은 걸 돌돌 말아서 'O'링처럼 만들어 걸고 있는 모습이 마치 영화에서 보던 미 해병대의 모습과 흡사했다. 덥수룩한 턱수염에 검게 그을린 얼굴, 그리 크지 않은 키지만 군살 없는 몸매가 예사롭지 않아 보였다. 내가 뒤에서 오는 걸 보지 못하고 가던 길을 갔기에 인사를 나누진 못했지만, 방명록에 그가 남긴 글을 보니 '와일드맨'이라는 트레일 네임이 적혀 있었다.

벨든까지는 45킬로미터. 크게 문제될 건 없었지만, 전날 오른 길만큼 오늘은 내려가야 한다. 다들 내리막길이 수월할 거라 생각하지만, 오히려 오르막보다 다리에 힘이 더 많이 들어가고 자칫 발을 접지를 수도 있어 주의를 많이 기울여야 한다. 게다가 출발할 때 방심한 나머지 물을 많이 챙기지 않아 마지막 내리막 구간에서는 목이 말라 무척 힘들었다. 그래도 오르막을 오를 때보다 속도는 더 빠르기에 오후 6시 전에 벨든에 도착했다.

리조트라 하기에는 아주 작고 허름해 보이는 건물 밖에 피시가 앉아서 보급품을 살피고 있었다. 고생했다며 악수를 청하는 그의 손을 잡은 후 배낭을 내리곤 옆에 앉아 지친 다리를 어루만졌다. 물을 찾아봤지만, 물을 뜰 수 있는 곳이 없어 리조트 안의 스토어에서 아무 음

료수나 손에 잡히는 대로 끄집어내서 계산과 동시에 벌컥벌컥 들이
마셨다. 식도를 타고 몸 안으로 퍼지는 청량감을 느끼고 나서야 정신
이 조금 들었다.『요기스북』으로 계획을 세울 때 이곳의 엔젤 하우스
인 브레튼Braaten을 많이 이용한다 해서 그쪽으로 보급품을 보냈는데,
피시나 이곳에 있는 다른 하이커들은 그냥 보급품만 찾고는 트레일
에 들어가기 전에 있는 공터에서 캠프할 거라 했다. 하이커들이 맥주
한잔하자고 권했는데, 보급품을 그쪽으로 보내서 가야 한다고 하니
웃으며 내일 만나자고 인사했다. 놀기 좋아하는 친구들이 왜 안 가려
하지? 궁금했지만 늦은 시간이라 안내판에 적혀 있는 대로 바텐더
를 통해 트레일 엔젤에게 연락하고 건물 밖에서 기다렸다.

　트레일 엔젤을 기다리는 중, 하이커로는 보이지 않는 아저씨가 작
은 상자를 하이커박스에 두고 가기에 살펴보니 뜯지도 않은 마운틴

엔젤 하우스보다는 수도원에 가까운 벨든에 위치한 브레튼. 정적인 공간에서의 정신수양이
　필요한 분이라면 한 번 방문해 보길 바란다

하우스가 떡하니 있었다. 냅다 집어서 챙기고 나를 데리러 온 트레일 엔젤과 함께 약 2.4킬로미터 벗어난 곳에 위치한 브레튼으로 향했다. 감사하다고 인사한 뒤, 짐을 풀고 나서 수많은 보급품 중 내 이름이 적힌 박스를 찾아 트레일 엔젤에게 확인받고 방으로 돌아왔다. 왠지 엄숙해 보이는 집 분위기가 심상치 않았는데, 이미 그곳에는 어느 나이가 지긋하신 아주머니 한 분과 젊어 보이는 청년이 먼저 와 있었다. 오리건 주에서 왔다는 그들은 엄마와 아들이 함께 PCT를 걷고 있는 하이커였고, 이곳에 이틀째 머무는 중이라고 했다. 엄마와 함께 이 길을 걷는다는 게 부러웠고, 친구 이상으로 기대는 그 모습이 정말 보기 좋았다. 하지만 그건 둘째 치더라도 이 큰집에, 그것도 트레일 엔젤 하우스인데 머무는 하이커도 적고 심하게 조용한 게 이상했다. 혹시나 해서 집을 한 번 둘러보았는데 처음 들어올 때 놓친 안내 문구가 거실 중앙에 큼직하게 적혀 있었다.

'No Alcohol! No Smoking!'

피시나 다른 친구들이 왜 이곳으로 안 오고 공터에서 캠프한다고 했는지 이제야 이해할 수 있었다. 다른 곳과는 다르게 엄격한 룰이 이곳의 분위기를 다운시키고 있었다. 샤워 후에 시원한 맥주 한잔하겠다던 소박한 내 꿈이 저만치 날아가는 걸 쓸쓸히 바라보면서, 아무 말 없이 애꿎은 보급품만 풀었다 다시 넣었다 만지작거렸다. 밖에서는 잘만 되던 휴대폰마저 신호가 안 떠 불통이었고, 게다가 여기는 무료 와이파이도 제공이 안 되었다. 시간은 남는데 아무것도 할 수 없었다.

'아, 이놈의 요기! 망할 놈들! 귀띔이라도 좀 해주든가.'

할 수 없이 침대에 누워 귀뚜라미 울음만이 나를 위로해주는 쓸쓸한 밤을 보내야 했다.

그 길의 중간에 서다

● 수도원에서의 정신수양을 마치고 아침 일찍 트레일로 복귀했다. 마을에서 트레일로 들어서는 산길 주변에는 포이즌 오크가 많이 자라 있었다. 그 탓에 아침부터 오르막길을, 그것도 한창 독이 오른 포이즌 오크를 피해 다니느라 진땀을 뺐다. 만만한 오르막이 아니어서 땀이 비 오듯 흘렀는데, 다행히 주변에 도랑이 많이 흘러 중간 중간 머리를 물로 식히며 오를 수 있었다. 한참을 걸어 올라가다 물이 아주 맑은 계곡을 만났는데, 널찍한 바위 위에서 얄미운 피시와 카일이 앉아 휴식을 취하고 있었다. 피시를 보자마자 왜 얘길 안 했느냐며 어제 수도원에서 정신수양을 했다고 얘기하니, 놀라는 척 자기도 그런 줄 몰랐다며 익살맞은 표정으로 깔깔거렸다.

여기까지 오느라 땀도 많이 흘렸겠다, 웃통을 홀러덩 벗고 보기만 해도 시원한 계곡물에 몸을 담갔다. 하지만 뼛속까지 파고드는 차가움에 10초도 안 돼서 뛰쳐나올 수밖에 없었다. 머릿속까지 맑아졌다. 벗어 둔 땀에 전 셔츠는 물속에 넣고 이리저리 흔들었다. 물을 정수하고 있는 피시 옆에 앉아 담배를 한 대 말아 입에 물고 불을 붙이려고 라이터를 찾았는데, 아뿔싸! 셔츠의 가슴 포켓에 넣어둔 걸 깜박하고는 물에 담근 게 생각났다. 당연 라이터는 사라졌고, 계곡 안도 찾아봤지만 역시 없었다. 망연자실하게 세상을 다 잃은 표정을 하고 있는데, 계곡 너머로 트레일을 따라 걸어오는 한 무리가 보였다. 썬더버니였다. 뒤로 나이가 좀 있는 듯한 여성 하이커와 어제 본 와일드맨도 따라오고 있었다.

썬더버니의 소개로 와일드맨과 나이가 조금 있어 보이는 여성 하이커 마마구스와 통성명을 하고 이런저런 얘기를 나누다 혹시나 해서 라이터가 있는지 와일드맨에게 물었더니 흔쾌히 주머니에서 라이터를 꺼내 주며 가지라고 했다. 내가 정말 가져도 되냐 반문하니, 자기는 담배가 다 떨어져 필요 없다고 했다. 이내 먼저 간다고 썬더버니가 인사하더니 "Let's go!" 구호에 맞춰 이들 세 명은 다시 길을 나섰다. 짧지만 고마운 만남이었다.

담배를 마저 피우고 피시와 카일보다 먼저 길을 나섰다. 점심을 일찍 먹어서 그런지, 아니면 오르막을 계속 올라서인지 갑자기 허기가 져 앞도 잘 안 보이고 몸에 힘이 들어가지 않았다. 급한 대로 벨든에서 산 과자를 꺼내 먹었다. 아마 당이 떨어져서 그랬는지 시럽이 발린 과자를 먹고 나니 정신이 좀 들었다. 커피도 한잔하고 싶었지만 갈증이 나서 물을 대신 마셨다.

힘들게 바지를 잡아끌며 오른 오르막 마지막 구간에서 먼저 와서 정상 탈환의 기쁨을 누리고 있는 와일드맨과 마마구스를 다시 만날 수 있었다. 마마구스는 만만한 산이 아닌 걸 알고 있었는지, 축배를 들려고 정상까지 무거운 병맥주를 가져와 자축하기도 했다. 한쪽 바위에 앉아 쉬고 있는 와일드맨에게 담배를 건네며 필요하면 언제든 말하라고 했다. 담배 없는 서러움과 안타까움을 아는 사람만이 나눌 수 있는 그런 정이 있는 법이다.

20킬로미터의 산길은 엄청 힘들었다. 역시 PCT는 시에라 구간만 힘든 게 아니었다. 예전 시에라 구간의 어느 패스를 지날 때, 힘들게 오른 정상에서 누군가 우스갯소리로 "어떤 놈이 포레스트 패스(PCT에서 가장 고도가 높은 곳)만 지나면 다 내리막이라 했어!"라 외치며 웃던 것이 생각났다.

"터프한 하루였어, 허! 안 그래 친구? 조금만 더 가면 텐트를 칠만한 넓은 공간이 나올 텐데 함께할래?"

어차피 텐트 칠 곳을 찾아야 해서 이 둘과 함께하기로 하고는 따라나섰다. 길을 걸으며 이런저런 얘기를 나누다 보니, 그 짧은 시간에도 서로 장난을 칠 정도로 가까워졌다. 물론 담배 한 개비의 영향도 있겠지만, 이 길은 그런 마법이 통하는 곳이다. 와일드맨과 마마구스, 이 둘은 각각 해병대와 공군을 전역한 전직 군인이다. 이들은 전직 군인이 모인 '워리어 하이커Warrior Hiker'라는 단체에서 활동하고 있었는데, 서로를 알게 된 건 PCT를 시작한 뒤 레이크 이사벨라를 지날 때쯤이라고 한다. 내가 한국에서 왔고 혼자 PCT를 시작했다고 하니, 마마

그냥 기둥 하나 서 있는 소박한 미드포인트지만, 그곳을 지나는 하이커는 많은 생각을 한다

구스는 자기가 가장 좋아하는 음식 중 하나가 떡볶이라고 했다. 깜짝 놀라 떡볶이는 외국인이 먹기에는 조금 매운 음식인데 괜찮냐고 묻자, 매운 걸 좋아하는 자기 입에 딱 맞아 맛있게 먹었다며 엄지를 치켜세웠다. 한국음식을 좋아한다니 괜히 뭔가를 주고 싶었다. 이 둘에게 가지고 있는 신라면을 하나씩 건네주었다. 숙영지에 도착해 텐트를 치고 내가 준 신라면을 바로 끓여 먹어 본 마마구스의 표정은 지금도 잊을 수 없다. 정말 맛있다는 감정을 듬뿍 담은 세상에서 가장 행복한 그런 표정이었다. 한국 라면으로 신세계를 경험한 우린 곧 잠자리에 들었다. 밤하늘에 수많은 별이 나무가 우거진 숲 한가운데를 환하게 비추고 있었다. 오늘 밤은 별에 취해 잠들고 싶었다. 벌레를 싫어하는 마마구스만 텐트에서 자고, 나와 와일드맨은 그냥 대충 자리를 펼치고 카우보이 캠핑을 하기로 했다. 자기 전 와일드맨이 내일이면 도착할 체스터Chester에 썬더버니와 셰프가 캐빈을 빌렸다고 하는

데 같이 갈 거냐고 넌지시 물었다. 체스터는 PCT의 미드포인트^{Mid-}point(가운데 지점)를 지난 후 만나는 첫 마을이지만, 이미 보급품을 벨든에서 받은 난 들릴 필요가 없는 곳이다. 그런데 생각해보니 4,300킬로미터 중 반을 걸었는데 축하파티도 없다면 좀 억울할 것 같았다. 처음 계획을 세울 때는 별로 의미가 없어 보이고, 마을을 들리려면 히치하이킹도 해야 해서 제외한 코스였는데, 막상 와일드맨의 말을 듣고 나니 같이 가고 싶어졌다. 오래 고민하지 않고 "OK" 한마디로 답을 하고 고생한 하루를 마무리 지었다.

축! 미드포인트 돌파!

데이터북 기준으로 정확히 2,135킬로미터 지점에 위치한 하프웨이메이커^{Halfway Maker}를 7월 16일 오후 1시경 와일드맨과 함께 지났다. 다리 때문에 빨리 걷지 못하는 마마구스와는 속도가 맞지 않아 함께하지 못했다. 트레일 시작부터 우여곡절이 많았는데 벌써 중간지점을 지나다니 감회가 남다르다. 이제 겨우 반을 왔다는 생각보다 벌써 반이나 왔다는 생각이 들었다. 한참을 와일드맨과 사진을 찍으면서 기쁨을 함께했다. 뒤쳐진 마마구스를 기다려 축하해주고 싶었지만, 더 늦기 전에 마을로 들어가야 했기에 자리를 정리하고 마을로 향하는 내리막길로 걸음을 내디뎠다. 그렇게 한참을 더 내려와 마을로 향하는 도로가 보이자 기다리고 있을 썬더버니에게 연락했고, 얼마 지나지 않아 썬더버니가 탄 밴 한 대가 우리 앞에 도착했다.

처음엔 이들이 캐빈을 빌렸다는 줄만 알았는데 그게 아니었다. 내가 잘못 알아들은 게 아니라 와일드맨도 그렇게 알고 있었다. 사연이 좀 긴데, 우리보다 앞서 트레일을 걷는 썬더버니의 친구가 이 마을의 한 술집에서 캐리라는 아주머니를 만났다고 한다. PCT 하이커냐는 물음에 그렇다고 했더니 "네가 원한다면 우리 집에서 묵어도 된다"며 자신을 초대했는데, 이미 이곳에 있는 트레일 엔젤 하우스인 '파이퍼스 맘'이라는 곳에 묵고 있었기에 감사의 마음만 전했다고 한다. 그러다 썬더버니가 생각나, 곧 친구가 이 마을을 들릴 건데 그때 그 친구를 초대해주겠느냐고 되물었고, 흔쾌히 캐리가 연락처를 건네줘서 우리가 이곳에 올 수 있게 된 것이다. 사연을 다 들은 나는 썬더버니와 함께 우리를 태우러 와 준 캐리의 남편인 션에게 초대해줘서 고맙다고 말하며 악수를 청했다.

트레일에서 꽤나 벗어난 곳에 위치한 체스터는 지금까지 지나온 전형적인 미 서부의 작은 마을과 비슷하다. 길게 늘어선 주택 중 앞마당에 큼직한 캠핑카가 서 있는 집에 차를 세웠다. 산불 소방관으로 근무하고 있는 션은 젊었을 때 한 주먹 했을 것으로 보이는 우람한 체격이지만, 미소만큼은 어린아이처럼 순수하다. 멍하게 서서 두리번거리는 우리에게 화장실부터 시작해 샤워실, 주방까지 집안 곳곳을 안내해 주었다. 캐리는 아직 근무 중이라 집에 없었지만, 아들인 오웬과 딸 브레나가 반갑게 우리를 맞아주었다. 일단 짐을 풀고 샤워하고는 맥주를 마시며 션과 여러 얘기를 나눴다. 하이킹은 물론 바이크에까지 취미를 가지고 있는 그는 의미심장한 웃음을 짓고는 나와 와일드맨을 창고로 데리고 갔다. 창고 안쪽엔 BMW 앰블럼이 박힌 바이크

우리를 아무 대가없이 맞이해 준 캐리와 션 가족. 아들 오웬(가장 좌측)과 딸 브레나(좌측 의자), 캐리(중앙)의 모습도 보인다

두 대가 위용을 뽐내며 자리 잡고 있었는데, 그것을 흐뭇하게 바라보는 션의 얼굴을 보니 얼마나 아끼는 것들인지 가늠할 수 있었다.

마마구스와 셰프가 도착했다고 연락해와 션이 픽업을 갔고, 근무를 마치고 돌아온 캐리와 인사를 나눴다. 환대해줘서 고맙다고 하자 집에 있는 동안은 내 집이다 생각하고 편히 쉬다 가라며 우리에게 천사 같은 미소를 지어주었다. 딸 브레나도 엄마 아빠의 이런 심성을 물려받았는지, 빨래를 해서 갈아입을 옷이 없는 썬더버니와 마마구스에게 자기가 입는 옷까지 빌려주었다. 오늘 처음 만난 우리를 마치 가까운 친척같이 맞아주는 이들 가족이 무척 고마웠다.

이 아름다운 가족과 우리뿐 아니라 오늘 체스터에 도착한 피시, 오랜만에 만난 호호, 치커리, 알파카 등 총 스무 명이나 되는 하이커들이 모여 미드포인트를 지난 것을 다 함께 축하하는 파티를 벌였다. 치킨 스테이크에 샐러드, 케이크, 쿠키에 과일, 맥주는 물론 와인까지.

스무명의 하이커들이 한 집에 모여 뜻깊은 파티를 즐길 수 있었던 것은 우리를 환대해 준 션과 캐리 가족의 따뜻함 덕분이다. 집 뒷마당에서의 기념촬영

이 날 우리가 먹고 마신 모든 것을 캐리와 션이 제공했다. 우리는 트레일 엔젤 하우스에서 지낼 때처럼 당연히 기부하겠다고 했지만, 이들 부부는 극구 사양하며 끝내 우리에게 아무것도 받지 않았다.

그들이 우리에게 베푼 호의와 시간 가는 줄 모르고 즐기던 그 순간을 지금도 잊을 수 없다. 어떠한 말로도 표현할 수 없겠지만, 다시 한 번 캐리와 션에게 마음을 전하고 싶다.

"고맙습니다. 그 시간을 함께 공유하고 영원히 간직할 수 있도록 우리를 맞이해 주셔서."

아름다운 동행

● 체스터를 떠나 다음 보급지 버니^{Burney}로 향하는 길은 매일이 즐거웠다. 특히 썬더버니 덕분에 걷는 동안 웃음이 끊이지 않았다. 부끄러움이 없는 건지 뭐만 먹었다 하면 '끄억' 하며 큰소리로 트림을 하질 않나, '부우욱' 하고 큰 방귀를 뀌고는 아무렇지도 않게 "미안" 하고 씩 웃기만 한다든지, 남자보다 더 남자 같은 그녀의 캐릭터가 재미있었다.

다만 한 가지 나를 괴롭힌 것은 신발이다. 신발을 바꿀 때가 되었는지 밑창이 다 닳아 바닥의 쿠션이 하나도 느껴지지 않았다. 걷는 길에 모난 돌이라도 밟으면 그 느낌이 그대로 전해져 여간 신경 쓰이는 게 아니었다. 다행히 얼마 남지 않은 버니에 신발을 보내 두었기에 빨리 가서 새 신발로 갈아 신고 싶었다.

나는 미국의 알트라^{Altra}라는 브랜드의 트레일 러닝화를 신는데,

나 말고도 이곳의 많은 하이커가 같은 브랜드의 신발을 신는다. 신발 자체가 왜곡되지 않은 발 모양을 그대로 본떠 만들었기 때문에 장시간을 걷다가 발이 붓더라도 신발 안쪽에서 간섭을 느낄 수 없어 편안하다. 한국에 있을 때는 산행 혹은 등산이라고 하면 무조건 등산화를 신어야 한다는 선입견이 있었다. 나도 그랬고, 지금도 대부분이 등산화를 고집한다. 그러나 그런 생각은 PCT 이후로 완전히 바뀌었다. 등산화가 발목을 잡아 주기 때문에 좀 더 편안하게 산행을 할 수 있다고 하지만, 높고 험한 산이 아닌데도 값비싼 등산화를 고집할 필요는 없다. 물론 미국 산은 대부분 스위치백으로 오를 수 있어 한국 산과 비교할 수는 없지만, 트레일 이후에 한국의 높은 산을 이런 트레일 러닝화를 신고 올라보니 그리 어렵지 않게 오를 수 있었다. 오히려 발목 근육이 발달하는 느낌이 들어 등산화보다 가벼운 트레일 러닝화를 신고 오르는 게 훨씬 편하기도 했다.

PCT를 준비할 때 신발 고민이 많았다. 유튜브나 구글에서 다른 하이커가 추천하는 신발, 브랜드를 종합해보니 트레일 러닝화를 많이 추천했는데 그중에서도 알트라나 브룩스Brooks를 선호했다. 수소문 끝에 알트라 코리아의 이규인 대표를 만나 뵐 수 있었고, 대표님께서 트레일을 준비하는 데 많은 도움을 주셨다. 그 인연 덕분에 지금도 좋은 관계로 만남을 이어가고 있다.

다음 보급지가 버니였기에 나는 보급품을 찾으려고 우체국을 들려야 했다. 썬더버니도 우체국을 들러야 한다고 했다. 다른 친구들은 트레일에 위치한 버니 주립공원으로 가기로 했다. 어제부터 무릎이 아프다던 썬더버니는 더 안 좋아졌는지 뒤쳐지기 시작했다. 마음 같아선 업고라도 가고 싶었지만, 그건 무리였다. 먼저 가라는 썬더버니의 말을 따르기로 했다.

어제 오늘 가장 힘든 건 바로 물이었다. 어제는 저녁에 만난 트레일 매직 덕분에 다행히 물을 구할 수 있었지만, 그것만으로는 조금 모자랐다. 그래서 오늘 걷는 길이 더 힘들었다. 남은 물을 입만 축이는 정도로 조금씩 마셨지만 그 물도 오래가지 못했다. 결국 물이 떨어졌다. 차가 다니는 도로를 건너 혹시나 누군가 물을 가져다 놓지 않았을까 살펴보았지만 빈 통만 굴러다니고 있었다.

너무 더워 길옆에 앉아 머리를 식히고 있는데 조금 떨어진 도로가에 차 한 대가 서 있는 게 보였다. 혹시나 하는 생각에 다가가 물 좀 얻을 수 없겠느냐고 물어보았다. 차에서 내린 아주머니가 잘 왔다면서 조금만 앉아서 기다리라고 하고는 트렁크를 열고 뭔가를 주섬주섬 꺼내기 시작했다. 믿기 놀라울 정도로 순식간에 마법이 펼쳐졌다. 아이스박스에 우산을 끼워 만든 그늘에 돗자리를 펼치더니 그 위로 도넛부터 시작해 과자며 음료, 심지어 요구르트까지 내려놓기 시작했다. 눈이 휘둥그레져 이게 다 뭐냐고 물으니 당신 딸이 PCT를 그녀의 피앙세와 걷고 있다며, 버니에서 만나기로 했지만 조금 일찍 도착해 놀래주려고 기다린다고 했다. 아주머니는 마마베어라고 자신을 소개하면서 딸의 트레일 네임은 피클인데 혹시 만난 적 있느냐고 물었고, 만난 적이 없다고 하자 사진을 보여주며 딸이 정말 대견스럽다며 흐뭇한 미소를 지으셨다.

말 그대로 매직 같은 마마베어의 트레일 매직. 딸의 PCT 종주를 함께 즐기는 모습이 정말 보기 좋았다

정말 예상하지 못한 트레일 매직에 시간 가는 줄 모르고 먹고 쉬면서 마마베어와 얘기를 나누고 있으니, 피시와 와일드맨이 도로를 건너는 게 보였다.

"헤이! 트레일 매직!"

큰 소리로 외치자 두리번거리던 그들은 이내 나를 발견하고는 부리나케 달려왔다. 나보다 트레일 매직이 더 반가웠겠지만…….

친구들을 뒤로하고 히치하이킹을 해 버니로 향해, 4시에 문을 닫는 우체국에 정확히 10분을 남기고 도착했다. 내가 보낸 보급품과 상기 형한테 부탁한 장비, 총 두 개의 박스를 찾아야 했는데, 내가 보낸 건 도착했고 상기 형이 보낸 것은 아직 도착하지 않았다. 할 수 없이 이곳에서 하루를 보내고 내일 찾아야 했기에 친구들이 머물고 있는 버니 주립공원으로는 갈 수 없었다. 셰프의 가족이 주립공원의 캐빈을 빌려 그 덕분에 다들 그곳에서 셰프의 가족과 저녁을 즐기기로 했다고 한다. 함께할 수 없어 아쉽긴 했지만 근처에 싸고 적당한 숙소를 찾아 쉬기로 했다. 대신 보급품 상자에서 꺼낸 새 신발 덕분에 기분이 좋아졌다.

아침 8시 반쯤 나서서 우체국 근처 서브웨이에서 샌드위치로 아침을 먹고 우체국 문 여는 시간에 맞춰 소포를 찾으려 했는데 간밤에 도착하지 않았다고 한다. 썬더버니에게 전화를 해 상황을 설명하니, 다음 목적지로 넘겨 달라고 우체국에 요청하면 된다고 했다. 정말 그렇게 간단할까 의심하며, 조심스레 카스텔라Castella에서 받겠다고 우체국에 얘기하니 정말 간단하게 업무가 끝이 났다. 이럴 거면 어제 요청하고 바로 캐빈으로 가는 건데……. 머리가 나쁘면 손발이 고생이다. 이런 나를 위로라도 하듯 셰프와 그녀의 쌍둥이 동생이 우체국까지 나를 데리러 와주었다.

셰프의 가족이 있는 캐빈에 도착하니 와일드맨과 피시가 보이지 않았다. 그들은 이미 이른 아침에 트레일로 복귀했다고 한다. 썬더버니와 셰프는 가족과 하루 더 지내다 내일 출발할 거라 했다. 마마구스도 늦은 오후에 출발한다기에 난 셰프의 부모님께 인사만 드리고 이동하기로 했다. 산책을 마치고 돌아오신 셰프의 부모님은 인상이 참 좋아보였다. 셰프의 아버지는 이미 PCT를 두 번이나 종주한 경험이 있다. 그래서인지 그의 영향을 받은 셰프는 가녀린 외모와는 반대로 항상 당차게 행동하고, 무릎을 꿰맬 정도의 상처를 입어도 크게 신경 쓰지 않았다. 맥주를 한잔하며 한국이라는 나라를 궁금해하시는 두 분께 짧은 영어로 한국 음식이나 문화를 얘기해드렸다. 기회가 되면 꼭 한 번 가보고 싶다는 두 분께 언제든 오시기만 하면 가이드를 해드리겠노라 약속했다. 가족들과 함께 즐거운 시간을 보내란 인사를 남기고 다시 길을 나섰다.

한창 해가 뜨거울 시간에 출발해서 그런지 너무 더워 속도를 낼 수 없었다. 얼마 가지 않아 만난 작은 폭포에 이미 반나체로 들어가 앉아 더위를 피하고 있는 하이커들이 보여 배낭을 내리고 몸을 좀 식히고 가기로 했다. 몸을 식히고 나니 다시 걸을 만했다. 뜨거운 해가 저물어 갈수록 먹구름이 점점 가까워지고 있었다. 결국 와일드맨과 피시를 만나지 못하고 24킬로미터 정도 걷다가 텐트를 쳤다. 비가 언제 쏟아지더라도 이상하지 않을 정도로 두꺼운 먹구름이 바로 머리 위까지 다가와 있었기 때문이다.

텐트를 치고 얼마 지나지 않아 멀리 비가 쏟아지는 게 보이더니 곧이어 천둥번개가 치기 시작했다. 마치 누군가 구름 안에 샤워기를 숨겨놓은 듯 딱 그 부분만 비가 내리는 게 신기해 보였다. 하지만 이내 엄청난 바람이 몰아치는 게 오늘 밤은 예사롭지 않을 듯했다.

트레일에 들어선 지 꽤 오랜 시간이 흘렀음에도 아직 거센 바람과 함께 천둥번개가 치는 빗속에서 자는 것은 익숙해지지 않는다.

Don`t call your mother!

● 예상대로 간밤에 폭우가 쏟아지면서 내리친 천둥번개 탓에 잠을 잘 못 이뤘다. 만약 집이었다면 걱정할 필요도 없고 무섭지도 않았을 텐데, 막아줄 게 하나도 없는 공간에서 이런 순간을 마주치면 정말 아찔하다. 얼마나 가까운 곳에 번개가 떨어졌는지 번쩍하는 동시에 '콰쾅' 하고 천둥소리가 들렸다. 가녀린 텐트지만, 이마저도 없었으면 물에 빠진 생쥐처럼 다 젖어 어딘가 쪼그리고 앉아 오들오들 떨고 있었을 것이다. 그래도 내가 이 길을 걸으며 하나 배운 게 있다면, 아무리 어렵고 힘든 순간이라도 조금만 견디면 시간은 알아서 간다는 것이다.

길고 긴 악몽 같은 밤이 지나고, 거짓말처럼 새파란 하늘이 아침을 열어주었다. 해가 무척 좋아 텐트를 말리고 갈까 하다가, 먼저 출발한 와일드맨과 피시를 따라잡으려고 서둘러 떠났다. 텐트야 점심때 말리면 되니까. 앞으로 58킬로미터 지점에 위치한 애쉬 캠프그라운드에서 오늘 만날 수 있을 것 같았다. 58킬로미터 산길을 하루에 걷는 게 쉬운 일은 아니지만 앱으로 고도표를 확인해보니 오르막과 내리막이 별로 없어 가능할 것 같았다.

나무가 울창한 숲길을 지나 시야가 확 트이는 능선에 오르니 저 멀리 샤스타 산^{Mt. Shasta}이 늠름한 자태를 뽐내며 우뚝 서 있는 게 보였다. 캘리포니아 북쪽과 오리건 주 사이에 우뚝 솟아 있는 샤스타산은 해발 약 4,320미터로 캘리포니아 15고봉 중 다섯 번째로 높은 산이다.

"산을 보는 순간 내 몸속의 피가 붉은 와인으로 변했다."

존 뮤어가 샤스타 산을 보고 이렇게 말했을 정도로 웅장하고 신비스러운, 영험이 깃든 명산이다. '하얀 산'이라는 뜻의 이름처럼 사계절 내내 정상에 눈이 덮여 있는데 올해는 가뭄이 극심해 많이 녹은 듯

저 멀리 샤스타 산이 웅장한 자태를 뽐내며 우뚝 서 있는 게 보인다. 캘리포니아의 극심한 가뭄으로 만년설이 많이 녹아 있는 게 조금 아쉬웠다.

하다. 우리나라의 한라산이나 일본의 후지산처럼 주변에 다른 산이 없어 왠지 더 멋있어 보인다. 체스터의 한 펍에서는 샤스타 산을 오른 사진만 보여주면 크래프트 비어 한 잔을 공짜로 주기도 할 정도로 마을 사람에게 인기 있는 산이다.

아침을 시리얼만 먹어서인지 배가 고파 걸음을 멈췄다. 텐트가 잘 마르도록 펼쳐놓고 라면을 하나 끓여 먹었는데, 오래간만에 먹는 너구리가 왜 이리 매운지 먹는 내내 혼이 났다. 한국에서는 하나도 안 매운 너구리인데, 매운 것도 안 먹다 보니 입맛이 변했나 보다. 괜히 매운 걸 먹어서 걷는 내내 속이 불편해 물을 너무 많이 마셨다. 가지고 있는 물이 바닥날 줄도 모르고 마신 바람에 11킬로미터를 물 없이 침만 삼키며 걸었다. 나중에는 침까지 말라 너무 힘들었다. 왜 사람이 밥은 안 먹어도 물은 꼭 마셔야 한다는 건지 알 수 있었다. 온몸이 말라 가는 듯한 고통을 참기는 정말 힘들다. 가급적이면 트레일에서는 자극적인 음식을 피하는 것이 좋다. 아무래도 자극적인 음식을 먹으면 몸이 더 많은 물을 찾고 속이 불편해지므로 본인 의사와는 상관없이 자주 화장실을 찾을 수밖에 없다. 그래도 먹고 싶다면, 불편함을 감수하든지 아니면 마을에서 쉴 때 먹는 것이 좋을 듯하다.

정말 죽을 듯 걸어 겨우 개울로 가는 갈림길에 도착했는데 어디서 많이 본 배낭이 두 개 놓여 있었다. 와일드맨과 피시의 배낭이다. 이들은 내가 따라오는 걸 알고 있었는지, 귀엽게도 땅에 화살표를 그리고 도착한 시간을 표시해두었다. 이들을 보기도 전에 반가운 건 왜일까? 그새 정이 많이 들었는지 힘든 것도 잊고 친구들이 있는 곳으로 몸을 날렸다.

"요, 프렌! 왜 이제 온 거야? 어제 한참동안 너를 기다렸는데."

"아, 그래? 어디서? 난 너희가 일찍 출발해서 어제 마주칠 거란 생각은 하지도 않았지."

알고 보니 내가 텐트를 친 곳에서 3킬로미터도 안 되는 지점에서 나를 기다린다고 일찍 자리를 잡고 있었다. 반가움에 포옹으로 인사를 대신한 후에야 얼른 정수기를 꺼내 물을 정수했다. 차갑고 시원한 물이 식도를 타고 몸속으로 들어가며 말라 있던 세포 하나하나를 다시 깨웠다.

물이 얼마나 소중한 것인지 다시 깨달았다. 당연하다 느낀 것들의 소중함을 잊고 살 때가 많다. 없으면 안 되는 것임에도 불구하고, 늘 우리 곁에 있으니 그게 당연하다 생각한 것이다. 가족처럼. 꼭 이럴 때 엄마의 목소리가 듣고 싶어진다. 매번 연락이 없는 아들에게 전화를 걸 때마다 하시던 말씀. "우리 막내! 하도 소식이 없어서 목소리 들으려고 전화했지." 미안해요 엄마.

"잠깐, 오지 마!"

갑자기 피시가 우리를 향해 낮지만 무게 있는 목소리로 조용히 소리쳤다. 무슨 일인가 싶어서 앞을 봤더니 작은 새끼 곰 한 마리가 우리 바로 앞에서 나무를 오르려 하는 게 보였다. 물론 새끼 곰이라 크게 위협될 것은 없었지만, 어미 곰이 어디 있는지 모르는 상황이기에 한시도 긴장을 늦출 수 없다. 만약 새끼 곰이 우리 앞에 있고, 어미가 뒤에서 나타나 우리가 샌드위치처럼 끼인 상황이 되면 그때는 생각

호기심 많은 얼굴에 나무를 껑충 오르는 모습이 귀엽기도 했지만, 끝까지 우리를 긴장하게
만든 새끼 곰과의 조우

하기도 싫은 끔찍한 일이 벌어질 게 뻔하다. 우리는 새끼 곰을 해할 의도가 없지만, 어미 곰은 그렇게 생각하지 않을 것이다. 단지 자기 새끼를 위협하는 인간 무리로만 생각하고 본능적인 모성애가 작용해 사력을 다해 우리를 뒤쫓을 것이다.

"헤이, 예쁜이. 얼른 저리 가, 저리."

우리가 신기한지 오르던 나무에서 내려와 멀뚱멀뚱 우리만 쳐다보는 새끼 곰을 향해 나지막한 소리로 달래듯이 말해봤지만, 호기심 많은 어린 곰이 그 말을 들을 리 없다. 겁이 없는 건지 정말 우리가 신기해서인지 조금씩 다가오려는 새끼 곰을 향해 우리는 뒷걸음질 치면서 돌을 던졌다. 상황이 겁나기도 했지만, 새끼 곰의 모습이 귀여워 웃기기도 했다. 한참을 뒷걸음질 치면서 트레킹 폴을 부딪쳐 쇳소리도 내고 계속 작은 돌을 던졌다. 다행히 거부감을 나타내는 우리에게 흥미를 잃었는지, 새끼 곰은 다시 비탈길을 쉭 하고 뛰어 올라갔다.

그제야 우리는 안도의 한숨을 크게 쉬고 재빨리 종종걸음으로 그곳을 벗어났다. 새끼 곰이 시야에서 안 보일 때쯤 나는 곰이 달려간 방향으로 크게 소리쳤다.

"Please, don't call your mother!"

PCT 루트에는 거의 대부분 검은곰이 서식하고 있다. 검은곰은 약 1.5미터 크기에 인기척을 들으면 미리 피할 정도로 부끄러움이 많아 사람을 공격하는 경우가 드물다. 반면 워싱턴 주부터 캐나다에 주로 서식하고 있는 회색곰은 크기가 검은곰의 1.5배에서 2배 정도로 크고 공격적인 성향이라 매우 위험하다. 만약 트레일에서 곰과 마주치면, 절대 등을 보이지 말고 침착하게 마주본 상태로 뒷걸음질 쳐 곰으로부터 멀리 벗어나야 한다. 만약 등을 돌려 도망친다면, 곰이 놀라서 공격할 수 있다. 곰이 미련하고 둔하다고 하지만, 실제로는 시속 60킬로미터로 달릴 정도로 빠르다. 나무 위로 올라가라? 천만의 말씀. 검은곰은 나무타기의 귀재다. 곰을 마주칠까 두렵다면, 시중에 판매하고 있는 베어벨이나 베어스프레이를 소지하고 다니는 걸 추천한다. 물론 무겁겠지만, 가지고 다니는 것만으로 안정감을 받을 수 있다면 나쁘지 않은 선택이다. 베어벨은 걸을 때마다 종소리를 내 인기척을 알려 곰이 미리 피하도록 하는 것이고, 베어스프레이는 곰에게 뿌리는 최루가스다. 다만 베어스프레이를 뿌릴 때는 적정 거리에서 뿌려야 하고, 뿌리는 사람이 맞을 수 있기 때문에 바람 방향을 잘 살펴야 한다.

새끼 곰과의 깜짝 만남 이후 다음 목적지인 카스텔라^{Castella} 로 향하는 길은 오르막과 내리막을 반복해야 하는 고난의 연속이다. 한 번은 오르막을 오르다 현기증이 나서 그대로 주저앉았다. 놀라서 다가온 피시에게 부탁해 그가 즐겨먹는 누텔라를 두어 스푼 얻어먹고 나서야 정신을 차렸다. 가는 길 주변에 야생 라즈베리가 군락을 이루고 있어 배낭을 내려놓고 말도 없이 한참을 라즈베리를 따 먹는 일에 몰두하기도 했다.

"분명 비타민이 부족해서 현기증이 났을 거야."

두 손이 시퍼렇게 물들고 이가 다 파래질 정도로 라즈베리를 따먹고 있는 스스로를 정당화했다. 모처럼 비타민을 풍족하게 섭취하고 나서 다시 길을 나섰다. 이윽고 도착한 카스텔라를 보고 나는 잠시 멍하니 서 있을 수밖에 없었다. 마을이라고 생각한 카스텔라는 그냥 주유소일 뿐이고, 옆에 우체국 하나만 달랑 위치하고 있었다. 주유소 안에 있는 스토어에서 보급품을 보관해준다. 창문 안으로 보이는 스토어 한편에는 아직 찾아가지 않은 보급품이 주인을 기다리고 있었다.

상기 형이 보낸 배낭과 이곳으로 보낸 보급품 두 박스를 찾아야 하는데, 우체국이 11시에 문을 연다고 해서 조금 기다려야 했다. 시간이 남아 다들 스토어에서 파는 브리또와 큼직한 스낵을 하나씩 사서 우체국 앞 그늘에 조르륵 앉아 여유롭게 맛을 음미하며 먹었다. 다 큰 남자 세 명이 한 손엔 브리또, 가랑이 사이엔 스낵 봉지를 놓고 양손을 번갈아가며 입으로 가져가는 모습은 내가 봐도 웃음이 날 정도로 재미있는 장면이었다.

11시가 되어 우체국이 열렸지만, 직원의 실수로 이미 와 있던 박스를 아직 도착 안 했다고 얘기하는 바람에 네 시간이나 허비하고서야 겨우 보급품을 받을 수 있었다. 늘 친절하고 착한 사람만 봐 왔기에 오늘 만난 불친절하고 업무적인 우체국 직원이 마음에 들지 않았지만, 수없이 많은 하이커가 방문하는 시즌에는 매일 똑같은 일만 반복해야 하니 업무적일 수밖에 없을 것이다. 그냥 그러려니 하고 이해하기로 했다. 대신 나를 기다려주느라 네 시간을 멍 때린 친구들에게 감사의 의미로 아이스크림과 맥주를 한 병씩 돌리고, 해가 지기 시작할 무렵 다시 트레일로 들어섰다.

배낭을 다시 경량 배낭으로 바꿨다. 짐도 많이 줄어 기본 무게가 얼마 나가지 않아 굳이 무거운 프레임 배낭을 멜 필요가 없었기 때문이다. 오늘은 보급품에 딸려온 소주 덕분에 모처럼 한잔했다. 병째로

함께 술 한잔할 때마다 아버지가 하시던 말씀이 생각난다. "안주 중 최고의 안주는 바로 함께 하는 좋은 벗이다"

소주를 돌려 마시고 맛이 어떠냐고 물어보니, 아주 달고 깔끔하다며 둘 다 만족스러워했다. 그래서인지 안주도 없이 친구들과 길 위에서 나눈 소주 맛이 예전과 다르게 아주 달콤했다.

늘 아버지께서 하시던 말씀처럼, 안주 중의 최고의 안주는 바로 함께하는 좋은 벗이니까.

와일드맨

● 나는 야간에 걷는 것을 싫어한다. 몸이 힘들거나 다른 신체적인 이유보다 아무것도 보이지 않는 길을 마냥 걷는 게 싫다. 한참을 걷다 고개를 들었을 때, 힘든 걸 잊을 정도로 가슴이 확 트이는 광경 혹은 울창한 숲의 몽환적인 분위기를 느끼는 게 좋기 때문이다. 지난 이틀 동안 계속 밤에 걸어서 정신적으로 힘들었다. 어쩔 수 없는 상황이라 헤드랜턴을 착용하고 걷긴 했지만, 내내 오늘이 지나면 다신 못 볼 것 같은 이 길의 풍경이 못내 아쉬웠다. 밤 10시가 되어서야 도착한 호숫가 근처의 야영지에서 늦은 저녁을 간단히 해결하고, 대충 그라운드 시트만 깔고는 그대로 곯아떨어졌다. 그래서인지 이른 아침, 눈을 뜨자마자 보이는 호수의 모습은 싱그러운 교향곡을 듣는 것처럼 화사하고 아름다운 풍경이었다. 호수에 아침 햇살이 반영되어 내 눈을 살포시 간질였다. 무뚝뚝한 경상도 남자지만, 아름다운 걸 아름답다 말

할 수 있는 용기는 있어서 옆에서 자고 있는 피시를 툭툭 치며 말했다.

"정말 아름다운 아침이야, 그렇지?"

어제 늦은 시간까지 걸었기에 피곤할 만도 했지만, 아침 풍경 덕분에 피로가 다 풀려 몸이 개운했다. 아침식사로 늘 먹던 그래놀라가 떨어져 대신 산 시리얼은 맛이 꽝이었다. 간단한 아침 식사 후 아쉬움에 커피를 한잔하며 호숫가를 돌아본 후 다시 길을 나섰다.

"마마구스와 다른 아가씨들은 잘 오고 있는 거야?"

내 휴대폰이 먹통이라 아무것도 확인할 수 없었다. 그나마 통신사가 버라이즌Verizon인 와일드맨에게 그녀들의 근황을 물어봤다. 와일드맨은 정확히 하루 정도 차이로 뒤에서 따라오고 있으니 아마 에트나Etna에서 만날 수 있을 거라 얘기했다.

"계속 연락을 유지할 수 있도록. 오버."

"롸져, 댓."

전직 미 해병대 출신의 와일드맨과는 군인들이 사용하는 용어나 말투로 대화했다. 그도 재미있어하고, 나 역시 재미있기 때문이다. 전쟁영화를 좋아하고, 전쟁을 소재로 한 미국 드라마도 많이 본 터라 그가 말하는 용어나 단어를 이해하는 데 크게 어려움이 없었다.

와일드맨에게 딱 하나 궁금한 게 있었다. 그는 마을을 들릴 때마다 항상 아무것도 사질 않았다. 맥주 한 캔이 아쉬울 만도 할 텐데 그는 결코 사서 마시지 않았다. 담배도 물론이다. 내가 보기에 와일드맨은 헤비 스모커임에도 불구하고 아직까지 한 갑의 담배도 사지 않았다.

줄곧 내가 산 담배를 나눠 피우거나 운 좋게 하이커박스에서 구한 담배를 피우기만 할 뿐이다. 보급품도 한 번 찾지 않았다. 식량은 하이커박스에서 유일하게 보급받았다. 무슨 연유가 있는지 알 수 없지만 항상 궁금했다. 짧은 영어로 혹시 실수라도 할까 봐 그동안 물어보지 않았지만 이번 마을에 들리면 한 번 물어볼 생각이다.

밤새 강한 바람이 얼굴을 때렸나 보다. 일어나 보니 얼굴이 탱탱 부어 있었다. 능선이라 바람을 막아 줄 것이 없어 세찬 바람을 직격탄으로 맞으며 밤을 지새운 것이다. 텐트라도 치고 잤으면 나았을 텐데 그것마저 귀찮을 정도로 피곤했다.

일찍 나서서 오후 1시쯤 에트나로 빠지는 하이웨이 3^{Highway 3}에 도착했는데, 문제는 이때부터 시작됐다. 한참을 도로가에서 차가 오는지 살펴봤지만 차는커녕, 개미새끼 한 마리도 보이지 않았다. 햇볕은 강하게 내리쬐는데 아스팔트 반사열 때문에 더 더웠다. 그래도 그 시간을 견딜 수 있는 건 우리가 긍정을 잃지 않는 하이커이기 때문이다. 우리말고도 위키라는 닉네임의 어린 친구와 그의 엄마 피그테일, 그리고 처음 본 남자 하이커 셋이 더 있었는데, 그들 덕분에 지루할 만도 한 시간을 돌과 나무막대를 이용해 야구도 하고 웃으며 보낼 수 있었다.

낡은 밴 한 대가 우리 쪽에 서기에 '아 이제야 갈 수 있겠구나' 했지만, 차 안은 짐으로 가득했고 그나마 빈 앞좌석은 얄미운 개 한 마리가 차지하고 있었다. 밴에서 내린 아주머니가 도와줄 수 없어 미안하다면서 대신 아이스박스에서 맥주를 하나씩 건네주었다. 또 우리가 담배가 다 떨어진 걸 알고 있는 것처럼 건네준 담배 덕분에 일말의 스트레스도 날려 보냈다. 가뭄의 단비였다.

아주머니가 돌아가시고 세 시간을 더 보낸 후에야 지나가는 트럭을 잡아타고 어렵게 에트나로 향할 수 있었다. 긴 시간을 땡볕에서 고생한 걸 보상이라도 하듯, 도착하자마자 수소문해서 알아낸 마을의 유명한 햄버거 집 도티스버거Dotti's burger로 직행했다.

뜻밖에도 그곳에서 우리는 홀로 테이블에 앉아 햄버거를 먹고 있는 마마구스를 만났다. 반갑기도 했지만 내일 도착할 걸로 예상한 그녀가 지금 이곳에 있는 게 궁금해 물어보니, 버니 주립공원을 떠나자마자 이상하게 다리가 안 좋아 다시 셰프의 가족에게 돌아갔고, 다음 날 때마침 근처를 바이크로 여행하던 션과 연락이 닿아 션이 이곳까지 태워줬다고 한다. 션이 그곳에 있었던 것도 우연치고는 정말 신기한 일이지만 어쨌든 다시 그녀를 보니 반가웠다.

와일드맨이 마을에서 아무것도 안 사는 이유를 알았다. 와일드맨은 전역 후 가족 문제가 얽힌 순탄치 않은 인생을 살아왔는데, 지금 약간의 문제가 있어 갑자기 계좌에서 돈이 인출이 안 되는 상황이라 했다. 그 말을 듣고는 나중에 해결되면 갚으라고 100달러를 그에게 건네주었다. 괜한 참견일 수 있지만, 그가 혼자 아무것도 안 하고 있는 게 맘에 걸렸기 때문이다. 다행히 와일드맨은 오해 없이 내 호의를 받아 주었고, 함께 햄버거를 맛봤다.

모텔에서 하루 묵을 거라는 마마구스와는 달리, 우리는 최대한 돈

\# 와일드맨까지 함께한 훌륭한 한끼. 햄버거와 밀크셰이크의 조합은 칼로리는 물론 맛까지
보장된 하이커를 위한 훌륭한 한끼 식사다

을 아끼려고 공원 벤치에서 노숙하기로 했다. 처음부터 공원을 택하
지는 않았는데, 무료 와이파이가 되는 마을의 도서관 앞에서 몰래 자
려다 순찰 나온 경찰에게 걸려 공원으로 강제이송(?) 된 것이다. 어
쨌든 주머니가 가벼운 우리는 화장실까지 있는 공원 벤치에서 지친
몸을 눕히고 잘 수 있음을 감사했다. 영락없이 PCT를 걷는 하이커의
일상이다.

마을로 올 것이라 생각한 썬더버니와 셰프가 바로 트레일로 들어
선다고 연락이 와, 우리도 다시 트레일로 복귀하기로 했다. 마을을
들리지 못한 이들을 위해 맥주와 와인 그리고 약간의 먹을거리를 준
비했고, 이내 하이웨이 3에서 다시 만난 거지꼴의 그녀들을 꼭 끌어
안았다. 트레일로 돌아와 대충 자리를 펼치고 맨 땅에 아무렇게나 둘
러 앉아 한 조각 치즈에 와인 한 잔을 이들과 함께 나눠 마시는 시간

이 잘 꾸며진 식당에서 비싼 음식을 먹을 때보다 훨씬 좋았다. 이런 생활이 점점 더 편해지고 있다.

맥주와 와인에 취기가 올라 잠든 사이, 무언가가 우리 주변을 어슬렁거리며 울어대고 있었다.

"일어나! 곰이야!"

이곳부터는 곰통이 필수가 아니었기에 무게를 줄이려고 상기 형편으로 돌려보낸 터라 식량을 방수 주머니에 넣고 다니고 있었는데, 하필이면 이 날 나무에 걸어놓지 않고 배낭 옆에 그냥 내버려 둔 채 잠이 들어버린 것이었다. 냄새를 맡은 걸까? 곰이라고 외친 썬더버니에게 어디서 곰을 봤냐고 물어보니, 아직도 놀라 정신을 못 차린 그녀는 자고 있는데 무언가가 자기 뺨을 핥았다고 했다. 그게 곰이었는지 뭐였는지 알 수 없지만 곰이 아닌 이상 사람한테까지 다가와 그런

\# 생긴 것과는 달리 장난기 많은 와일드맨. 사진을 찍으려고만 하면 늘 이상한 포즈나 표정을 짓기 시작한다

짓을 할 용감한 동물은 이 주변에 없을 듯했다. 이미 트레일에서 마운 틴 라이온과 맞닥뜨린 적이 있는 썬더버니와 셰프기에 그녀의 말을 그냥 무시할 수 없었다.

오밤중에 식량이 든 가방을 나무에 매달고 혹시나 하는 마음에 뜬 눈으로 밤을 새운 우리는 해가 뜨자마자 빠르게 짐을 꾸리고 이동했 다. 아무 일 없이 지나가서 다행이긴 했지만, 잠을 설쳐서 컨디션이 말이 아니었다. 배려라도 하듯 짙은 스모그가 해를 가려주니 그나마 덥지 않게 걸을 수는 있었다.

하루 종일 날씨가 심상치 않더니, 오후 6시가 넘어서 멀리 보이는 산 능선부터 비가 내리고 번개가 치기 시작했다. 곧 우리가 있는 곳에 도 비가 쏟아질 것 같아 그전에 오늘 묵을 만한 곳을 찾기로 하고 서 둘렀다. 작은 계곡을 건너 굽어지는 길을 지나니 웬 낡은 캐빈이 트레

\# 발목이 불편한 티분즈의 압박붕대를 갈아주고 있는 피시. 다정한 오빠같은 그의 뒷모습이 듬직해 보인다

일 옆에 거짓말처럼 떡하니 서 있었다. 인적이 드문 곳에 위치한 통나무 캐빈이라 약간 으스스해 보이기도 했지만, 곧 쏟아질 비를 생각하니 그런 걸 따질 여유가 없었다.

마치 옛날 공포영화에서나 보던 그런 통나무집과 정말 비슷했다. 안에는 퀴퀴한 나무 썩는 냄새가 진동했고, 사방에 거미줄이 쳐져 있어 더욱 오싹한 느낌이 들었다. 짐승을 해체할 때 사용했을 법한 테이블도 한쪽에 놓여 있고 그 위엔 큼직한 도끼가 올라가 있었다. 그래도 혼자가 아니라 그런지 다들 아무렇지도 않은 척 하며 여기가 내 자리니 저기가 내 자리니 자리싸움을 시작했다. 예전 공포영화에서 이런 곳을 봤다는 내 얘기에 다들 맞장구를 치면서 오늘 같은 밤은 무서운 이야기를 해야 제맛이라며 애써 웃음을 보이기도 했다.

밤은 깊어가고 하나둘 침낭 안으로 몸을 눕혔다. 이윽고 피시의 낮고 굵직한 목소리로 시작된 무서운 이야기. 어떤 내용인지는 알겠지만, 모두 다 알아들을 수는 없었다. 대신 간간히 터져 나오는 셰프의 비명소리가 어느 정도 무서운 이야기인지를 대신 설명해주고 있었다. 점점 더 분위기가 고조되고, 셰프는 물론 썬더버니와 와일드맨의 비명소리도 들리기 시작하자 나는 속으로 감사했다.

오늘 밤, 내 짧은 영어 실력이 나를 이 무서움 속에서 벗어날 수 있게 해줘서…….

캘리포니아여~ 굿바이!

● 두두두두두두.

하얀 연기가 피어오르는 건너편 산 위로 빨간 소방 헬기가 힘찬 엔진 소리를 내며 날아다닌다. 피시가 건조한 기후 탓에 항상 이때 즈음 산불과의 전쟁이 시작된다며 어젯밤의 낙뢰가 저 산불의 주범일 거라 말했다. 점심을 먹으려고 트레일 옆에 있는 호숫가에 자리를 잡고 물을 정수하는데 헬기 소리가 점점 더 커지더니 잔잔한 호수가 일렁이기 시작했다. 고개를 들어 하늘을 보니 저 너머 보이던 소방헬기가 물을 실어 나르려고 우리가 있는 호수까지 왔다. 생전 처음 보는 광경에 힘내라고 박수를 보내며 동영상을 찍기도 했다.

산불 자체도 문제지만, 사실 우리에게는 산불 때문에 트레일이 닫혀버리는 게 더 큰 문제다. 그러면 우리는 닫힌 구간을 우회하는 루트를 찾든지 아니면 그냥 뛰어넘고 갈 수밖에 없다. 그래서 틈만 나면

PCTA 공식 사이트에서 트레일 현황을 확인하는 게 일상이 되어버렸다. 다행히 아직까지는 진행해야 하는 구간 중에 닫힌 구간이 없었지만, 워싱턴 주에 큰 산불이 나 문제가 될 것 같다는 얘기를 들었다.

우체국에서 친구들의 보급품을 찾아야 하기 때문에 금요일인 오늘 시애드 밸리^{Seiad Valley}에 도착하지 못하면 꼼짝없이 주말을 그곳에서 보내야 한다. 점심을 먹은 곳에서 휴대전화가 터져서 우체국으로 연락했다. 다행히 보급품을 마을에 있는 스토어로 옮겨주었다. 미국의 우편시스템은 정말 잘되어 있다. 특히 트레일에서의 활용도도 아주 높다.

나는 출발 전에 전 일정의 보급품을 준비해놓았고, 준비된 보급품을 내가 세운 계획대로 주영 선배가 날짜에 맞춰 보내주고 있었는데 막상 트레일을 진행하다 보니 꼭 누군가의 도움이 필수인 것은 아니었다. 오히려 우체국을 이용해 그때그때 상황에 맞춰 탄력적으로 식량을 보급하는 편이 훨씬 더 유용하다. 웬만한 마을에는 큰 마트가 있기 때문에 식량을 준비하기 어렵지 않고, 만약 앞으로 가야 할 구간의 마을에 식량을 구입할 만한 데가 없다면 그 전 마을에서 미리 사서 우체국을 이용해 보내면 된다. 마트나 우체국이 없더라도 보급품을 보관해주는 곳은 있기 때문에 문제없다. 만약 다시 한 번 이런 장거리 트레일에 도전한다면 혼자서도 잘할 수 있을 것 같다.

점심을 먹고 오른 짧은 오르막 이후 시애드 밸리까지 남은 길은 다 내리막이다. 오전까진 짙은 스모그로 우중충한 하늘이 계속되었는데 오후부터는 파란 하늘이 머리 위로 펼쳐졌다.

보랏빛 향기가 아닌 보랏빛 손바닥. 라즈베리를 따는 데 집중하느라 손가락이 물들고 있다는 걸 생각할 겨를도 없었다

오늘은 에트나에서 만난 위키와 그의 어머니도 동행했다. 아직 열일곱 살밖에 안 된 나이로 고등학교를 휴학하고 엄마와 함께 이 길을 걷고 있는 그와 그가 이 길을 걸을 수 있도록 지지해준 엄마의 모습은 한국에선 보기 힘들 것이다. 나도 결혼하고 애를 가지면, 애가 원하는 길을 걷도록 지지하고 응원해줄 수 있을까? 생각이야 할 수 있겠지만, 막상 애를 낳고 키우다 보면 내 욕심도 어느 정도 반영되지 않을까 하는 생각이 들었다. 그보다 먼저, 내가 결혼을 하기는 할까?

"오, 맨. 적당히 하고 출발하지 그래? 이러다가 여기서 하루 더 지내겠는데?"

마치 무언가에 홀려 이성을 잃은 사람처럼 연신 길가에 난 라즈베리를 따는 나와 피시, 셰프를 보고는 더 이상 못 기다리겠다는 듯 와일드맨이 말했다. 그도 그럴 것이 벌써 30분째 가던 길을 멈추고 라즈베리를 따는 일에만 몰두하고 있다. 참다 인내심이 다한 와일드맨과 썬더버니가 먼저 출발하고 나서도 우리는 라즈베리 따는 일을 멈출 수가 없었고, 손끝이 보랏빛으로 물들고 각각 물통 두 개씩을 라즈베리로 꽉 채우고 나서야 길을 다시 나섰다. 왜인지는 몰라도 라즈베리만 보면 이성을 잃는다. 그만큼 비타민이 부족하기도 하고, 인위적이지 않은 달달한 맛이 나를 사로잡았기 때문이다.

와일드맨과 썬더버니가 출발하고 30분이 더 지나고 나서 출발한 우리는 라즈베리를 딴다고 시간을 보낸 것도 모자라 큰 다리 아래로 흐르는 강을 그냥 지나칠 수 없어 수영을 하기로 했다. 내려가는 길이 포이즌 오크로 뒤덮여 있지만 아랑곳하지 않고 속옷만 입은 채 돌진했다. 모처럼 물속에서 한가한 시간을 보내던 비버도 갑자기 출현한 우리 때문에 쉴 곳을 잃고는 어디론가 사라져 버렸다. 너나 할 것 없이 물 만난 고기처럼 첨벙첨벙 물속에서 뛰어노는 모습이 꼭 동네 개구쟁이 같다.

우여곡절 끝에 도착한 시애드 밸리는 마을이라고 하기에는 작은 커뮤니티에 가까웠다. 아마도 근처에 마을 사람들이 모여 사는 곳이 따로 있는 듯, 우리가 도착한 곳에는 작은 스토어와 카페만 덩그러니 자리하고 있었다. 왜 이제 왔냐며 핀잔을 주는 와일드맨과 우리는 점심을 먹으려고 카페로 들어갔다. 우리 말고도 젠틀자이언트와 42, 위스퍼도 점심을 함께했다.

카페에서는 정해진 시간 내 팬케이크를 다 먹으면 공짜인 팬케이크 챌린지 이벤트를 하고 있었다. 5파운드(2.2킬로그램)나 되는 어마어마한 팬케이크의 양에 다들 엄두도 못 내고 있는데, 가소롭다는 듯 노장의 힘을 보여준다며 젠틀자이언트가 도전했다. 젠틀자이언트는 예순이 넘은 나이에도 불구하고 키가 190센티미터 정도로 컸고, 덩치도 또한 매우 커 힘이 넘쳐 보였다. 느리지만 행동이 꼭 거인과 비슷해 트레일 네임과 무척 잘 어울리는 그의 도전은 빅 이벤트였다. 결과는? 아쉽게도 실패. 덩치가 산만 한 그도 겨우 팬케이크 두 장을 먹고는 혀를 내두르며 더 이상은 무리라고 포기했다. 사실 두 장을 먹은 것도 대단할 정도로 팬케이크의 양이 무시무시했다.

젠틀자이언트 덕분에 즐거운 식사를 끝내고, 다들 보급품을 찾아 카페 옆 공터에서 정리했다. 근처에 잘 만한 곳이 없나 둘러봤지만 도로 주변이라 그런지 찾기 힘들었다. 우리끼리 한참 고민하고 있는데, 스토어의 주인아저씨가 와서는 여기서 한 15분 정도 숲길을 차로 가면 넓은 공터와 자연 풀장이 있다고 하면서 자기가 태워줄 수 있으니 갈 사람은 30분 뒤에 이곳에 있으라고 했다.

"역시 마법 가득한 이 길에선 안 되는 게 없어!"

공짜로 잘 수 있다는 것만으로 좋았는데 자연 풀장까지 있다는 말에 우리는 온 동네가 떠나갈 정도로 환호를 지르며 기뻐했다. 트레일로 돌아간다는 젠틀자이언트만 빼고 42와 위스퍼까지 마음씨 좋은 아저씨의 차로 함께 이동했다. 덜컹거리는 트럭의 뒤 칸에 앉아 약 10분 비포장도로를 굽이굽이 달려 도착한 곳은 아저씨 말대로 텐트 열동은 칠 만한 공간에, 옆에 계곡까지 흐르고 있는 정말 환상적인 곳이

워터슬라이드는 저리 가랏! 통나무계곡슬라이드가 여기 나가신다! 몇 번의 실패 끝에 뒤집어지지 않고 끝까지 내려 온 위스퍼

었다. 아저씨는 정확히 내일 새벽 6시에 데리러 온다는 말을 남기곤 다시 스토어로 돌아갔고, 우리는 바로 각자 잡은 자리에 배낭을 내려두고는 옷을 벗어던지며 자연 풀장을 향해 몸을 날렸다. 계곡 물은 얼음처럼 차가웠지만, 한층 뜨거워진 분위기 덕분에 추운 줄도 모르고 다이빙을 하면서 신나게 놀았다. 옆에 있는 통나무를 마치 워터슬라이드를 타듯 하며 계곡을 내려오기도 했고, 맥주를 마시며 다들 입술이 새파래져도 나올 생각을 안 했다.

모든 고민과 쓸데없는 생각에서 벗어나 순수한 동심으로 돌아가는 시간. 때 묻지 않은 웃음이 이어져 또 하나의 웃음을 만들어낼 수 있는 그런 시간.

하루를 살아도 후회 없이 살고 싶다는 내 모토처럼, 지금 나는 잘하고 있구나. 비록 시간이 흘러 언젠가는 다시 현실로 돌아가야겠지만, 추억할 만한 가치 있는 시간을 보내고 있다는 것에 안도했다. 그만큼 소중한 시간을 나는 이들과 함께 보내고 있다.

시애드 밸리를 떠나서는 이틀간 약 80킬로미터를 걸어 캘리포니아와 오리건 주 경계선에 도착했다. 드디어 길고긴 캘리포니아가 끝난 것이다. 뜨거운 태양과 타는 듯한 갈증, 물을 짊어지고 다니느라 힘들던 사막이 그리워질 것이다. 하루에 한두 개의 높은 패스를 오르고 내려와야 하는 시에라의 그 웅장한 풍경도 기억 속에서 영원히 함께할 것이다. 앞으로 걷게 될 오리건과 워싱턴은 또 어떤 멋진 풍경과 즐거움을 선사해줄지 기대되지만, 2,735킬로미터를 걷는 동안 울고 웃으며 정든 캘리포니아를 떠난다는 게 아쉽기도 했다.

시애드 밸리에서부터 함께 지낸 42와 위스퍼, 젠틀자이언트 그리고 다시 만난 위키와 피그테일. 기념사진을 찍자는 42의 말에 다들 쑥스러워했지만, 카메라의 타이머가 돌아가자 이내 웃음꽃을 활짝 피우고 익살스러운 얼굴로 포즈를 취했다. 썬더버니가 이때를 위해 준비한 데킬라로 무사히 캘리포니아를 지나왔음을 축하하며 PCT 덕분에 이어진 인연을 감사해했다. 경계선을 넘어 조금 더 걸은 후에 다 함께 모여 잘 수 있을 만한 공간에서 카우보이 캠핑을 했다. 자리에 누워 밤하늘을 바라보다 눈을 감았는데, 우여곡절 많은 캘리포니아에서의 3개월이 마치 영화 필름처럼 머릿속에서 스르륵 펼쳐졌다.

소중한 인연, 그리고 소중한 순간. 이곳에 오기 전 본 사진과는 확실히 다른 길이었기에 역시 오길 잘했다는 생각이 들었다.

캘리포니아의 마지막을 기념하며 주 경계선에서 다같이 기념사진을 한 장 남겼다

만약 이곳에 오겠다는 결심을 하고도 행동하지 않았다면, 아직도 난 사진만으로 이 길을 상상하고 있었을 것이다. 하지만 이 길은 사진에선 볼 수도, 느낄 수도 없는 더 큰 무언가가 존재한다.

경험하지 않고서는 상상할 수도 없는 그 무언가가 말이다.

하이커박스 갱

● '하이커박스 갱^{Hiker Box Gang}.'

언제부터인가 우리는 스스로를 그렇게 부르기 시작했다.

체스터에서 함께 제로데이를 가진 것을 인연으로 나와 와일드맨, 썬더버니, 셰프, 마마구스 그리고 피시까지 이렇게 여섯 명이 뭉쳐 걷기 시작한 것이 HBG의 시작이다. 캘리포니아 구간이 끝나고 오리건으로 들어와 애쉬랜드^{Ashland}를 지나며 42와 벌쳐, 위키까지 합류하는 것으로 HBG는 완전체가 되었다.

왜 하필 하이커박스 갱이라고 명명했는지는 와일드맨 이야기부터 시작된다. 모든 식량을 하이커박스에서 구하는 와일드맨을 위해 언제부터인가 나와 피시는 우체국에서 찾은 보급품 중 일부를 와일드맨에게 주고 부족한 부분은 하이커박스를 함께 뒤져 메웠다. 아무리 하이커박스에서 식량을 구할 수 있다고 하지만 늘 질 좋은 것만 있는 게 아니기 때문에, 와일드맨이 부담 갖지 않도록 같은 메뉴는 질려서 못 먹겠다는 핑계를 대며 내가 가진 건조식량을 건네곤 했다. 그러면서 썬더버니와 셰프까지 본인 보급품을 공유하기 시작했다. 마을에 들리면 일단 서로의 보급품을 찾아 나누고 하이커박스를 뒤진 후 그래도 부족한 부분은 마트에서 보충하는 게 일상이 되었다. 그렇다고 매번 하이커박스를 뒤지기만 한 것은 아니고, 남는 식량이 있으면 하이커박스에 담아두기도 한다. 우리보다 식량이 더 필요한 다른 하이커를 위해. 그렇게 다 같이 하이커박스를 뒤지는 모습이 흡사 전리품을 탐하는 갱과 비슷하다고 해서 우리를 하이커박스 갱이라고 부르기 시작한 것이다.

트레일도 중반이 넘어선 시점이었기에 길에서 마주치는 하이커들은 대충 다 알고 지내는 사이가 되었지만, 우리는 서로를 트레일 패밀리라 부르며 지낼 만큼 사이가 각별했다. 섹션 하이커였던 위키의 엄마, 피그테일이 애쉬랜드를 끝으로 트레일을 떠나며 우리에게 위키를 잘 부탁한다고 했기 때문에, 막내인 열일곱 살 위키를 기준으로 와일드맨이 아빠, 썬더버니가 엄마 그리고 나와 42, 셰프가 삼촌과 이모, 마마구스와 피시가 할머니와 할아버지가 되었다. 사실 위키는 가장 어리긴 해도 위키피디아의 모든 내용이 머릿속에 들어 있을 정도로 똑똑해 우리 중에서 가장 의젓하고 논리적인 친구다. 애어른이랄까? 간혹 우리끼리 농담을 주고받을 때 그 주제를 위키가 전문적인 용어로 설명하기 시작하면 마치 로봇 같은 그 모습을 놀리며 웃옷을 걷어 올려 전원 버튼을 찾기도 한다.

한국인 한 명에 미국인 여덟 명의 하이커 그룹. 미국인 틈에 끼어 어색할 만도 할 조합이었지만 전혀 어색하지 않았고 오히려 함께 있으면 마음이 편안한 그런 관계였다. 언어소통도 내 수준의 영어로 늘 얘기해주었기 때문에 전혀 문제 될 게 없었다. 힘들 때나 기쁠 때나 하루 종일 함께한 덕분에 우리는 점점 더 가까워졌다.

오리건의 첫 마을인 애쉬랜드에서의 이틀은 아주 유쾌했다.

애쉬랜드는 그렇게 크지 않은 마을이지만, 서던오리건주립대학교가 위치해 있어서 있을 건 다 있다. 지금은 방학 기간이라 사람이 별로 없지만 방학이 끝나는 시기에는 젊은 사람으로 거리가 넘쳐나는 생기 있는 마을이라고 한다. 인원이 많았기에 우리는 인근 모텔에 방을 두 개를 잡고 셰어 하기로 했다. 이곳에서 남자 친구인 벌쳐를 만나기로 한 셰프를 위해 그 두 명이 한방을 쓰고 나머지는 다른 방에서 끼어 자기로 했다. 하지만 술이 취한 위스퍼가 그들의 방에서 곯아

한 방을 함께 사용해도 불편한 것 하나 없던 트레일 패밀리, 하이커박스 갱. 이전에는 혼자서 모텔비를 다 내야 했기에 경제적으로 부담이 되었는데 이제는 아니다

떨어지는 바람에 결과적으로 난장판이 되긴 했다. 벌쳐는 셰프와 함께 트레일을 시작했지만, 발목 부상으로 사막에서 멈추고 지금까지 쉬다가 이곳으로 점프했다고 한다. 썬더버니 말로는 사막에서 헤어진 이후로 셰프와 사이가 소원해져 솔직히 지금 사귀는 사이가 맞는지 모르겠다고 했는데, 그 말을 들어서인지 괜히 둘 사이를 관찰하게 되었다.

모텔 인근의 타코를 먹으며 조용히 시작한 술 한 잔이 2차로 이어져, 술집을 뒤흔들 정도로 요란하게 게임과 다트를 하며 술을 마셨다. 그것만으로도 모자랐는지 2차를 끝내고 인근의 한 클럽으로 옮겨 폭탄주를 다들 쓰러질 때까지 마시고서야 마무리를 지을 수 있었다. 술이 흥건히 오른 위스퍼는 도로 가의 표지판에 올라 폴댄스를 추면서 에너지를 분출했고, 모텔에 와서는 덥다며 그 새벽에 수영장에서 옷을 입은 채로 다이빙까지 했다고 했다. 피곤해서 먼저 들어온 나와 42는 그 광경을 보지 못한 걸 아쉬워했지만, 안 본 게 오히려 다행이라고 위안을 삼았다. 그리고 젖은 채 방을 잘못 들어가 셰프와 벌쳐를 위해 준비한 방에서 그대로 곯아 떨어져, 셋이서 하룻밤을 보내게 되었다는 안타까운 소식도 아침에서야 들었다. 역시 지구촌 어디나 술 마시면 돌변하는 사람이 있기 마련이다. 위스퍼도 술을 안 마실 때는 연구원 타입의 조용한 친구이기 때문에 어제의 모습을 본 사람들은 놀랄 수밖에 없었다.

큰 파도가 한 번 몰아치고 난 후의 조용한 해변처럼 고요한 아침, 잠이 덜 깬 얼굴로 쑥스러운 듯 우리 방으로 조용히 들어오는 위스퍼를 향해 큰 박수를 치는 것으로 위스퍼의 이별식을 대신했다. 점심을 이곳에서 먹고 출발하기로 하고는 오전에 개인정비 시간을 가졌다. 마트에서 장도 보고, 카페에 들러 커피도 마시며 여유를 부리다 보급품을 찾으려고 우체국에 들렀는데 이름이 Kim이 아닌 Lim으로 잘못 표기되어 있는 바람에 30분이나 걸려 시간이 모자랐다.

애쉬랜드를 끝으로 PCT를 마치고 콜로라도 트레일Colorado Trail을 시작한다는 위스퍼의 배려로 그의 렌터카를 타고 편히 트레일로 복귀했다. 콜로라도 트레일은 미국 콜로라도 주 덴버 남서쪽에 위치한 워터 톤 캐년부터 듀란고까지 이르는 782킬로미터의 장거리 트레일이다. 가장 높은 지점은 해발 4,045미터, 대부분의 트레일이 3,000미터 이상의 고도에 걸쳐 있어 미 중부의 위대한 자연을 만끽할 수 있다고 한다. 위스퍼는 이미 두 번이나 PCT를 종주한 경험이 있기에 종주

\# 쉬는 도중 서로의 상의를 바꿔입자는 썬더버니의 제안을 쿨하게 받아들이고는 기념샷까지 찍은 42의 모습

에 큰 미련이 없었다. 미국에서 가장 아름다운 트레일 중 하나인 콜로라도 트레일로 향하는 그와 마지막으로 진하게 포옹한 뒤 우린 다시 길을 나섰다. 8킬로미터 정도 길을 걷다 위키가 먼저 잡아놓은 자리의 경치가 워낙 좋아 오늘은 이곳에서 머물기로 했다. 텐트를 치고 사이트 옆으로 보이는 작은 언덕을 오르기도 하면서 애쉬랜드에서 묻혀온 진한 알코올을 날려버렸다.

시야가 확 트인 곳에 텐트를 친 터라 해가 지는 모습을 보며 책을 꺼내 들었다. 무거워서 가져갈까 고민하기도 했지만 읽고 싶은 책이라 무리하게 부탁해서 받은 책이다. 여행 작가인 빌 브라이슨이 쓴 애팔란치아 트레일 종주기 『나를 부르는 숲』인데, 이미 영화로도 만들어졌을 만큼 재미있는 책이다. 트레일에서 책을 읽으니 나도 책을 한 권 쓰고 싶다는 생각이 들었다. 그동안 많은 곳을 다니며 블로그에 글을 올렸지만 항상 마무리를 지을 수 없었는데, 이번만큼은 꼭 길을 걸으며 느낀 생각과 경험을 엮어서 글을 마무리 짓고 싶었다. 과연 내 이름으로 된 책을 본다면 어떤 느낌이 들까? 기분이 묘할 것만 같다.

확실히 시야가 트인 곳이라 그런지 밤새 강한 바람이 불었다. 나는 그런 바람 속에서도 깨지 않고 푹 잘 수 있었다. 아침으로 그래놀라와 셰프가 준 베이글에 치즈크림을 얹어 커피와 함께 우아하게 먹고 다시 출발했다. 오리건은 평평하다. 낮은 오르막과 내리막이 반복되긴 하지만, 캘리포니아와는 달리 확실히 수월하다. 중간 중간 호수가 나오면 수영도 하면서 여유롭게 걸었는데도 길이 수월한 만큼 걷는 속도가 빨라져서 42킬로미터를 걸었다. 다들 오리건은 빠르게 지나친다고들 했다. 하루에 60킬로미터에서 많게는 70킬로미터씩 걸어 오리건을 최대한 빠른 시간 내에 통과하는 '오리건 챌린지'를 시도하는 친구도 있다. 하지만 난 굳이 빨리 걸을 필요가 없기에 숲이 제공하는 피톤치드를 흠뻑 마시며 여유롭게 걸었다. 지나고 나면 언제 다시 올지 모르는 곳을 괜히 힘까지 빼며 빨리 걷고 싶은 생각은 추호도 없다. 오히려 빠르게 줄어들고 있는 거리를 볼 때마다 마음 한편에 아쉬움이 몰려온다. 예정된 이별을 어떻게 받아들여야 할지 준비하기 싫었고, 자신감도 없었다.

썬더버니의 발이 계속 말썽인 듯하다. 이미 다리가 많이 불편한 마마구스는 우리와 속도를 맞추기 힘들어 혼자 점프를 해가며 힘겹게 트레일을 계속하고 있었다. 썬더버니 역시 아픈 발목으로 우리 속도에 맞춰 걷는 것이 힘들었겠지만, 자존심 때문인지 이야기하지 않고 있었다. 아침부터 뒤로 처지기 시작하더니, 결국 우리가 점심을 먹은 셸터에서 야영하고 내일 출발할 거라고 와일드맨에게 메시지가 왔다. 아침에 캠핑장을 떠날 때 괜찮냐고 물었는데 활짝 웃으며 크게 걱정할 건 아니라고 했는데, 아무래도 걱정해야 될 정도로 아픈 모양이다. 발목 때문에 고생해본 나였으니 그 마음을 모를 리 없다. 벌쳐의 발 상태도 좋지 않아 보였다. 트레일을 시작한 지 이제 3일 정도 됐는데 예전에 부상당한 부위가 다시 아프기 시작했다고 한다. 급한 대로 발목에 압박붕대를 감고 걸었는데 걸음걸이가 왠지 불안해 보였다. 안타까운 얘기지만, 사실 우리는 벌쳐의 다리보다 셰프와의 관계에 더 관심이 많았다. 커플이라고 하지만 전혀 커플 같은 행동을 하지 않

식사시간은 항상 정겹다. 하루를 마무리하고 먹는 저녁식사는 오늘 걸은 트레일의 느낌이나 서로의 몸 상태를 묻고 체크하는 등 하루 중 가장 중요한 의식과도 같다

는 이 두 친구를 보며, 나뿐 아니라 모두 의아해했다. 특히 42가 셰프에게 호감이 있는 듯해 둘의 관계에 누구보다도 관심이 많았다.

오랜만에 만난 연인이라면 스킨십을 못해 안달일 텐데 이들은 키스는커녕 손을 잡기도 꺼려했다. 정확히 말하자면, 벌쳐는 원하는 눈치인데 셰프가 완강한 태도를 고집하는 듯하다. 애쉬랜드에서 술이 취한 채 잠깐 얘길 나눌 때 벌쳐에게는 더 이상 감정이 남아 있지 않다는 얘기를 얼핏 지나가며 했는데 정말 그런 것인지는 알 수 없었다.

지내면 지낼수록 내가 미국 친구들과 함께 걷는 게 맞나 할 정도로 이들의 관심사는 우리와 똑같다. 노는 스타일이나 이성관계 등. 어딜 가나 주된 화제는 동서양을 막론하고 똑같은 것 같다. 한창 피 끓는 청춘인 남녀가 힘들고 고된 길을 몇 개월씩이나 동행하는데 호감을 느끼고 끌리는 게 당연하다는 생각도 들었다. 우린 혹시나 일어날지도 모르는 셰프와 벌쳐, 42의 삼각관계를 예의주시 하면서 상황을 좀 더 지켜보기로 했다.

미국 본토에서 가장 깊은 호수라는 크레이터 레이크^{Crater Lake}에 가까워지자 다들 들뜨기 시작했다. 원래 관광코스로도 유명한 곳이지만, 그 아름다운 호수를 둘러보는 '림 트레일^{Rim Trail}'이 이구간의 묘미기 때문이다. 더군다나 산불 때문에 주변 트레일이 닫힐지도 모른다는 소식이 전해져 노심초사하며 걸을 수밖에 없었다. 만약 트레일이 닫힌다면, 그 이후의 일은 그때 생각하기로 하고 계속해서 걸었다. 현재로서는 그것만이 우리가 할 수 있는 유일한 일이기 때문이다.

우리의 바람과는 달리 크레이터 레이크에 가까워질수록 스모크 때문에 짙어진 하늘색과 퀴퀴한 냄새가 우리를 더 우울하게 만들기 시작했다.

깨달음과 배움의 연속

● "다 온 건가? 저기야?"

도로 옆 공터에 앉아 뜨거운 발바닥을 바람에 식히며 와일드맨에게 물었다.

오늘 걸어온 길은 유독 불에 탄 구간이 많아 기분이 씁쓸했다. 불에 타 앙상한 가지만 검게 그을린 채 남아 있는 나무를 보고 있자니 마치 내가 나무의 무덤에 와 있는 듯한 착각이 들기도 했지만, 모든 게 황량하기만 한 이곳에서도 그 생명의 끈을 놓지 않은 채 꿋꿋이 자리를 지키는 모습에 감동받았다.

화마의 아픔이 배어 있는 숲을 지난 후에는 더 놀라운 광경을 볼수 있었다. 다행히 그곳까지는 불길이 닿지 않았는지 나무가 빽빽이 자라 있었는데, 비스듬한 산비탈에도 모두 곧게 똑바로 자라나 있었다. 무심코 지나칠 수도 있는 광경이지만, 지금껏 남 탓만 하고 지내

검게 그을린 앙상한 속살만 남긴 채 서 있는 나무도 생명의 끈을 놓지 않고 다시 푸른 잎을 피우려 애를 쓰고 있었다

던 나 자신을 다시 한 번 되돌아보는 계기가 되었다.

이런 비탈길에서 자라는 나무도 그렇게 태어난 걸 탓하지 않고 자신의 의지로 곧게 자라 무성한 숲을 이루는데 왜 나는 지금껏 부모님이나 회사 탓만 하고 지낸 것일까?

7년 동안 직장을 다니면서 꼬박꼬박 월급을 받다 막상 퇴사하고 나오니 주머니에 남은 돈이 얼마 없었다. 하고 싶은 것을 할 거라며 집이고 회사에 큰소리를 치며 나오긴 했지만, 서른 중반이 넘어가도록 장가갈 돈은커녕 당장 먹고 살 걱정부터 해야 할 처지에 놓인 것이다. 그동안 취미용 장비를 사거나 해외로 원정을 나가느라 돈을 못 모은 건 생각지도 않고, 집에서 전세만 잡아줬어도, 회사에서 월급만 조금 더 줬어도 내가 이 정도까지는 아닐 텐데 하며 남 탓으로만 돌리곤 했다. 나보다 월급을 적게 받으면서도 알뜰하게 지금의 나보다 더 많이 저축하며 사는 사람도 많은데, 왜 나는 지금까지 스스로를 반성하지 못하고 노력할 생각은 없이 남 탓으로만 돌리려 했을까?

갑자기 얼굴이 붉어지며 화끈거리기 시작했다. 고개를 들지 못하고 한참을 땅만 보며 걸었다. 우리 사남매를 대학까지 보내고자 당신의 시간을 보낼 여유도 없이 밤낮으로 고생만 하신 부모님을 생각하니 감히 고개를 들 수 없었다. 그저 오늘의 이 기분, 이 마음을 영원히 잊지 않아야겠다는 생각뿐이었다.

PCT의 약 2,950킬로미터 지점에 위치한 크레이터 레이크는 유명한 관광코스다. 그래서 레스토랑도 멋질 것이라 생각했는데, 막상 도착하고 나니 서비스도 엉망이고 음식 맛도 별로라고 다른 하이커들이 말해줬다. 그래서 이곳 마자마 빌리지에는 캠핑장도 있기에 우리는 캠핑장에 머물기로 했다. 빌리지 안에 위치한 스토어에는 오늘 도착한 하이커가 많이 모여 있었다. 그동안 못 본 반가운 얼굴도 있어 인사를 나누며 서로의 안부를 묻기도 했다. 그러던 우리 앞에 차가 한 대 서더니 어디서 많이 듣던 목소리가 쩌렁쩌렁 울렸다.

"아우, 우리 새끼들!"

마마구스였다. 깜짝 놀라기도 했지만 반가움에 달려가 와락 껴안았다. 다른 친구와도 따뜻한 포옹으로 오랜만에 만난 반가움을 표현하고 나서 자초지종을 듣기 시작했다. 다리 때문에 속도를 못내 뒤처진 마마구스는 우리를 뒤따라오다 점점 심해져 치료도 받을 겸 애쉬랜드에서 워리어 하이커의 멤버 탱크^{Tank}에게 연락해서 치료를 받고 우리의 동선에 맞춰 이곳으로 왔다고 했다.

워리어 하이커는 참전용사들이 만든 하이커 그룹으로, '외상 후 스트레스' 등 재향군인이 겪는 상처를 장거리 하이킹으로 치료할 수 있도록 장비 및 정보를 지원하고 완주 후에는 취업까지 알선해주는 프로그램을 운영하고 있다. 와일드맨도 워리어 하이커의 멤버라 탱크와 친한 사이여서 이 둘이 이곳에 있다는 것을 미리 알고 있었지만 깜짝 놀래줄 생각으로 우리에게 말을 안 한 것이다.

볼록 나온 배에 덩치와 안 어울리는 귀여운 얼굴의 탱크는 나이는 많지만 애들처럼 장난기가 많고 유쾌하다. 부대에서 탱크 조종수였기 때문에 트레일 네임이 탱크라고 소개하며 사실 본인도 올해 PCT를 시작하였지만, 무릎이 안 좋아 사막 구간만 걷고는 그만두었다고 한다.

"다들 시장할 텐데 가서 핫도그나 먹자고."

탱크와 마마구스의 사이트로 이동해 짐을 풀고 우리를 위해 준비한 소시지를 구워 핫도그와 맥주를 함께하며 그간의 회포를 풀었다. 그러다 탱크가 갑자기 이곳에 왔으면 림 드라이브를 즐겨야 한다며 자리에서 일어났다. 크레이터 레이크를 한 바퀴 도는 드라이브 코스가 죽여준다면서 자신의 차로 걸어가더니 운전석에 올라 우리에게 마시던 맥주를 가지고 얼른 타라며 클랙슨을 울렸다. 얼떨결에 다들 차에 올랐다. 사람이 많아 구겨 넣듯 차에 올라타서 탱크가 이끄는 대로 몸을 맡겼다. 몸이 불편해 차창 밖의 풍경을 볼 겨를도 없었지만,

연신 "와" 하는 소리가 났다. 이윽고 차가 서자 다들 신음 소리를 내며 내려 허리를 펴고 주변을 둘러보았다.

청아한 옥색 띠를 두른 깊은 푸른색의 호수가 한눈에 다 안 들어올 정도로 넓게 펼쳐져 위용을 뽐내고 있다. 그 안에는 마치 휴양지처럼 보이는 작은 섬도 하나 떠 있다. 입을 다물 수 없었다. 백두산 천지를 보진 못했지만 천지보다 넓고 깊다는 이 호수를 보고 있자니 자연이 만들어놓은 아름다움에 숨이 턱 하고 막혔다.

'크레이터 레이크.'

크레이터 레이크 국립공원은 오리건 주에 있는 마자마 산의 칼데라 호 국립공원이다. 마자마 산은 성층 화산으로 활화산이며 크레이터 레이크라고도 한다. 정상에 칼데라 호와 기생화산을 가지고 있다. 7,700여 년 전, 이 화산이 폭발했는데 1980년 세인트헬렌스 산의 화산 폭발보다 42배 강력했다고 한다. 폭발이 너무 강력해서 산체가 붕괴되었고, 그렇게 생긴 칼데라는 지름 10킬로미터에 달한다. 그 2,700년 후, 소규모 분화가 일어 조그마한 기생화산을 만들어냈고 빗물이 고여 지금과 같은 모습이 되었다. 깊이는 약 560미터다. 지금도 호수 내의 위저드 섬(Wizard Island)의 바닥에서는 화산 가스 분출이 계속되고 있지만, 규모가 너무 작아 무시하고 있다. 그래도 활동 중인 화산이기 때문에 주의할 필요가 있다. – 위키백과

원래 크레이터 레이크는 사화산의 화구호(화산의 분화구에 물이 고여서 만들어진 호수)라는 뜻인데, 오리건 주의 랜드마크인 크레이터 레이크는 다른 이름 없이 그냥 크레이터 레이크라 불린다. 규모가 어마

어마하고, 미국에서 가장 깊은 호수다. 그 깊이만큼이나 짙고 푸른빛을 띠어서 보는 이로 하여금 감탄을 불러일으킨다.

그 와중에도 썬더버니는 소변이 급하다고 차 뒤로 돌아가 아무도 오지마라며 호탕하게 웃더니 차바퀴 밑으로 젖어드는 자기 소변을 발로 쓱 문지르고는 걸어 나왔다. 썬더버니의 그런 모습을 처음 본 탱크의 눈은 휘둥그레지다가 저건 약과라면서 아무 반응도 하지 않는 우리를 보고 이해할 수 없다는 표정을 지었다.

"곧 적응할 수 있을 거예요, 하하."

다른 뷰포인트에서도 마찬가지로 매력적인 모습을 감상할 수 있었다. 이미 가족단위의 많은 관광객이 아름다운 풍경을 감상하며 즐거운 시간을 보내고 있었다. 그들은 우리를 신기하게 쳐다보기도 했다. 호수를 한 바퀴 돌고 다시 캠핑장으로 돌아와 남은 술과 음식으로 한바탕 파티를 벌였다. 내일은 제로데이를 가지기로 했기 때문인지 술을 잘 안 마시는 셰프도 분위기에 흠뻑 취해 맥주를 거나하게 마셨고 다들 웃음이 끊이지 않는 화끈한 밤을 보냈다. 단 한 명, 벌쳐만 빼고…….

다리가 괜찮아졌다는 마마구스는 먼저 트레일로 돌아가기로 했다. 함께 하자고 붙잡았지만 아직 속도를 내기는 무리라며 자기가 팀에 부담을 주는 게 싫어 먼저 출발하는 게 낫다는 그녀의 의견을 존중했다. 이 길에서는 누군가에게 이끌려 다닐 필요가 없다는 것을 모두 알고 있기 때문이다. 먼 길을 홀로 떠나는 그녀를 배웅하고 각자의 시간을 가졌다.

그다음 날은 가벼운 배낭만 꾸려 약 24킬로미터 정도의 림 트레일을 돌기로 했다. 호수 북쪽 3킬로미터 지점 들머리에서 캠핑장까지 내려오는 코스다. 탱크도 집으로 돌아갔고, 전날 친구들이 찾아온 셰프와 벌쳐도 그들과 함께하고 있었기에 나와 와일드맨, 42, 위키 그리고 피시와 썬더버니만 트레일로 향했다. 호수를 끼고도는 트레일을 걷는 것만으로도 호수의 장엄한 풍경을 직접 만져 보는 것처럼 황홀했다. 비록 인근에 난 큰 산불 때문에 연기가 하늘을 메우고 트레일이 닫힐 염려도 있었지만, 호수를 바라보고 있을 때만큼은 아무런 생각도 걱정도 들지 않았다.

중간 중간 호수를 바라보며 휴식을 취할 때면 이 순간을 함께하지 못한 다른 친구가 생각난다. 하지만 처음 만난 이후로 계속 이슈인 벌쳐만큼은 다들 이해할 수 없다고 얘기했다. 다들 친해지려 노력했지

크레이터 호수로 향하기위해 로드워킹을 하던 중 '우리는 로드 워리어즈!', 하이커박스 갱

만, 무슨 이유에서인지 우리와 거리를 두는 벌쳐와 그런 그를 부담스러워하는 셰프. 이 둘 때문에 난처한 적이 여러 번 있었기 때문이다. 그런데다가 42가 셰프를 좋아하면서부터 일이 더 꼬이기 시작했다. 벌쳐는 우리와 함께 다니긴 했지만 우리보다는 셰프와 둘만 있고 싶어 하는 눈치였다. 그래서인지 우리가 말을 걸고 함께하자고 해도 괜찮다고만 하고 늘 자리를 피했다. 당연히 연인 사이라면 그럴 수 있을 거라 생각해서 셰프에게도 둘만 있는 게 어떠냐고 얘기했지만, 셰프는 우리와 함께 다니고 싶어 했기 때문에 계속 티격태격하는 듯했다.

무슨 하이틴 드라마를 보는 것도 아니고, 웃기긴 했지만 당사자들은 심각한 분위기였기에 겉으로 웃을 수 없었다. 그렇지만 한 번은 이들 사이에 무슨 일이 터질 것만 같았다.

이제 크레이터 레이크도 떠날 시간이 되었다. 사람이 많아 함께 히

림 트레일을 걷다 잠깐의 휴식시간을 가진 HBG. 미국에 살지 않는 나와 마찬가지로 이 곳을 처음 와 본 친구들은 장엄한 호수의 모습에 넋이 나가곤 했다

치하이킹을 하는 게 무리였기에 각각 조를 나눠 히치하이킹을 하기로 했다. 썬더버니와 42를 선두로 다른 친구들을 다 보내고 난 후, 피시와 나는 목적지를 알리는 글을 종이에 적어 도로 옆에서 들고 있었는데, 점심시간이라 그런지 들어오는 차는 있어도 나가는 차가 없어 애를 먹었다. 그러던 중 요란하게 생긴 픽업트럭을 잡았다. 운전자의 모습을 처음 보고는 깜짝 놀랐다. 눈동자를 빼고는 온 얼굴이 타투로 덮여 있었고, 귀나 코에 피어싱을 한 채 담배를 피우는 모습이 꼭 영화에서 보던 단골 악역의 모습 같았기 때문이다.

별다른 선택지가 없었기에 표정관리를 하고 일단 차를 타고 가면서 얘기를 나눠보니, 보기와는 정말 다르게 친절하고 착한 친구였다. 직업이 타투 아티스트라 겉모습이 그럴 뿐이고, 애 둘을 키우며 열심히 살고 있다는 그는 근처에 살고 있으니 혹시라도 필요한 게 있으면 연락하라고 명함을 건넸다. 역시 사람은 겉모습만으로 판단하는 게 아니다. 그걸 알고 있음에도 선입견을 버리지 못한 내 모습이 작게만 보이고 부끄러웠다.

누군가 가르쳐주지 않아도, 나는 이 길을 걸으며 많은 것을 깨달으며 배우고 있다.

삼각관계

● 크레이터 레이크를 지난 후 우리는 한동안 각자의 길을 걸었다. 물론 그 전에도 그룹으로 다닌다고 해서 매일 같이 걸은 건 아니지만, 이번에는 누가 먼저라고 할 것 없이 어디서 보자는 약속도 하지 않고 각자 길을 나섰다. 각자의 보폭과 걷는 속도가 다르기에 점심 먹을 장소나 캠프할 장소만 미리 정해놓고 알아서 움직였다. 외길이라 캠프를 하는 곳에서 만날 수밖에 없지만 팀으로 움직이는 것에 조금씩 지쳐가는 듯했다.

나도 함께한다는 것에서 오는 즐거움이 훨씬 더 컸지만, 누군가를 배려하고 신경 쓴다는 점에서 스트레스를 받기도 했다. 각자의 개성과 스타일이 있기에 같은 색깔을 입는다는 것에 익숙하지 않았고, 더구나 혼자 시작한 이 길에서 만큼은 그 누구에게도 영향을 받고 싶지 않았기 때문이었다.

특히 피시는 트레일에서 많은 시간을 보내고 싶어 했는데, HBG 란 이름으로 함께 움직이고 나서부터 마을에서 즐기는 시간이 많아 지다 보니 조금씩 불평하기 시작했다. 나도 트레일에서 많은 시간을 보내고 싶은 마음은 피시와 같았지만, 되도록이면 많은 것을 경험하고 싶어 마을에서 보내는 시간도 소중하게 생각했기에 그다지 큰 불만은 없었다. 다만 사람 마음이 다 같을 수는 없으니 그런 피시의 생각도 이해할 수 있었다.

그리고 스트레스 중 가장 큰 비중을 차지하는 것이 바로 관계의 문제였다. 어느 곳이나 남녀가 섞이기 시작하면 문제가 발생하곤 하는데 여기도 예외는 아니다. 물론 당사자가 알아서 하겠지 하고 신경을 안 쓰면 되지만 그게 쉽지 않았고, 같이 모여 뭔가를 하려 할 때마다 그 당사자의 눈치를 봐야 한다는 것이 큰 스트레스였다. 애들 소꿉장난 같이 유치한 일이라 생각하겠지만, 당사자들은 물론 주변 사람까지 피곤하게 만드는 삼각관계를 4,300킬로미터나 걸어야 하는 트레일에서 겪으니 웃지도 못할 노릇이다.

그래서 크레이터 레이크를 떠나 온 첫날밤, 셰프와 벌쳐가 친구들과 지낸다고 따로 움직여 함께할 수 없던 날에, 나머지 친구가 다 같이 저녁을 먹으며 이런저런 문제를 터놓고 이야기를 나눴다. 유치할수도 있는 현안에 대해 각자의 생각을 이야기하며 해결점을 모색했다. 나는 이렇게 말했다.

첫째, 삼각관계에 대해서는 셰프가 행동을 확실히 해야 한다. 벌쳐에게 마음이 없다면 관계를 정확히 정리해서 더 이상 희망고문을 하

셸터 코브 리조트에서의 즐거웠던 한때. 왼쪽 소파에 앉아 있는 커플이 셰프와 벌쳐. 정면에 보이는 남자가 42다

지 말아야 한다. 그래야 이 길을 함께 할 셰프나 우리와도 마음을 터놓고 친해지든지 아니면 그의 길을 가던지 선택할 수 있다. 셰프를 좋아하는 42는 벌쳐에 대한 본인의 마음을 우리에게 내색하지 말았으면 한다. 우리에겐 42나 벌쳐나 다 같은 동료인데, 그런 이야기 탓에 우리가 색안경을 끼게 될 수 있다. 어쨌든 셰프의 입장 정리가 선행되어야 한다.

둘째, 나는 이 길을 함께 하는 HBG가 정말 좋다. 그렇다고 해서 모두와 모든 걸 함께하자고 말하고 싶지는 않다. 모두 이 길을 혼자 시작했고, 함께하는 것에 익숙하지 않을 수도 있다. 그냥 무언가에 얽매인다 생각하지 말고, 함께할 때는 함께하고 혼자이고 싶을 때는 혼자 행동하면 좋겠다. 나도 그럴 것이다. 다만, 이 길의 끝에 설 때는 우리가 함께 그 기분을 나누었으면 하는 바람이 있다. 타지에서 온 나를 반갑게 맞이해주고 가족처럼 생각해주는 너희와 함께하는 모든 시간이 나는 즐겁고 행복하다.

짧은 영어로 생각을 정리해서 말하려니 힘이 들었지만, 생각을 다 쏟아내고 나니 한결 기분이 가벼워졌다. 다른 친구의 생각도 대부분 나와 비슷했다. 썬더버니가 셰프에게 우리 생각을 대표해서 잘 이야기하기로 하고, 남은 길은 지금과 같이 그날그날의 목적지와 이벤트는 공유하되 혼자이고 싶을 땐 혼자의 길을 가기로 결정했다. 대신 페이스북 메신저로 그룹채팅창을 만들어 지속적으로 연락하는 것으로 훈훈하게 마무리 지었다. 이후 우리는 각자 알아서 길을 나섰고, 이틀을 따로 걷다 셸터 코브 리조트Shelter Cove Resort에서 다시 만났다.

1시경 도착한 셸터 코브 리조트는 크레센트 호수에서 펼쳐지는 낚시대회 때문에 수많은 낚시꾼과 가족으로 붐볐다. 많은 인파를 헤치고 캠핑장 옆에 있는 스토어 쪽으로 가 보니 먼저와 기다리던 지인이 반갑게 맞이해줬다. 한국에서 외국계 회사를 다니는 지인은 미국 본사에 출장을 왔다가 한국으로 돌아가기 전에 시간이 남은 김에 나를 만나러 온 것이다. 아침에 도착해 지금까지 테이블에 간단한 음식을 펼쳐놓고 기다리고 있었다는데, 그 마음이 반갑기도 미안하기도 했다. 뒤이어 도착한 와일드맨을 소개하고 잡채와 김치, 소주를 함께 나눠 마시며 그동안의 이야기를 하며 시간을 보내기 시작했다. 원래는 리조트의 캐빈을 하나 빌리려 했는데 오는 날이 장날인지라 낚시대회 때문에 방이 다 없다고 했다. 따뜻한 목욕이 아쉽기는 했지만, 캠핑장을 이용할 수 있어서 개의치 않고 다른 친구가 오기를 기다렸다.

보급을 위해 이곳을 들린 다른 하이커에게도 한국의 김치와 소주를 맛 보여주며 이야기를 나누었는데, 다들 신기해서 한 번씩 먹어보고는 맵다고 손사래를 치며 물을 찾았다. 그러던 중 썬더버니를 시작으로 피시, 42 그리고 셰프와 벌쳐까지 시간차를 두고 도착했다. 때마침 하늘도 우리를 도왔는지 스토어 점원이 우리 쪽으로 와 지금 캐빈 하나가 취소된 게 있는데 이용할거냐 묻기에, 다들 함성을 지르며 배낭을 하늘로 던지는 것으로 대답을 대신했다. 캐빈으로 이동해서 따뜻한 목욕도 하고 지인이 준비해준 제육볶음과 떡볶이, 그리고 채식주의자를 위한 순두부찌개로 만찬을 즐겼다. 술잔이 돌고 돌아 다들 흥건히 취할 때쯤 뭔가가 빠진 듯한 생각이 들었다. 고민하다 위키가 아직 도착하지 않았다는 걸 알았다.

"불쌍한 우리 위키. 오늘은 어디서 외로운 밤을 쓸쓸히 보내고 있을까?"

썬더버니가 한껏 흥이 올라 웃으며 말하다가 미안했는지, 위키를 위해 메신저에 우리 위치를 남겼다. 다 큰 애라 알아서 잘할 거라며 다시 한 번 오늘을 위한 건배를 들었다. 나도 더 놀고 싶었지만, 어금니 쪽의 치통이 너무 심해 진통제를 먹고 일찍 자기로 했다. 술에 취하면 통증이 가라앉을까 마셔도 봤지만 치통은 술로 해결되지 않았다. 끔찍한 고통을 잊으려면 최대한 빨리 잠을 청해야 했다.

'그래. 위키를 안 챙긴 벌은 내가 받을 테니 다들 재미있게 놀아라.'

괜한 심통을 자장가 삼아 불 꺼진 방에서 쓸쓸히 잠들었다.

다음날, 어질러진 테이블과 바닥에 뒹굴고 있는 술병들이 간밤의 흥겨움을 대신 알려주었다. 치통이 휩쓸고 간 여운 때문에 머리까지 아파 바람이나 쐬려 밖으로 나와 정처 없이 걷기 시작했다. 다소 쌀쌀한 기운 때문에 다운재킷을 입었지만, 이내 떠오른 태양이 내려쬐는 햇살이 얼굴에 닿자 포근해졌다.

스토어를 지나 캠핑장을 한 바퀴 돌고 다시 정문 쪽을 지나는데 저 멀리 외롭게 걸어오는 한 그림자가 보였다. 어정쩡한 자세에 흔치 않은 붉은 머리. 위키였다. 왜 이리 빨리 움직이느냐고 물어보니 근처에서 통신이 되어 썬더버니의 메시지를 받고는 우리가 있는 쪽으로 발길을 돌려 오는 길이라 했다. 하긴 술에 찌든 우리에게는 이른 시간이지만 하이커에게는 한창인 10시가 지난 때다.

위키를 데리고 캐빈으로 돌아가 퉁퉁 부은 얼굴의 야생마들과 인사를 시키고 따로 남겨둔 따뜻한 음식으로 다시 한 번 위키를 환영해 줬다. 11시까지 방을 빼줘야 해서 빠르게 정리하고는 스토어 옆의 테이블로 자리를 옮겼는데, 어디서 본 듯한 캠핑카 한 대가 캠핑장 안쪽에 세워져 있는 게 보였다.

"클러치 패밀리 아냐?"

혹시나 하는 마음에 가까이 가서 보니 역시나 클러치 패밀리다. 클러치 패밀리는 올해 PCT를 걷는 하이커인 클러치의 사촌 두 명과 삼촌, 숙모 총 4인 가족인데, 클러치가 PCT를 시작하기 전부터 캠핑카로 여행을 다녔다고 한다. 그러던 중 클러치가 PCT를 시작한다고 하자, 이미 계획해둔 미국 서부여행도 할 겸 클러치의 서포터를 자청해서 따라오는 중이다. 그의 캠핑카 뒤에는 미국 전도가 그려져 있었고 다니는 곳마다 색깔을 칠했는데, 아마도 클러치의 PCT가 끝날 쯤에는 지도에 색깔이 다 칠해질 것 같았다. 일전 크레이터 레이크에서 처음 만나 이곳에서 다시 본 것이다. 반가운 얼굴로 인사하자, 그들은 오늘부터 클러치가 도착할 때까지 머물 거라면서 와서 함께 즐기자고 했다. 우린 위키도 오늘 막 도착했고, 하루 더 머물다 가는 것도 나쁘지 않을 것 같아 그러기로 하고 바로 맞은편에 있는 무료 캠핑장에 또다시 짐을 풀었다. 마을에서 오래 쉬는 걸 탐탁지 않게 생각하는 피시가 부담 갖지 않도록 강요하지는 않았다. 하지만 피시의 휴대전화가 예기치 않게 고장 나는 바람에 그도 꼼짝없이 우리와 함께 하루를 더 이곳에서 보내게 되었다. 근처에서 만난 한 낚시꾼이 인근에서 가장 큰 마을인 벤드라는 도시로 내일 나간다며 태워준다고 했기에, 폰

가는 곳마다 신세를 지는 클러치 패밀리. 정말로 친절한 이분들 덕분에 클러치보다 오히려 우리가 더 서포트를 받는 듯했다

을 고치려면 하루를 더 있을 수밖에 없었다.

낮부터 누워서 책도 읽고, 다른 하이커와 춤도 추며 흥겹게 보냈다. 한참을 흥겹게 보내다가 뒤쪽 숲에서 다투는 소리를 들었다. 셰프와 벌쳐의 목소리다. 모른 척 썬더버니와 함께 내용을 들어보니 셰프는 우리와 함께 즐기다 내일 같이 출발하려 하는데, 벌쳐는 둘만 있고 싶다며 길을 나서자는 내용이었다. '또 시작이구나.' 우리는 씁쓸하게 서로를 쳐다보고는, 잘 해결하기만을 바라며 아무런 내색을 하지 않았다. 결국 둘은 먼저 길을 나서기로 했고, 못내 아쉬운 듯 자리를 못 뜨던 셰프는 벌쳐의 성화에 못 이겨 자리를 털고 일어났다.

보는 이가 더 답답한 이들의 줄다리기가 언제쯤 끝날지 모르겠다. 그리고 또 한 명의 피해자인 42가 있다. 애써 모른 척 표정관리를 했지만 우리보다 더 답답할 그의 속을 모를 리 없다. 한 잔 두 잔 채워져 가는 그의 술잔에 나도 모르게 측은한 마음을 더해주었다.

"다시 복귀해서 만나자고. HBG Forever!"

다음날, 밝은 얼굴로 인사를 하며 벤드로 향하는 차에 피시가 올라탔다. 왠지 오늘이 지나면 다시 못 볼 것 같은 느낌이 들었다. 뭐, 사람 일이란 모르는 거니까. 아무튼 흥겨운 시간을 뒤로하고 다시 나, 와일드맨, 썬더버니, 42, 위키 이렇게 다섯이서 트레일로 복귀했다. 햇살 가득한 도로를 지나 울창한 숲으로 접어들자 이내 콧구멍 속으로 짙은 풀 냄새가 들어왔다. 넓은 호수를 내려다보며 잠깐 휴식도 취하고, 온몸이 이끼로 뒤덮인 커다란 나무 틈 사이로 난 길을 걸으며 트레일에서만 느낄 수 있는 편안함을 느꼈다.

　오리건은 확실히 걷기 편했고, 걷고 있으면 마음도 편안해졌다. 그렇다고 쭉 평평한 구간만 있는 것은 아니지만, 온화한 초록의 숲길이 주는 편안함이 그런 기분을 만들어 주는 듯하다. 울창한 나무 틈 사이로 비치는 햇살이 몽환적이면서도 그윽한 분위기를 만들어주는데, 주위에 나비가 날아다니는 듯한 느낌이 들 정도로 아름다운 숲길의 연속이다. 그래서 그런지 이 아름다운 숲이 산불에 다 타버린 구간을 지날 때는 더 안타까움과 애석함이 더 크다. 자연재해라면 어쩔 수 없는 자연의 순리겠지만, 만약 인재라면 더없이 안타깝고 반성해야만 할 문제다.

　6시가 넘어 야영할 곳을 찾으며 걷고 있는데 앞서가던 썬더버니가 누군가와 반갑게 인사하는 소리가 들렸다. 하루 먼저 출발했기에 만날 거라 생각지도 않은 셰프와 벌쳐가 트레일 옆 넓은 공간에 텐트를 치고 있었다. 반가움에 인사를 나누는 셰프와는 달리 벌쳐의 표정은 썩 좋아 보이지 않았다. 그래도 어색한 인사를 나누고 우리도 한쪽에 텐트를 치고 저녁을 준비했다. 이윽고 도착한 42와 위키도 셰프와 벌쳐가 같은 곳에 있는 게 의아한지 고개를 갸우뚱거리며 짐을 풀었다. 나도 양손을 들며 모르겠다는 제스처를 하고는 계속 저녁을 준비했다.

　왠지 모를 어색함이 이 좁은 공간을 뒤덮었다. 저녁을 함께하자고 불렀지만 그들은 따로 하겠다며 자리를 피했다.

　　"으아, 싫다 싫어! 왜 자꾸 이런 상황을 만드는 거야?"

나도 모르게 참던 것이 토해져 나왔다. 생각지도 못한 이런 유치한 상황 때문에 다른 친구들이나 내가 매번 어색해져야만 한다는 게 화가 났다.

　"캐빈에서 엄마랑 화상통화를 할 때만 해도 셰프는 벌쳐와 헤어졌다고 했는데……."

　썬더버니가 말끝을 흐렸다. 반면에 42의 눈빛은 반짝이고 있었다.

　'나도 모르겠다. 이 드라마가 어떻게 끝이 날지…….'

우연이 만들어 준 인연

● "요~! HBG!"

난데없이 들리는 익숙한 목소리에 우리는 깜짝 놀라 고개를 돌렸다. 큰 키에 눌러쓴 모자 밖으로 흘러내리는 머리카락, 저음의 목소리, 바로 피시였다. 리조트에서 헤어진 후 이젠 못 볼 거라 생각한 피시의 등장에 난 깜짝 놀랐다. 더군다나 우리가 있는 곳은 마을도 아닌 엘크 레이크^{Elk Lake}로 가는 트레일 중간이기 때문이다.

"어떻게 알고 온 거야?"

"벤드에서 휴대폰을 바꾸고 트레일을 거꾸로 걸어 내려오다 요 앞 트레일 바닥에 너희가 표시해 둔 HBG 글씨를 보고 찾았지."

나와 42가 아침에 먼저 출발했기 때문에 점심 먹을 위치를 뒤따라오는 친구에게 알려주려고 트레일 바닥에 HBG라고 크게 써놓은 걸 보고 찾아왔다는 것이다. 뜬금없는 장소에서 피시를 다시 보니 무척 반가웠다. 덕분에 우리는 넓은 호수 옆에 있는 큰 바위 위에 앉아 함께 수영도 하고 담소를 나누며 즐거운 점심시간을 보냈다. 앞으로 어쩔 거냐는 우리의 물음에, 리조트까지 거꾸로 내려가 못 걸은 부분을 다시 걸은 후 히치하이킹으로 벤드까지 와서 트레일을 계속할 예정이라고 했다. 그러면서 오기 전 벤드에서 클러치 패밀리를 또 만났는데, 엘크 레이크에서 며칠 머물 거라 했다며 가는 길에 들리라는 얘기도 남겼다.

나는 앞서 간 한국인 PCT 하이커 윤은중 어르신이 엘크 레이크의 어느 장소에 내게 선물을 남겼다고 해서 꼭 들려야 했다. 가는 길목에 위치해 있기에 혼자 다녀와도 된다고 했지만, 거기서 보급품도 찾아야 되고 또 노는 게 좋은 이 친구들은 전부 다 같이 가겠다고 했다.

언제가 될지 몰라도 꼭 다시 보자고 인사하며 피시를 먼저 보내고 우리도 짐을 챙겨 다시 길을 나섰다. 엘크 레이크까지는 16킬로미터도 남지 않았기에 몇 시간만 걸으면 될 것 같았다. 아마 오후 4시나 5시 정도면 충분히 도착하리라. 윤은중 어르신의 따님이 페이스북 메신저로 연락해 아버지가 받은 짐이 너무 많아 김과 고추장 등 한국음식 몇 가지를 엘크 레이크의 어느 지점에 묻어 놓으셨으니 잘 찾아서 맛있게 먹으라고 하셨단다.

'1958mi Elk에 오시면 상점 나와 우측 수도 주유기에서 3~4미터 걸어가면 아스팔트 삼거리 보임. 삼거리에서 똑바로 보면 작은 길이 또 보임. 비포장 두 번째 나무 옆 바위 밑 흙 걷어내면 아스팔트 쪼가리 얹어놨음. 고추장, 김 커피, 된장 분말 등.'

묻어 둔 위치를 마치 보물찾기처럼 재미있게 남겨주셔서 기대와 흥분이 되었다. 종주 중에 어르신을 꼭 한번 뵙고 싶었지만, 일찍 출발하시기도 했고 내가 마을에서 쉬는 날이 많았기에 아마 트레일에서는 뵐 수 없을 듯하다. 대신 그 아쉬움을 트레일을 마치고 한국으로 돌아가면 꼭 한 번 찾아뵙고 막걸리를 한 잔 나눠야지 하고 생각했다.

　　엘크 레이크는 역시 관광지답게 드넓은 호수에서 카약이나 수영, 선탠을 즐기는 관광객이 가득했다. 입구부터 이어지는 도로 양 옆에 마련된 캠핑장에는 가족단위로 휴양을 온 캠핑족이 이미 휴식을 취하며 즐거운 시간을 보내고 있다. 클러치 패밀리도 입구 바로 옆 사이트에 머물고 있었기에 도착하자마자 만날 수 있었고, 역시나 우리가 오는 걸 보자마자 반갑게 인사하며 사이트로 초대해주었다.

어르신이 알려주신 위치를 정확히 찾았지만, 누군가 먼저 발견하고는 흔적만 남긴 채 어르신이 남긴 보물을 가져가 버렸다

한창 타코 요리에 분주한 클러치 패밀리 사이트에 짐을 풀어놓고는 어르신이 남긴 보물을 찾으러 스토어 쪽으로 내려갔다. 상점 앞에 위치한 주유기를 찾아 말씀 주신대로 따라가 보니 누가 먼저 이곳을 다녀갔는지 땅이 파헤쳐진 흔적이 남아 있었다. 다시 한 번 위치를 파악해봤지만 이곳이 정확하다. 아무래도 누군가가 흔적이 있는 걸 보고는 넣어둔 보물을 가져간 듯 보였고, 옆에는 어르신이 남기셨을 분말커피의 껍데기만 덩그러니 놓여 있었다. 괜히 내가 미안했다. 사진을 찍어 어르신의 따님께 메신저로 보내서 상황을 설명했다. 누가 가져갔는지는 몰라도 한글로 쪽지까지 남겨두셨을 텐데 하이커끼리의 우정을 파괴하다니 너무하다는 생각이 들었다.

"타코 좀 들지? 쿨케이."

아쉬움에 어깨가 축 처져진 내게 클러치의 삼촌이 다가와 타코와 아이스박스에서 금방 꺼낸 시원한 맥주를 건넸다. 썬더버니는 보급품을 찾으러 갔고, 다른 친구들은 스토어 옆에 있는 바에 맥주를 마시러 갔다. 홀로 남아 있던 위키와 함께 타코를 먹으며 자리를 지켰다. 클러치 패밀리가 이곳에 있다는 걸 알고 찾아온 다른 하이커와 이야기를 나누던 중, 아래서부터 소리를 지르며 헐레벌떡 뛰어오는 누군가를 발견했다. 썬더버니다. 왜 이리 소리를 지르며 뛰어왔냐고 물어보니, 보급품을 찾고 와일드맨이랑 42가 있는 바에 갔는데 셰프와 벌쳐도 그곳에서 맥주를 마시고 있었다며 이야기를 이어나갔다. 어색한 분위기의 넷 사이에 끼어 햄버거를 먹다 피시를 만난 이야기를 하는데, 바에 앉아 있던 한 남자가 벤드^{Bend}란 마을 이름을 듣더니 테이블로 와서 PCT 하이커냐고 물어봤다는 것이다. 그렇다고 하자 자기를 닥터 칩이라고 소개하며 작년에 PCT를 종주했고 집이 벤드에 있는데 혹시 벤드에 들릴 예정이면 자기 집에서 지내도 좋다고 했단다. 거기다 애쉬랜드에서 헤어진 위스퍼와도 함께 종주하며 친해진 사이라고 하니 우연도 이런 우연이 없다며 당장 집으로 가서 파티를 하자고 했다는 것이다.

아닌 밤중에 홍두깨도 아니고 뜬금없고 예정에도 없는 벤드로 가자니 이게 웬 말인가 싶어 어리둥절하고 있었는데, 42와 와일드맨은 물론 셰프와 벌쳐까지 나타나 위키와 나한테 짐을 챙기라며 서둘기 시작했다. 곧이어 낡은 밴 한 대가 사이트 앞에 서더니 닥터 칩이라는 젊은 친구가 운전석에서 내렸다.

"좋아 좋아. 가자고 가. 근데 한 차로 이 인원이 다 움직일 수 있단 말이야?"

"충분히 탈 수 있지. 오예, 레츠고!"

이 낡은 밴에 운전자 빼고 일곱 명이 배낭까지 싣고 갈 수 있다는 자신감 넘치는 42의 대답에 한숨이 나왔지만, 이내 구겨지듯 차 안으로 빨려 들어갔다. 배낭은 뒤편에 싣고 앞좌석에 와일드맨과 썬더버니, 뒷좌석에 벌쳐랑 셰프, 42랑 위키 그리고 내가 구겨져 탔다. 그 모습이 우스꽝스럽기도, 신기하기도 했는지 클러치 패밀리와 다른 하이커들은 죽는다고 웃으며 사진을 찍는 데 여념이 없었다.

"사랑해요 클러치 패밀리! 트레일에서 다시 만나요!"

포옹 한 번 할 시간도 없이 창문 틈새로 소리치듯 인사를 전하고 우리는 벤드로 향했다.

느지막이 도착한 벤드는 꽤나 큰 도시였다. 해가 곧 질 시간이라 도시 구경은 내일 하기로 하고 닥터 칩의 집에 짐을 내려놓고 인근 술집으로 향했다.

"너희들과 함께 있는 게 정말 좋아. PCT라는 트레일이 좋은 건 아마도 너희들과 함께할 수 있어서 그런 것 같아. 예전에 콜로라도 트레일이나 존 뮤어 트레일을 종주했을 때와는 또 다른 느낌이야. 그런 의미에서 오늘은 내가 쏜다! 가자!"

한껏 흥이 올라 소리를 지르며 뛰어가던 42가 갑자기 뒤로돌아 우리에게 고백하듯 수줍게 얘기했다. 42가 쏜다는 말에 우리도 덩달아 흥이 나서는 닥터 칩이 데리고 간 술집에서 신나게 우리만의 파티를 시작했다. 맥주를 마시며 테이블에 앉아 모두 어깨를 들썩이며 춤을

벤드에 도착해서 함께 저녁을 먹으러 나가는 길에. 좌로부터 와일드맨, 닥터 칩, 벌쳐와 셰프, 42, 위키, 썬더버니의 뒷모습

추기도 하고, 아무 의미 없는 농담에 미친 듯 웃기도 하며 시간 가는 줄 모르게 그 순간을 즐겼다. 나에게는 매 순간이 정말 소중한 경험이다.

트레일에서 만난 친구들, 그리고 우연히 만난 사람의 집에 머물며 그들과 함께 이런 시간을 보낼 수 있다는 게 신기할 따름이다. 그뿐 아니라 집에서 2차를 하자며 냉동피자와 맥주를 사러 편의점에 갔는데 젊고 아리따운 아가씨들이 우리가 PCT를 종주하고 있다는 걸 알고는 응원한다면서 맥주 한 박스를 그 자리에서 사주기도 했다. 이 모든 것의 연결고리는 PCT밖에 없다. 나는 나라도, 인종도, 언어도 다른 외국인이다. 물론 다른 친구들도 이곳에서 처음 만난 사이지만 이렇게 친해질 수 있다는 것과 들리는 마을마다 하이커라는 이유로 대접받는 것은 정말 색다른 경험이다.

2차에 마실거리를 준비하려고 들린 편의점에서 우연히 만난 아름다운 아가씨들이 준 선물을 와일드맨이 소중히 안고 있다

미국에 살고 있는 이들에게도 PCT 같은 장거리 하이킹을 한다는 것 자체가 부러움과 선망의 대상이다. 장거리 하이킹은 그것을 위해 많은 것을 포기하고, 또 많은 시간을 준비한다는 것을 알기 때문이다. 그동안 트레일을 걸으며 만난 트레일 엔젤이나 트레일 매직, 지나칠 때마다 고생한다며 뭐라도 조금 나눠주려 하던 데이하이커, 그리고 마을 레스토랑에서 파이팅 하라며 밥값을 대신 내주는 마을 주민까지. 이들 모두가 우리가 PCT를 걷고 있다는 것만으로 친절을 베풀어준 것이다. 그들의 친절을 직접 겪고 나니 더욱더 이들의 하이킹 문화, 아니 PCT의 문화가 부러웠다. 정말 부럽지만, 지금은 내가 즐기고 있다는 것에 만족하기로 했다.

다음날은 전날의 과음 탓에 오후가 돼서야 다들 정신을 차렸다. 막상 떠나려 하니 셰프와 42가 보이지 않았다. 각자 개인정비를 하느라 둘이 어디로 사라졌는지 아는 사람이 없었고, 연락조차 되지 않았다. 시간이 늦어 어쩔 수 없이 남은 사람끼리 먼저 일어나야 했다. 사라진 셰프 때문에 속이 타는 벌쳐만 이곳에 남기로 했다. 뒤늦게 위키를 통해 42와 연락이 되었는데, 우연히 둘 다 신발이 필요해 나갔다가 근처에 있는 바에서 술을 한 잔하게 되었다고 했다. 자초지종이야 우리가 어찌 알겠느냐만, 벌쳐가 분명 크게 화를 냈을 거란 사실만은 알 수 있었다. 일단 내일 트레일로 복귀하겠다는 이야기를 끝으로 연락이 끊겼다.

트레일 옆 한적한 공간에 하루 묵을 자리를 펼쳤다. 썬더버니, 와일드맨, 위키 그리고 나. 떠날 때와 돌아올 때의 사람 수는 달랐지만,

우린 차라리 남은 세 사람이 알아서 잘 정리하고 오기만을 기대하며 뜨거운 하루를 마무리했다.

'과연 또 내일은 어떤 익사이팅한 일이 벌어질까?'

카르페 디엠

● "캬아~ 바로 이 맛이지!"

톡 쏘는 특유의 청량감이 식도를 타고 흐르자 나도 모르게 절로 탄성이 터져 나왔다. 메마른 모래 위를 걸을 때마다 흩날리던 먼지 때문에 이미 코는 물론 온몸이 먼지투성이지만, 잠깐 쉬는 점심시간 동안 마시는 맥주 한 잔에 그 모든 것을 보상받는다.

사람들이 지나다니는 길 바로 옆에 자리를 깔고 잤지만 주말이 아니라 인적이 드물어 늦잠까지 자고 출발했다. 늦잠 잔 것을 반성이라도 하듯 나와 와일드맨은 빠르게 내달렸는데, 그래서인지 점심을 먹고 쉬는 동안에도 뒤쳐진 썬더버니와 위키의 모습이 보이지 않았다. 할 수 없이 우리끼리만 닥터 칩의 집에서 가져온 캔맥주를 차갑게 흐르는 개울에 잠깐 식혔다가 마셨다.

분명 오리건의 산길을 잇는 트레일이지만, 해변처럼 쭉 뻗은 모래

거칠게 깨진 옵시디언의 단면에 반사된 영롱한 빛은 길을 걷는 하이커를 홀리기에 충분히 아름답다

사장은 낭만적이라기보다는 발목을 잡아 짜증이 났다. 한 발짝 내디딜 때마다 푹푹 빠지는 모래 길을 헤쳐 나가려면 평소보다 두 배의 힘을 써야 하고, 속도를 내지 못해 진도가 안 나간다. 그래도 주변이 아름다운 풍경인 건 다행이다. 오래전 화산이 활동한 곳인지 옵시디언(흑요석)이 트레일 주변으로 널려 있는데, 다양하게 깨진 단면으로 영롱하게 빛을 반사하는 그 모습이 주변 환경과 어우러져 장관을 만들어낸다. 옵시디언 무덤이 뿜어내는 무지개 색 빛의 향연은 걷는 자를 홀리기에 충분하다. 그래서인지 우리는 그 유혹을 뿌리치지 못하고 옵시디언 폭포에 들려 잠깐 불필요한 휴식을 취하기도 했다.

흑요석과 현무암이 즐비한 이국적인 화산지대를 지나 도착한 호수에서 하루를 마무리했다. 예정된 50킬로미터 지점에서 5킬로미터 정도 못 미친 곳이었지만, 물을 구할 수 있고 뒤쳐진 썬더버니와 위키도 기다려야 했기에 멈추기로 했다. 날이 저물자 스산하게 불던 바람이 조금 더 거칠게 불기 시작했고, 어느새 짙게 깔린 어둠 사이로 불빛이 우리를 향해 걸어오는 게 보였다. 바람을 타고 들려오는 우렁찬 목소리 덕분에 보이진 않아도 그 소리의 주인공이 썬더버니라는 걸 알 수 있었다.

"일어나요, HBG! 해가 중천에 뜨겠어요!"
다음날, 단잠을 깨우는 소리에 일어나 보니 이미 배낭을 꾸리고 떠날 채비를 마친 위키가 우리를 위해 마실 물을 정수하고 있었다. 벤드에 들렀을 때 식량을 보충한 다른 친구와는 달리, 곧 지나는 시스터 Sisters란 마을로 보급품을 보낸 위키는 어쩔 수 없이 그곳을 들려야만 했다. 보급품만 찾고 바로 복귀할 거라 일찍 출발한다고 하기에 곧 보자고 인사하며 손을 흔들어주었다.

위키를 보내고 아침을 먹은 후 우리도 길을 나섰다. 오늘은 가는 길에 있는 빅레이크 유스 캠프를 들리기로 했다. 그곳으로 보급품을 보낸 나와 썬더버니 그리고 친구가 찾아오기로 한 와일드맨까지 모두 들려야 할 이유가 있기 때문이다. 썬더버니가 그곳에서 하이커에게 식사를 무료로 제공한다고 했으므로 서두를 이유는 충분했다. 물론 그 이유가 아니더라도 보급품 속에 있을 고추참치가 갑자기 무척 먹고 싶었다.

공짜 점심을 먹겠다는 일념으로 열심히 걸은 우리는 오후 1시경 캠프에 도착했다. 때마침 도착한 와일드맨의 친구와 와일드맨은 인근 마을 시스터로 외식을 하러 간다고 했다. 이럴 줄 알았으면 위키도 데리고 오는 건데 하며 머리를 탁 쳤지만, 되돌릴 수 없었다. 친구와 함께 차를 타고 떠나는 와일드맨을 배웅하고 나와 썬더버니는 보급품을 찾으려고 캠프장 사무실로 갔다.

"이름이 뭐죠?"

"네, 저는 썬더버니고요. 이 친구는 쿨케이예요. 아, 전 'Kim'이고요, 얘도 'Kim'이에요."

보급상자를 찾는 직원에게 멋쩍은 듯 웃으며 대답하는 썬더버니와 나는 이름과 성이 같다. 썬더버니는 이름이 'Kim', 나는 성이 'Kim'이라 우리가 결혼하면 썬더버니의 풀네임이 'Kim Kim'이 된다며 깔깔대며 웃기도 했다.

"당신이 썬더버니예요? 와! 늘 궁금했어요. 도대체 소포가 여섯 개나 도착해 있는 하이커가 누구인지를……. 도대체 썬더버니가 누구기에 이렇게 많은 소포가 여러 사람들로부터 왔을까 하고요. 혹시 유명하신 분이에요?"

여섯 개? 난 내 귀를 의심했다. 물론 썬더버니가 이곳에 오기 전 자기 앞으로 소포가 좀 와있을 거라고 얘기하긴 했지만, 그 조금이 여섯 개나 될 줄은 상상도 못 했다. 직원의 오버에 수줍은 듯 그냥 친구들이 보내준 거라 얼버무린 썬더버니지만, 그녀는 우리나라의 파워블로거와 비슷하게 많은 사람에게 응원을 받는 블로거였다. 도착한 소포도 다 그녀를 응원하는 사람들이 보내준 일종의 선물이었다. 농담 조로 짐을 옮겨주는 대신 선물 일부를 나누기로 합의하고는 짐을 들고 하이커들이 머무는 공간으로 향했다. 금강산도 식후경이라 일단 배낭과 짐을 두고 캠프에서 제공하는 점심을 먹으려 식당으로 갔다. 아마도 늘 이맘때쯤 진행하는 교회 행사 때문에 이곳을 지나치는 하이커에게 따뜻한 점심을 무료로 제공하는 듯했다. 거지 행색의 하이커 말고는 대부분이 말끔한 차림의 충실한 하느님의 양으로 보였고, 식당 중간의 현수막에도 하느님의 말씀이 적혀 있었다.

오랜만에 타코를 잔뜩 먹고 돌아오니 솔솔 잠이 오기도 했지만, 썬 더버니가 박스를 하나하나 열 때마다 쏟아져 나오는 과자나 식량 때문에 잠을 잘 수 없었다. 혼자 그 많은 음식을 다 가질 수 없기 때문에 보내준 친구를 위해 사진을 찍은 후 필요한 것만 챙기고 나머지는 다른 하이커에게 나눠주었다. 덕분에 주변에 있던 셰이드와 포고는 물론, 시기가 맞아 남쪽으로 향하는 하이커들도 썬더버니 친구들의 선물을 나눠 받았다. 나 또한 받은 보급품 중에서 필요한 것만 챙기고 남은 것을 나눠주었다. 주영 선배님이 센스 있게 넣어준 소주를 발견한 포고가 그게 뭐냐고 물어 설명을 해주었다. 한창 포고에게 소주는 값은 싸지만 훌륭한 한국의 술이라고 설명하는 와중에, 모여 있는 하이커 중 동양인 한 명이 "한국인이세요?" 하고 물었다. 서로 일본인이라 생각했는데, 소주 덕분에 한국인임을 알았으니 얼마나 반가웠겠는가? 그리고 트레일에서 PCT를 걷는 한국인 하이커를 처음 본 순간이기에 더 반가웠다.

"김기준입니다."

뉴욕에 거주하는 김기준 씨는 나보다 나이가 많고, 이미 2007년에 AT를 종주한 적이 있는 베테랑 하이커다. 언제가 될지는 모르지만 남은 컨티넨탈 디바이드 트레일Continental Divide Trail, CDT까지 종주해서 트리플 크라운(미국의 3대 장거리 트레일인 AT, PCT, CDT를 다 종주한 사람들을 칭하는 말)을 꼭 달성할 거라는 그는 이 길을 걸으며 만나는 사람을 인터뷰하고 있다고 했다. 갑작스러운 인터뷰에 쑥스럽기도 했지만, 같은 길을 걷는 한국인을 만났다는 것과 한국말을 실컷 할 수 있다는 기쁨에 시종일관 웃으며 내용도 기억나지 않는 인터뷰를 했다. 옆에 있는 썬더버니도 소개하고 이런저런 이야기를 하며 외출 나간 와일드맨을 기다렸다.

와일드맨을 만나러 온 친구는 그가 해병대를 전역한 후 불미스러운 일 때문에 간 교도소에서 만났다는데, 여기까지 찾아오는 걸 보니 참 각별한 사이라는 것을 알 수 있었다.

김기준 씨와 끝까지 파이팅하자며 따뜻한 포옹을 나누고 헤어졌다. 어느덧 늦은 오후가 되어 서둘러 떠날 채비를 마쳤을 때쯤 도착한 와일드맨과 바로 길을 나섰다. 우리가 빅레이크 유스 캠프를 들린 사이 이곳을 그냥 지나친 42가 약 14킬로미터 더 진행한 곳에서 야영을 할 것이라고 연락해왔다는 와일드맨의 말에 발길을 재촉했다. 그새 42가 보고 싶은 것도 있고, 그와 셰프 그리고 벌쳐 간의 삼각관계가 어떻게 결말이 났는지 궁금하기도 했기 때문이다.

해는 져 이미 주변을 분간하기 힘들 정도로 깜깜했지만, 헤드랜턴

을 착용하고 계속 걸었다. 웬만해서는 야간에 걷지 않지만, 오늘만큼
은 예외다. 캠프를 떠난 지 네 시간이 지나서야 우리는 약속한 지점
에 도착할 수 있었다. 기대하던 42는 만날 수 없었고, 혹시나 하는 마
음에 그를 불러도 돌아오는 건 메아리뿐이었다. 그곳에서 우릴 반겨
준 건 42가 아닌, 먼저 지나간 하이커들이 표시해 둔 2,000마일(3,218
킬로미터) 지점 표시였다. 허탈함을 느꼈지만 42가 살아만 있으면 언
제든 만날 수 있기에 긴 하루를 이곳에서 마무리하기로 했다. 몸은 잠
을 청하고 있었지만, 예전 친구와의 만남에 여운이 남은 듯한 와일드
맨과 인생 이야기를 나누며 보급받은 소주를 함께했다. 물론 그토록
먹고 싶던 고추참치도 함께. 비록 모든 대화를 다 이해할 수는 없었지
만, 대화의 온도만은 충분히 느낄 수 있었다.

"42!"

"오 마이 갓. 정말 그리웠어, 친구들!"

저 멀리 호숫가에 앉아 있는 42를 본 순간, 나는 알 수 없는 기분에
끌려 무거운 몸을 날려 그를 부둥켜안았다. 뒤따라온 썬더버니와 와
일드맨도 덩달아 달려와 안는 바람에 무게를 못 이겨 그대로 바닥에
넘어졌다. 옆에 앉아서 같이 점심을 먹던 다른 하이커들은 의아한 얼
굴로 우리를 신기한 듯 쳐다보았다.

우정이라는, 이런 경험을 할 수 있는 게 또 이 길의 매력이 아닐까?
이 길을 걷기 전에는 이런 경험을 하게 될 거라 생각지도 못했다. 단
순히 위대하고 아름다운 대자연을 거닐며 삶에 대한 답도 찾고, 이 길

42와 재회한 호숫가에서 특유의 장난기로 와일드맨을 괴롭히고 있는 썬더버니. 뿌려지는 물이 마치 채찍처럼 보이는 찰나를 포착한 것은 42

의 문화를 느끼면서 나를 위한 시간을 보낼 거라 예상했다. 혼자 시작한 길에서 문화가 다른 파란 눈의 친구를 만나 스스로를 가족이라 칭하며 함께하게 될 줄은 몰랐다. 만약 이 길에 서지 않았다면, 나는 과연 지금과 같은 느낌을 알거나 생각할 수 있었을까?

카르페 디엠Carpe diem(현재 이 순간에 충실하라는 라틴어)이라는 말처럼, 우리가 하는 모든 결정과 그 행위에 충실하는 것만으로도 많은 것을 얻을 수 있다. 불행히도 이미 많은 젊은이가 이전 세대나 사회에서 규정한 틀에 갇혀 많은 것을 포기하고 정해놓은 길을 따라가고 있다. 하지만 때로는 〈죽은 시인의 사회〉에서 키팅 선생이 외치던 '카르페 디엠'처럼, 틀에 갇혀 마땅히 누려야 할 낭만과 자유 혹은 꿈까지 포기하기에는 우리가 지금 살고 있는 이 순간이 그 무엇보다 중요하고 소중한 순간임을 깨달아야 한다.

42와 재회한 우리는 오늘 걸어야 할 길을 마저 걸었다. 우뚝 솟아 있는 제퍼슨 산Mt. Jefferson을 머리 위에 두고, 깊이 우거진 숲 속에 이끼가 촉촉이 낀 길을 걸으며 가끔 스며드는 포근한 햇살에 눈부셔하기도 했다. 앞으로 이 길이 끝나고 현실로 돌아간 후에 내가 어떤 길을 걸을지 그 불확실성 탓에 가끔 답답하기도 하지만 지금은 그런 것을 생각하기 싫다. 아니 그런 생각을 하는 건 지금 이 순간 느끼는 내 감정에 너무 미안하다.

나는 지금 이 길 위에 서 있고, 지금 이 순간만큼은 내가 거닐며 마주하는 모든 것이 그 무엇보다 중요하고 소중하다.

우거진 나무 틈 사이로 빛이 스며드는 오리건의 숲길을 걸을 때면, 마치 엄마 품과 같은 포근함이 느껴지기도 한다

5부

다시 시작하는 길

오 리 건 섹 션 ~ 워 싱 턴 섹 션

형제

● 오늘따라 와일드맨의 에너지가 넘쳐흐른다.

바로 어제 친구를 만났는데 오늘 또 가족이 찾아오기로 했기 때문
이다. 오늘은 지나는 길에 들리는 올랄리 레이크^{Olallie Lake}에서 동생과
삼촌네 가족을 조우한다고 한다. 서로 떨어져 지내 한참 못 봤다는
와일드맨의 동생은 와일드맨과 한 살 터울로 뱅크오브아메리카^{Bank}
^{of America}에서 근무한다고 한다. 나도 형과 한 살 터울이라 그런지 그
관계가 어떨지 약간 상상할 수 있다. 삼촌네 가족도 일부러 이곳까지
찾아오는 만큼, 그들이 와일드맨을 얼마나 사랑하는지를 알 수 있다.

오늘 걸은 길은 완벽하게 평평했다. 오르막이 거의 없었고, 빨리
걷고 있다는 것을 느낄 정도로 아주 쉬운 코스의 연속이었다. 지친 하
이커를 오리건의 숲길이 배려해주는 모양이다. 빠르게 걷는 나를 제
치고 갈 정도로 더 빠르게 움직이는 하이커도 있다. 그들은 오리건 챌

린지를 하는 하이커들이었다. '뭐 그렇게까지 해가면서 이 아름다운 숲을 빨리 지나치려고 하나?' 하는 생각도 들었지만, 그걸 통해 무언가를 이뤄내고 얻을 수 있다면 말릴 필요가 없다. 그것 역시 본인이 선택한 것이니까 말이다.

간질이듯 부는 숲의 바람을 온몸으로 느끼며 걷고 걷고 또 걷다 지칠 때면, 잠깐 길가에 앉아 분위기에 어울리는 커피를 한잔하면서 여유를 부렸다. 가족을 만날 생각에 들떠 있는 와일드맨은 여유로움보다 가족을 택한 듯 점심도 건너뛰고 마냥 달리고 있다. 낮에 출발하면서 본 이후로 볼 수가 없었다.

와일드맨과는 반대로 여유를 부린 나는 오후 3시가 넘어서야 호수에 도착했다. 와일드맨과 그의 가족이 나를 따뜻하게 반겨주었고, 나보다 먼저 도착한 42와 썬더버니는 이미 그들과 한 가족인 양 한쪽

가족이 재회하는 모습은 언제 보아도 흐뭇하다. 말없이 깊은 포옹으로 대신하는 와일드맨의
  삼촌과 동생의 모습

테이블을 차지하고는 편한 자세로 만찬을 즐기고 있었다. 때 묻고 헬쑥한 동양인이 안돼 보였는지, 숙모님이 내 손을 잡고 테이블로 데려가서는 커다란 샌드위치를 꺼내 건네주었다. 배낭을 벗기도 전에 샌드위치부터 건네받은 난 그들의 따뜻한 환대에 감사해 불편한 자세지만 그 자리에 서서 그 큰 샌드위치를 다 먹어치웠다. 와일드맨의 삼촌 가족은 아이들까지 모두 따뜻한 느낌인데, 와일드맨의 동생은 분위기가 남달라 보였다. 영국의 유명한 액션배우인 '제이슨 스타뎀'과 비슷하게 생긴 그는 바이크로 이곳까지 왔다. 미 해병대 출신인 그의 형보다 더 카리스마가 있어 보인다. 은행원과는 안 어울리는 외모와 분위기 때문에 진짜 은행원이 맞느냐고 묻자, 자기는 부드러운 남자라고 웃으며 바이크 뒤의 가방에서 뭔가를 주섬주섬 꺼내기 시작했다. 족히 2킬로그램은 나갈 듯한 사이즈의 M&M과 위스키 한 병을 귀여운 표정을 짓고 꺼내 든 그는 선물이라며 우리에게 건네주었고, 초콜릿 성애자인 썬더버니와 위스키를 받아 든 우리는 환호를 질렀다.

모처럼 가족애를 느낄 수 있는 시간이 이어졌고, 저녁 즈음 삼촌네 가족이 숙소로 돌아가고 나서 위스키와 맥주를 꺼내 파티를 시작했다. 나름 와일드맨이 술 냄새를 풍기지 않고 조카들과 시간을 보낼 수 있도록 자제한 우리의 배려였다. 호수를 바라볼 수 있는 곳에 자리잡은 우리는 이내 도착한 다른 하이커와 함께 또 하나의 추억을 위해 건배를 나누었다. 지치지 않고 이 길을 즐겁게 걸을 수 있는 건 이 모든 기쁨을 함께하는 또 하나의 가족, 바로 하이커들 덕분이다. HBG

뿐 아니라 매일 마주치는 동료 하이커도 이제는 서로 사소한 부분까지 배려하고 걱정할 정도로 하나의 공동체를 형성해가고 있었다. 잔이 부딪히고, 깔깔 거리는 웃음소리가 커질수록 왠지 모르게 그리움이 밀려오기 시작했다. 지금은 어디서 무얼 하고 있을까? 피시와 셰프, 위키의 얼굴이 떠올랐다.

"그 좁은 텐트에서 어떻게 둘이 잔 거야?"
"아냐, 난 그냥 밖에서 잤어. 아이고, 머리야."
전날 9시가 넘어 자리를 파하고도 아쉬움에 동생과 술을 더 마시다 잠들었는지, 비몽사몽 하는 와일드맨의 눈이 빨갛게 충혈돼 있었다. '얼마나 마신 거야?' 하는 궁금증은 와일드맨의 머리맡에 뒹굴고 있는 빈 위스키 병과 여러 개의 맥주캔이 대신 풀어주었다. 어제 자리를 파할 때까지만 해도 반이 넘게 남아 있던 위스키였다. 진한 형제애를 나누고 싶어 진하게 마신 듯했다.

"오늘은 먼저 출발할게! 50킬로미터 앞에 있는 티모시 레이크에서 만나자고."
오늘도 여유로운 시간을 길에서 보내고 싶어 먼저 출발했다. 남은 친구들과 와일드맨의 동생에게 인사하고 길을 나섰다. 온통 초록인 오리건의 숲은 편안해 가끔 혼자만의 시간을 즐기고 싶다. 늘 고요하다가 때로 새소리와 바람에 흩날리는 나뭇잎 소리가 귀를 간질이기도 한다. 초록색 이끼 옷을 입고 서 있는 나무 틈을 비집고 들어오는 햇살이 온화하고 따뜻한 빛깔로 주변을 물들이고, 억겁의 세월을 비켜 갈 수 없어 쓰러진 시커먼 고목 위에 새 생명이 자라 또 다른 초록 세상을 만들어낸다. 지금껏 내가 알고 있던 '숲'이라는 단어는 이런 '숲'을 얘기하던 걸까? 자연이 우리에게 내어준 이 모든 것에 숭고함이 깃들어 있다.

PCT를 관리하고 있는 PCTA는 트레일 전반에 걸쳐 있는 이 아름다운 숲과 대자연을 지키는 데에 노력을 아끼지 않는다. 사람들이 많이 다니는 이 길이 지금까지 이렇게 아름다운 자연 그대로의 모습을 유지할 수 있는 이유는 이 길을 걷는 사람과 이 길을 관리하는 사람의 관심과 헌신 덕분이다. 하이커들은 다른 누군가가 지적하지 않아도 자연을 훼손하지 않으려 하고, 만약 누군가 자연을 훼손하면 냉정하게 지적하며 자정해나간다. 그들의 자세는 자녀에게 자연스럽게 전달되고, 또 자녀들이 성장해 반복된다. 길을 관리하는 사람은 임의로 자연을 훼손해 편의시설을 만들기보다 가능한 자연 그대로의 모습을 유지할 수 있도록 최소한의 보수작업만 시행한다. 그 보수작업도 트레일을 사랑하는 사람으로 구성된 자원봉사자가 직접 한다. 그리고 이 길을 걷는 하이커도 아름다운 자연을 있는 그대로 즐기려면 불편함을 감수해야 한다는 사실을 당연하게 생각한다. 그들의 정신은 'Leave No Trace'라는 야외활동 윤리지침에도 녹아 있다. 살포시 왔다가 흔적을 남기지 않고 떠나는 것. 세상 어디를 여행하더라도 자연을 마주할 때마다 지켜야 할 약속이다.

Leave No Trace (흔적 안 남기기 지침)

1. Know before you go (미리 충분히 준비하고 계획한다)
2. Stick to trails and camp overnight right (지정된 지역만을 걷고 캠핑한다)
3. Trash your trash and pick up poop (배설물이나 쓰레기는 올바른 방법으로 처리한다)
4. Leave it as you find it (있는 것은 그대로 보존한다)
5. Be careful with fire (불을 최소화 한다: 캠프파이어는 줄이고, 모닥불 대신 스토브를 써야 하며, 하더라도 지정된 장소에서만 한다)
6. Keep wildlife wild (야생 동식물을 보호하고 존중해야 하며, 먹이를 주어서는 안 된다)
7. Be considerable of other visitors (다른 사람을 배려한다)

이렇게 아름다운 자연을 오랫동안 걷고 싶다. 이 길이 끝나더라도, 꼭 트리플 크라운을 달성하려고가 아니라 그냥 아름다운 자연을 있는 그대로 또 느끼고 싶다. 이 길, 이 길에서 만나는 대자연, 함께 걷는 사람, 그리고 나 자신을……

오리건의 숲과 함께한 데이트가 끝날 때쯤, 약속한 티모시 레이크 Timothy Lake 가 눈앞에 펼쳐졌다. 드넓은 바다처럼 넓은 호수를 바라보며 멍하니 감탄하고 있을 때, 누군가 내 어깨에 손을 얹었다. 와일드맨이었다. 그도 무언가 내게 말을 건네려다 호수를 보고는 한동안 말

드넓은 바다처럼 펼쳐진 티모시 레이크를 바라보는 와일드맨. 때로는 침묵이 더 많은 것을 알려 주기도 한다

없이 바라보았다. 내게 무슨 말을 하려던 것인지 알 수 없으나, 지금 무슨 생각을 하고 있는지는 알 수 있다. 때로는 침묵이 말보다 더 많은 것을 알려주기도 하니까.

뒤이어 도착한 선샤인이 분위기를 띄우려고 우쿨렐레를 꺼내 들고 퉁기기 시작했다. 호수 위로 저무는 해가 주변을 붉게 물들이고, 애처로운 듯 담담하게 울려 퍼지는 우쿨렐레 소리를 듣고 있자니 갑자기 눈시울이 뜨거워졌다. 와일드맨과 그의 동생 때문인지, 형에 대한 그리움 그리고 미안함이 마음속 깊은 곳에서 울컥하고 밀려 나왔다. 어릴 때부터 하고 싶은 건 다 해야 직성이 풀리던 나와 달리, 장남인 위치를 인정하고 많은 것을 포기하고 바른 모습만 보인 형이다. 그런 형은 철없이 하고 싶은 걸 하고 다니는 나를 부러워했다. 그럼에도 늘 내가 하는 모든 것을 응원해주었고, 가끔 술을 한잔할 때마다 "그래도 너는 너 하고 싶은 거 다 하고 다니잖아. 나라고 안 그러고 싶겠냐?"라고 얘기하던 형은 늘 내 마음속에 미안함으로 자리 잡고 있다. 꼭 한 번 지금 내가 보고 느끼는 이 모든 것을 형과 함께하고 싶다. 그게 언제가 될지는 모르겠지만, 시간을 만들어서라도 형제끼리 같은 곳에서 같은 것을 느끼며 그동안 말하지 못한 마음을 한 번쯤은 나누고 싶다. '미안해, 그리고 고마워. 형.'

"33킬로미터를 걸어 오후 3시 전에 도착하면 훌륭하기로 소문난 올~유캔 두 잇 뷔페를 먹을 수가 있을 거야."

꼭두새벽부터 일어나 짐을 꾸리던 썬더버니가 우리를 깨우며 말했다. 33킬로미터를 진행한 지점에 있는 팀버라인 롯지^{Timberline Lodge}는 유명한 관광명소다. 후드 산^{Mt. Hood}을 배경으로 해발 1,900미터에 위치한 프랑스의 고성 같은 분위기의 이 산장은 공포영화 〈샤이닝〉의 무대로도 알려져 있다. 오리건, 특히 포틀랜드를 여행하는 여행객에게는 원데이 코스로 인기가 있는 곳이다. 이런 유래 깊은 산장도 배고픈 하이커에게는 그저 훌륭한 수준의 뷔페일 뿐이다.

"도착할 수 있을까?"

"한 번 해보는 거지, 아님 말고."

물론 적은 비용으로 다양한 음식을 배부르게 먹을 수 있는 뷔페가 매력적이긴 하지만, 그것 때문에 죽기 살기로 달려들고 싶지는 않았다. 오늘이 아니면 내일 먹어도 되는 것이니까. 사실 난 팀버라인 롯지보다 이제 얼마 남지 않은 신들의 다리를 더 고대했다. 특별한 의미보다는, 그곳에서 열리는 'PCT Days'에서 만날 반가운 얼굴들 때문

웅장한 자태를 뽐내고 있는 후드 산. 후드 산을 지나면 길게만 느껴지던 이 길도 이제 마지막 구간인 워싱턴 주로 들어선다

이다. 길에서 한 번도 마주치지 못한 한국인 하이커 스폰테니어스와 히맨 그리고 지금까지 도움을 주신 제로그램의 이현상 대표님과 주영 선배님을 그곳에서 만나기로 했다. 윤은중 어르신도 가능하다면 그곳에서 뵙고 싶었는데, 어르신은 이미 벌어진 거리 때문에 함께할 수 없다고 해 아쉬웠다.

무리하지 않고 늘 걷던 대로 걸으니 멀리 산장의 모습이 눈앞에 들어왔지만, 시간 안에 도착하기는 어려울 듯했다. 마지막 약 4킬로미터의 오르막길은 길이 모래로 되어 있어 푹푹 빠지기도 해 걷기조차 힘들었고, 앞서가던 와일드맨도 중간 중간 뒤를 돌아보면서 고개를 절레절레 흔들었다. 우여곡절 끝에 3시 전에 도착했지만, 이미 뷔페는 저녁 타임을 준비하려고 브레이크 타임을 시작하는 찰나였다. 미련을 버리고 하이커들이 모여 있는 로비에 배낭을 내리고 앉아서 몸을 식혔다.

　휴가철이라 그런지 산장은 관광객으로 붐볐지만, 역시 트레일에 위치하고 있어 하이커에게 친근한지 누구 하나 더럽고 냄새나는 우리를 보고 인상을 찌푸리지 않았다. 한 번쯤 얼굴을 찌푸릴 만도 하지만 늘 미소로 우리를 대하는 이곳 직원과 관광객에게 괜히 미안한 기분이 들었다. 고풍스러운 분위기에 거지 행색의 하이커…… 뭔가 어울리지 않는 조합이 웃기기도 했지만, 개방적인 산장 덕분에 무료 와이파이는 물론 편의시설까지 이용할 수 있으니 고마웠다.

　곧이어 도착한 썬더버니, 42와 합류한 뒤 뷔페를 못 먹은 아쉬움을 달래려고 지하 펍에서 피자와 맥주를 먹었다. 숙소를 잡고 하루 쉴까 하는 생각도 해봤지만, 비싼 가격 때문에 다들 빠르게 생각을 접고 산장 주변에서 야영을 하기로 했다. 이후 각자 하고픈 대로 자유시간을 가졌는데, 역시나 42는 산장에 있는 펍이란 펍은 다 돌아다니며 맥주로 배를 채우기 시작했다. 술이 어느 정도 올랐을 때, 나는 그에게 셰프랑은 어떻게 되었냐고 넌지시 물었다. 내심 반전을 바란 우리의 기대와는 달리, 미운 정도 정이라고 셰프는 벌쳐를 떠나지 못했고 행복을 바라는 친구로 남기로 했다는 그의 말에 위로와 안도의 한숨을 내쉬었다. 처음부터 확실하게 행동하지 못한 셰프가 얄밉기도 했지만, 그래도 나름의 해피엔딩에 만족하며 42의 어깨를 감싸주었다. 시간이 흘러 이곳에 도착한 하이커들이 펍의 빈자리를 메우기 시작했다. 이제 곧 끝나는 오리건의 추억을 공유하며 다 함께 술잔을 기울였다. 고조된 분위기 속에서 여러 하이커가 저물어가는 이 밤의 끝을 잡으려고 노력할 때쯤, 난 배낭을 가지고 나와 산장 주변에 있는 나무 아래에 텐트를 쳤다.

아직도 흥겨운 음악소리와 환한 불빛을 밝히고 있는 산장과는 달리, 짙은 어둠이 깔린 텐트 안에 누워 어둠 속에서 영롱하게 빛나는 별을 한참 바라보다 눈을 감으니, 이 길에서 보낸 수많은 밤이 스르륵 스쳐 지나갔다. '4,300킬로미터나 되는 이 길의 끝이 있기나 할까?' 숨이 턱 막히는 더운 사막에서 느낀 의구심이 곧 현실이 될 거라 생각하니 왠지 흐뭇하기보다는 씁쓸했다. 뭔지 모를 감정이 계속해서 머릿속을 복잡하게 만들었지만, 이내 마음을 추스르고 침낭을 머리끝까지 뒤집어썼다.

'괜찮아, 괜찮아…….'

아쉬움과 설렘

● 어디선가 웅장하게 물 떨어지는 소리가 들리기 시작했다. 아직 어디서 들려오는 건지 알 수 없지만, 불어오는 바람에 시원함이 묻어 있는 걸 보니 멀지 않은 곳인 건 확실했다. 가파른 절벽 위로 나 있는 좁은 길을 따라 걷고 있는데, 크게 굽어지는 길 중간에 하이커 세 명이 앉아 있는 게 보였다. '안 그래도 좁은 길에서 뭐 하고 있는 거지?' 좁은 길을 막은 듯 앉아서 쉬고 있는 하이커들을 보니 아무리 힘들어도 이건 아니지 않나 하고 생각했다. 이런 내 마음을 아는지 모르는지 나를 보고 해맑게 웃으며 소리 지르는 하이커들을 비켜 코너를 돌았는데, 갑자기 눈앞에 펼쳐진 장엄한 광경에 나도 모르게 걸음을 멈출 수밖에 없었다.

바로 눈앞에서 족히 몇십 미터는 돼 보이는 거대한 물줄기가 웅장하고 시원한 소리를 내며 절벽을 타고 떨어져 내리고 있었다. 물줄기

보는 것만으로도 가슴이 뻥 뚫리는 것같이 시원한 터널 폭포의 웅장한 모습. 하이커가 폭포 아래로 지나다닐 수 있도록 터널이 뚫려 있다

옆에 껴 있는 색 바랜 이끼에서 세월의 깊이를 알 수 있었고, 오랜 시간 자리를 지켜온 장엄한 폭포를 보존하려고 절벽 중간에 터널을 뚫어 길을 이어주고 있었다. 이글 크릭 트레일Eagle Creek Trail의 유명한 '터널 폭포Tunnel fall'다.

"여기 앉아서 폭포를 보고 있던 거였어?"

"멋지지 않아? 이 모습을 보고 어떻게 그냥 갈 수 있겠냐."

그제야 뜬금없이 좁은 길 가운데 자리 잡고 앉아 있던 이 친구들의 마음을 이해할 수 있었다. 오리건 주와 워싱턴 주의 경계에 있는 캐스캐이드 락Cascade Lock에 위치한 이글 크릭 트레일은 수려한 폭포를 감상할 수 있는 트레일로 오래전부터 베스트 하이킹 코스에 선정될 정도로 유명하지만, 직접 그 폭포를 두 눈으로 보고 있자니 느낌이 남달랐다. 유명세 때문인지 이곳에 오기 전부터 와일드맨이 PCT Days가 열리는 캐스케이드 락으로 갈 때는 꼭 정상 루트가 아니라 대안 루트인 이글 크릭 트레일을 걸어야 한다고 노래를 불렀다. 왜 굳이 대안 루트를 걷고 싶다는 것인지 당시에는 이해가 되지 않았지만, 지금 이 순간 장엄한 폭포 앞에 서고 나니 그 마음을 이해할 수 있었다. 백문이 불여일견. 만약 사진으로 이 모습을 먼저 봤다면 산세와 계곡이 아름다운 한국에서 자라온지라 매료될 만한 사이즈가 아니라 느껴져서 오지 않았을 것이다. 하지만 직접 마주한 터널 폭포는 상상 이상이었다. 물이 떨어지며 바위에 부딪혀 피어오른 물안개가 얼굴에 닿을 때는 그간의 고됨과 때를 한꺼번에 씻어내리는 청아함이 느껴졌다. 비 내리는 듯한 터널을 지날 때는 그 신비함에 매료돼 동심으로 돌아가 처음과 끝을 왔다 갔다 하며 장난을 치기도 했다. 예상치 못한 길에서 마주한 자연의 아름다움을 맛보는 재미, 이 길에서 느낄 수 있는 또 하나의 묘미다.

터널 폭포를 지나고 정오쯤 되니 트레일을 걷는 관광객이 많아지기 시작했다. 꼬질꼬질한 우리와 달리, 말끔하고 알록달록한 옷을 입은 가족단위 관광객을 보니 왠지 모르게 기분이 좋아졌다. 가벼운 옷차림의 관광객이 많이 보인다는 것은 그만큼 문명에 가까워졌다는 뜻이다. 자연 속에서 매일 걷기만 하는 나는 지루하기만 하던 예전의 일상이 특별하게 느껴질 정도로 변해 있었다. 이전에는 짧은 주말 동안 자연을 거닐며 재충전을 했는데, 자연을 거니는 게 일상이 되고 나니 아이러니하게도 이제는 아무것도 아니던 것들이 소중하게 느껴진다. 뜨거운 물로 샤워한 후에 마시는 맥주 한 잔, 아무것도 하지 않고 누워서 TV 보기, 옷을 입은 채 침대에 쓰러져 그대로 잠들기 등. '내가 정말 많은 것을 놓치고 살았구나' 하는 생각이 들었다. 삶을 이루는 모든 것이 소중하다. 하지만 나는 그것을 당연하게만 생각하고 그저 새로운 자극만 원했다. 어쩌면 떠나기 전에도 이미 나는 행복한 사람이었는지 모른다.

산길을 내려와 캐스케이드 락으로 이어지는 아스팔트길을 걸었다. 중간에 길을 잘못 들어 수풀을 헤치고 작은 비탈을 기어 올라가기도 했지만, 얼마 걷지 않아 다시 길을 찾았다. 숲길은 잘도 찾으면서 잘 포장된 도로로만 나오면 허둥댄다. 이미 자연 속에서 3,200킬로미터가 넘게 걸었으니 포장된 도로가 어색한 게 당연하다. 큰 도로로 나와 강을 따라 먼저 도착해 식당에 자리를 잡고 있는 와일드맨이 있는 곳으로 향했다. 오리건 주와 워싱턴 주 사이를 흐르는 콜롬비아 강은 주 경계선의 역할을 하고 있다. 그 강 위로 두 주를 이어주는 큰 다리가 하나 놓여 있다. 바로 영화 〈와일드〉의 마지막 장면에 나온 '신들의 다리'다. 영화 속에서 본 장소이기도 하고 오리건 주가 끝나는 곳이기도 하기에 뭔가 느낌이 다를 줄 알았는데, 별 다른 감흥을 느낄 수 없었다. 특별함 보다 이제 워싱턴 주만 남았구나 하는 아쉬움이 더 컸다.

와일드맨은 다리가 잘 보이는 강변에 위치한 작은 식당에서 맥주를 마시고 있었다. 점심을 건너뛰어 배가 고팠지만 간단히 샐러드와 맥주로 요기만 하고 여기서 멀지 않은 포틀랜드로 이동하기로 했다. 와일드맨의 고향인 포틀랜드는 위키가 사는 곳이기도 하다. 시스터로 보급품을 찾으러 간 후 만나지 못한 위키는 팀버라인 롯지에서 그의 엄마를 만나 포틀랜드로 향했다. 아쉽긴 하지만 아직 고등학생이라 남은 학업 때문에 그곳을 마지막으로 PCT를 끝내기로 했다. 갑작스럽게 헤어지는 게 아쉬워 위키가 우리를 초대했기 때문에 오늘은 그의 집에서 파티를 할 예정이다. 포틀랜드에 살고 있는 와일드맨의 여동생이 우리를 태우러 와 편하게 위키의 집으로 갔는데, 오랜만에 만난 피그테일과 위키가 우리를 반갑게 맞이해주었다.

트레일에서 본 모습과는 확연히 다른 피그테일과 위키를 보고 우리는 깜짝 놀랐다. 짧고 단정한 머리의 위키가 어색해 보였지만, 그 모습이 바로 위키의 본모습이다. 위키의 가족은 따뜻했다. 위키의 친누나인 벨라도 거리낌 없이 우리와 친해졌는데, 그녀는 남자가 되어 돌아온 동생을 매우 뿌듯해했다. 늘 어리게만 생각하던 동생이 무언가를 이뤄내며 조금씩 성장해가는 모습을 보는 게 신기하면서도 자랑스럽다고 한다. 쑥스러운지 장난으로 누나를 대하는 위키가 귀엽다. 따뜻한 위키네 가족과 함께한 시간은 즐거웠다. 와인과 스테이크, 그리고 좋은 사람들. 이방인이 아닌 오랜 친구처럼 맞이해 준 그들이 고맙고, 이제는 이런 분위기를 낯설어하지 않는 나 자신이 오히려 낯설다.

분위기에 취해 와인을 너무 많이 마셔서인지 아침에 일어나는데 머리가 깨질 듯 숙취가 느껴졌다. 와일드맨은 가족이 있는 집으로 가려고 분주하게 서둘렀고, 별 다른 일이 없는 썬더버니와 42는 여전히 잠에서 깨어나지 않고 있었다. 나도 한국에서 오시는 제로그램의 이현상 대표님을 만나야 해서 조금씩 정신을 차리려 노력했다. 아직 여유가 있었기에 집으로 향하는 와일드맨을 배웅하고는 자고 있는 애들을 깨웠다. 향긋한 커피를 한잔하고 나니 술이 조금 깨는 듯했다. 아침으로 도넛을 먹으며 벨라가 추천한 영화를 한 편 보고 슬슬 시내로 향했다.

"대표님! 여기예요!"

한국을 떠나기 전 뵙고 4개월여 만에 다시 만난 이현상 대표님은 나를 보자마자 연신 왜 이리 불쌍해졌느냐며 웃기만 했다. 체중은 14킬로그램 정도가 빠졌고, 검게 그을리는 바람에 더 말라보여 누가 보더라도 불쌍하다고 느낄 수밖에 없다. 그런 내가 안돼 보였는지 바로 차를 몰아 한인마트로 가서 한국의 냄새가 물씬 풍기는 김치찌개와 제육볶음을 시키고는 식사를 권했다. 오래간만에 맛보는 한국 조미료 맛에 게 눈 감추듯 밥 한 공기를 비우고 그제야 안부를 물었다. 몇 시간 뒤 만난 이주영 선배님의 반응도 마찬가지였다. 어느덧 길의 마지막 구간만 남겨두고 있는 하이커의 모습을 한 내가 어색해 보였는지 웃기만 했다. 전날 위키를 다시 만났을 때의 내 느낌과 같을까? 점심때 먹은 한식에 이어 호텔에서 막걸리로 한껏 흥을 더했다. 거창한 안주는 없었지만, 좋은 사람들과 오랜만에 함께 한 잔의 술을 나누는 것만으로도 풍족했다. 물론 꼭 나 때문에 이곳을 온 것은 아니지만 (제로그램이 한국 최초로 PCT를 정식으로 협찬하기에 오신 것이다), 나를 잊지 않고 찾아줘서 정말 고마웠다. 비록 가진 게 없고 또 언제가 될지는 몰라도, 내가 받은 이 과분한 사랑을 꼭 다른 이에게 전해야겠다고 생각했다. 스폰테니어스 희종이와 히맨 희남이도 함께했으면 더 좋았을 텐데, 이미 다른 지인과 함께 캐스캐이드 락에 자리를 잡았다고 해서 내일을 기대하기로 했다. 트레일에서 처음 만나는 거라 내심 이들은 또 어떻게 변해 있을지, 그동안 어떻게 지냈을지 궁금했다. 같은 길을 걷는다고 같은 것을 보고 느끼진 않기에 그들이 걸은 길과 내가 걸은 길을 공유하고 싶었다.

얼마 후 한자리에 한국인 하이커가 모였다. 올해가 한국에 살고 있는 한국인이 PCT를 걸은 첫 해라 모임의 의미가 남달랐다. 정보도 거의 없는 길을 무작정 시작한 우리였기에, 지금 이곳에서 만났다는 게 신기하기도 하고 대견스럽기도 했다. 내가 이런 말을 할 처지는 아

PCT Days에서 다시 만난 하이커들이 마을의 펍에서 함께 즐거운 시간을 보내고 있다.
  마주하는 것만으로 행복할 수 있다는 것은 큰 기쁨이다

니지만, 공원에서 만난 이 둘은 하이커인 내가 보기에도 너무 불쌍해 보였다. 서로 우스웠는지 제대로 얼굴을 쳐다보지 못했다. 얼굴만 봐도 웃음이 터져 나왔다. 웃음 속에 그동안 고생했다는 말없는 인사도 녹아 있었다. 그놈이 그놈인데 서로 자기가 더 깨끗하다는 우리를 보다 못한 선배님들이 인근의 화로대로 이끌었고, 이 자리를 위해 준비해온 LA갈비와 푸짐한 음식으로 한바탕 잔치를 벌였다. 웃음과 웃음이 끊이지 않았고, 서로 공유할 즐거움이 많았기에 이야기는 오랜 시간 동안 계속되었다. 우리뿐 아니라 다른 하이커도 이곳저곳에서 파티를 즐기고 있었고, 이미 공원 전체가 동네잔치가 열린 어느 시골 마을처럼 한껏 흥이 나 있었다. 오리건 주와 워싱턴 주의 경계에 있는 어느 작은 시골마을, 그 안에서 한국의 정이 물씬 풍기는 밤은 점점 깊어 가고 그렇게 또 하루가 저물어 간다.

오리건 주를 떠나기가 아쉬웠던 걸까? PCT의 마지막 구간인 워싱턴 주로 떠나기 전, 우리는 PCT Days를 핑계 삼아 무려 사흘을 이곳에서 보냈다. 처음부터 그러려던 건 아니지만, 좋은 사람을 만나고 아쉬움에 머물다 보니 어느덧 시간이 그렇게 흘러 있었다. PCT Days는 하이커를 위해 킥오프를 시작으로 PCT를 진행한 하이커가 이곳에 도착하는 평균 기간에 맞춰 여는 축제다. 트레일을 사랑하는 사람이라면 누구나 하이커와 어울려 함께할 수 있다. 축제에 참여한 브랜드들은 상품을 홍보하기보다 하이커들이 마지막까지 종주하는 데 불편함이 없도록 필요한 장비를 보수하거나 제공하고, 하이커들이

지나면서 많은 감정이 교차한 신들의 다리. 〈와일드〉에서 본 그 다리를 직접 걸었다

즐길 만한 것을 준비해 즐거운 시간을 함께한다. 이 길에서 동고동락한 하이커들이 서로의 경험과 추억을 공유하며 우정을 노래하고, 또 축제에 참여한 모두가 어우러져 이 길 위에 함께 있음을 즐긴다. 그리고 마지막까지 다시 길을 떠나는 하이커를 축복해주는 그들을 보면서 트레일을 사랑하는 한 하이커로서 가슴이 따뜻해졌다.

짧은 시간 함께하며 정든 아쉬움을 뒤로하고 다시 각자의 길을 걷고자 안녕을 고했다. 신들의 다리에 올라 떠나온 곳을 돌아보니, 이제야 이 다리의 의미를 조금 알 것 같았다.

아쉬움과 설렘.
전혀 다른 느낌의 감정이지만, 이 두 감정은 서로 이어져 있다는 것을……

이 다리를 마지막으로 현실로 돌아간 셰릴(〈와일드〉의 주인공)도 그
동안 자신을 치유해준 길을 떠난다는 아쉬움과 함께 치유된 마음으
로 새롭게 출발하는 인생에 대한 설렘을 느꼈을까?

42

● 42는 오늘도 함께하지 못했다. 신들의 다리를 건너 워싱턴 구간을 처음 걸을 때만 해도 해맑고 신나 보였는데, 야영을 하기로 한 곳에서 텐트를 치던 중 텐트 칠 공간이 마음에 들지 않는다는 이유로 짜증을 내고는 다시 짐을 싸 혼자 그 자리를 떠났다. 그일 때문인지 아니면 다른 문제가 있는 것인지 오늘 저녁 야영할 곳까지 걸으면서 한 번도 만날 수 없었다.

42는 이미 애리조나 트레일, 콜로라도 트레일은 물론 존 뮤어 트레일을 완주했고, 스스로를 '베이비 트리플 크라운'이라고 칭할 정도로 장거리 하이킹에 자신 있어 한 베테랑 하이커다. 그렇기 때문에 그의 행방에 큰 걱정을 하지 않았지만, 이런 그의 행동은 때론 우리를 의아하게 했다.

그는 매우 감성적인 사람이다. 길을 걷다 아름다운 경치를 만나면 한동안 멈춰 서서 자신만의 시간에 빠져들기도 한다. 가끔 그 분위기에 심취한 나머지 어울리지 못하고 혼자만의 시간을 가진 적도 여러 번 있었다. 그의 트레일 네임인 '42'도 〈은하수를 여행하는 히치하이커들을 위한 안내서〉에서 인생, 우주 그리고 그 모든 것의 답인 '42'에서 따온 것이니, 그 트레일 네임만으로도 그에 대한 많은 것을 유추해 볼 수 있다. 마음도 여리다. 동물이 불쌍해 육식을 꺼리기 시작해 지금은 채식을 하고 있고, 지난 셰프와의 관계 때문에 매우 힘들어하기도 했다.

우리에게 타인의 성격을 왈가왈부할 권리는 없지만, 가끔 감정을 컨트롤하지 못하는 그의 뜬금없는 행동에 적잖이 당황하기도 하고 무엇보다 분위기 자체가 이상해지기에 얘기하지 않을 수 없었다. 도대체 무슨 문제로 그가 어제 자리를 떴을까? 기분이 상한 걸까? 썬더버니와 와일드맨이 한창 42에 대해 이야기하고 있었는데, 'PCT

아름다운 경치를 볼 때면 늘 걸음을 멈추고 감상에 빠지던 42

Days'에서 우리와 합류한 해피아워가 한마디 거들었다. 해피아워는 캘리포니아 주를 지나며 42와 오랜 시간 함께한 적이 있다.

"시간이 해결해줄 거야. 그의 사고방식과 멘탈은 우리와 다르니, 우리가 느끼는 기분만으로 그를 판단할 수는 없어. 늘 그렇듯 그는 우리에게 돌아올 거야. 시간이 약이지. 걱정 말라고."

나도 한마디 했다. "아무래도 트레일이 끝나가는 시점이라 그런지, 마지막인 워싱턴 구간에 들어오니 감정이 더 복잡해지나 봐. 한국에서는 이런 친구를 '유리멘탈'이라 부르기도 하는데……. 어쨌든 42 본인이 잘 알아서 할 거니 너무 걱정 말고 우리나 걱정하자고. 썬더버니, 허리 쓸린 데는 괜찮아?"

사실 42의 감정은 스스로 잘 컨트롤할 수밖에 없는 부분이기에 우리가 더 이상 이야기할 것도 없었다. 그보다 허리 벨트에 쓸려 상처가 난 썬더버니와 발바닥의 굳은살을 걷어내다 생살까지 들려서 상처

눈 덮인 나이프 엣지를 향해 걷고 있는 42. 그는 이 길을 걸으며 무슨 생각을 했을까?

가 난 내 걱정이 우선이다. 걸을 때마다 통증이 느껴지고, 피 섞인 진물이 양말을 적셔 신발 밑창까지 핏물이 들었다. 5일간의 제로데이에 몸과 마음이 무뎌진 상태에서 오르막길을 15킬로미터 정도 올라서 그런지 버거웠다. 썬더버니도 처음엔 별거 아닌 상처였는데 같은 부위가 계속 쓸리니 상처가 더 커져 신경이 쓰이기 시작했나 보다. 괜찮다는 그녀에게 가지고 있던 호랑이연고를 상처에 바르라며 건네주었다. 그게 고마웠는지 달콤한 오레오 두 개를 답례로 주었다.

자리를 정리하고 잠들기 전, 42 생각을 잠깐 했다. 난 42가 좋다. 여리기도 하고 감성적이기도 하고 유리 멘탈을 소유한 그지만, 유머와 풍류를 아는 모습이 좋다. 나도 가끔 혼자이고 싶을 때가 있다. 만사가 귀찮고 아무도 만나고 싶지 않을 때는 그냥 혼자 있는 게 답이다. 전화도 받지 않고 그냥 집에 틀어박혀 아무것도 하지 않을 때도 있고, 정처 없이 하루 종일 혼자 걸을 때도 있었다. 그런 기분일 때 다른 누군가와 함께하면, 정말 아무것도 아닌 일로 서로 상처받는 일이 종종 벌어진다. 내 행동이 다른 사람에게 걱정을 끼치거나 오해를 불러일으킬지라도, 그리고 싶을 때는 그냥 마음 내키는 대로 하는 편이 편하다. 나도 그랬기에, 그런 42의 기분을 조금은 이해할 수 있다.

간밤에 비가 오더니 아침까지 계속 내렸다. 워싱턴 구간에 접어들었음을 말해주고 싶은 건지, 아직 해가 뜨지 않은 시간에 내리는 비는 주변의 공기를 차갑게 만들었다. 오전 8시가 넘어도 비가 그칠 기미가 보이지 않아 그냥 밥을 챙겨 먹고 비를 맞으며 배낭을 꾸렸다. 와일드맨은 오늘 아버지를 만나야 해서 50킬로미터를 넘게 걸을 거라며 먼저 출발했다. 50킬로미터 조금 넘는 지점에 차가 다니는 도로가 있는데 그곳으로 아버지가 온다고 했다. 함께하고 싶었지만, 나나 썬더버니나 상처 때문에 그냥 갈 수 있는 곳까지만 가기로 했다. 해피아워도 함께.

레인재킷 만으로 비를 다 커버하기엔 역부족이었다. 숏 팬츠만 입은 하체가 그대로 비에 노출되어 하루 종일 추위에 떨었다. 비를 피할 곳이 없어 점심도 건너뛸까 생각했지만, 아침을 대충 먹었기에 힘을 내려면 먹어야 했다. 해피아워는 대충 토르티야에 치즈랑 이것저것 섞어 먹어서 크게 불편해 보이지 않았지만, 나는 너무 추워서 불편함을 감수하고서라도 뜨거운 것을 먹어야 했다. 간신히 라면을 끓여서 먹었다. 확실히 뜨거운 국물이 몸에 들어가니 살 거 같았다. 몸에 안 좋다고 하지만, 이럴 때는 정말 라면만 한 게 없다. 값도 싸고 열량도 높다. 거기다 무게도 무겁지 않아 금상첨화다. 나는 봉지라면보다 면발이 얇은 사발면을 애용한다. 아무래도 면발이 얇아 조리 시 소비되는 가스 양을 조금이라도 줄일 수 있기 때문이다. 작은 사발면을 여러 개 사서 큰 지퍼락에 부셔 담고 수프만 따로 챙기면 되니 준비도 간단하다. 장거리 하이킹과 라면, 한국인과 라면은 떼려야 뗄 수 없는 그런 관계인 것이다.

점심을 먹은 이후에는 쉬지 않고 미친 듯이 걷기만 했다. 부슬부슬 비가 오는 이끼 긴 숲 속을 걷는 것이 기분 좋게 느껴질 만도 했지만, 일어나서부터 느낀 추위 때문에 조금의 낭만도 없었다. 오로지 체온을 높이고자 걷고 또 걸었다. 한참을 그렇게 걷다가 숲길이 끝나고 벌판으로 나오니 갑자기 비가 그치고 거짓말처럼 구름이 조금씩 걷히기 시작했다. 하루 종일 오들오들 떨다가 구름 사이로 내리쬐는 햇빛이 몸에 닿으니 마치 어릴 적 엄마의 품속 같은 그런 따스함이 느껴졌다. 햇빛 한 줄기에서 느끼는 이 따스함이 얼마나 소중한 것인지 다시 한 번 깨달았다. 그러다 뒤따라 온 해피아워가 배낭에서 텐트를 꺼내 말리는 걸 보고 나도 얼른 젖은 텐트를 꺼내 넓게 펼치기 시작했다. 지금 말리지 않으면 젖은 텐트에서 자야 하기 때문이다. 때마침 그쳐준 비와 걷힌 구름 덕분에 꿀 같은 휴식 시간을 황금색 벌판에서 가질 수 있었다.

"케이! 저 위에 트레일 매직이 있다는데?"

입이 양쪽 귀에 걸릴 정도로 환하게 웃으며 뒤돌아 선 해피아워가 나를 보고 소리쳤다. 우리의 고생을 누군가 알아주기라도 한 듯, 기가 막힌 타이밍에 트레일 매직을 알리는 사인이 있었다. 화살표가 향하는 방향으로 걸어가자 얼마 떨어지지 않은 곳에 캠핑카가 보였고, 지글지글 무언가를 굽고 있는 소리가 들리기 시작했다. 고마움에 그대로 달려가 햄버거 패티를 굽고 있는 엔젤을 와락 끌어안았다. 호탕하게 웃는 그는 먹음직스러운 햄버거를 즉석에서 만들어주었는데, 채식을 하는 해피아워에게 베지테리언용 패티를 따로 구워 주기도 했다. 이미 그들에게는 당연한 문화겠지만, 그런 작은 배려 하나하나가 매우 인상 깊었다.

춥고 배고프게 시작했지만, 마지막은 따스하고 배부르게 끝나는 하루였다. 트레일 매직 이후 1킬로미터 정도 더 진행한 곳에 위치한 텐트 사이트에서 먼저 와있던 42도 만났다. 늘 그렇듯 아무 일 없다는 듯 반갑게 마주한 그에게 그냥 보고 싶었다고만 했다. 그 역시 우리에게 보고 싶었는데 왜 이리 늦었냐고 투정했고, 우리는 다시 트레일의 일상으로 돌아갔다.

파워타이츠가 아침을 먹으며 위키가 피그테일과 함께 트레일에 복귀했다고 얘기했다. 안 그래도 썬더버니가 텐트 사이트에 도착하지 않아 궁금했는데, 어제 늦게 이곳에 도착한 파워타이츠가 트레일 매직에서 썬더버니가 위키, 피그테일과 함께 있는 걸 봤다고 했다. 파워타이츠는 그들이 트라우트 레이크Trout Lake부터 시작되는 우회 구간을 걷지 않고 그냥 뛰어넘을 거라고 했다고 전했다. 산불 때문에 트레일 일부 구간이 막혀 약 30킬로미터 이상을 아스팔트로 우회해야 하는데, 이 부분을 건너뛸 생각인 듯했다. 난 위키와 피그테일이 트레일로 복귀했다는 것에 놀랐다. 아무래도 위키의 아쉬움이 커, 피그테일이 그의 의견을 존중해줌으로써 마지막까지 함께하기로 한 듯하다. 위키의 결정을 마음속으로 크게 응원했다. 곧 그들을 만날 수 있을 거란 생각에 반가웠다.

우리는 우회 구간에 들어서기 전, 인근 마을인 트라우트 레이크에서 잠깐 휴식하기로 했다. 약 16킬로미터 정도를 걸은 후 히치하이킹을 해서 마을로 들어갔고, 마을에 위치한 햄버거 가게에서 와일드맨을 다시 만났다. 작은 스토어에서 스낵과 위스키를 좀 사고 젖은 장비를 햄버거 가게 뒤뜰에 펼쳐놓고 말렸다. 희남이와 희종이도 이곳에서 만났는데, 이들 역시 워싱턴의 비 때문에 고생을 좀 한 듯했다. 서로의 몰골을 보고 있자니 마음 한편이 짠하기도 했다. 햄버거와 함께 맥주를 마시며 희종이와 앞으로의 어떻게 살 것인지 이야기를 나누다 문득 '나는 이 친구들 나이 때 뭘 하고 있었나?' 하는 생각이 들었다. 물론 이 길을 걸으며 느끼는 것은 각자 다르겠지만, 나 보다 어린 나이에 PCT를 경험하고 있는 이 친구들이 갑자기 부러웠다. 늘 나이는 숫자에 불과하다고 생각하고 있지만, 조금이라도 더 젊을 때 큰 경험을 하고 나면 앞으로의 인생을 그려 나갈 때 많은 도움이 되지 않을까? 나도 좀 더 젊었을 때 이런 경험을 했더라면 하는 아쉬움이 또 한 번 생겼다.

산불로 트레일이 닫혀 우린 어쩔 수 없이 로드워킹으로 우회해야 했다. 와일드맨이 손에 들고 있는 물병에 위스키가 담겨 있다는 건 비밀

"형! 먼저 갈게요! 끝까지 파이팅하세요!"

갈 길이 멀어 먼저 출발한다는 희남이와 희종이를 보내고 조금 더 쉬다가 오후 5시가 되어서야 우리도 히치하이킹을 시도했다. 마을로 오려고 히치하이킹을 한 지점에서 약 37킬로미터를 로드워킹으로 우회해야 했다. 오후 늦은 시간에 출발했기에 오늘은 무리하지 않기로 했다. 그래도 최대한 갈 수 있는 곳까지 가려고 약 16킬로미터 지점에 위치한 캠핑장을 목표로 삼았는데, 결국은 거기까지 못 가고 약 14킬로미터 지점에 있는 공터에 텐트를 치고 마무리하기로 했다. 도착하니 밤 10시였는데, 역시 로드워킹은 트레일을 걷는 것보다 두 배는 더 피곤한지 다들 텐트를 치자마자 그대로 곯아떨어졌다.

워싱턴 주는 역시 워싱턴 주였다. 캘리포니아 구간을 지날 때 만난 비는 비도 아니었다. 그때는 비가 오다가도 잠시 멈추었는데, 지금은 내렸다 하면 하루 종일 내린다. 중간에 잠깐이라도 텐트나 젖은 장비를 말릴 수 있는 틈이 있어야 하는데 그마저도 없으니 젖은 텐트를 그대로 치고 물기만 대충 닦고 자는 수밖에 없다. 유리 멘탈의 42는 밤사이 계속 내린 비로 물바다가 된 텐트에 화가 나 말없이 혼자 이른 새벽에 길을 나섰다. 우회 구간을 걷는 내내 내린 비 때문에 짜증이 난 상태에서 그런 상황을 겪으니 아무래도 스트레스가 배가 된 듯하다.

어쨌든 우회 구간이 끝나고 나이프 엣지(칼날 능선)를 통과해야 하는데, 계속 내리던 비가 눈으로 바뀌어 상황이 어려워졌다. 다들 아이젠이 없어 얼어 있을 수도 있는 눈 쌓인 구간을 맨몸으로 걸어야 했다. 자칫 잘못하면 큰 사고로 이어질 수도 있는 위험한 구간이라 걱정됐다.

정오 때 잠깐 비가 그쳐서 냉큼 텐트를 널어두고 점심을 먹었는데, 10분도 채 안 돼 다시 비가 내려서 점심을 먹다가 배낭을 꾸리느라 비를 쫄딱 맞았다. 비에 젖은 생쥐 꼴로 덜덜 떨면서 계속 걸었는데, 나이프 엣지가 보이기 시작하니 비는 눈으로 바뀌었고, 이미 그 일대는 눈이 쌓여 있었다. 나름 중무장을 한다고 했지만, 매서운 강풍이 부는 이곳을 지나기엔 역부족이었다. 레인 팬츠가 없어 다리가 다 드러나는 숏 팬츠만 입고 걸었고, 장갑을 껴도 감각이 느껴지지 않을 정도로 이미 손과 발은 얼어 있었다. 몸을 날릴 듯 부는 강한 바람을 타고 온몸을 때리는 우박을 마주한 채 가파르고 좁은 길을 조심스럽게 걸었다. 때로 강한 바람에 몸이 휘청일 때는 심장이 덜컹 내려앉았다. 눈안개 때문에 한 치 앞도 안 보여 추위에 노출된 채 그대로 멈춰 있기도 했다. 아이젠만 있더라도 이 정도까진 아닐 텐데, 미리 준비하지 못한 나 스스로를 원망할 뿐이다.

정말 추워 죽겠다는 말을 체감할 정도로 춥고 위험한 길이었지만, 다행히 아무 탈 없이 모두가 지나왔다. 다만, 나이프 엣지를 지나기 전부터 보이지 않던 와일드맨은 이 구간을 지나 캠프를 할 때까지 보이지 않았다. 우리보다 앞서 갔으니까 우리가 멈춰 선 지점을 지나쳤을 거라 생각했지만 조금은 걱정됐다.

하루 종일 떨어서인지 침낭 속에 몸을 눕혀도 추위가 가시지 않았다. 따뜻한 이불속이 몹시 그리웠다.

다음날도 42는 아침 일찍 떠났다고 한다. 텐트가 또 한 번 물바다가 돼 도저히 잠을 잘 수가 없다며 새벽부터 계속 투정하고는 그대로 일어나 짐을 싸서 떠났다. 그가 마음의 안정을 찾길 바랐는데, 계속되는 그의 감정 기복이 조금씩 걱정됐다. 어차피 오후 정도면 약 3,700킬로미터 지점인 화이트 패스White Pass에서 다 만날 수 있을 것이다. 오늘도 마찬가지로 비는 계속 내렸고, 한기가 계속 느껴져 최대한 빠른 속도로 걸음을 재촉했다. 레이니어 산Mt. Rainier을 제대로 볼 수 있는 뷰포인트가 있지만, 아무것도 볼 수 없었다. 사실 주변을 뿌옇게 뒤덮은 안개가 아니더라도 지금은 너무 추워 경치를 감상하기보다는 최대한 빨리 내려가고 싶은 생각밖에 들지 않는다.

추위 속에서 얼마를 더 걸었을까? 고속도로를 빠른 속도로 지나다니는 차 소리가 들렸다. 몸이 먼저 반응해 거의 나는 수준으로 내리막길을 뛰어 내려갔다. 트레일 시작을 알리는 여러 안내문이 서 있는 입구가 보였다. 안도감에 나도 모르게 두 다리가 풀리고 거의 주저앉을 뻔했다. 그래도 속도를 늦추지 않고 저 멀리 보이는 화이트 패스의 스토어를 향해 계속 움직였다. 이윽고 다다른 스토어에는 역시나 와일드맨과 42, 어디서 왔는지 모를 썬더버니와 위키 그리고 해피아워가 모여 있었다. 하고 싶은 말과 묻고 싶은 것이 많았지만, 일단 몸부터 녹이려고 따뜻한 스토어 안에 마련된 의자에 앉아 정신을 차리기 시작했다. 다들 하루 정도 쉬고 싶어 해서 인근 마을인 팩우드Paxkwood로 나가려 했다. 하지만 휴가철에 주말까지 맞물린 날이라 예약이 꽉 차 포기할 수밖에 없었다. 절망적인 상황에 결례를 무릅쓰고 와일드맨이 워리어 하이커 멤버인 탱크(에릭)에게 연락했고, 우리의 간절함을 느낀 탱크가 고맙게도 본인의 집으로 초대해주었다. 탱크의 집은 이곳에서부터 약 두 시간 거리 떨어진 올림피아^{Olympia}에 있는데, 교통편이 없다는 걸 알고는 직접 픽업까지 온다고 했다. 진심으로 탱크가 고마웠다.

일이 모두 잘 풀리고 나니, 갑자기 긴장이 풀리고 잠이 쓰나미처럼 밀려왔다. 추위 때문에 밤잠을 설친 탓인지, 지금까지 느끼지 못한 졸음이 몰려와 내가 할 수 있는 것이라고는 온기가 묻어 있는 벽 모서리에 기대 스르륵 조용히 잠드는 것뿐이었다.

착각

● 탱크의 가족은 친절했다.

탱크의 아들인 라이언도 올해 PCT 캘리포니아 구간을 걸었고, 또 희종, 희남이와 함께 걸은 적이 있어 그들의 안부를 내게 묻기도 했다. 다들 추위에 지쳐서 집에 가자마자 뜨거운 물로 몸을 녹였다. 샤워를 마치고 나니 정신이 좀 들었고, 그제야 제대로 된 점심도 먹지 않았다는 것을 깨달았다. 우린 탱크의 가족에게 조금이라도 보답하려고 저녁을 함께 준비하기로 했다. 마트에서 와인과 스테이크, 피자, 샐러드 등을 풍족하게 사서 저녁을 준비했다. 각자 맡은 요리를 제시간에 내놓으려고 분주하게 움직였다. 그 사이 라이언이 아일랜드 식탁 위에 무언가를 올려놓고 세팅을 하고 있었다. 디제잉 기기였다. 갑자기 왜 디제잉 기기를 꺼내 놓는지 의아했지만, 이후 울려 퍼지는 사운드에 머리보다 몸이 먼저 반응하기 시작했다. 비트에 맞춰 다들 어깨를 들썩이며 춤을 추기 시작했고, 비교적 젊은 나이인 해피아워는 춤 실력으로 우리를 깜짝 놀라게 했다. 그사이 요리는 하나씩 완성되어 모두 함께 허기를 채웠다. 와인이 한두 잔 섞이기 시작하자 사운드는 점점 더 강렬해졌다. 탱크는 물론 그의 와이프 캐리도 흥에 겨워 머리를 흔들었고, 낯선 분위기에 움츠려 있던 나도 조금씩 스스로를 내려놓았다. 이웃집에서 시끄럽다고 신고가 들어올 만도 했지만, 그런 걱정보다 지금의 분위기를 맘껏 느끼고 싶었다. 아들과 아들 나이 대의 친구와 함께 어울려 즐기는 그들의 모습이 보기 좋았고, 신기하면서 부러웠다. 나도 저렇게 늙어갔으면 좋겠다.

두 시간을 차로 이동해 다시 트레일까지 우리를 배웅해 준 탱크에게 우린 조금씩 돈을 걷어 성의를 표했다. 탱크는 극구 사양했지만 받지 않으면 우리가 다시는 미안해서 연락하지 못할 수 있다고 하자 어쩔 수 없이 받아들였다. 라이언도 우리와 함께 데이하이킹을 하기로 했다. 탱크는 라이언도 데리러 올 겸 내일 우리가 지나갈 치눅 패스 Chinook Pass 로 트레일 매직을 나올 거라 했다. 마지막까지 감동을 주는 탱크와 깊은 포옹을 나누고 트레일로 들어서려는 찰나, 저 앞에 익숙한 얼굴이 보였다. 셰프와 벌쳐였다.

어색하기도 했지만 반가움이 더 컸기에 우린 크게 셰프의 이름을 외쳤다. 오랜만에 보는 그녀는 전과 다를 바 없었지만, 더 이상 벌쳐와 있는 게 어색하지 않았다. 42도 태연한 척 그들과 인사를 나누었으나, 아직 그들을 대하는 것이 불편한지 금방 자리를 피했다. 먼저 길을 나서는 42를 따라 우리도 다시 트레일로 들어섰다. 셰프와 벌쳐, 그들과 마지막 인사를 짧게 나눈 것이 아쉬웠지만, 함께할 수 없는 무언가가 우리 사이에 생겼음을 부인할 수 없었다.

어제와는 다른 워싱턴의 날씨 덕분에 편안히 걸을 수 있었다. 안 그래도 깨끗한 공기를 비가 한 번 더 씻어주어서인지 콧속으로 들어오는 공기가 마치 몸을 정화시켜 주는 것 같다. 오르막을 오른 뒤 거칠게 내쉬는 숨 속에도 상쾌함이 묻어난다. 그냥 이곳에 서 있는 것만으로도 세상을 다 가진 듯한 느낌이 든다. 때 없이 순수한 파란 하늘, 그 아래 솟아 있는 머리 하얀 레이니어 산, 녹음 가득한 숲길, 그리고 좋은 친구들. 나와 함께 이 순간을 함께 해주는 모든 것을 가슴 깊은 곳에 새겨두었다.

석양이 질 무렵, 20킬로미터 정도를 걷고 텐트사이트에 도착하니 이미 수많은 하이커로 북적이고 있었다. 투톤을 비롯해 파워타이츠, 터치앤그레이 등 약 20명 정도 매일 함께하는 친구들이 하이커 군락을 이루고 있었는데, 마치 트레일 안에서 펼쳐진 또 다른 'PCT Days' 처럼 오순도순 모여 저녁을 함께했다. 라이언과 안면이 있는 친구들은 그간의 안부를 물으며 반가워했고, 우린 오늘 하루 묵고 갈 만한 자리를 찾아 우리만의 HBG 마을을 만들었다. 또 하루가 저물었다. 남은 나날이 아쉬웠기에 잠들기 싫었지만, 또 다른 하루의 즐거움을 만나려면 눈을 감을 수밖에 없다.

"탱크! 하루 만에 다시 봤는데 왜 이리 반가울까요?"

치눅 패스의 트레일 매직. 배낭 위에 하이킹하는 고양이 렉시가 올라 있는 탱크의 모습도 보인다

아직 만나기로 한 치눅 패스까지는 3킬로미터가 남아 있지만, 차를 세워두고 키우는 고양이와 함께 트레일로 우릴 마중 나온 탱크를 보니 반가웠다. 그의 고양이 렉시는 그와 함께 수년 동안 하이킹을 해온 특별한 고양이다. 탱크의 배낭 위에서 중심을 잃지 않고 동행하며 수많은 밤을 그의 텐트에서 함께 지냈다고 한다. 뒤따라오던 친구들과 합류해 그의 차가 있는 곳으로 이동했다. 이미 치눅 패스에는 탱크 말고도 해피 투투라는 좋은 인상의 아주머니가 큰 트레일러에서 트레일 매직을 펼치고 있었다. 해피 투투의 신선한 과일과 시원한 맥주, 따뜻한 맥 앤 칠리 그리고 탱크의 먹음직스러운 핫도그까지 더해져 치눅 패스 주차장의 마법은 그 길을 걸어온 하이커의 사랑방이 됐다. 세 시간가량 그곳에서 여러 하이커와 주차장 바닥에 앉아 즐거운 시간을 보냈다. 국립공원 경찰차가 우리 쪽으로 올 때는 약간 긴장하기도 했지만, 그들도 우리의 하이킹을 응원하고 핫도그를 함께 먹으며 즐거움을 공유했다.

라이언은 이곳에서 하이킹을 끝냈다. 오래 쉬어서 그런지 우리와 함께 걷는 게 힘에 부친다며 멋쩍은 웃음으로 아쉬움을 대신했다. 그런 그를 대신해 탱크가 오늘 밤은 우리와 함께 하기로 해 치눅 패스에서 약 3킬로미터 떨어진 쉽 레이크Sheep Lake로 향했다. 하이킹 고양이 렉시는 보면 볼수록 매력이 있다. 고양이가 하이킹을 따라나선다는 것부터 신기했지만, 탱크 뒤를 졸졸 뒤따르다 때론 다시 업혀 배낭 위에서 떨어지지도 않고 함께 걷는 걸 보니 정말 놀라웠다. 렉시는 짧은 하이킹이 아쉬웠는지, 텐트 사이트에 도착해 우리가 텐트를 치는 동안에도 주변을 쉬지 않고 돌아다니며 시간을 보냈다.

황혼이 물든 호숫가에서 때 아닌 뮤지컬 한 편이 펼쳐졌다. 촬영 42, 음악감독 해피아워, 주연 썬더버니와 와일드맨. 흥겨운 뮤지컬 음악에 맞춰 펼쳐진 그들의 춤사위 덕분에 배꼽이 빠지도록 웃으며 하루를 마무리했다.

"아니, 도대체 왜 안 된다는 거예요? 돈을 더 내겠다는데."

"이해해주세요. 우리 원칙이에요."

거듭 요청하는 42의 요구에도 돌아오는 대답은 매정하게도 똑같았다. 탱크와 헤어지고 이틀 동안 안개 낀 숲길에서 비와 눈을 맞으며 도착한 스노퀄미 패스Snoqualmie Pass(3,846킬로미터)에 있는 유일한 숙소였다. 마을에 하나 있는 스노퀄미 여관에서 우린 방 하나에 함께 묵으

스노퀄미 패스로 향하는 길. 가을에 접어들어 워싱턴 주의 자연도 어느새 울긋불긋한 옷으로 갈아입기 시작했다

려 했지만, 그들은 원칙이라며 방 하나는 두 명밖에 쓸 수 없다고 했다. 그냥 쓰겠다는 것도 아니고 추가되는 비용을 지불하겠다고 했지만, 완강하게 거부하는 모텔 주인 때문에 기분이 상했다. 원칙이라니 어쩔 수 없지만, 주인의 불친절한 태도 때문에 기분이 더 상했다. 일전에 PCT 하이커한테 심하게 데인 적이 있어 그런 거니 이해하라고 했는데, 그렇다 해도 하이커 모두를 싸잡아 그런 식으로 대하는 건 이해하기 힘들었다. 할 테면 하고 말 테면 마란 식의 태도가 너무하다는 생각이 들었는데, 내가 더 불편한 것은 동양인 주인이 왠지 한국인 같다는 느낌 때문이다. 시간은 늦었고 어쩔 수가 없어 방을 세 개 빌려서 각자 방으로 흩어져 짐을 풀었다. 나랑 42, 와일드맨과 해피아워

가방을 함께 쓰고, 썬더버니가 사촌 집으로 잠깐 떠났기 때문에 늦게 온 위키는 혼자 사용했다. 씻고 난 뒤, 우린 기분을 전환하려고 옆에 있는 스토어로 향했다. 각자 원하는 음료와 먹을거리를 챙겨 들었다. 나도 간단히 맥주와 스낵을 들고 계산대로 향했다. 스토어의 주인도 동양인이었는데 이분도 왠지 한국인일 거라는 느낌이 강하게 들었다. 계산을 하는 동안 넌지시 혹시 한국분인지 여쭈었는데, 역시나 한국인이라며 놀란 듯 답하는 주인과 이야기를 나눌 수 있었다. PCT를 하이킹하는 한국인이 그동안 없었기에 당연히 일본인이라 생각했다는 주인에게 그간의 이야기를 구구절절 늘어놓았다. 그 후 몇 분간 더 이야기를 나누고 나서야 모텔 주인의 행동을 조금이나마 이해할 수 있었다.

모텔 주인 부부도 역시 한국인이 맞았다. 처음에는 이들도 하이커에게 냉소적이지 않았는데, 매년 꼭 한두 명의 하이커가 개념 없는 행동을 하는 바람에 지금처럼 불친절하다 느낄 정도로 차갑고 원칙적으로 대하게 되었다고 한다. 섭섭한 마음은 있었지만, 타지에서 고생하며 일궈온 것을 가볍게 대하는 타인에게 지쳤을 수도 있겠다고 생각하니 이해가 되기도 했다. 그래도 대부분의 하이커가 그렇지 않다는 것도 조금 이해해주었으면 하는 바람이 있었다. 다시 방으로 들어가는 카운터에서 모텔 주인을 만났다. 어색하게 "안녕하세요" 하고 인사하는 내게 주인은 미안함이 섞인 작은 미소로 답하며 이렇게 말했다.

"미안해요. 한국분이라는 걸 알았는데, 그래도 이렇게 해야 해서 따로 이해를 못 구했어요. 불편한 거 있으면 언제든 말해주시고 편하게 지내다 가세요."

　타국에서 서비스업으로 산다는 게 어떤 느낌인지 감히 내가 알 수 없지만, 순간 괜히 미안한 감정이 들어 만감이 교차했다. 얼어 있는 그 분들의 마음이 조금이라도 녹았으면 좋겠다고 생각하며 방으로 돌아왔다. 우리는 모두 각자의 입장에서 생각하고 행동할 수밖에 없다. 그래도 때로는 상대의 입장에서 생각하고 행동할 때 바뀌 나갈 수 있는 여러 결과를 그려보는 여유를 가져보는 건 어떨까?

　다음날은 오후 2시가 될 때까지 주유소 앞에 마련된 테이블에 앉아 여러 하이커들과 시간을 보냈다. 사촌 집에 간 썬더버니도 돌아왔고, 가족여행을 떠나다 잠깐 들린 탱크와 다시 만나기도 했다. 이곳에서 다음 보급지인 스카이쿼미시Skykomish까지는 리틀 시에라 섹션이라 부를 정도로 많은 오르막과 내리막이 있다고 한다. 그래서인지 다들 조금이라도 더 많은 음식을 먹어두려 했다. 2시가 조금 지나 걷기 시작해 약 11킬로미터를 진행했는데, 거의 10킬로미터는 산길을 올라 조금 힘이 들었다. 오르는 중간에 우연히 한국인 산악회 분들과 마주쳐 얘기를 나누었다. 시애틀과 캐나다에서 이곳 캣워크 구간의 경치가 아름답다고 해 다 같이 산행을 왔다고 했다. 예상치 못한 곳에서 한국인을 만나니 반갑기도 하고, PCT를 하이킹하고 있는 내가 대견스럽기도 했는지 간식과 응원을 아끼지 않으셨다. 헤어질 때는 시애틀에 오면 꼭 들리라며 연락처를 남겨주었다.

　각자 출발한 시간이 달랐기에 내가 정상에 위치한 릿지 레이크

Ridge Lake에 도착했을 때는 아무도 보이지 않았다. 혹시나 하는 생각에 주변 텐트 사이트를 다 둘러보았지만 HBG는 아무도 없었다. '내가 제일 먼저 도착한 건가?' 오랜 시간을 한인 산악회 분들과 함께 있다와서 나보다 먼저 도착한 친구가 있을 줄 알았는데 조금 이상했다. 다시 호수 쪽으로 돌아가 여러 명이 텐트를 칠 만한 공간을 찾고 있는데 뒤에서 해피아워의 목소리가 들렸다.

"혼자 있어? 42는?"

다른 친구들은 식당에서 스테이크를 먹고 온다기에 혼자 먼저 왔다는 해피아워가 42의 행방을 물었다. 도착했을 때 아무도 없었다며 같이 있었던 게 아니냐고 되물었지만, 42는 먼저 출발했다고 한다. 아마 내가 이 주변을 여기저기 돌아다닐 때 이곳을 지나간 것 같다. 날이 저물고 있어 더 진행하는 건 무리라 판단하고 텐트를 치고 자리를 정리했다. 부족한 물을 정수하러 호수에 다녀오니 썬더버니와 와일드맨 그리고 위키가 함께 도착했다. 해피아워와 마찬가지로 다들 42의 행방을 내게 물었지만, 먼저 갔을 거라고 대답할 수밖에 없었다. 다들 무언가 하고픈 말이 많은 듯했지만, 아무도 선뜻 말하지 못했다. 그들도 나처럼 42가 걱정되는 모양이다.

마을이 인접한 곳이라 그런지 이곳에는 데이 하이킹을 즐기러 온 사람이 많다. 주로 혼자 혹은 둘이서 하룻밤의 야외활동을 즐긴다. 그들도 PCT 하이커인 우리와 같은 장소에서 머무는 것이 즐거운지, 이것저것 물으며 복숭아를 나눠주기도 했다. 그들의 호의를 받다가 문득 이런 생각이 들었다.

'혹시 지금 내가 착각을 하고 있는 게 아닐까?'

지금까지 트레일을 걸으며 분에 넘치는 호의를 받았기 때문에, 하이커라면 호의를 받는 게 마땅한 것이라고 크나큰 착각을 하고 있는 게 아닐까란 생각이 들자 갑자기 얼굴이 뜨거워졌다. 지금껏 만난 트레일 엔젤이나 매직, 마을에서 우리를 환대해 준 여러 사람들 그리고 탱크나 친구의 가족이 베푼 호의 때문에 이 길에서 만나는 모든 사람이 당연히 지금까지 그런 것처럼 똑같이 호의를 베풀어 줄 것이라는 착각. 이 때문에 우린 마땅히 원칙에 따라 해야 할 일을 한 스노퀄미 여관 주인의 태도에 더 크게 반응한 게 아닐까? 그들은 그들의 일상을 살고 우린 그저 그들의 일상을 잠깐 지나칠 뿐인데, 우리가 그들의 일상에서도 주인공인 것처럼 행동하려 한 것만 같았다. 나 자신이 몹시 부끄러웠다.

"호의가 계속되면 권리인 줄 안다."

그저 반가움에 건네준 한 하이커의 복숭아 덕분에 지금이라도 착각을 깰 수 있어 참으로 다행이라는 생각이 들었다.

고마워요 아저씨!

위키의 생일파티

● 워싱턴의 진면목을 보았다.

숲은 오리건의 것처럼 때론 포근하고 때론 울창했으며, 산세는 그 웅장함이 하이시에라의 것과 어깨를 견줄 만큼 수려하면서 장엄했다. 가히 장관이었다. '리틀 하이 시에라'라는 별칭에 걸맞게 수많은 오르막과 내리막을 지나야 했지만, 힘이 든다기보다 워싱턴의 경치에 매료돼 매 순간을 즐길 수 있었다.

하지만 그런 우리와 달리 42는 오늘도 혼자만의 시간이 필요했나 보다. 우리가 야영을 하는 곳으로 오지 않았다. 오전 9시에 42를 만났는데 그는 어제 우리가 머문 곳에서 5킬로미터 더 진행한 곳에서 야영했다고 한다. 그냥 우리가 보이지 않았고, 조금 더 걷고 싶어서 그랬다는 그와 점심을 먹으며 얘기를 나누었다. 조심스럽게 혹시 안 좋은 일이 있냐고 물어보았지만, 그는 별다른 얘기를 하지 않고 그냥 길을 걷다 자고 싶은 곳에서 잔 것뿐이라고 했다. 어찌 보면 당연한 그의 대답이 조금은 서운했지만, 그의 길을 걷는 그에게 우리가 할 수 있는 말은 없다. 그저 트레일을 함께하는 친구로서 마지막까지 함께하고 싶은 마음에 아쉬움을 표현하고 싶을 뿐이다. 점심을 먹고 길을 걷다가 만난 갈림길에서 나와 와일드맨이 착각해 길을 잘못 들었는데, 그 길을 42도 똑같이 잘못 들어 다시 돌아오는 데만 두 시간이 소요되었다고 한다. 길을 잘못 든 본인의 행동에 화가 난 것인지, 다른 이유가 있는 건지 모르지만 오늘도 42는 함께할 수 없었다. 대신 42의 빈자리를 덴마크에서 온 17세 소녀 파이어크래커가 채웠다. 그녀는 어린 나이에도 불구하고 키와 덩치가 해피아워보다 컸다. 성격도 활발해 다른 하이커와 잘 어울렸는데, 처음에 그녀의 나이를 들었을 때는 믿을 수 없었다. 적어도 20대 중반은 되어 보였기 때문이다. 이미 산티아고 순례길을 걸은 경험이 있는 그녀는 학교를 휴학하고 조금 더 익사이팅한 모험을 즐기고 싶어 이 길을 걷고 있다고 했다. 그런 그녀의 열정과 패기가 참으로 멋있어 보였다.

다음날, 42를 만났다.

비록 밤에 함께 있지는 못했지만, 날이 밝으면 다시 길에서 42를 만날 수 있어 다행이었다. 길에서 다시 만난 그는 때론 말이 없지만, 대부분은 흥이 많은 42의 모습 그대로다. 오늘은 아침에 출발하기 전 와일드맨이 큰일을 보러 간 사이, 파이어크래커와 썬더버니가 와일드맨의 배낭에 족히 3킬로그램은 되어 보이는 큰 돌을 몰래 집어넣

웅장하면서도 수려한 워싱턴의 대자연은 심하게 아름다워 걷는 내내 걸음을 멈추게끔 만들었다

었다. 배낭을 멘 그는 별다른 의심 없이 점심을 먹을 곳까지 걸어왔는데, 점심을 먹으려고 배낭을 열고 짐을 꺼내는 순간 돌을 발견하고는 이내 괴성을 지르고 말았다. 깔깔거리는 걸로 모자라 바닥에 쓰러져 데굴데굴 구르는 썬더버니의 모습을 보고 나서야 상황을 판단한 42도 함께 웃으며 와일드맨을 바보라고 놀리기 시작했다. 함께 즐기는 42의 모습을 보고 있으니 나도 모르게 기분이 좋아졌다. 점심을 먹을 때도, 먹고 나서 다시 길을 나선 후에도, 하루가 끝날 때까지 와일드맨은 투덜거렸다. 전직 미 해병대 출신의 그가 하루 종일 투덜거리며 길을 걷는 모습이 웃기기도, 귀엽기도 했다. 하늘만이 그의 기분을 알아주는지 저녁 즈음에는 싸늘한 비가 내리기 시작했다. 눈 섞인 비를 맞으며 호수가 보이는 곳에 텐트를 쳤다. 42가 함께하니 오늘은 위키가 힘이 달렸는지 뒤쳐져 우리와 함께하지 못했다. 내리는 비 때문에 각자의 텐트 안에서 저녁을 먹었지만, 쉴 새 없이 떠드는 썬더버니의 목소리 덕분에 심심하지 않았다.

간밤에 계속 비가 내려 엄청 추웠다. 다행히 새벽에 비가 그쳤지만, 아침에 일어나 보니 텐트 플라이가 다 얼어 있었다. 얇은 다운재킷만으로는 추위를 이겨낼 수 없을 듯해 잘 때 입는 내복을 그대로 입은 채 하나둘 겉옷을 껴입었다. 스티븐스 패스^{Stevenes Pass}까지는 17킬로미터 남짓이다. 최대한 빨리 도착하고 싶어 배낭을 꾸리고 미친 듯이 달렸다. 추위 때문에 체온을 끌어올릴 필요가 있었다. 스티븐스 패스에 도착할 즈음엔 눈이 내리기 시작했다. 바람과 눈을 그대로 맞으며 걸어서 그런지 얼굴에 감각이 없어졌다. 재킷에 달린 후드를 푹 눌러쓰고 최대한 바람과 눈을 피해가며 힘든 걸음을 계속했다. 다행히 내리막길이라 체력적으로는 그리 힘들지 않았지만, 언 손가락과 발가락으로 전해오는 통증이 나를 힘들게 했다. 장갑을 두 개나 꼈지만, 무게 때문에 가벼운 장갑만 준비한 터라 매서운 워싱턴 주의 추위에는 무용지물이었다. 웬만하면 껴입은 옷 때문에 땀이 날만도 한데, 해도 구름에 가려 있고 내리막길을 걸어서인지 땀이 나지 않았다. 매서운 추위가 스티븐스 패스에 도착할 때까지 우리를 괴롭혔다. 11시가 조금 넘어 도착해 카페에서 친구들을 기다리며 따뜻한 커피를 한 잔 마셨다. 오늘은 커피 향보다 뜨거운 커피 잔이 더 반가웠다. 곧이어 와일드맨과 42, 해피아워까지 도착했는데 썬더버니와 위키가 오지 않았다. 커피를 한 잔 더 마시며 한참 기다렸는데도 그들은 오지 않았다. 하이커 박스가 놓인 곳에 메모를 남기고 나서려는 찰나에 썬더버니로부터 전화가 왔다. 이곳에 도착했지만 우리가 있는 롯지를 지나쳐, 그대로 히치하이킹을 해 딘스모어Dinsmore로 가는 중이라고 했다. 딘스모어는 인근에 있는 트레일 엔젤 하우스인데, 우리도 그곳에서 보급품을 찾아야 해서 썬더버니에게 먼저 가 있으라고 하고 히치하이킹을 했다.

딘스모어는 아늑한 곳이었다. 하이커를 위해 창고를 개조해 여러 명이 묵을 수 있도록 침대와 소파를 두었다. 벽에는 해마다 PCTA에서 제작해 하이커들에게 나눠주는 반다나가 연도별로 걸려 있고, 얼마 전에 만난 김기준 씨가 그린 달마도도 한쪽에 걸려 있었다. 먼저 도착해 샤워를 마치고 나온 썬더버니와 함께 보급품을 찾으려고 트레일 엔젤이 묵고 있는 집으로 향했다. 지인이 보낸 소포와 선배님이 보낸 보급품 두 개가 있어야 하는데 선배님이 보내기로 한 보급품이 도착하지 않았다. 뭔가 이상해 선배님께 여쭤봤지만 분명히 보냈다고 했다. 혹시나 하는 생각에 근처 마을에 있는 우체국에 가서 확인해보기로 했다. 우리는 얼마 멀지 않은 곳에 위치한 스카이코미시란 작은 마을로 다시 이동했다. 어차피 오늘이 위키의 생일이라 그에게 파티를 열어주려고 딘스모어가 아닌 이 마을에서 묵기로 했다. 우체국에서 내 이름으로 온 보급품이 있는지 확인했지만, 뭐가 잘못된 건지 아니면 아직 도착하지 않은 건지 보급품을 찾을 수 없었다. 비록 보급품은 찾을 수 없었지만, 지인이 보내준 소포에 라면이 들어 있어서 식량을 준비하는 데는 큰 문제가 없었다.

스카이코미시는 작은 마을이다. 큰 강이 마을을 지나고 마을 중앙에는 기차가 다니는 철도가 놓여 있다. 작은 마을이라 모텔이 하나밖에 없는데, 그 모텔은 기차가 다니는 철도와 아주 근접해 있다. 갑자기 캘리포니아 주의 테하차피 비행장에 있는 무료 캠핑장에서의 악몽이 생각났다. 다른 옵션이 없었기에 우린 그 모텔을 잡고는 짐을 풀었다. 사실 말이 모텔이지 호스텔에 가까웠는데, 인당 30달러이고 한 방에 네 명이 잘 수 있도록 2층 침대 두 개가 놓여 있었다. 짐을 풀고 오늘의 주인공인 위키를 기다리며 치킨이 맛있다는 동네 펍으로 향했다. 소문대로 그곳의 치킨은 맛있었다. 한국의 옛날 통닭처럼 튀겨 여러 소스를 찍어 먹게끔 나왔는데, 양도 적지 않아 아주 훌륭했다. 한참을 다트도 던지고 음악도 들으며 펍에서 시간을 보냈지만 위키는 오지 않았다. 걱정이 돼서 방으로 돌아가 위키에게 전화를 해보았지만 연결이 되지 않았다. 그의 엄마인 피그테일에게 연락해보니 다행히도 그가 스티븐스 패스에 도착해 이곳으로 향하고 있다는 소식을 접할 수 있었다. 안도의 한숨을 내쉬며 그를 위한 작은 파티를 준비했다. 보드카에 싸구려 위스키, 맥주 등 아직 성인이 되지 않은 위키를 위해 못된 형들이 마련한 선물로 테이블을 가득 채웠다. 이윽고 도착한 위키는 같은 하이커인 우리가 봐도 너무 불쌍할 정도로 거지꼴을 하고 있었다. 얼마나 힘들었는지 그의 몰골이 대신 말해주었다. 그런 그를 씻지도 못하게 하고는 바로 자리에 앉혀놓고 생일 축하 노래를 불러주었다. 비록 케이크 하나 없는 조촐한 생일파티였지만, 오랜 시간을 트레일에서 함께한 친구가 마련한 깜짝 파티에 결국 위키

\# 위키의 생일을 축하하며.
이날 밤 위키가 맨정신인
건 이때가 마지막이다

는 눈물을 흘리고 말았다. 고마움 때문인지, 그간 한 고생 때문인지
는 알 수 없었지만 한참을 고개 숙여 흐느끼는 그의 모습을 보니 우리
도 눈시울이 붉어졌다. 이내 숙연한 분위기를 정리하고 파티를 즐기
기 시작했다. 위키도 기분이 좋아졌는지 엄마와 화상통화를 하면서
우리가 만들어준 자리를 자랑했다. 먹을 만한 것도 없는 조촐한 파티
였지만 분위기만은 여느 파티 못지않았고, 그 분위기는 펍으로 이어
졌다. 펍에 있는 모든 사람들이 위키의 생일을 축하했다. 긴 시간 동
안 진행된 파티는 결국 위키가 술에 취해 한쪽 바닥에 쓰러져 잠이 드
는 걸로 끝났다. 잊지 못할 또 하나의 추억이다.

　새벽에 위키와 같은 방을 쓰던 썬더버니가 요란한 소리를 냈다. 침
대에 그대로 토한 위키 때문에 우리 방으로 피신을 온 것이다. 덕분에
아침을 일찍 시작할 수 있었고, 위키는 아침부터 토사물이 묻은 침대
보를 빠느라 분주하게 움직였다. 술이 덜 깬 채 침대보를 빠는 모습이
얼마나 웃기던지 우리는 한참을 그 앞에서 웃으며 구경했다. 그런 위

키를 향해 얄밉게 42가 한마디 했다.

"어른 되는 게 쉬운 일이 아니야. 위키."

위키의 생일로 왁자지껄하던 스카이코미시에서의 추억을 간직하고 다시 트레일로 향했다.

이제 정말 얼마 남지 않은 트레일이기에 최대한 즐기고 싶어 천천히 길을 걸었다. 숲속의 촉촉한 길을 걷고 있자니 춥다고 그냥 달리기만 한 어제가 생각났다. 한걸음 한걸음이 아까운 그 길을 왜 그리 빨리 지나쳤을까? 당시는 그럴 수밖에 없었지만, 지나고 나니 생각이 달라졌다. '이미 지나간 시간을 아쉬워하지 말자.' 스스로를 다독이며 오늘 마주하는 트레일의 아름다움을 음미했다. 한참을 길을 걷다 갑자기 허기가 져 점심시간이 지난 걸 알았다. 따로 시간이 정해져 있는 것도 아닌데 큰일이라도 난 것처럼 후다닥 라면을 끓였다. 지난 마을에서 이번 보급품을 받지 못해 다음 보급지까지는 라면으로만 해결해야 한다. 다행히 친구들이 나눠 준 믹스넛과 행동식 덕분에 큰 걱정은 없지만, 라면만으로 열량을 보충할 수 있을지는 의문이다.

다시 길을 걷는데 와일드맨과 해피아워가 나를 지나쳐갔다. 곧 날이 저물듯해 적당한 곳에 자리 잡고 있으라고 하고는 천천히 그들을 뒤따랐다. 해가 뉘엿뉘엿 저물 때쯤 친구들이 자리 잡고 있는 텐트 사이트에 도착했다. 제일 먼저 출발한 썬더버니의 모습이 보이지 않는 걸 보니 그녀는 조금 더 걷고 싶은가 보다. 나도 오늘은 정말 천천히 걸었는데, 42와 위키도 나와 같은 생각으로 천천히 걷고 있는 모양이다. 내가 도착하고도 한참 뒤에야 도착했다. 텐트 사이트 한쪽에 있는 파이어링에 나무를 모아 불을 지피고 그 주위로 둘러앉아 다 같이 저녁을 만들어 먹었다. 오래간만에 모닥불을 피워서인지 그 따뜻함과 분위기가 정말 좋았다. 그 분위기에 취해 지인이 보내준 소주를 꺼내 위키에게 속삭였다.

"한 잔 더 할래. 위키?"

"오, 케이, 장난해? 이제 다시는 입에도 대고 싶지 않아."

짓궂은 형의 장난에 잔뜩 인상을 찌푸린 위키의 모습이 귀여워 한참을 웃었다.

"다 그러면서 배우는 거야. 하하."

오늘따라 유난히 환하게 떠 있는 달이 밤하늘과 잘 어울린다는 생각이 들었다. 다들 텐트로 들어가고 난 뒤에도 한동안 추운 줄도 모르고 밤하늘을 올려다보았다. 이 친구들에게서 느낀 가족 같은 분위기 때문인지, 갑자기 한국에 있는 가족이 그리워졌다.

간밤에는 비가 오더니 하루 종일 비가 오다 말다를 반복했다. 그때문에 길이 미끄러워 수차례 넘어지기도 했다. 젖은 텐트를 그대로 배낭에 넣은 탓에 무게도 무거웠고, 미끄러운 길 때문에 체력소모가 많았다. 게다가 숲길을 지나서 능선을 타고 오르는 길이라 내리는 비를 막아줄 것이 하나도 없다. 다리를 타고 흐르는 비에 양말과 신발이 다 젖어 신발 안에서 질척거리는 느낌이 별로 좋지 않았다. 다행히 점심을 먹을 때 잠깐 하늘이 개어 찰나를 놓치지 않고 젖은 장비와 양말까지 말리기 시작했다. 워싱턴 구간에서 흔히 볼 수 있는 이런 풍경을 우린 가라지 세일Garage sale이라 부른다. 거의 매일 비가 오다시피

하기에 젖은 장비를 해가 나는 시간을 이용해 트레일 옆에 펼쳐두고 말리는 게 일상이다. 그 모습이 마치 가라지 세일 모습과 비슷해 우리끼리 하는 농담이다. 짧은 시간이지만 우리에겐 정말 필요한 시간이다. 만약 해가 조금도 나오지 않는 날은 어쩔 수 없이 젖은 텐트를 대충 옷으로 닦고 잘 수밖에 없다. 비가 내리는 것도 마냥 나쁘지는 않다. 비가 내리는 숲길의 분위기가 워낙 좋기 때문이다. 대신 장시간 비가 내리고 지금처럼 능선을 타고 오르는 길에 바람까지 불면, 추위 때문에 몸이 서서히 굳는 게 느껴질 정도로 위험하기도 하다.

썬더버니가 어디까지 간 건지 오늘도 볼 수가 없다. 대신 사막에서 본 말리부를 오늘 다시 만났다. 담배가 떨어져 고생할 때 나를 구해준 분과 함께 다니던 말리부를 만나니 반가웠다. 시애틀이 집인 말리부는 PCT를 시작하기 전 시애틀에서 샌디에고까지 자전거를 타고 여행했고, 그 여행을 끝내자마자 자전거를 집으로 보내고 멕시코 국경까지 내려가 걷기 시작했다고 한다. 나이도 나와 비슷하고 이미 결혼까지 한 친구인데, 이런 여행을 할 수 있다니 정말 대단하다. 오래간만에 만난 친구와 이런저런 얘기를 나누다 보니 금세 어둠이 깔리기 시작했다. 나뿐 아니라 다른 친구와도 다 알고 지낸 말리부라 할 얘기가 많았지만, 체력소모가 커서 다들 피곤해했다.

이제 이 길도 250킬로미터만 걸으면 끝이 나는구나.

Almost there

● "으아악! 최악이야 정말!"

애써 조절하던 감정이 한순간 폭발하고 말았다.

그도 그럴 것이 스티븐스 패스를 떠나 내리 4일을 비에 젖은 채 걸었는데 이제는 연료까지 떨어져 라면은커녕 커피 한 잔 끓일 수 없었다. 다들 상황이 비슷한 터라 연료를 빌려 쓰기도 미안했는데, 그나마 와일드맨이 건네준 연료마저 바닥났다. 다행히 오늘 마지막 보급지인 스테헤킨Stehekin으로 들어갈 수 있지만, 아직 35킬로미터가 남아 있기에 안심할 수 없는 상황이다. 남은 식량이라고는 한 끼 분량의 라면과 에너지바 하나가 전부였다.

추운데다가 경사가 심한 오르막과 내리막을 걷다 보니 체력소모가 심해 몸이 더 많은 칼로리를 요구했다. 어쨌든 잘 먹어야 계속 걸을 수 있다. 소모된 칼로리를 보충하려면 가능한 많은 음식을 먹어야 한다. 지겹게 내리는 비가 잠깐 그치고 해가 나는 찰나의 순간이 곧 휴식시간이자 식사시간이 되었고, 매끼를 라면으로만 해결해야 했기에 조금만 지나면 다시 허기 지기 일쑤였다. 그래도 이 매서운 추위와 배고픔에 맞서 싸우며 계속 걸을 수 있었던 것은 바로 시리도록 아름다운 캐스케이드 산맥의 풍경 때문이다. 가을이 스며들어 오색으로 변한 절경이 지친 몸과 마음을 정화해 주었고, 때론 눈물이 날 정도로 아름다운 풍경이 잠시나마 추위와 배고픔을 잊게 해주었다. 하지만 이마저도 한계에 부딪혔다. 결국 이른 아침 젖은 양말과 젖은 신발을 그대로 신고 차가운 물에 풀리지 않는 컵수프 분말을 섞다가 소리를 지르고 만 것이다.

"진정해, 케이. 거의 다 왔어. 조금만 더 힘을 내자고!"

같은 처지지만 그래도 산전수전 다 겪어본 와일드맨이 위로의 말을 건넸다. 형 같은 와일드맨의 위로에 다시 마음을 가다듬고 짐을 꾸리는 해피아워와 말리부에게 멋쩍게 "힘내자"라고 말하며 어깨를 감싸 안았다. 스티븐스 패스를 떠나 온 이후로 썬더버니를 만날 수 없었다. 상황을 고려할 때 그녀는 아마 우리보다 10킬로미터 이상을 앞선 듯했다. 걸음이 우리만큼 빠른 그녀이기에 따라잡을 수 없었다. 위키는 체력적인 부담 때문에 뒤에 쳐져서 우리를 따라오고 있었고, 42는 여전히 요동치는 감정을 조절하기 힘든 듯 혼자 걷는 시간이 많았다.

하나 남은 에너지바를 입에 그냥 욱여넣고 모든 것이 다 젖은 채 다시 길을 나섰다. 다행히 5킬로미터 정도 오르막을 오르면 그 후부터는 내리막길이라 큰 부담이 없었지만, 이미 지칠 대로 지친 몸이라 그런지 걷는 한걸음 한걸음이 천근만근이었다. 체력이 좋은 말리부는 지친 기색 하나 없이 빠른 걸음으로 나를 지나쳐 저만치 가버렸다. 하이 브릿지 High Bridge 의 레인저 스테이션에서 스테헤킨으로 가는 셔틀버스 시간을 맞추려고 서두는 듯 했다. 붉게 물든 나무 틈으로 작아져가는 그의 뒷모습을 바라보다 다시 힘을 내 걸음을 옮겼다.

"뭐라도 좀 먹고 가자. 배가 고파 안 되겠네."

거칠게 흐르는 작은 강을 앞에 두고 와일드맨을 불러 세웠다. 먹을 거라곤 조금 남은 생라면이 전부지만, 조금의 열량이라도 얻으려고 마른입을 물로 적시고 거친 라면을 입에 털어 넣었다.

"뭐 좀 남은 게 있어?"

그 역시 남은 식량이라곤 육포 몇 조각이 전부였다. 그나마 남아 있음을 감사하는 표정으로 작은 육포 한 조각을 입에 넣고 녹이듯 음미하기 시작했다. 지나고 나면 오랜 시간 기억에 남을 추억이 되겠지만, 지금은 빨리 이곳을 벗어나 마을로 들어가고 싶다. 그만큼 몸도 마음도 지쳐 감정까지 메말라 가고 있다.

"Almost there……."

나지막이 읊조리며 눈을 감았다. 그동안 정상을 목전에 두고 힘들어하는 친구들에게 이 말을 건넸는데 오늘만큼은 나 자신에게 절실한 말이다.

'그래 지금까지 잘해왔잖아. 조금만 더 힘을 내라고. 거의 다 왔어.'

매번 힘든 시기를 겪을 때마다 그 시기를 이겨낼 무언가를 애원하고 갈망했지만, 결국 그 시기를 이겨내는 것은 바로 나 자신이다. 주변의 걱정과 응원이 힘이 돼 주어도 그 시기를 헤쳐 나가는 주체는 나이고, 누구도 대신해줄 수 없는 것이다. 그 사실을 잊은 채 누군가 해결해주기만을 기다리며 그냥 주저앉아 포기하려 한 때도 있었다. 때로는 믿지도 않는 신까지 찾으면서.

옆에서 함께 힘든 걸음을 옮기고 있는 와일드맨을 의지하면서 조금씩, 그리고 천천히 무거운 걸음을 내디뎌 남은 길을 계속 걸었다. 평소 같으면 오후 2시쯤 도착할 거리를 오후 4시가 조금 넘어서야 도착했다. 레인저 스테이션의 모습이 보이자 우린 서로의 어깨를 감싸며 미소를 지었다. PCT를 걸으며 가장 힘들고 지쳤던 시기를 보내고 나자 가슴속 깊은 곳에서 뜨거운 무언가가 솟구치는 게 느껴졌다. 이런 순간 속에서 느껴지는 이 작은 원초적인 감정이 나를 조금씩 변화시키고 있다는 희열에 온몸이 떨렸다.

이미 우리가 도착하기 한 시간 전에 셔틀버스는 떠났고, 남아 있는 마지막 버스는 6시가 되어야 온다고 했다. 비를 피해 레인저 스테이션의 처마 밑에 앉아 아직 도착하지 않은 해피아워와 42, 위키를 기다리며 지친 몸을 잠시 달랬다. 다행히 버스가 오기 전에 42와 해피아워는 도착했지만, 위키는 보이지 않았다. 버스를 타는 곳에 있는 게시판에 위키에게 메모를 남기고는 스테헤킨으로 가는 버스에 몸을 실으니 그제야 쌓인 피로가 물밀듯이 밀려와 스르륵 눈이 감겼다. 따뜻한 버스 안의 공기가 포근하게 느껴졌다.

"우와, 뭐가 이리 비싼 거야?"

스테헤킨에 도착하자마자 우린 곧장 레스토랑으로 향했지만, 이내 받아 든 메뉴판을 보고는 놀랄 수밖에 없었다. 가난한 하이커에게 관광객을 대상으로 하는 레스토랑의 음식은 비싸다. 그래도 어쩔 수 없는 상황이라 그동안 고생한 걸 보상이라도 받고 싶어 스테이크에 와인까지 시키고 어울리지 않는 저녁을 먹었다. 대신 호스텔이 아닌 인근의 무료 캠핑장에서 잠을 잘 것이니 그 돈이 그 돈이다. 한 모금의 와인이 유난히 달콤했다.

커뮤니티에 가까운 작은 마을인 스테헤킨에서는 할 수 있는 게 별로 없다. 그래서 날이 밝고 위키가 오자마자 우린 장장 네 시간 동안 배를 타고 칠랜Chelan이라는 작은 도시로 나가 마지막을 축하하기로 했다. 갈까 말까 주저하던 말리부도, 늦게 온 위키도 워싱턴 주의 작은 관광 도시에서 그동안 걸어온 길과 아직 남아 있는 마지막 길에 대해 늦은 시간까지 이야기를 나누었다. 길의 마지막을 앞두고 있는 우리의 마음을 보여주듯 전과는 사뭇 다른 분위기다. 그동안 감정을 컨트롤하지 못해 히스테릭하던 42도 그간의 속마음을 털어놓았다.

"이번 하이킹은 내게 조금 다른 느낌이었어. 이전까지는 혼자 걸어서 누군가와 함께 길을 걷는다는 게 어색할 줄 알았는데, 그동안 정이 든 건지 하루하루가 정말 좋은 거야. 이제 곧 끝이 날 텐데⋯⋯. 나름 내 방식대로 마지막을 준비하려 했는데 그냥 모르겠어. 잘 안 되네 생각처럼."

스테헤킨까지 힘들었던 시간을 보상받기 위해 칠랜으로 향하는 페리 위에서. 왼쪽으로부터 말리부, 나, 해피아워, 와일드맨 그리고 위키. 42촬영

　침대에 누워서 천정을 바라보며 무심하게 얘기하는 42의 마음이 그대로 전해졌다. 나 또한 그런 기분이었기에, 지금껏 그가 왜 그리 힘들어했는지 이제야 이해할 수 있었다. 모두가 같은 심정이었다. 깊어진 우정만큼이나 애절하게 다가올 헤어짐의 순간을 조금은 준비할 필요가 있었다.

　마지막 보급지에서 보낸 이틀간의 휴가가 끝나고 우리는 다시 마지막을 향하는 트레일 앞에 섰다. 배를 타고 돌아온 터라 시간이 많이 지체돼 하이 브릿지에서 8킬로미터 더 가면 있는 브릿지 크릭 캠프그라운드에서 머물기로 하고 길을 나섰다. 그곳에 얼마 전 제로그램에서 진행한 하이킹 프로그램을 통해 이곳을 다녀간 분들이 한국인 하이커를 응원하는 의미로 선물을 남기고 갔다는 이야기를 페이스북에서 보았다. 응원 메시지를 적어놓은 티셔츠, 라면, 막걸리 등을 곰통에 담아 두었다고 한 터라 살짝 기대했다. 길을 나선 지 두 시간이 채 안되어 도착해 각 사이트에 세워진 곰통을 열면서 그들이 남긴 선물을 찾으려고 야영장을 한 바퀴 돌았다. 곰통을 다 열어보았지만 그들이 남긴 선물을 찾을 수 없었다. 배낭을 바닥에 내리고 텐트를 치고 난 후, 혹시나 하는 마음에 야영장을 한 번 더 돌아보았지만 마찬가지였다. 마을이 인접해 있어 하이킹을 온 사람들이 가져갔나? 하는 생각이 들었다. 다른 것보다 나를 응원해주시는 분들이 남긴 메시지가 적힌 티셔츠가 많이 아쉬웠지만, 상황을 제대로 파악할 수 없었다.

다들 이전 구간에서 고생을 많이 한 터라 칠랜에서 식량을 너무 많이 준비해 배낭이 무거워 죽겠다며 즐거운 투정을 부렸다. 나도 마찬가지다. 하지만 국경을 지나 캐나다로 들어가는 다른 친구들과 달리 다시 길을 되돌아와야 했기에 여분의 식량을 준비할 필요가 있었다. 인간은 학습의 동물인지라 어찌 될지 모르는 상황을 대비해 만반의 준비를 한 것이었다. 그래서 다들 평소보다는 푸짐한 저녁을 만들어 먹었다. 나도 라면이 아닌 누룽지에 고추참치를 곁들여 모처럼 한국의 맛을 느꼈다.

다음날은 얼마 걷지도 않았는데 희한하게 다른 날보다 더 피곤했다. 아마 걷는 데 익숙해져 배나 차로 장시간 이동하는 게 어색하게 느껴진 것인지도 모르겠다.

"썬더버니!"

앞서가던 와일드맨이 레이니 패스^{Rainy Pass}로 들어가는 트레일 헤

\# 레이니 패스의 트레일 헤드에서 운명처럼 썬더버니와 재회했다

드에 도착하자마자 소리를 지르며 뛰었다. 트레일로 들어가기 전 표
지판 옆에 누군가 앉아 있는 게 보였는데, 두 다리를 쭉 뻗고 앉아 뭔
가를 마시고 있는 모습이 영락없는 썬더버니다. 변함없이 씩씩하고
유쾌한 그녀는 벌떡 일어나 우리를 얼싸안고는 왜 이리 늦었냐며 우
리 모두의 엉덩이를 발로 찼다. 그녀는 인근의 마자마 Mazama 라는 마
을에서 하루를 더 지냈고, 이제 눈앞으로 다가온 마지막을 함께하려
고 아침부터 이곳에 앉아 우리가 오기만을 기다렸다고 한다. 일주일
만에 다시 본 그녀가 정말 반갑고 무작정 우릴 기다린 그 마음이 예
뻤다.

재회를 축하하려고 그녀가 마자마에서 사 온 2리터 용량의 와인
을 각자의 코펠에 따랐다. 비록 장소가 트레일 헤드의 주차장, 그것
도 화장실 바로 앞이긴 했지만 마지막이 얼마 남지 않은 곳에서 모처

마지막 남은 길에 오르면서 워싱턴의 대자연이 준 선물을 감상했다

럼 모두가 한 곳에 모였기에 의미가 있다. 오랜 시간을 길 위에서 함께했지만 이제 얼마 후면 각자의 길로 다시 돌아갈 친구들의 눈을 바라보았다. 아쉬움이 밀려왔지만 지금은 그냥 함께하는 즐거움만을 생각하기로 했다. 처음 함께하던 순간을 떠올리면서 서로의 잔을 부딪쳤다.

　"자! 끝까지 한 번 가볼까? HBG?"

Monument 78

●"그때가 아마 우리의 첫 만남이었을 거야."

가파른 오르막을 올라 다다른 글래시어 패스 정상에 앉아 잠깐 숨을 돌리는 중 42가 나를 보고 말했다. 캘리포니아 구간의 소노라 패스를 지나는 능선 위에서 주변 풍경을 내려다보며 한 하이커가 점심을 먹고 있었는데, 생각해보니 그게 바로 나였다는 것이다. 내가 그윽하게 경치를 감상하며 밥을 먹는 모습을 보고는 잠깐 멈춰서 "참 멋지지 않냐?"라는 말을 내게 던졌다는데, 그 말을 듣고 나니 나도 기억이 났다.

"그게 너였어? 하하, 그걸 어떻게 기억해?"

오래전 일을 또렷이 기억하고 있는 그가 놀랍기도 했지만, 기억을 더듬어 보니 거짓말처럼 장면 장면이 생각나는 게 신기했다. 그뿐 아니라 소노라 패스를 지나 토치와 함께 머문 노스 케네디 메도우에서

글래시어 패스 정상에서
하이커박스 갱을
기념하며

도 그를 만난 기억까지 되살아났다. 더 웃긴 건 해피아워도 그 당시 42와 함께 있었다는 것이다. 이미 오래전이었지만, 기억력이 좋은 42 덕분에 당시를 추억하면서 한참을 서로 마주 보며 웃었다. 때마침 지금도 그때와 비슷한 풍경이 눈앞에 펼쳐져 있다. 오늘 이 자리에 우리가 함께 있음을 추억하고 싶어 사진을 남겼다. 42의 셀카봉을 이용해여러 각도로 재미난 사진을 찍고, 타이머를 설정한 후 점프샷을 찍는다며 수차례 점프하기도 했다. 나는 그들 한 명 한 명의 얼굴도 따로 찍어두었다.

기분이 묘했다. 5개월 전 오늘 레이크 모레나에서 열린 킥오프 행사에 참가하고, 다음날인 4월 25일에 트레일을 시작했다. 그때를 시작으로 여기까지 오는 데 5개월이란 시간이 걸린 것이다. 5개월 동안을 이 길 위에서 먹고, 자고, 웃고, 울면서 왔는데, 매 순간을 함께한 이 길이 곧 끝난다는 것을 아직 실감할 수 없었다.

우리는 둥글게 쳐놓은 텐트 가운데 피워 둔 모닥불 주변으로 하나둘 모여들었다. 나와 42, 와일드맨 그리고 해피아워는 트레일이 끝나면 다시 거슬러 올라와 하츠 패스^{Harts Pass}에서 탱크를 만나기로 했지만, 썬더버니와 위키는 그대로 국경을 지나 캐나다의 메이닝 파크 ^{Manning Park}까지 가야 하기에 이렇게 함께하는 건 오늘이 마지막이다. 썬더버니와 위키에게 마지막 인사를 건넸다. 가지고 다니던 버프를 썬더버니의 손목에 매주고는 낯간지럽게 말했다.

"볼 때마다 내 생각해야 돼! 나 잊으면 안 된다?"

"하~ 이걸 이제야 주는 거야? 이 나쁜 놈아."

그녀는 내가 쓴 버프가 예쁘다며 볼 때마다 관심을 보였었다. 워낙 털털한 썬더버니라 애써 태연한 척 말하며 웃지만, 건네받은 버프를 한참 말없이 바라보며 만지작거리는 그녀의 마음을 나는 느낄 수 있었다. 어색해진 분위기를 깨고 싶었는지 와일드맨이 갑자기 셰프가 보고 싶다고 했다. 마마구스는 오리건을 끝으로 내년을 기약하며 트

이제 곧 마지막이라는 걸 다들 알기에 남은 매 시간을 함께하고 싶었다. 둘러앉아 얘기를 나누며 즐기는 식사시간이 끝나는 것마저도 아쉬웠다

레일을 그만두었고, 피시는 이미 우리보다 앞서 종주를 끝냈다는 것은 알고 있었다. 하지만 우리보다 뒤에서 오고 있는 셰프와 벌쳐의 소식은 나도 들은 게 없어 궁금했다.

"마자마에 들렀을 때 잠깐 연락했는데, 마침 스테헤킨에 들러서 좀 쉴 거라고 하더라고. 벌쳐랑 잘 지내고 있다니 걱정 마."

와일드맨의 질문을 받아 썬더버니가 42를 보며 대답했다. 42는 왜 나를 보고 얘기하느냐는 제스처를 취했지만, 붉은 모닥불보다 더 붉어진 그의 얼굴을 보니 나도 모르게 웃음이 나왔다. 셰프는 여려 보이지만 누구보다 강하다. 캘리포니아 구간이 끝나고 캐리와 션의 집에서 머물 때, 혼자 뒤처져 늦게 도착한 그녀는 트레일에서 넘어지는 바람에 무릎이 깊이 파일 정도로 큰 상처가 났다. 병원을 가자고 했지만 그녀는 별거 아니라며 극구 사양했고, 할 수 없이 공군 간호장교 출신인 마마구스가 의료용 바늘과 실로 마취도 하지 않고 상처를 다섯 바늘이나 꿰매 주었다. 아플 만도 했지만, 꾹 참고 아무렇지 않은 듯 함께 파티를 즐기던 그녀의 모습이 눈에 선했다. 내 얘기도 잘 들어주고 항상 웃는 그녀였는데, 이런저런 일로 마지막을 함께하지 못한다는 게 정말 아쉬웠다. 그래도 그런 그녀를 이해할 수 있었다. 물론 42도 이해할 거라 생각했다.

다 같이 보내는 마지막 밤이라 그런지 다들 늦은 시간까지 모닥불을 떠나지 않았다. 다시 만난 기쁨에 전날 다 마셔버린 썬더버니의 와인이 간절했다. 비록 술을 마시지 않았지만, 함께 얼굴을 보고 서로의 웃음을 나눌 수 있다는 것만으로도 흠뻑 취하는 그런 밤이었다.

다음날, 꽤나 이른 시간인데 나도 모르게 눈이 떠졌다. 아직 다른 친구들은 일어나지 않은 듯했다. 텐트 밖으로 나와 주변을 조금 거닐었다. 해도 이제 막 깨어나려 주변을 물들이고 있었지만, 구름이 잔뜩 낀 하늘은 금방이라도 비를 내릴 것처럼 시커멓게 내려앉아 있었다. 곧 10월에 접어들면 온통 눈으로 뒤덮일 이곳의 모습을 잠깐 상상해보았는데, 상상만으로도 온몸을 파고드는 추위가 느껴져 이내 옷깃을 여미고 텐트로 돌아갔다.

"다들 집에 안 갈 거야?"

정적을 깨우는 내 목소리에 하나둘 눈을 뜨는 듯 부스럭거리는 소리가 여기저기서 들리기 시작했다. 역시나 내 생각은 틀리지 않았다. 얼마 지나지 않아 빗방울이 떨어지기 시작했다. 텐트를 걷으려는 찰나 한 방울씩 떨어지던 빗방울은 이내 점점 더 굵어지기 시작했다. 마지막까지 기대를 저버리지 않는 워싱턴의 인사처럼 느껴져 그리 싫지만은 않았다. 시원하게 내리는 비를 맞으며 여느 때와 같이 배낭을 메고 길을 나섰다. 이미 비에 젖은 몸은 무겁고 춥지만, 캐나다의 국경으로 향하는 발걸음은 희한하게 가볍다. 어떤 느낌일까? 눈물이 날까? 아니면 그냥 허무할까? 길을 걸으며 수도 없이 그 느낌을 상상해봤지만, 지금도 여전히 어떤 느낌일지 알 수 없다. 뭐, 이제 곧 알 수 있겠지.

내 발목이라도 잡으려는 듯 갑자기 주변을 뒤덮은 안개 때문에 한 치 앞도 보이지 않았다. 모든 게 새하얗게 변해버린 몽환적인 분위기와 빗소리가 어우러져 꼭 다른 세상에 서 있는 것 같았다. 그 느낌이 좋아 눈을 감으니, 뜨거운 캘리포니아 사막의 멕시코 국경에 첫 발을 딛고 선 모습부터 지금 이 길에 서 있기까지의 수많은 장면이 한 장씩 펼쳐졌다. 그 한 장 한 장의 느낌이 그대로 내게 전해졌다. 뜨거우면서도 뭉클하고 환희 넘치던 그때 그 순간의 느낌들……. 그 아련한 기억이 하나둘 생생하게 되살아나고 있었다. 그리고 난 알고 있었다. 이제 곧 길의 마지막에 서게 될지라도, 이 길은 추억 속에서 늘 나와 함께 하리라는 것을.

수풀이 우거진 길로 접어들어 한참을 걸었다. 굽이굽이 젖은 길을 따라 걸어가는데 이어진 길 아래서 누군가의 환호소리가 메아리쳐 왔다. 길게 나 있는 모퉁이를 돌아서니 이 길을 준비하며 많이 보던 사진 속의 기념비, 모뉴먼트 78^{Monument 78}이 그 모습 그대로 서 있다. 조금씩 다가서자 아까 들리던 그 메아리의 목소리가 나를 향해 소리치며 다가와서는 양손을 활짝 펼치며 나를 덥석 안아 올렸다. 와일드맨이다.

생각과는 많이 달랐다. 막상 마지막에 다다르고 나니 그냥 아무 생각 없이 무덤덤했다. 오히려 여기에 다다르기 전 수없이 상상한 마지막이 더 슬퍼서인지 눈물도 나지 않았다. 아마 난 이 길의 마지막에서 느낄 환희와 감동, 그리고 슬픔을 이미 이 길을 걸으면서 나눠 느낀 것인지도 모른다. 결과보다 과정이 중요한 것처럼 이 길도 걸어온 그 시간이 지금 이 마지막 순간보다 훨씬 더 가치 있는 것인지도 모른다.

길다면 길고, 짧다면 짧은 5개월간의 여정이 오늘로 끝났다. 뜨겁

길다면 길고, 짧다면 짧은 시간동안 이 길위에서 나와 함께 했던 소중한 시간들을 마무리하며

게 시작해서 시원하게 끝난 것 같다. 하루 종일 비가 왔고 모든 게 다 젖어 추웠지만, 열정과 가슴만은 무엇보다 뜨거웠다. 이 길의 마지막까지 함께한 친구들이 정말 고마웠다. 우린 부둥켜안으며 그동안 나눈 정을 다시 한 번 느끼고, 각자의 꿈을 이룬 순간을 서로 축하해주었다. 하지만 그보다 더 고맙고 소중한 것은 지난 5개월간 나와 함께한 시간들이다. 지금껏 살면서 알지 못한 진실된 나 자신과 솔직한 대화를 나눈 수많은 시간, 그리고 오롯이 나만을 위해 걸은 길. 세월이 흘러 내가 눈 감을 때까지 추억할 수 있는 소중한 기억을 만들어준 이 길에 고마운 마음을 담아 국경에 홀로 서 있는 기념비를 쓰다듬었다.

나름의 방식으로 각자의 길을 정리하는 친구들과 마지막 사진을 남기며 헤어짐을 맞이했다. 꼭 다시 만나자고 굳게 약속했지만, 그게 지키지 못할 약속이 될 수 있다는 건 우리 모두 알고 있었다. 태연한 척 어색하게 웃음 짓는 모습 속에 슬픔이 가득한 걸 알고 있었다. 서툰 거짓말을 들키기 전에 서둘러 정리하고 헤어지기로 했다. 빠른 걸음으로 뒤돌아 트레일을 거슬러 오르는 우리를 향해 썬더버니가 크게 소리쳤다.

　"H! B! G! Forever! Be happy!"

　뒤돌아보면 울 것 같아 그냥 손을 머리 위로 올려 흔드는 것으로 인사를 대신하고, 가야 할 길을 향해 묵묵히 걸었다.

Epilogue

● 여정이 끝나고 한동안 42, 와일드맨, 해피아워 그리고 나 이렇게 우리 넷은 시애틀의 한 호스텔에 머물렀다. 트레일은 끝났지만, 헤어지는 게 아쉽고 아직은 조금 더 여운을 느끼고 싶어 이별을 미룬 것이다. 사흘 동안 머물며 문명과 멀어져 생긴 틈을 메우려 애썼지만, 대도시 생활에 다시 다가서는 것은 생각보다 쉽지 않았다. 쉴 새 없이 지나다니는 차와 경적소리, 거리를 꽉 메운 사람들, 요란한 네온사인. 그동안 자연 속에서 지내온 우리에게는 다소 어색한 환경이다.

매력적인 시애틀의 잠 못 이루는 밤을 즐겨보려고 수차례 도심 속으로 나가봤지만, 이내 적응하지 못하고 다시 조용한 호스텔로 들어와 각자의 시간을 보내기 일쑤였다. 유일하게 우리가 함께한 것이라고는 시애틀이 집인 젠틀자이언트를 만나 식사하며 트레일에서의 느낌을 다시 되살린 것뿐이다. 장시간 밖에서 다 함께 웃고 떠든 건 그때가 유일했다. 아무래도 우리를 다시 현실로 되돌릴 수 있는 건, 시간만이 유일할 것 같다.

막상 시간이 흘러 각자의 삶으로 돌아가고자 시애틀을 떠나야 하는 순간이 오니, 또 한 번 예정된 이별을 맞이해야 하는 상황을 외면하고 싶었다. 하지만 그럴 수 없다는 것을 너무나 잘 알고 있었고, 그저 이곳에서 더 즐거운 시간을 함께 보내지 못한 것을 후회했다. 그러면서도 우리는 공항으로 가는 지하철 안에서까지 그저 실없는 농담이나 주고받으며 아까운 시간을 그냥 흘려보내고 말았다. 끝까지 외면하려 애썼지만, 결국 출국장 앞에 서자 그렇게 참아온 눈물이 소리 없이 흘러내렸다. 그 길의 마지막에 섰을 때도 흐르지 않던 눈물이 지금에서야 뜨겁게 흘러내린다.

혼자 시작한 여행에서 마지막은 혼자가 아니었다.

총 5개월에 걸친 길고 긴 여정이 끝났다.

처음 이 낯선 길 위에 발을 내디뎠을 때는 '과연 이 길을 끝까지 걸을 수 있을까?' 하는 의심도 들었지만, 조금씩 천천히 한 발 한 발 걸어가다 보니 어느새 길의 마지막에 서 있었다.

짧다면 짧고 길다면 긴 이 길에서 난 수많은 선택의 기로에 섰고, 그때마다 내가 선택한 결정에 따라 결과를 담담히 받아들였다. 길 안에 담긴 희로애락을 느끼고, 또 살아온 인생을 수없이 되돌아보는 시간 속에서 진정한 나를 조금씩 알아갔다. 이 길은 지금껏 소홀히 대한 내 삶의 소중한 순간을 다시 일깨워 주었다.

진실한 나와 마주하고 솔직히 대화할 수 있었던 시간들.

그 시간 속에서 긴 길의 마지막을 마주했을 때 나는 무엇을 얻었을까?

과연 그토록 찾아 헤매던 행복의 의미를 찾았을까?

한참동안 주변을 둘러봐도 행복이라는 것을 찾을 수 없어 나를 둘러싸고 있는 세상의 울타리를 넘어 한참을 저 멀리 걸어갔다. 오랜 시간을 걷고 걸어 막상 생각한 곳에 도착했는데, 아무리 둘러봐도 주변에 아무것도 없었다. 허탈함에 쓰러져 한참을 울다가 고개 들어 지나온 길을 뒤돌아보니, 그렇게 애를 쓰며 넘어온 울타리 안에서 무언가 환하게 빛나고 있는 게 보였다.

그토록 찾던 행복, 바로 일상의 소중함이다.

이 길을 걸으며 느낀 것은 지난날 그저 당연하다 생각하고 잊고 지내던 작은 일상의 소중함이다. 벗어나려고 한 무료한 일상을 오히려 갈망하게 되는 경험을 통해 행복이라는 건 따로 존재하는 게 아니라, 작은 것 하나에서 소중함을 느끼고, 지금 이 순간 만족할 수 있으면 그게 바로 행복임을 깨달을 수 있었다.

나는 이제야 스스로에게 던진 질문의 답을 찾았다. 단순히 행복한가에 대한 답이라기보다는, 앞으로 내가 살아갈 인생에서 행복을 찾을 수 있는 가치관을 정립했다고 보는 게 맞을 것이다. 기쁨의 크기는 문제가 되지 않는다. 내 삶 속에서 내가 얼마나 조금이라도 더 웃을 수 있고 기쁠 수 있는가가 중요하다.

거창한 말로 이 길을 포장하고 싶은 생각은 없다.

수많은 하이커가 이 길을 걸었고 또 지금 이 순간에도 걷고 있겠지만, 모든 하이커가 길을 걷는 목적과 느끼는 것이 다 같을 수는 없다. 누군가는 모험을 하려고, 누군가는 자아를 찾으려고, 누군가는 명성을 얻으려고, 또 다른 누군가는 건강하려고 걷는다. 어느 목적이든 틀린 것은 없다. 각자가 바라는 바가 다를 뿐이다. 내가 살아가는 방식이 다른 사람과 다르다고 해서 틀린 인생을 사는 것은 아니다. 다만 각자가 추구하는 삶의 가치관이 다를 뿐이다. 삶의 가치관을 부에 두고 있다면 많은 시간을 여행에 할애하기보다 아침 일찍 가게 문을 열든지, 늦은 시간까지 사무실에서 일해야 한다. 그렇다고 그런 삶이 불행할까? 아니다. 고된 업무 뒤에 따르는 보상이 그들에겐 성취감과 행복일 것이다.

세상에서 변하지 않는 하나의 진리가 있다. 바로 '하나를 얻으면 하나를 잃는다'는 것이다. 만약 내가 무언가를 얻고자 다른 무언가를 포기하거나 잃는다 해도 전혀 거리낄 게 없고 아깝지도 않다면, 그 얻고자 하는 것이 바로 본인의 인생에서 추구하는 가치관이다. 또한 그 무언가를 향하는 길이 비록 험하더라도 인생의 방향과 일치한다면 망설일 필요가 없다. 남들이 알아주지 않는다고 그 길로 접어들기를 망설이거나 포기하지 말길 바란다. 때론 외롭고, 때론 힘들어 지쳐 쓰러지더라도, 다시 일어나 웃고 있는 자신을 만날 수 있다면, 그 길은 잘못된 길이 아닐 것이다.

인생에 한 번쯤은, 이런 길을 걸어보는 것도 괜찮지 않을까?

긴 인생에 비해 비교적 짧은 5개월의 경험으로 나는 늘 꿈꾸던 두 개의 꿈을 이룰 수 있었다. 생각만 하던 PCT를 걷는 것과 내 이야기를 책으로 낸다는 것. 누군가에겐 아무것도 아니겠지만, 늘 꿈꾸던 것을 이룰 수 있다는 것만으로도 나는 행복한 사람이다. 그때와 다른 환경에서 이 글을 쓰고 있는 지금도, 글을 쓰며 다시 한 번 그 길을 걸을 수 있어 정말 행복하다.

인생에서 가장 값진 경험을 할 수 있도록 그동안 도움을 주신 수많은 지인과 내 소중한 경험이 세상으로 나와 공유되는 기회를 준 처음북스의 관계자에게도 감사의 말을 전하고 싶다.

앞으로 내가 어떤 삶을 살게 될지는 아직 나조차 모르지만, 나는 행복한 내 인생을 살기 위한 도전을 지금부터 해나갈 것이다.

멈추지 말되, 서두르지 않으며 한 걸음 한 걸음 내 인생을 위해.

Sin prisa, pero sin pausa.

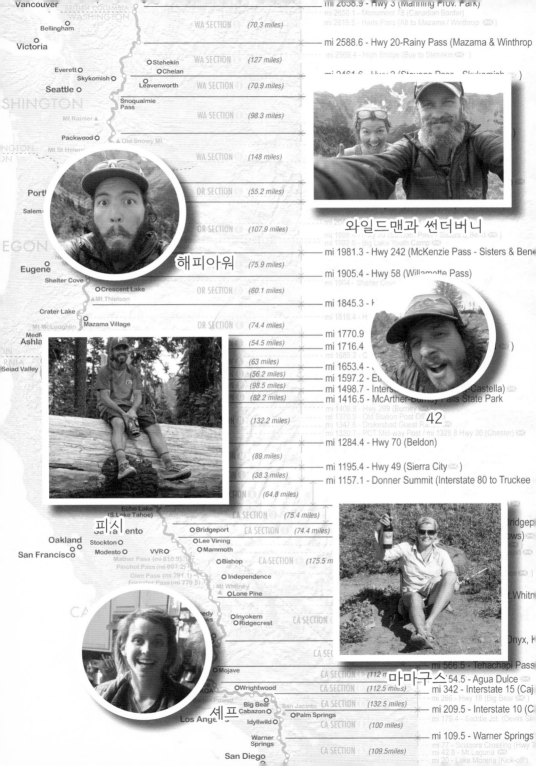

Vancouver
BRITISH COLUMBIA
WASHINGTON

Bellingham

Victoria

Everett
Skykomish
Stehekin
Chelan
Leavenworth

Seattle

WASHINGTON

Mt Rainier

Packwood
Old Snowy Mt
Mt St Helens

Port...

Salem

EGON

Eugene

Shelter Cove
Crescent Lake
Mt Thielsen

Crater Lake
Mt McLoughlin
Mazama Village

Medf...
Ashla...

Seiad Valley

Oakland
San Francisco
Sacramento
Stockton
Modesto
VVR
Mather Pass (mi 816.9)
Pinchot Pass (mi 807.2)
Glen Pass (mi 791.1)
Forester Pass (mi 779.5)

Bridgeport
Lee Vining
Mammoth
Bishop
Independence
Mt Whitney
Lone Pine

Inyokern
Ridgecrest

Mojave
Wrightwood
Big Bear
Cabazon
Idyllwild
Los Angeles
Palm Springs
San Jacinto
Warner Springs
San Diego

WA SECTION (70.3 miles)
WA SECTION (127 miles)
WA SECTION (70.9 miles)
WA SECTION (98.3 miles)
WA SECTION (148 miles)
OR SECTION (55.2 miles)
OR SECTION (107.9 miles)
OR SECTION (75.9 miles)
OR SECTION (60.1 miles)
OR SECTION (74.4 miles)
(54.5 miles)
(63 miles)
(56.2 miles)
(98.5 miles)
(82.2 miles)
(132.2 miles)
(89 miles)
(38.3 miles)
(64.8 miles)
CA SECTION (75.4 miles)
CA SECTION (74.4 miles)
CA SECTION (175.5 m...)
CA SECTION
CA SECTION
CA SECTION (112 m...)
CA SECTION (112.5 miles)
CA SECTION (132.5 miles)
CA SECTION (100 miles)
CA SECTION (109.5miles)

mi 2638.9 - Hwy 3 (Manning Prov. Park)
mi 2650.1 - Monument 78 (Canadian Border)
mi 2619.5 - Hart's Pass (Alt to Mazama / Winthrop)
mi 2588.6 - Hwy 20-Rainy Pass (Mazama & Winthrop
mi 2569.4 - High Bridge (Bus to Stehekin)
mi 2461.6 - Hwy 2 (Stevens Pass - Skykomish)

와일드맨과 썬더버니

해피아워

mi 1998 - Hwy 20 (Clillian Pass - Sisters & Bend)
mi 1992.6 - Big Lake Youth Camp
mi 1981.3 - Hwy 242 (McKenzie Pass - Sisters & Bend
mi 1905.4 - Hwy 58 (Willamette Pass)
mi 1904 - Shelter Cove
mi 1845.3 - H...
mi 1818.4 - H...
mi 1770.9
mi 1716.4
mi 1689.2 - C...
mi 1653.4 - ...
mi 1597.2 - Eu...
mi 1498.7 - Inters... (...Castella)
mi 1416.5 - McArther-Burney Falls State Park
mi 1408.8 - Hwy 299 (Burney)
mi 1370.9 - Old Station Post Off...
mi 1347.6 - Drakesbad Guest R...
mi 1330.7 - PCT Mid-way Post / mi 1328.8 Hwy 36 (Chester)
mi 1284.4 - Hwy 70 (Beldon)
mi 1195.4 - Hwy 49 (Sierra City)
mi 1157.1 - Donner Summit (Interstate 80 to Truckee

42

피시

Echo Lake
(S.Lake Tahoe)

Bridgep...
...ows)

...ee

...t.Whitn...

Onyx, K...

mi 566.5 - Tehachapi Pass
마마구스 554.5 - Agua Dulce
mi 342 - Interstate 15 (Caj
mi 266 - Hwy 18 (Big Bear)
mi 209.5 - Interstate 10 (C
mi 179.4 - Saddle Jct. (Devils Sli
mi 109.5 - Warner Springs
mi 77 - Scissors Crossing (Hwy
mi 42.8 - Mt Laguna
mi 20 - Lake Morena (Kick-off!)

셰프